周林◎著

给我一个连

重庆出版集团 重庆出版社

图书在版编目（CIP）数据

给我一个连／周林著.—重庆：重庆出版社,2012.5
ISBN 978-7-229-04748-1

Ⅰ.①给… Ⅱ.①周… Ⅲ.①长篇小说－中国－当代
Ⅳ.①I247.5

中国版本图书馆 CIP 数据核字(2011)第 260587 号

给我一个连
GEIWOYIGELIAN

周 林 著

出 版 人：罗小卫
策　　划：郭晓飞　胡　博
责任编辑：陶志宏　袁　宁
封面设计：道一设计

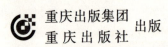 重庆出版集团
重庆出版社 出版

重庆长江二路 205 号　邮政编码：400016　http∶//www.cqph.com
北京宏泰恒信文化传播有限公司制版
北京兴湘印务有限公司印刷
重庆出版集团图书发行有限公司发行
E-MAIL:fxchu@cqph.com　邮购电话：023-68809452
全国新华书店经销

开本：710mm×1020mm　1/16　印张：16　字数：260 千字
2012 年 5 月第 1 版　2012 年 5 月第 1 次印刷
ISBN 978-7-229-04748-1
定价：32.00 元

如有印装质量问题,请向本集团图书发行有限公司调换：023-68706683

谨以此书，送给那些为
梦想而活着的人们！

我从未放下这面旗帜
不管走到哪里
它都在我的心中猎猎作响

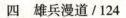

我从未放下这面旗帜
不管走到哪里
它都在我的心中猎猎作响

楔　子

雷钧提着行李,叮叮当当地走出师部大楼的那天,正好是他在 D 师宣传科一周年的日子。

三天前,师傅老范和杨科长还在撺掇他请吃"周年饭"。雷钧笑称准备了一个月军饷,请同志们吃烤全羊。

没想到话没落音,师部的调令就下来了。

调他去二团侦察连担任副指导员是老爷子亲自下的命令,军令不可违,父命更不可违。让雷钧最郁闷的是,从小到大,自己的命运始终逃不掉被父亲左右。这一次,二十三岁的中尉雷钧,仍旧没有逃过父亲的手掌心。

如果让他重新选择,他宁愿出生在一个普通家庭。这样,即使没有优越的条件来改变命运,至少自己在很多时候还有选择的权利。可是,身为将门之后,即便摆在他面前的路有千万条,他也没得选择,只能机械地跟着父亲的指令走。

老范抓着一串车钥匙追上了雷钧问道:"小雷,还是让我送你过去吧!"

雷钧很决绝地摇摇头,说:"不用了,不就三十多公里吗?走走就到了,一路反省反省,再看看风景,说不定还能蹦出点儿写诗的灵感。"

老范苦笑一声,说:"何苦来哉?要不,你再跟雷副司令员争取一下?"

"你觉得有可能吗?"雷钧站住,回过头来盯着少校说,"军中无戏言!我只是一个小小的中尉,蚍蜉撼大树,也太自不量力了!"

"其实……我想说,我很忌妒你。基层连队没什么不好,何况还是侦察连。那是多少军人梦寐以求的地方啊!每一个男人都有一个英雄梦想,那里,就是你梦开始的地方。"陪着雷钧难过了一天的老范,终于还是说出了自己真实的感受。

雷钧头也不回地撂了句:"少校同志,你是不是很羡慕我有一个可以翻手

我从未放下这面旗帜
不管走到哪里
它都在我的心中猎猎作响

为云、覆手为雨的爹？"

老范愣了一下，紧追几步讪笑道："兄弟，我等你回来，你还欠我们一顿饭！"

"祝我好运吧！"雷钧用左手托了一下背包，举起右手来用力地挥了挥。

"简直是乱弹琴！如果老子不是副司令员，这小子敢写这么反动的稿子？"雷啸天将政治部副主任递给他的稿子用力地摔在桌子上骂道。

"我觉得，小雷还是有潜力的，至少他敢想敢写。韩部长找过我几次，还准备调他去军区创作室。"副主任小心翼翼地说道。

雷啸天拍案而起："他也是什么都敢想，什么都敢写！上一次的稿子毙了还不到一个月，他就又给老子来了这么一出。我看这小子要出大问题，立场不明，正经报道写不出，整天琢磨这些不着调的东西。从今天起，军区的报纸不准再登他的稿子，一篇都不允许！"

副主任面无表情地收起雷钧的诗稿，转身欲走。没有人比这个从对印自卫反击战时就跟随雷啸天的政治部副主任，更了解这个副司令员的脾气。

"老洪，你打电话给D师政委，让他们考虑一下把雷钧调到基层连队，哪里最艰苦，就调到哪里去！党委可以研究，但结果没得商量。"雷啸天一屁股坐下，对站在门口的副主任说道。

雷啸天轻揉额头，神情颓然地靠在沙发上陷入了沉思……

从小拧着脖子在部队大院长大，一直跟随父亲警卫员习武的雷钧，性情与爱好却与其他大院子女格格不入。身为军队高级指挥员的父亲雷啸天长年在外，对他疏于管教，母亲却对他过分溺爱。他虽然生性顽劣，却天资聪颖，学习上从不含糊，尤其酷爱文学，对诗歌情有独钟。家里的客厅里贴满了他从小到大获得的奖状，高考时更是夺下全省文科状元的名号。以他的成绩，完全可以选择清华、北大等中国任意一所顶级学府，但他最终还是被父亲押到了军校。

崇兵尚武的雷啸天，性情刚烈、脾气火暴。按照他的逻辑，是个男人就应该浴血疆场，是他的儿子就应该弃文从武。听着起床号长大的雷钧，却志不在此，对当兵毫无兴趣。他的梦想是当一名诗人，至少也得是个文字工作者。用雷副司令的话说，这小子天生一股文人的反骨劲儿。

父子二人因为这事，常闹得鸡犬不宁。年少气盛的雷钧，誓死抵抗，加上雷夫人在一旁维护儿子，最终父子俩各让一步，雷钧选择了军校新闻系。这也是雷副司令员在父子对抗中，唯一一次作出的妥协。雷啸天一直耿耿于怀，大学四年，父子俩形同陌路。

在军校，雷钧是个出了名的刺头儿，逮谁就跟谁顶杠，对看不惯的事敢于口诛笔伐。从教授到区队干部，只要能管着他的，没有一个对他不头痛的。可这小子不仅专业课学得好，军事素质更是好得呱呱叫，而且和那些出身贫寒的同学特别投缘。以至于在毕业鉴定上，一向苛刻的系主任，在政治素养一栏里也不得不痛快地为他写下了"团结同志，群众基础优良"的评语。

按照他的背景与专业，毕业后去部队新闻单位或者宣传单位是顺理成章的事。因为父亲不再过问他的分配问题，雷钧没有去军区和集团军这样的大机关，而是选择去了D师宣传科报到。之所以如此抉择，一是为了离父亲远点，二是因为D师有一个号称全军区最有才华的宣传干事老范。

还在中学的时候，雷钧就捧着老范的散文集如痴如醉地读着，他甚至收集了老范公开发表的所有作品。他觉得，只有这个才华横溢的少校才能和自己相媲美。也只有跟他相处，才能体现自己的价值。

在雷钧的眼里，父亲虽然身经百战、威风八面，但骨子里还是个粗人。从小到大，一年见不着父亲两次，见到一次挨一次打，这让他非常反感。还有一个问题也一直让他好奇，出身书香门第，琴棋书画加文章无所不精的母亲，为什么会嫁给这么一个大老粗？

他以为自己毕业了，父亲总得给自己留点空间。没想到板凳还没坐热，几乎无处不在的老头子，举着鞭子又抽了过来。而且这一次，抽得他皮开肉绽，抽碎了他所有的梦想……

我从未放下这面旗帜
不管走到哪里
它都在我的心中猎猎作响

楔子

第一枪

淬火侦察连

一　秀才遇到兵

空旷的二团大院前,风尘仆仆的雷钧隔着墨绿色的大铁门,迷茫地看着司令部大楼,显得有点无所适从。正午的阳光穿透钢筋水泥的缝隙,迎面袭来,泼洒在滚烫的地面上,一股灼热的热气从脚底升起,愤懑与悲怆油然而生。他拿不定主意是先去干部股报到还是直接去侦察连。

他对二团并不陌生,这一年中,到底来了多少次没数过,反正司令部一楼墙上的团史,他能倒背如流。以前来都是因为公务,团副政委王福庆总会笑眯眯地、早早地站在楼下等着他。这个干巴巴的中校,热情得有点过分。提包、倒茶、引路,总是亲力亲为,还老爱在他面前提他父亲,一说起雷副司令员,便喋喋不休,满脸尽是崇敬之色。

如今,这个分管人事和宣传的大首长,像人间蒸发了般见不到人影。雷钧轻叹一声:"到底是落毛的凤凰不如鸡啊!"

思虑再三,雷钧决定直接去侦察连。作出这个决定前,他摸了摸自己的领扣。那一刻,一种莫名的悲壮气息不可遏止地涌上心头。

大院门口的哨兵很敬业,"啪"一下,就是个帅呆了的军礼:"请您出示证件!"

"几天前我来的时候,也是你小子在站岗,怎么就不认识我了?"雷钧冷冷地说道。

"对不起,请您出示证件!"哨兵再次提醒道。

"我是D师宣传科的干事!"雷钧提高嗓门。

哨兵不依不饶地说:"请您出示证件!"

雷钧摸出证件,递给上前的哨兵,然后指着自己的脸说:"看清楚了,我叫雷钧,从今天起来二团任职,以后请叫我雷副指导员!"

哨兵是个戴着下士军衔的老兵,对眼前这个中尉的傲慢不以为然,他面无表情地敬完礼,然后撤步伸出左手,掌心朝上。

我从未放下这面旗帜
不管走到哪里
它都在我的心中猎猎作响

"小兵蛋子！"雷钧扭头看了一眼下士，眼神复杂得让人读不懂。

侦察连在大院的最北侧，独门独院。那二层小楼贴的全是粉绿的瓷砖，比司令部大楼还炫目。雷钧记得第一次，也是唯一一次来这里，是王福庆拖着他来打篮球。刚上场就被一个横冲直闯的老兵撞了裆部，飞出了一米开外，围观的兵们笑得乐不可支。从此，再来二团，远远看到这幢小楼，他的睾丸就会隐隐作痛。

"大刀向，鬼子们的头上砍去……"

戳在那里愣神的雷钧，听到动静，下意识地提着行李闪到了一边，结果还是被一群光着膀子的兵们卷进了人流中。雷钧在里面足足转了三个圈，等他站稳了，兵们已经绝尘而去，呼啸着冲进了侦察连的小院。雷钧甩甩脑袋，恨不得手持一杆丈八长矛，冲进这群不长眼的士兵中，杀他个人仰马翻！

"请通报你们连长和指导员，就说师部的雷钧过来报到！"雷钧隔着双杠，远远地冲着楼下的自卫哨叫道。

哨兵晃了晃身子，探头盯着雷钧。

"我是你们的副指导员，新来的！"雷钧提高嗓门，然后悲哀地发现，这个哨兵正是半年多前，差点儿让他断子绝孙的家伙。

"真是冤家路窄！"雷钧望着哨兵那张坏笑的脸，愤愤地骂道。

"雷干事好！"连长张义领着文书冲出大门，举手敬礼笑吟吟地招呼道。

军衔低的先向军衔高的敬礼，这是条令规定的。雷钧没抢过上尉，索性放下已经举在半途的右手，左手提起行李晃了晃："张连长，新兵来报到！"

文书眼明手快，上前夺了行李。张义仰头大笑："雷干事气势汹汹，看来是我这个连长怠慢了！"

雷钧不予理会，侧目盯着张义身后的哨兵，没头没脑地说道："这小子真狠啊！"

张义茫然地顺着雷钧的目光望去，扭头看见笔挺的哨兵，这才恍然大悟："看来惹事的不是我。雷干事的记性可真好！"

雷钧不为所动，抬起头饶有兴致地盯着侦察连大门门楣上的几个苍劲有力的大字"首战用我，用我必胜"。

张义讨了个没趣，眉头微锁，心底不免升起几分厌恶来。恰在此时，几声尖厉的哨声响起，屋子里传来了士兵们跑动的脚步声。

"副指导员，开饭了！"一旁的文书察言观色，听到哨声响起不失时机地催促道。

雷钧昂首迈步，张义悻悻地跟了上来。

"连长，我这140斤的东西交给你了，千万别把我当客人。"雷钧的话冷得有点彻骨。

"那可真委屈您了！"张义冷言相对，突然站住转身对紧跟在身后的文书交代道："送副指导员去一班，原来周排长的那张床。东西先放下，马上来食堂！"

"不是安排好了住单间吗？"文书迷惑地看着连长，张义横了他一眼，不容置疑地把手一挥，转身头也不回地往门外走。

文书苦着脸去追赶已经上楼的雷钧，扯着喉咙叫道："副指，宿舍在一楼！"

雷钧在楼梯转角处停住，身体后仰，探出头来盯着楼下的文书："你们干部宿舍不是在二楼吗？你们连长呢？"

文书挠挠头："连长吃饭去了，交代我们放下行李去食堂，可能是要在开饭前介绍您！"

推开一班宿舍门，雷钧站在门外问道："你们连长指导员住哪儿？"

文书接着挠头，声若蚊蝇："二楼！"

雷钧双眉微扬："张义的意思是让我跟排长一样，住在战斗班？"

小文书眼观脚尖，一脸无奈。

"会议室在二楼是吧？帮我把行李拿过去！"雷钧撂下一句，进屋一屁股坐在门边的床铺上，掏出烟来叼在了嘴上。

侦察连在食堂门口已经唱完了第三首歌。队列前指挥唱歌的值班排长，放下刚刚还在挥舞的胳膊，怯怯地盯着队列一侧的张义。

张义晃了下脑袋："接着唱！"

老兵们都扭头来看连长，不知道这家伙今天演的是哪一出。

"报告！"小文书憋了一肚子火，一个人的声音几乎盖过了全连。

"磨磨蹭蹭地干什么呢？副指导员呢？"

"报告，他说他没食欲！"

"开饭！"张义冲着值班排长低吼。

兵们散尽。张义背着手问文书："怎么回事？"

"副指让我把行李拿到会议室，他自己坐在一班，我叫了他两次他都没理我！"

"再去叫！就说下午武装越野，不吃饭哪儿来的精神？"

"那他宿舍……"小文书欲言又止。

张义仰起头："这事该你管吗？"

五分钟后，雷钧跟在小文书的身后进了食堂。张义看见雷钧进来，低头吃饭装作没看见。

雷钧瞄了一眼独自守着一张桌子吃饭的张义问文书："你们连队其他干部呢？"

文书恢复了机灵劲儿："指导员在师里学习，副连长回家奔丧了，排长吃住都跟着战斗班。您在连部那张桌子上吃饭！"

"行了，一班在哪儿？去给我挪个位置。"雷钧说完又看了眼张义。这家伙正举着筷子津津有味地跟一盘露出芽的黄豆较着劲，根本就没打算再答理这个傲得像只鸵鸟的雷大公子。

张义刚走到连部，团长余玉田的电话就打了过来。

"师里那个雷干事，到你们连报到没有？"余玉田开门见山。

"到了！"张义的话音里明显带有情绪。

"你小子好像有情绪？"余玉田沉声问道。

张义应道："不敢！"

余玉田深知这位爱将的秉性，并不在乎他的态度："你这个驴脾气！我告诉你，那小子也是属驴的。你给我听好了，该忍着的地方，忍着点，但绝不是让你去迁就他！"

余玉田说完，张义半天没吭声。

"怎么？想用沉默来对抗，还是有牢骚要发？没有就给我表个态！"余玉田有点不耐烦了。

张义鼓足勇气说道："团长，我还是想不明白，团机关那么多闲人也不多他一个，何况还有那么多连队，为什么非得放到我们连来？这地儿是镀金的地方吗？"

余玉田提高嗓门："只有你能管得了他！这小子是匹野马，一身好素质，就是脾气臭点儿，你得给我好好驯！驯服了，要是能替代你，你的屁股才能挪一挪！"

"看不出来！"张义还是心有不甘。

"我再跟你说一遍，这件事没得商量了！我希望这是最后一次听你发牢骚。下午你让雷钧到政治处来办手续。记住了，他没有任何特权，从今天开始是你侦察连的副指导员，你是他的连长！"余玉田说完挂了电话。

张义放下电话，愣了半天神，扯起喉咙叫文书。小文书慌慌张张地破门而入："报告！连长，您找我？"

张义盯着小文书看了半天，皱起眉头挥了挥手说："没事了，去吧！"

已经被新来的副指导员搞得晕头转向的小文书，一头雾水地退出去关上门。过了一会儿，他又推开门露出半个脑袋，一脸机灵劲："连长，副指吃完饭就往司令部那边去了。"

张义面露不悦："你没问他去哪里吗？"

小文书怯怯地说："我问他了，他不理我。"

"噢，这几天盯牢一点儿，有事记得向我汇报。"张义一副漫不经心的样子。

小文书心领神会，点头称是。

张义抓着自己的左耳说道："去给我把一班班长叫来！"

"报告！"一班长应浩站在门口话音未落，小文书吱溜一下，从应浩的身后挤了进来，神神秘秘地对张义说道："连长，副指回来了。"

"神经兮兮的！"张义瞪着小文书一甩头，"该干吗干吗去！"

"你下哨了吗？"张义问应浩。

"还有十分钟，我找人替我了。"应浩站得笔挺。

张义抱起双臂："新来的副指导员住你们班，从今天开始，他跟着你们班参加训练。"

"他是副指导员，不合适吧？"应浩一脸痛苦之色。

张义说道："什么不合适？连里暂时不安排他工作，先在你们班当三个月兵。兵们怎么训练，他就怎么训练，他的思想工作我来做！还有，你的代理排长职务团里还在研究，这三个月就算考察期。带不好这个兵，你就可以去炊事班了！"

应浩小声嘟囔了一句："我招谁了我？"

"说什么呐？我也没招谁啊！这是政治任务！"张义义正词严。

应浩索性脱了帽子，一屁股坐在椅子上："你没看他一来就想吃了我？他肯定还记着仇，让他来一班，这不是引狼入室吗？"

张义被应浩逗乐了："这雷干事就这么不受人待见吗？"

应浩幽幽地说道："恐怕郁闷的不止我一个吧。"

张义的嘴角抽动了一下："你说谁呢？你小子什么意思？"

应浩说道："你当排长，我就在你手下当新兵，你屁股一撅……有啥事全挂在脸上。"

"臭小子，就你聪明！"张义一脸尴尬，走到应浩面前说道，"不过，这事你真提醒我了。你跟我不一样，千万记住，别给他脸色看。大机关下来的，心高气傲很正常，他这人我不陌生，应该不会小心眼。一定要有耐心，这事儿对咱俩都是个挑战。"

张义下楼准备找雷钧，刚出门就迎面碰上了。

"雷干事，伙食还习惯吗？"张义满面笑容。

雷钧双手插在口袋里，眼神掠过张义的头顶，看着天花板答非所问："侦察连果然是气象万千啊！"

看似一句无厘头的感慨，张义却听出了味儿，他笑呵呵地应道："大机关有大机关的风景，小连队有小连队的气象。心态不同，感受各异。"

雷钧怔了一下，不得不正眼去瞧眼前这个貌不惊人的小连长。张义被盯得有点儿浑身不自在，但他终于在这个新部属的眼神里捕捉到了一点善意，心情舒畅了很多："咱们去会议室聊聊吧！"

"如果我没记错的话，张连长就是当年那个在全集团军侦察兵大比武的时候，半道杀出的黑马。那一年，我还是高二的学生。"雷钧坐下来，主动开口说道。

"C师二团有一个和我同名同姓的，在全集团军成名已久，没想到那次马失前蹄。如果不是雷军长及时纠正，作训处长就错把我当成了C师的张义。"提起这事，张义来了兴致，接着问道，"听说那个张义也提了干，不知道他现在还在不在C师？"

"转业了，在刑警队。"雷钧回答道。

张义笑道："还是你们消息灵通。"

"我挺好奇，你当年在侦察连就是个副班长，听说团长都叫不出你的名字，怎么就能一飞冲天？"雷钧的语气仍然有点硬邦邦。

张义看上去不以为然："当时我在部队已经是第四年了，已经作好了退役的准备。侦察兵大比武是我最后的机会，抱着不成功便成仁的心态，便豁出去拼了。人的潜能是无限的，所以，我并不承认光靠运气。相反，我觉得那才是我真正的水平！现在想想有点后怕，如果当年自己没那么自信的话，现在肯定在老家那个穷乡僻壤里守着几亩薄田，早成了几个孩子的爹了！"

雷钧仰头大笑。那神情，让张义突然觉得，这家伙原来很可爱。

"别顾着问我，你呢？说说为啥要来侦察连？师机关多好啊，朝九晚五，哪像我们一年三百六十天跟兵们滚在一起，一身泥一身汗的。"张义扬眉笑道。

雷钧闻言脸色大变，站起来就往外走，跨出门外又折了回来，拎起了文书放在这里的行李。他以为张义肯定知道自己是被贬下来的，这么说话不是赤裸裸地讥讽自己吗？

张义被雷钧这突如其来的举动弄得不知所措，等到雷钧走出会议室，才醒过神来叫道："雷干事，团长打电话来让你去团部办理手续。"

侦察连连长张义，在这事上显得太不专业了。他知道雷钧的父亲是军区的雷副司令员，原本以为这小子是头脑发热主动下到基层来的，却没想到这其中的过程这么纠结。雷钧的反应，让张义多少有点后悔，仔细想想，也不难猜出个所以然。

雷钧决定去找王福庆，他要讨一个说法，他受不了这个冤枉气。一个正连职担任副指导员凭什么只能享受排长的待遇？他张义一样挂着中尉军衔，为什么就敢明目张胆、肆无忌惮地讥笑和打击自己？是谁给他撑腰？他居心何在？

不过三百米的路上，雷钧想了很多，有那么一会儿，他眼眶甚至潮湿了。在司令部一楼，雷钧还特意在军容镜前整理了一下着装，做了几次深呼吸，他告诉自己一定要平静，一定不能失态。

之前他多少有点看不起这个副政委，但现在王福庆却成了二团唯一值得他信赖的人。他要让这个干巴巴的小老头，一眼就看出自己内心的愤怒，让他知道自己有多么委屈，还要让他为自己主持公道。

王福庆刚刚开完党委会，正夹着笔记本低头往自己的办公室走，猛然抬头看见脸色铁青的雷钧，吃惊不小。

副司令员之子被贬到自己的单位，他这个团首长早就知道了，而且在听到消息的时候，内心深处多少还在为这个桀骜不驯却又才华横溢的年轻人鸣不平。他很欣赏或者说很喜欢这个年轻人，这跟他父亲身居高位没有任何关系。

他本来想在今天下午去侦察连看看，虽然团长和政委昨天开会的时候就已经打了招呼，要求他们有意疏远这个年轻人，并且强调这是雷副司令亲自交代的。但他还是不放心，十多年的政工背景加上他对雷钧的了解，他觉得，这样是不公平的，也是没有任何好处的。至于会不会有违副司令的本意，他有把握拿捏到位、适可而止。

看到雷钧，王福庆就知道他是来找自己的。组织股和干部股都在二楼，除了来找自己，他没有理由来三楼。

我从未放下这面旗帜
不管走到哪里
它都在我的心中猎猎作响

第一枪　淬火侦察连

"小雷,手续办了吗?"王福庆的腔调跟以前判若两人。

雷钧微微摇头直奔主题:"王政委,我有些情况要向您汇报!"

王福庆冷冷地说道:"我是副政委,这个不能乱叫。走吧,有什么事去我办公室说!"

雷钧硬着头皮走进了副政委办公室。王福庆一反常态,变得如此冷漠,让他始料未及,也打乱了他的节奏。他甚至有点儿后悔自己的举动,觉得自己就像一条落水狗。这样的感觉让他很不舒服,却更激发了他的斗志,他打定主意,一定要让这条"变色龙"、这只"老狐狸"难堪!

"副政委,为什么我这次来,所有的人都对我充满了敌意?"雷钧咄咄逼人。

王福庆面不改色地拿起桌子上的茶杯,凑近眼前看看,起身拿起一只水瓶晃了晃对站在对面的雷钧说道:"喝水吗?"

雷钧下意识地摇摇头说:"不喝。"

"小雷,你今年多大了?"王福庆一边倒水一边问道。

"七三年生人,我记得您问过很多次了!"

"噢?"王福庆说道,"七三年生人,虚岁二十四,说大不大,说小不小。我二十四岁的时候还是个实习排长,你现在已经是正连了!"

"副政委,您在转移话题!"

王福庆皱皱眉头:"读了四年军校,是那一届专业成绩第一、军事考核前五的优秀学员……"

雷钧打断王福庆的话,"这些您好像早就烂熟于心了吧?"

王福庆继续道:"我哥十九岁结婚,二十岁生娃,今年四十五岁,孙子已经打酱油了。"

雷钧快要崩溃了:"副政委,我不明白这些跟我有什么关系?"

王福庆突然开怀大笑:"我在回答你的问题啊!"

雷钧愣了半天,开口说道:"您是说我名不副实?"

"我可没有这样说! 正人先正己,看来你还没有进入角色。"

"我明白您的意思了。手续我还没有办,所以请您谅解我最后一次对您的不敬。今天离开这个办公室,也不会再有机会直接来找您了!"

王福庆摇摇头,这个年轻人显然没有完全领会他的意思。看来的确还是太年轻,而且除了对自己刚才的态度不满外,肯定在过去的几个小时里遇到了什么事,极有可能是跟脾气又臭又硬的张义闹别扭了。否则,不至于这么不冷静。

"我可以肯定地告诉你，这里没有人对你有敌意，更犯不着联合起来抵制你。是你先站在了对立面，然后把所有人都当做了假想敌！"

雷钧张口欲反驳，王福庆举手打消了他的念头，接着说道："你是来告状的吧？告别人往你眼里糅沙子是不是？"

一股寒意从雷钧的心底生起，他选择了沉默。

王福庆盯着雷钧看了好久，才继续说道："侦察连的几个干部，脾气我都很清楚。这些都不是最重要的。问题的关键是，你从一开始就对这次任职有想法，充满了委屈，却又无力改变，憋着火，无处发泄，然后看什么都不顺眼！"

"我……"雷钧开始恼火。

"你不要否认，你的情绪都写在了脸上！"王福庆再次打断了雷钧，提高嗓门说道，"没有人会同情你所受到的这些所谓的委屈，也没有人能感同身受。这个团，比你大六七岁的正连职起码有一个加强班，比你职务高的有两个加强排，凭什么都要看你的脸色？就因为你的背景跟别人不一样？就因为你是大机关下来的？那么多从基层摸爬滚打出来，一门心思想去侦察连的兵们和干部们都去不了那里，而你就能！你凭什么？"

"无论如何，也不能把我当做新兵。既然我服从了命令，那么我就有信心也必须当好这个副指导员。他们这样对待我，我没办法做到无动于衷。"雷钧几乎已经被这个突然变得如此陌生的副政委打败了，但他还是不甘心。

"我不清楚你到底遇到了什么事，也不用再向我解释。把你当新兵，那也是必须的！你从地方上的军校过来，没有在基层连队当过兵、带过兵，更没有学过侦察专业。好好当回兵，对你、对侦察连都是负责任的表现。侦察连很多老兵都跟你差不多的年纪，有的甚至比你还大，哪一个身上的东西都够你学的。"王福庆说完起身，过来拍了拍雷钧的肩膀，意味深长地说道："少想点面子、位子，你就会释然，你就成熟了。要对得起自己，更要证明给你父亲看！"

雷钧低头垂目，心有不甘，却又无从说起。

"回去吧，我这里不是雷池，你还可以直接来找我，但我是不会听你的抱怨和牢骚的。"

雷钧在司令部大楼外徘徊了一阵，然后又转身进了大楼，左转第二间就是干部股的办公室。

王福庆从窗户边走到办公桌前拿起电话拨通了侦察连的电话："我是王福庆，雷钧好像受了很大的委屈，怎么回事？"

张义在电话那头撇撇嘴说："副政委，我正要向团首长汇报，我把他安排住进了战斗班。准备三个月后再搬出来，参加连队的正常工作。"

"好，我同意！这事我一会儿跟团长和政委汇报，时间还可以再长一点。你这个脾气要收敛一点，可别把连队整得鸡飞狗跳的！"

雷钧在机关办完手续，心情跌落到了谷底。从走出司令部大楼那一刻起，他终于承认一切已成事实。从今往后，自己的命运就和这个声名显赫的大功团系在了一起，不得不面对没完没了的操课和政治教育，还有兵们粗犷的大嗓门和满屋子的汗臭味儿。

他闭上眼睛，站在空旷的操场上，良久，才机械地迈起了步子，转身走向了侦察连相反的方向。他决定找个安静的地方好好地待上一会儿，让自己平静下来。这一天里，他的脑子一直乱哄哄的，瞅谁都心烦，看什么都不顺眼。还有，他不想这么快就看到张义那张小人得志的脸和那里的兵们充满不屑的眼神。天快黑吧，等天黑了再回去！最好是他们急了，然后满世界地找自己，出动全连来找！

转过三营的营区，眼前是一大片菜地，沟壑纵横、泾渭分明。绿油油的蔬菜，光鲜蓬勃。北面一排长长的建筑，一米多高，房屋足有数十间，紧挨着一条近百米的人工沟渠。这里应该是猪圈和鸡笼，红砖青瓦，清爽而自然，与周围的菜地相得益彰。空气中混合着猪粪便的味道和蔬菜的甜香，这在长年干旱少雨、风沙弥漫的西北，的确是一道难得一见的风景。

"桑下春蔬绿满畦，菘心青嫩芥薹肥。"眼前的景象，让沉郁的雷钧豁然开朗。恍惚间，好像回到了儿时曾经待过的那个江南小城，那是母亲的故乡。

他记得那年跟随父亲换防到西北边陲时，自己只有六七岁大，那时候已经懂得了什么叫做怀念与不舍。在大人们的眼神里，他读懂了自己将要永远离开那里。外婆不停地抹着泪水，可是，任凭自己如何哭喊，威猛的父亲还是粗鲁地将自己架在了脖子上，硬塞进了那辆蒙着帆布的吉普车。

刚离开的那几年，他还不停地梦到那里，梦到自己的小伙伴和城外的那条小河，还有河边被放逐的猪群和大片大片的菜地。后来不知道何时，这个梦境就戛然而止，至少有十年没有在梦里出现过了。

雷钧轻轻地吸了吸鼻子，生生地拉回了思绪，走向了最近的那块菜地，那是一垄疯长的大蒜田，已经抽苗了。

"你好！"一个略显老成的声音在身后响起。

蹲在地上的雷钧转过头，看见了一个壮实的三级士官，又扭过头用手指去抠那个已经露出了半个身子的蒜头。

"直接拔就行了，土很松的。"士官提醒道。

雷钧从身前抓起一把拔断的蒜苗，举过头顶扬了扬："全拔断了，起不来！"

"拔这个是有技巧的，得挨着土，紧紧地抓住苗，一边拔一边晃动。"士官说完，蹲在了雷钧的身边开始示范。

士官自以为是的行为，让雷钧有点恼火。他站了起来，拍拍手，头也不回地走向了另一块菜地。

"雷干事，今天怎么没背相机啊？"士官的声音透着熟络。

雷钧不得不再次站住，转过身子盯着站在那里显得有点局促的士官："你怎么认识我？"

士官露出了整洁的牙齿，一脸灿烂："你到我们连队去了好几次，全连的人都认识你。"

"是吗？"雷钧有点兴致索然，虽然他开始觉得这个士官有点面熟。

士官不屈不挠地跟上前来，笑呵呵地说："你的篮球打得可真好，我们连长说你肯定在军校的时候接受过专业训练！"

"你是炊事班长？"雷钧懒得答理他，出于礼貌才冷声问道。

"我是七连的司务长，明天开始代理副指导员，教导员说任命已经到了团部。过段时间还要去军里集训。"士官轻描淡写地说完，然后轻叹一声，"当了十二年兵了，终于等到了提干的这一天。"

"直接提副连？"雷钧脱口而出，惊讶地问道。

"是的，我不是第一个。我们团四连长就是三年前由士官直接提副连职教员的，他比我还小一岁，早当一年兵。"士官喋喋不休地说道。

雷钧本来有点反感这个扰他清静，有点人来熟的士官，现在这点反感已经消失得无影无踪了。是啊，不管谁遇到这种万里挑一的牛人，都不得不另眼相看。

"听口音，你是南方人？"雷钧的语气温和了很多。

"果然是大记者。我以为自己在这里待了十多年，口音早就变了，还是被你识破了。"雷钧态度转换，士官的热情又高涨了几分，紧赶两步上前与雷钧几乎并肩说道，"我是安徽人，长江以南，鱼米之乡。雷干事哪里人？"

雷钧伸手拍了一下士官的右肩说道："咱们是半个老乡，我外婆家在安徽，贵池知道吧？"

"知道，知道。我是铜陵人，一泡尿能走三个来回！"士官说完哈哈大笑。

雷钧微微地皱了皱眉头，但很快被士官的情绪感染，也跟着他笑了起来："那里的确是个好地方。跑到这鬼地方来当了十几年兵，想过退役回家吗？"

士官摇摇头，很坚决地说道："没想过！真要转业回去了，我还真不知道自己能干什么！如果部队不嫌弃我，我宁愿在这里干一辈子！"

雷钧笑道："这里有什么好？穷山恶水的！在你们老家那儿，就是守着一亩三分地，最不济也能丰衣足食。"

士官突然沉默了，过了好久才半开玩笑地说道："雷干事，你不会是师里派下来考察我的吧？你看看咱们团里这块自留地，不照样被我们侍弄得春色满园吗？就这二十来亩地，能供上全团的蔬菜和肉蛋，还捎带着养活了师里在这里寄宿的十多户家属！"

雷钧点点头，还不死心地问道："你就没想过调到后勤单位去吗？"

士官顺手拔起一把杂草，抖了下泥土，铆足了劲儿掷向了北面那条沟渠，一字一句地说道："师干休所和招待所都曾经要调我过去，我的态度很明确，如果没有商量的余地，那我就选择转业！"

"为什么呢？"雷钧问道。

"我的政治觉悟可能有问题，当兵当到那地方，我觉得这人就废了。在连队后勤待了七八年已经够憋屈了，如果不是逼着自己跟着连队坚持训练，我今天也提不了干。当年我可是怀着当特种兵的理想到部队的，要不是在家里学的一身厨艺害了我，我觉得自己三年前就应该是一个合格的军事主官！你知道吗，我回家探亲，从来不跟人说我在炊事班待过，就是当了司务长我也跟人说我在战斗班当班长！"士官讲这些话的时候，铿锵有力。

雷钧恨不得找个地洞，一头扎进去。士官的话很朴实，那种发自肺腑的语气容不得任何怀疑。

雷钧半天没搭腔，这让激情未消的士官觉出了他的尴尬，赶紧圆话："我说的是我们这些在基层连队待惯了的人，和你们军校毕业的不一样。要真是都像我这样，咱们军队的机关和后勤单位就可以撤掉了！"

士官越解释，雷钧越觉尴尬，四下里张望，想找个什么人和事来转移下话题。没想到这一看，就看到了神兵天降的小文书。

小文书远远地站在七连的食堂后面，这小子绕着各营寻了一圈，已经来了有十分钟，远远地盯着雷钧不敢上前。才和新任的副指导员打了一次交道，这小子就落下了心理障碍。

雷钧看见小文书，像见到了救星，正要向士官告别，小文书一溜烟跑到跟前，规规矩矩地举手敬礼："报告副指导员，连队下午捕俘拳训练，连长让我过来叫您。"

"我得走了，改天过来向你请教连队的后勤管理。"雷钧甩开小文书，挥手向士官告别。

士官擦了把额头，举起手挥了挥，张开嘴巴想说点什么，但终究还是没说出口……

二　物不平则鸣

黄河在甘、宁、蒙、陕、晋5省区境内形成马蹄形大弯曲，这一大弯曲的北部地区称为河套。这一地区黄河两岸的平原称为河套平原，西南起自宁夏回族自治区中卫县的沙坡头，东北到内蒙古自治区清水河县的喇嘛湾。

整个D师几乎都驻扎在这个大河套平原，内蒙古自治区境内。"天下黄河富宁夏"，这里和富饶的"塞上江南"宁夏相邻，但自然环境却大相径庭。到处都是荒山、戈壁与沙漠，长年干旱少雨，矿产资源丰富，却有着大片贫瘠的土地没有被开垦。

二团的训练场，确切地说是D师的训练基地，三面环山，一面连着二团的营地。那山不叫山，远远地看去像人工垒好的土堆，灰里透黑，几乎寸草不生。往北至少五百公里，才能看到内蒙古真正一望无际的大草原。雨过天晴的日子，倘若站在东面的山顶上极目远眺，便能隐约看见蜿蜒起伏的贺兰山脉。

这个训练场占地面积之大，可以断定是我军师团一级训练场之最。第一次来这里考察时副司令员雷啸天就曾感慨，这儿能赶上老美的一个空军基地。到底有多大，雷钧没有详细地问过，他只记得有一次来这里采访，王福庆开着团里的吉普车绕着跑道硬是跑了二十多分钟。

还未进入训练场，便能听见阵阵喊杀声。一身作训服的雷钧站在跑道边，转身第一次温和地对默默跟在身后的小文书说道："连队每天都要来这里训练吗？"

小文书受宠若惊地答道："报告副指，团里的常规训练都在这里。还有全师的轻武器实弹射击也在这里！"

雷钩点点头："这个我知道，我是说侦察连不是有特训课吗？也在这里？"

"除了野外科目和器械训练，几乎都在这里完成。"文书用手指着远处几栋高低不平的建筑，骄傲地说道："那边是供我们连专训的地方，所有设施都是新建的！"

雷钩点点头，冷不丁地说道："咱俩比一下吧？"

小文书瞪大眼："比什么？"

雷钩指着跑道右面的一排营房："那地方是汽车连吧？咱们谁先摸到那里的墙就算谁赢！"

小文书来了劲头，一边晃动着脑袋，一边笑问："那我要是赢了你，有没有奖励？"

雷钩掏出一盒烟："这个归你！"

"咱们连不准抽烟！"文书说道。

雷钩又从口袋里摸出一支崭新的派克笔，说道："这支笔人家送我的，你要是赢了我，就归你了！要是输了嘛，以后我的衣服都归你洗！"

小文书一脸灿烂："一言为定，不准反悔！"

雷钩一声令下，机敏的小文书"嗖"的一下就蹿了出去。

侦察连新科副指导员怎么也想不到，比自己矮了一头、瘦了一圈的小文书，在不到两百米的时候，就将自己这个全校四百米跑第三名的军校优等生甩开了一大截。等到他跑完三百多米，气喘吁吁地摸到墙的时候，小文书早就靠在墙上伸出了右手。

"好小子，这么厉害！你们连没谁跑得过你吧？"雷钩一手撑墙歪着脑袋问道。

"连里比我跑得快的老多了！连长一百米从来没超过十一秒五！"小文书气定神闲地说道。

雷钩倒抽一口凉气："有这么厉害？"

小文书头一扬："当然了！一班长比他跑得还快！"

"侦察连果然是名不虚传！"雷钩幽幽地说道。

小文书听出了酸味,低头看了一眼手里的笔,又抖起了机灵:"副指,您是在机关待久了,以您的素质,在咱连待上十天半个月,没人能跑得过您!"

雷钧的脸刷一下黑了下来:"走吧!"

小文书抓着脑袋,恨不得揪下几根头发来。

给兵们纠正动作的张义,抬头看见雷钧走来,瞄了一眼挂在脖子上的秒表,迎着雷钧笑容满面地说道:"副指导员,办完手续了吧?"

雷钧点下头,算是回应了。

张义晃了下肩:"今天刚开始捕俘拳训练,基础科目,得反复练。"

雷钧抱着双臂,看了一眼队伍,言语中似有不屑:"这个科目我们也练过,没想到侦察连也练这个!"

"本来是特训科目,后来许多部队都在普及,可惜光练架势不练内功,形式大于内容就变成了花拳绣腿。"张义说道。

话不投机半句多。雷钧干笑一声,环顾各班说道:"连长,我应该站在哪儿?"

张义闻言叫道:"一班长!"

半晌无人回应。

"一班长!"张义提高嗓门。

"到!"应浩应声跑步上前。

"耳朵塞鸡毛了?"张义梗起脖子瞪着应浩。

应浩瞄了一眼雷钧,声音比连长还大:"报告,刚才没听到!"

"从今天开始,副指就跟着你们班训练。有问题多向副指请示,别整天稀稀拉拉,不知道自己吃几碗干饭!"张义劈头盖脸连下命令带训斥。

连长不分青红皂白,应浩火冒冒地张口想反驳,被张义硬生生地给瞪了回去。这才猛然警醒,原来连长是指桑骂槐。

雷钧再笨也听得出张义是在骂自己,又不好发作,气得脸通红。

张义解了气,掏出口哨吹了两下,扯直喉咙喊道:"面向我,集合!"

"副指导员,等下讲两句。"张义一边甩着哨子里的口水,一边冲雷钧说道。

雷钧不置可否。

"讲一下!请稍息!"张义站在队伍前列说道,"给大家介绍个新战友,我们的新任副指导员雷钧同志!大家欢迎!"

兵们对新任副指并不陌生,拼命鼓掌。雷钧从张义的右侧跨出一步,干净利落地举手敬礼。

"雷钧同志是陆军学院的高才生，军政素质优秀。为了更快地熟悉业务，他主动要求到战斗班参加学习和训练。希望各位积极配合！下面请副指导员讲两句。"张义言简意赅，说完后退一步，把队伍交给了雷钧。

张义突然袭击，让雷钧有点措手不及，但他又不得不感激这个又臭又硬的家伙给自己留足了面子。

下面掌声未了，雷钧再次举手敬礼，然后朗声说道："感谢领导给我这样一个机会。以前从来没有在基层连队待过，我想我需要一段时间来适应这里的环境。从今天起，我就是你们中间的一员。相信我一定会不辱使命！"

雷钧应付自如，张义带头鼓起了掌。

"一班长，副指导员接下来会在你们班当兵，来，表个态！"张义笑容可掬地说道。

站在第一列的应浩，身体前倾，晃动了一下站在原地说道："听说副指从小习武，在陆军学院无人能敌，很想见识一下！"

应浩话音未落，兵们轰然叫好。

"我让你小子表态，你瞎起什么哄？"张义眼眉含笑地训道。

兵们笑得东倒西歪。

雷钧早就憋着一股劲，明知这个一班长多半居心不良，还是被撩拨得热血沸腾："好啊，一班长你想比什么？千万别跟我赛跑，这个我还得跟着你们好好练练，刚刚在路上我就被文书撂下一大截！"

张义大笑，没等应浩开口，抢先说道："副指导员是性情中人，没有几把刷子也不会来咱侦察连。"

应浩咋咋呼呼："那个谁，宋卫东呢？中午你不是叫嚣着要跟副指过几招的吗？过来，过来！"

在兵们的嬉笑声中，一个挂着上等兵军衔的胖子，从队列中间蹦了出来。这家伙胖得有点走形，隔着衣服都能感觉到他胸前那两坨硕大的乳房在抖动。如果不是穿着作训服，谁都不信当兵的能胖成这样，而且还是侦察连的兵。

雷钧眉头紧锁，像是受了莫大的污辱。

胖子大大咧咧，根本不在乎雷钧的反应，一边脱上衣一边瓮声瓮气地自报家门："俺是炊事班的给养员，没办法，喝水都长膘！连长说俺有损侦察连的形象，天天让俺跟着操练。"

兵们被胖子逗得前仰后合，小文书更是旁若无人地咯咯大笑。全连只有新任副指导员雷钧绷着个脸。

张义一直在一旁盯着雷钧，胖子说完，他补充道："这小子刚进侦察连的时候也没这么胖，当了给养员，好的全塞自己肚子里了。八个大馒头一盆烩菜，他一个人的食量顶一个班的！不过，素质不错，一身蛮力，能扳倒一头公牛，内蒙兵都怕他！"

雷钧有点不以为然，打起精神问胖子："你要跟我摔跤还是？"

胖子眉飞色舞："行，就摔跤！"

张义知道论摔跤，雷钧绝对不是胖子的对手，侦察连就没人能扳得倒他。又不好明说，只能激胖子："宋卫东，你小子就知道摔跤，除了这个你还会什么？"

没想到雷钧根本不吃张义这一套："摔就摔，愿赌服输！"

兵们呼啦一下，全部散开，将两人围坐在中间。这胖子果然不是吹的，雷钧和他一交手，就知道自己的力气远在他之下，那两只又肉又粗的大胳膊根本就抓不住。

两个人手臂挡拆，绕了几圈后，雷钧瞅准了一个空当团肩跨步，准备去抱胖子的右腿。胖子实战经验丰富，早就料到副指导员会来这么一招。等到雷钧俯身上前，他一把抱住雷钧的腰部，大吼一声力拔山兮，硬生生地把雷钧给倒提了起来，接着开始转圈。

按照胖子的习惯，凡是不幸被他扛起来的人，都要被他转上十来圈，然后顺手再给扔出去。这次抱的是副指导员，这小子卖了个乖，转了几圈后，自己先坐在地上，然后放下了雷钧。

雷钧晃了晃脑袋，周围的兵们在他眼里一下多出了好几倍。这次兵们没敢开怀大笑，全都憋着。雷钧刚被胖子抱住的时候，站在外围的张义就拼命地冲着兵们打着手势。他知道，这群小子才不管那么多，要是让他们可着劲头开心，以雷钧的脾气，吃了亏肯定会恼羞成怒。

张义小看了雷钧。虽然又跌了面子，心里窝着火，但他还是挺有风度。等到眼前的景象不再晃悠的时候，雷钧定定神，转身冲着胖子竖起了大拇指："以后你教我摔跤，我帮你去买菜！"

"那还不是一样吗？你出去我教谁啊？"胖子笑得像个孩子。

兵们意犹未尽，有几个摩拳擦掌，蠢蠢欲动，还准备上来跟这个好欺负的副指导员过过招。

张义吹响了集合哨："今天到此为止，以后有的是机会切磋！"

经此一役，雷钧的锐气被大挫，也不得不对这个几个小时前还有点不屑的侦察连另眼相看。他很落魄，也很老实地整了整着装，站在了一班的队尾……

一班长应浩和雷钧相处了几天后，才发现这个副指导员并不那么令人讨厌。虽然待在自己班里话不多，有时还阴阳怪气，但他从来不干涉班务。不过，他似乎有意跟自己和全班人保持距离，有时候，一天也跟他对不上一次眼神。几天下来，倒也相安无事。

雷钧的表现，也有点出乎张义的意料。虽然他遵循上头的意思，刻意跟雷钧保持着距离，却在心底盼望着这个家伙能主动来和自己交流，哪怕再来发几句牢骚也好。这么平静，张义总觉得心里没底，而且时间越长，他越过意不去。毕竟，这也是个正连级，以前自己想跟他交流，人家还不一定会给面子。特别是他从师里学习的指导员那里知道了雷钧来侦察连的真实原因后，更是觉得这小子不容易。换位思考，如果自己遇上了这事，肯定做不到这么波澜不惊。

张义决定再寻个机会，去找雷钧好好聊聊。

侦察连和普通连队不一样，一周基本上只会休息半天。周六正常，周日早上会有一个高强度的体能训练，完了以后兵们开始休息。下午四点钟以后，又全部恢复正常，继续周而复始地训练和政治教育。

这是雷钧在侦察连待的第一个周末。这几天来，生活像上了发条，除了晚上躺在床上，几乎没有任何清静的时间。常规科目训练，强度不大，对雷钧来讲并不吃力，毕竟军校时打的底子在那里。真正让他难以释怀的是内心深处的孤独，他知道自己还没有完全进入角色，但他就是没有办法坦然去面对。身边的这些兵们，虽然和自己年龄相当，却多是无趣之人，他们的话题离自己仿佛都很遥远。

昨天晚上他突然来了冲动，准备今天请假，约老范出来倒倒苦水。但这个念头在脑海中只停留了不到三分钟。自己走的时候一副决绝的样子，这才不到一个星期就坚持不了了。以老范的性子，说不定就把自己说的演绎成诗歌散文什么的，然后到处投稿，到处跟人显摆。那不是自讨没趣吗？

早上跑完十公里，雷钧在水房里好好地洗了个澡，把身上换下的衣服和被单泡在了桶里，跟应浩打了个招呼，一个人去了靶场。

张义推开一班的房门，几个兵正在吆五喝六的拱猪，应浩趴在桌子上写信。

"副指呢？"张义挥手示意兵们继续，然后小声地问应浩。

应浩朝窗外努努嘴："出去了，在靶场。"

张义问："没说干什么？"

应浩仰起头说："还能干什么？孤单地游走呗！"

张义找了张马扎坐在上面："怎么样这几天？你小子也不跟我汇报汇报情况。"

应浩说："没什么，很老实很规矩的一个兵！"

"别阴阳怪气的！我是说他有没跟你说什么？"张义有点火了。

应浩脖子一拧："傲得跟个河马似的！根本就不爱答理我！"

张义瞄了一眼几个兵，拿手指着应浩点了点："你小子，嘴巴给我管牢了！我怎么交代你来着？你的兵有思想问题，你就该好好地去做工作，你跟谁斗气呢？"

应浩一脸不忿："本末倒置了吧连长？他是副指导员，迟早得管着我！我去给他做思想工作，那不是媳妇给婆婆上眼药吗？"

"闭嘴！什么乱七八糟的？"应浩虽然没大没小，但说得不无道理。张义讨了没趣，也没想再跟他理论，便站起来说道，"我去找他。改天再好好收拾你！"

"我觉得他思想没问题，谁都有不开心的时候！"应浩跟着连长走出门外，大声地说道。

偌大的靶场空空荡荡，张义站在观礼台下扫了几眼，转身往回走。明天，指导员就该回来了。

侦察连指导员郑少波，多才多艺，在二团乃至D师都是赫赫有名的人物。军政素质优秀，从上任指导员第一年起，就连续三年被师党委评为"基层优秀政工干部"。但真正让官兵们津津乐道的并非他的工作表现。此人外形俊朗、相貌堂堂，一米八六的个头，无论是外形还是气质，在D师都无人能出其右。

传说他当年还是排长的时候，曾有一位将军到侦察连视察，看到他惊为天人，当着师团二级领导的面，一本正经地问他愿不愿意当自己的女婿。从此，郑少波在二团就有了个绰号，叫做"帅得惊动军党委"。

雷钧和他曾经有过一次短暂的接触，当时王福庆在场，并将这段故事当做笑话讲给雷钧听。因为只简单地客套了几句，所以雷钧对他的印象和所有见过郑少波的人一样：帅，不是一般的帅！

我从未放下这面旗帜
不管走到哪里
它都在我的心中猎猎作响

郑少波在师里学习了一个月，几乎每天都要和他的搭档张义通一次电话，因此他对连里的工作了如指掌。雷钧任职的命令刚下到连里，两个人就在电话里发起了牢骚。对自己这个新任的副手，郑少波并不陌生，虽然只见过一次面，但印象深刻。在他看来，这个副司令员之子年轻、冷傲、叛逆，骨子里透着一股与生俱来的优越感。

开始他也不理解这样一个高高在上、前途无量的家伙为什么突然高职低配，跑到侦察连来任职。直到师政治部主任的一堂课上，把雷钧作为反面教材，虽然没有指名道姓，但郑少波猜出主任说的就是雷钧。

昨天晚上张义给他打电话通报了雷钧这几天的表现，郑少波几乎一夜未眠。这个"兵"是他要面对的一道坎，自己是他的直接领导，接下来将要全程参与"改造"。打好第一枪很关键，这是个很棘手的问题。他不得不苦苦思考回到连队后如何去面对这位公子哥。

郑少波在连队晚饭时回到连队，放下行李后直接扑向了一班。雷钧吃完饭，推开房门时，班里空荡荡的，一个军官背对着他立在窗前。雷钧愣了一下，正要退出，一个惊喜的声音响起："雷钧，好小子，真的是你啊！"

雷钧正要回应，一双大手已经紧紧地抓住了他的右手："刚回到连队就听说你来咱们连了，欢迎，欢迎啊！"

郑少波逼人的英气让雷钧有点晕，不无尴尬地说道："指导员吧？我们见过面！"

"是啊，是啊！上次太匆忙了，后来你来我们连队打篮球我正好请假外出。回来后就听说应浩那小子冒犯你了！"郑少波说完，放开雷钧的手哈哈大笑。

"我还寻思着哪天要找这家伙报仇呢，没想到他现在成我班长了！"雷钧一下子就被郑少波的情绪感染了。这家伙怎么说话，听着都比张义说话舒服。

雷钧的反应也让郑少波差点乱了阵脚，他是准备受冷落甚至做好被雷钧羞辱的准备来的。郑少波笑得更开心了，这次是发自肺腑的。张义经过一楼时，听到一班传来指导员爽朗的笑声，咧开嘴摇摇头，背着双手轻快地跨上了楼梯。

"我记得你抽烟的，这几天憋坏了吧？走，跟我去会议室抽一支吧！"屋内，郑少波笑吟吟地对雷钧说道。

雷钧感激地看了郑少波一眼，拉开自己的柜子从里面掏出了一盒烟说道："你抽吗？"

郑少波摇摇头："在军校的时候，偷偷抽，被区队长抓住逼着喝了一碗烟汤，从此落下了心理阴影。"

雷钧开怀大笑："原来你也有过这样的经历。我是喝了两次以后，瘾头反而越来越大。在师里那会儿，抽得最凶，写一篇通讯得要一包烟对付！"

两个人进了会议室，雷钧迫不及待地掏出一支烟，结果一摸身上没带火机。郑少波变戏法似的，扔过来一个火机。雷钧像看外星人一样盯着笑逐颜开的郑少波，然后将叼在嘴上的烟又塞回了烟盒："不抽了！连里禁烟，我也不能例外！"

"这火机是我在集训队晚上点蜡烛用的，我可不会神机妙算，更不会整天塞着个火机专门给人点火。"郑少波解释完说道，"不抽也好，训练量大，以免肺活量跟不上。"

雷钧笑笑，一脸尴尬。

"怎么样这几天？还习惯吧？"郑少波问道。

雷钧应道："还行，都挺照顾我的。"

郑少波越发觉得张义在谎报军情，暗自松了口气道："对咱连队有没有什么意见要提的？过段时间你就得参加连队的正常管理工作了，肯定得有点想法吧？"

雷钧习惯性地又摸出了烟盒，拿在手里把玩了半天，突然反问道："你觉得我们这样训练正常吗？"

"哦？"郑少波挪了挪椅子往前凑了几步说道，"说说看，什么地方不对劲？"

"我在部队长大，虽然从小就厌倦这种生活，但咱们军队这些年的发展我一直看在眼里。不可否认，我们的军队从管理和装备上一直在悄悄地发生变化。但是，比起我们潜在的敌人和对手，这个进化的过程实在太慢了！"雷钧说到这里戛然而止。

"能不能说得具体点儿？你这个观点我很赞同！"郑少波面色凝重地鼓励道。

雷钧摇摇头："你知道雷副司令员为什么把我贬到这里来吗？他说我反动！其实他就是想剥夺我的话语权。所以今天，以我这戴罪之身话已经有点多了，我是没有资格讲这些的！"

郑少波被雷钧的孩子气逗乐了："我觉得这是一个很正常也很值得探讨的话题。咱们这些基层的低阶军官只会逆来顺受，除了偶尔发发牢骚，没有几个人真正探讨过新时期人民军队建设的问题。"

郑少波的一席话让雷钧很是惊讶，像遇到了知己，在那一瞬间他冲动地想

我从未放下这面旗帜
不管走到哪里
它都在我的心中猎猎作响

第一枪 淬火侦察连

把憋在心里的话全部倒出来。

"但我们还在为已经摩托化并走向机械化而沾沾自喜的时候，我们的对手已经完全机械化并走向了信息化。当我们敌人的特种部队，手持反器材武器一天内纵横数千里的时候，我们的侦察兵还是一根绳子一把刀，一套拳法几十年！这不能不说是一个悲哀。如果战争再次来临，我们该怎么办？我们拿什么来保卫自己的国家和人民？难道我们还要靠人海战术？还要寄希望于那些无畏的士兵抱着炸药去找敌人同归于尽吗？"雷钧脖子上一根青筋暴起，神情激动却又故作镇静地说道。

郑少波看出了眼前这个比他整整小了六岁的年轻人在强压着内心深处的激动。他没有雷钧这样的经历，更是对他这一番愤慨的言论无法感同身受。这个年轻的副指导员像所有刚毕业的大学生愤青一样，忧国忧民又自以为是，恣意而又执著地对一切他们看不惯、读不懂的事物发表着貌似高深的言论。

他知道，现在和这个曾经高处不胜寒的年轻人讨论这个话题还有点儿为时过早，让他学会思考并理智面对的唯一途径是，好好地在侦察连当一回兵！事实证明，雷副司令员作出的决定是英明的。

"报告！"郑少波正要开口说话，小文书的声音在门外响起，"指导员，连长问您今天晚上要不要组织教育训练？"

"这么快就要六点半了？"郑少波翻腕看了一下表说道，"要！六点半准时到俱乐部集合！"

"小雷，这个话题留待咱们下次好好讨论，到时候叫上张义。他比你我的想法还要多！"郑少波起身对雷钧说道。

雷钧显然是意犹未尽，郁闷地点点头。

侦察连跟很多连队一样，把军事体操中的器械练习安排在每天的晚饭前。跟普通连队不一样的是，侦察连的兵们艺高胆大，什么动作都敢玩。

训练了一天的兵们，都把这种单兵练习当做休闲活动，单双杠成了他们挥洒激情的舞台。在这里，你可以尽情地展示自己舒展的肢体和优美的动作，感受那种高高在上、万众瞩目的感觉。

雷钧来侦察连的这段日子，一直很不屑参加这种班排自发组织的练习。反正兵们都热情高涨，一个接一个地自己往上冲，班排长们也不像在训练场上那样严格要求。所以，雷钧落得清闲，除了头几天跟着兵们做些简单的练习外，后来的几天基本上都一个人待在班里，捧着那本已经翻烂了的《雪莱诗集》如痴如醉，直到哨音响起，才会出门。应浩也从来没差人去叫过他。

平常这个时候，连队的干部都会到各班转转，看看内务、查查卫生。这天连长张义心情大好，独自一个人转到了器械场，饶有兴致地看着兵们练习。他转到一排，应浩正在单杠上做示范动作。张义东瞅瞅西看看，叫了下应浩："副指呢？怎么没见人？"

"闺房里呢。"应浩气喘吁吁地应道。

张义瞪大眼问道："干什么？他不用参加训练吗？"

"吟诗作对，对镜贴花黄呗，还能干什么？"应浩一脸不屑。

张义提起右脚："那你是干吗的？马上给我叫来！不像话！"

应浩闪到一边，还想说点什么，看到连长面色铁青，像是真的动了火，这才不情不愿地转身去叫人。

五分钟后，雷钧慢悠悠地走出营房，便听到一阵叫好声。抬首望去，单杠上有条人影，像风车一样来回做着大回环。雷钧盯了十多秒钟，才看清单杠上是张义。他心头颤了一下，紧赶几步站到了队列的一侧。

张义从单杠上跳下来，拍拍双手解下背包绳，然后抬手微笑着示意兵们安静。

"这个动作身体一定要抢出去，两腿绷直，劲儿全在脚尖上。胆子一定要大，闭着眼睛可不行！"张义说完瞄了一眼雷钧，突然声音高八度地说道，"同志们见过咱副指导员的动作没有？"

兵们扭头看向一旁的雷钧，齐声道："没有！"

张义笑道："让副指导员来一个好不好？"

"好！"兵们扯直喉咙大叫，另外两个排的兵们闻言，也呼啦一下冲了上来。里三层外三层地围住了单杠。

雷钧站在那里不为所动，现场突然陷入了死一般的沉寂。张义仰头转了转脖子，轻声而又威严地叫了声："副指导员！"

雷钧依然没有回应，但他已经拉开上衣的拉链，准备脱下外套。

"你哪个动作最拿手，就玩哪个。"张义的语气有点轻蔑，隔着几米远，将手中的背包绳扔了过来。

雷钧接过背包绳裹在衣服里，随手塞在了身边一个兵的手上，一边做着扩胸运动，一边面无表情地走向单杠。

第一枪 淬火侦察连

我从未放下这面旗帜 不管走到哪里 它都在我的心中猎猎作响

张义从单杠旁走到了一边，抱起双臂饶有兴致地盯着雷钧。这时候他才发现，看上去显得有点单薄的雷钧，脱了上衣后，竟然一身肌肉。

雷钧在单杠边立正，接着跳起单手抓杠，两手互换来了几个引体向上，然后又不紧不慢地吊在杠上扭动身体。兵们表情复杂，都在屏气凝神地看着新来的副指导员，联想到刚才他畏缩不前的样子，很多人为这个副指导员捏了一把汗，但更多的人都抱着看笑话的心态。只有张义清楚，这家伙除了做热身动作外还在无声地抗议他的突然袭击，接下来肯定会有惊人之举。

果不其然。就在兵们都快失去耐心的时候，吊在那里晃悠的雷钧，突然脚尖一点，极其轻巧地翻身到了杠顶。大家未来得及反应，雷钧已经仰头，腹部贴着单杠飞了出去，在身体和单杠呈 180 度的时候，"刷"一下又荡了回来，反身连续来了两个让人眼花缭乱的 360 度大回环。

这还不算完，就在兵们张大嘴巴准备叫好的时候，雷钧在翻转的过程中突然撒开右手，单臂又是一个回环。这个动作稍显狼狈，没有到位的时候他就赶紧换上了两只手，但这种只有专业运动员才敢玩的动作已经足够惊世骇俗了。

但雷钧在空中一个漂亮的转体，稳稳地落在三米多长的沙坑边沿的时候，瞠目结舌的兵们终于回过了神。掌声、欢呼声还有跺脚声凝固成了一股强大的气浪，差点把整个连队的营房都掀翻了！

张义倒抽一口凉气，接着忘情地大声叫好，甚至冲上来搂住了雷钧的脖子。这一刻，年轻的副指导员雷钧给他的震撼足以让他忘记所有的不快。

被兵们的热情感染的雷钧，此刻也有点面红耳赤。连他自己都不敢相信，在军校一直想玩却不敢玩的动作，竟然在今天喷薄而出……

郑少波在兵们沸腾的时候，和司务长远远地站在食堂门口张望。他没有看到那惊险刺激的场面，但张义抱着雷钧他看得真真切切。他最感兴趣的是，个性狂傲，从不服人的连长张义，今天怎么也像个孩子似的？

雷钧仍旧一言不发，对张义的真情流露无动于衷。

"同志们看到了吧？别都整天牛气哄哄的，就这个动作，够你们学三年了！"张义放开雷钧后感慨地说道。

此时的雷钧，已经抱着自己的上衣，消失在了营房里。

食堂里的餐桌上，张义显然还沉浸在激动中："老郑，没想到这小子素质原来这么好！"

郑少波咽下一口馒头笑道:"你这个连长当得!雷钧在陆军学院就号称'体操王子',要不是年龄大了,搞不好就进八一体工大队了!"

张义听了这话就郁闷了,憋了半天说道:"你怎么知道的?"

郑少波故作神秘地说:"这叫知己知彼,方可百战百胜!你这个老侦察兵,有点浪得虚名啊。"

文书坐在一旁,小脸憋得通红,恨不得把头埋进瓷盆里。

三 冰火两重天

如果把一支部队比喻成一副牌,那么侦察连就是"老 A",它就是一支部队的拳头,侦察兵就应该集万千"宠爱"于一身。凡有比武和作战任务,侦察连一定是一马当先。

二团的侦察连更是如此,这里骄兵满营,这些从各连队精挑细选出来的精锐们,骨子里有一种天生的优越感。在他们的心目中,侦察连就是王牌,自己就是兵王。这支连队从不缺少荣誉,尤其是在"土匪连长"张义和基层政工干部楷模郑少波的带领下,不管是训练考核、实战演习还是体育竞技,都必须要拿下第一。这似乎已经成了连队的铁律。二团有个侦察连,让那些铆足了劲的普通连队主官们只能空叹"既生瑜,何生亮"。

兵们在这样的氛围中成长,面对普通连队和后勤单位,有点骄横之气便在所难免了。所以,他们照样看不起机关下来的新任副指导员。他们并不知道这个副指导员更多的背景,更搞不懂上面为什么派来了这个一脸稚气的书生。尤其是在老兵们看来,这是个乏善可陈的家伙,侦察连根本不是他应该待的地方。

一开始,兵们还出于礼节,在碰到这个中尉的时候弱弱地问声好。几天一过,这点礼节也变得可有可无了。一班的几个老兵更是直接把他当做了空气,所有兵们该说不该说的话,该做不该做的小动作都在他面前毫不避讳。

雷钧在单杠上的惊艳表演,让他在兵们心目中的形象来了个 360 度托马斯全旋。当他再看到兵们的时候,迎来的都是崇敬的目光。这让雷钧很受用,原来自己一直想要的就是这种一鸣惊人的感觉。

我从未放下这面旗帜 不管走到哪里 它都在我的心中猎猎作响

第一枪 淬火侦察连

雷钧来到侦察连的第十天晚上，老范拎着相机走进了侦察连。应浩正对着房门，坐在那里读报纸，抬头看见一个少校正要喊起立，老范将食指放在唇边，示意他不要出声，然后蹑手蹑脚地坐在了雷钧的身后。

雷钧知道屋里进了人，他还以为是张义或者是指导员，坐在那里纹丝不动。过了好几分钟才觉得有点儿不对劲，趁着应浩翻报纸的当口，扭头看向身后。老范歪着个脑袋，笑容可掬地看着他。雷钧心里"咯噔"了一下，站起来拖起老范就要往外走。

这几天一班所有人都和这个副指导员相处得挺融洽，包括应浩，他们开始有一搭没一搭地聊天了。这会儿雷钧没一点儿规矩，应浩有点不客气地提醒道："副指，学习还没结束呐！"

"没结束你们就继续学习！"雷钧火起，站在门口没好气地说道。

应浩也毛了："你至少也得打个招呼再走吧！"

老范跟在雷钧的身后，听到应浩这个语气，有点蒙了。这伙计毕竟在部队厮混了几十年，很快就判断出雷钧现在的处境，赶紧打圆场："对不起啊，我给他请个假。半小时，最多半小时我们就回来！"

雷钧面红耳赤，感觉颜面尽失，恨不得一脚飞踹过去。他不想再跟应浩理论，一把拉过老范推到门外，跟着走了出去，"咣"一下带上了门。

"什么玩意儿！"雷钧愤愤道。

老范一脸怅然："你小子脾气一点没变啊！跟一个小兵较个什么劲儿？"

"虎落平阳被犬欺！"雷钧的声音，几乎惊动了整个侦察连。

应浩听得真真切切，作势要冲出门外理论，被一个老兵拦腰抱住，气得一把将报纸砸在地上。

老范知道雷钧的脾气，没敢再接话，走到门外小声地对哨兵交代："跟你们连长、指导员说下，就说师部的范干事过来找下你们的副指导员，半小时，最多半小时就回来了！"

雷钧早就蹿到了楼外，扭头喊道："老范，你哪儿来那么多规矩！"

张义站在二楼的窗户边，目送老范和雷钧一前一后地走出侦察连的院子。一回头，看见应浩气呼呼地站在了门口，他沉声问道："你和副指掐起来了？"

应浩说："求你把这位爷调到别班去吧，我管不了他！"

"说什么浑话！怎么回事？"张义厉声问道。

应浩如此这般，刚讲到一半，张义就打断道："不是他没规矩，是你小子脑子一根筋。等他回来,向他道个歉!"

应浩眼睛瞪得比牛眼还大:"凭什么我向他道歉?让我管他也是你交代的!"

张义哭笑不得:"拉磨不知道转圈! 是个人都要脸,何况他还是干部。你小子班长都当三年了,这点儿道理还非得我掰开了跟你讲? "

"他要脸我不要脸? 我啥也没说,他凭什么骂人?"应浩声音小了不少。

张义拉长脸:"马上都要当排长了,还整天咋咋呼呼,像颗冲天炮! 回去好好想想,就是想不明白也得跟他道歉! "

应浩下楼的时候,气得一脚踢在楼梯上,然后又跳起来抱着脚,痛得倒吸凉气。

靶场上,雷钧恢复了在师部的作风,双手插在口袋里问老范:"师傅,您老这么有空,还亲自下来体察民情? "

这两文人在一起,虽然相差十多岁,军衔差了两级,而且还有师徒关系,但一直没有等级观念。是同志,但更像是兄弟。

老范被刚才那么一闹,有点兴致索然:"师里有个任务,单位任我们自己选,我就来二团了。刚忙完,就小跑着过来找你。"

"最近有没有什么大作问世? 我现在彻底变成了一介武夫,再也不用看老爷们的脸色了!"雷钧不无调侃地自嘲。

老范文绉绉地说:"上帝对你关上了一扇门,就会为你打开另一扇窗! 当武夫多好! 挑灯看剑、吹角连营。我还一直梦想着有朝一日能端着枪冲锋陷阵,可惜生不逢时! "

雷钧鼻子里哼了一声,极不屑地说:"要不,我让我们家老爷子也给你安排到侦察连来? 让你也体验一下生不如死的日子? "

老范干笑数声:"廉颇老矣! 这个世界是你们年轻人的,折腾吧,你还有的是时间折腾! "

雷钧笑道:"羡慕吧? "

"谈不上!"老范说道,"怎么样? 有没有什么感慨? 你口述,我帮你记录! "

"你都看到了啊,水深火热加温水煮蛤蟆!一个小兵蛋子就能让我没脾气。"雷钧幽幽地说道。

"士不可以不弘毅,任重而道远!"老范摇摇头说道,"你的脾气一点儿没变! 本来想听你慷慨激昂的话语,没想到你小子牢骚满腹。"

"我现在也只能在你面前发发牢骚,等下回去还得继续装孙子!"雷钧扭头盯着一辆驶过的卡车,缓缓说道。

"小雷。"老范正色道:"切·格瓦拉说过'面对现实,忠于理想'。你还是没办法面对现实,还生活在自己营造的乌托邦里,深陷其中,难以自拔。既然你无法改变现实,就要学会活在当下。我原来觉得你骨子里有股傲气,那是文人难得的一种品质;但现在,我觉得你浑身透着邪气。一种你不承认,但所有人都能看得真真切切的邪气!"

"恨铁不成钢了,还是觉着我这徒弟让您脸上无光?想大骂就骂吧,我保证不还口!"雷钧用一种近乎陌生的目光看着老范。

老范没有理会雷钧的抗拒,继续说道:"一直觉得你是个能成大气候的人,你身上的傲气和与生俱来的优越感是同龄人所不具备的。它会是一把双刃剑,可以让你凛然傲立,也能刺得你鲜血淋漓!"

"给我一根烟!"雷钧用力地拿脚搓着地上的沙石,抬头说道。

老范摸了摸口袋,摊开双手:"我也抽完了。戒了吧,戒了好!"

雷钧无言以对,陷入了沉默。夜色撩人,晚风轻袭,师徒俩突然都无话可讲,默默地并肩走了好长一段路。老范突然拿出相机,说道:"来,选个地方我给你拍张照。第一次看你穿作训服,真精神啊!"

雷钧不置可否,摇摇头说:"师傅,有时间多来看看我。"

"我已经打了转业报告,以后能来这里的机会不多了!"老范低头摆弄着手里的相机,不无伤感地说道。

"你终于还是决定走了。"雷钧的反应有点冷漠。

老范笑道:"是啊!换一种活法,虽然我万分不舍。走和留都不是问题,问题是自己敢不敢作出决定,敢不敢迈出这一步。"

"记得来送我。我不会走太远,这个城市还是有单位愿意接收我的。我现在在想,是要当个自由人还是继续这种朝九晚五的生活。总之,换一个环境,换一种心情,怎么样我都能适应!"老范装回了相机,挥挥手说,"回去吧,明天又是个阳光明媚的日子。"

看着老范踌躇的背影在夜色中渐行渐远,雷钧终于忍不住潸然泪下。

"一山难容二虎!"郑少波抱着双臂靠在会议桌上,对张义说道。

张义笑呵呵地说:"这叫未雨绸缪!让他们咬,只有应浩对付得了他,只有他对付得了应浩！这两小子以后都是侦察连的骨干，现在顶牛比以后对着干好。"

"你这什么逻辑？这才刚刚露出个苗头，真要干起来了，指不定会出什么幺蛾子！兵们看笑话不说，这个连队岂不乱了锅？"

张义不以为然："我的大指导员，别整天就想着和谐，把心放回肚子里。这俩小子一个秉性，出不了什么事。我敢打赌，他们早晚得穿一条裤子，往一只壶里尿。到那时候，有你操心的。"

郑少波板起脸数落："你别老是意气用事。咱俩说好了让他先当排长，你转身就变了主意，给人安排去当新兵。这事我还没跟你计较，你倒来了劲了。"

张义哈哈大笑："老郑，你这嘴巴非得占点儿便宜才甘心？好了，我跟你道歉，以后绝对听党指示！"

郑少波哭笑不得："应浩你要给我多敲打敲打，这排长还没当尾巴就翘上天了。该尊重人的时候就要尊重人，咱们也不能拿着玉米当棒槌，人家毕竟是干部，以后相处的日子还长。"

张义点头称是："雷大公子就交给你了！"

"这叫什么话？烫手的扔给我，自个儿当甩手掌柜。"郑少波没好气地说道。

张义抓抓耳朵："得！我又说错话了！千万别上纲上线啊。我的意思是咱们结对帮扶，雷钧的思想工作你来做，应浩我来修理。"

雷钧眼睛红红地回到一班，应浩正端着一盆衣服出门。两人在门口四目相对，僵持了十多秒，应浩贴着房门，将脸盆高高举起。

雷钧落落寡欢地一屁股坐在了床铺上。副班长胡大牛搬了张马扎轻轻地放在雷钧的面前，凑了过来："副指，您消消气，先坐这儿！"

"咱班长就是个驴脾气，您千万别跟他计较！"一个下士跟着凑了过来说道。

雷钧翻眼看看胡大牛又看看下士，冷飕飕地说道："你们是不是都爱在人背后说人坏话？"

两个老兵讨了个没趣，撇撇嘴，闪到了一边。

这是个大雨滂沱的夜晚，这样的季节这么大的雨，在西北地区实属罕见。零点过十分，张义打着手电筒，悄悄溜进了一班。

应浩躺在床上数羊，瞥见一个人影进屋，他警惕地翻身坐起。张义抬手示意他噤声，手电筒在各个床铺上晃了晃，又悄无声息地退了出去。

张义一走，应浩就觉着不对劲。连长查房一般都在上半夜，以他的性子和习惯，这么大的雨，肯定得整点动静。

应浩悄悄爬起来，挨床捅醒了所有战士，就是没有管雷钧。兵们都心照不宣，开始穿起了衣服。没承想，雷钧睡得并不沉，很快便被兵们细微的动静吵醒，睁开惺忪的眼睛，吃惊地看着这一切。

果不其然，未等雷钧反应过来，一阵凄厉的哨音响起，张义在楼道里扯直喉咙大叫："二号着装，紧急集合！"

等到雷钧系好皮带，一班的兵已经全部夺门而出。

五分钟后，雷钧最后一个冲出营房，未来得及报告，张义的声音已经响起："今天是个难得的好天气，同志们活动一下筋骨。十公里外骆家庄军械库，指导员在那里等着你们！最后十名，包哨一个星期！"

兵们见惯了这种事情，面无表情，不为所动。只有雷钧倒吸一口凉气，在这么恶劣的天气拉练，他在陆军学院还从来没遇到过。

"提醒各位，天黑路滑，保护好自己的装备。副连长，检查着装！"张义补充道。

一直处于高度紧张状态的雷钧，这才发现只有自己没带武器，正要打报告，一杆81自动步枪从大排头应浩那里传递到了他的手中。应浩多长了个心眼，料到雷钧可能会忙中出乱，在经过大厅时顺手操起了两杆枪。

雷钧感激地看了一眼身边的胡大牛，胡大牛侧过身子瞄了一眼雷钧，小声说道："你这被子可以解下来了，这个不用带！"

雷钧很郁闷，正要解开肩上的背包绳，张义在身后抓住他的被子用力一扯，雷钧猝不及防，差点一屁股坐在地上。

"向右转，跑步走！"张义提着雷钧的背包顺手扔向一旁的小文书。

八十多号人在这个风雨交加的凌晨，迎着倾盆而下的雨水呼啸着冲出了二团的营地。排在队尾的雷钧紧跟着队伍，歇斯底里地喊着口号，刚才那点不快已经完全被雨水湮没，一种久违的豪迈与感动不可遏止地涌上他的心头！现在，他的脑子里有一个念头，单等一声令下，然后杀出重围，把所有人都远远地甩在身后！

在这样一个伸手不见五指的夜晚奔跑，兵们只能凭着感觉压着步子往前冲，不时有人大叫一声，从队列中蹿出来提鞋。大约跑出五六公里后，一直驾驶三轮摩托车在前面打着跳灯引路的副连长，突然将车停在路边拧开大灯。这是侦察连夜间奔袭惯用的信号，大灯一亮，兵们便开始夺路狂奔。

雷钧越过缓缓而行的三轮车时，才发现一直在他右侧如影随形的正是连长张义。这时候的雷钧，体力已经开始透支。这一年多机关养尊处优的生活，已经让他的身体素质大打折扣。如果不是这段时间参加了系统训练，这一路奔袭，估计早就体力不支了。

张义靠近了雷钧，善意地提醒道："现在还不是冲的时候，注意调整呼吸，掌握好节奏！"

"谢谢！"雷钧抹了一把脸上的雨水，大声地回应道。接着咬紧牙关，发力向前冲刺。

几分钟后，雷钧终于悲哀地发现，无论自己怎么努力，前面的人还是无穷无尽。而身边，不时有激起的泥水扑面而来。"士可鼓，不可泄！"在努力多次未果后，雷钧的脚步越来越沉重，呼吸越来越困难……

"没有人会同情你所受到的这些所谓的委屈，也没有人能感同身受……凭什么都要看你的脸色？就因为你的背景跟别人不一样？就因为你是大机关下来的？那么多从基层摸爬滚打出来，一门心思想去侦察连的兵们和干部们都去不了那里，而你就能！你凭什么……"

"你还是没办法面对现实，还生活在自己营造的乌托邦中，深陷其中，难以自拔……"

奔跑的好处是，会有大把奢侈的时间供你去思考，思绪并不会因为大脑缺氧而短路，头脑反而更清醒。可以想很多很多事情，可以想通很多原来想不通的问题，还能忘记很多身体上的不适。王福庆和老范的话，轮番在耳边响起。而自己这一个月来的经历，就像幻灯片一样不断在脑海中闪现。雷钧突然感觉头痛欲裂，脚下一个趔趄，重重地摔倒在地，嘴里生生地呛了一口泥水。

雷钧挣扎着爬了起来，转过头迎着刺目的灯光，看了一眼一直紧跟在他身后的三轮摩托车。"啊！"雷钧仰起头，冲着黑夜的苍穹拼尽气力长吼了一声。

一直跑在队伍前列的应浩，突然转身往回冲，整整五百米后，他终于看见了蹒跚的雷钧。

雷钧清晰地看到了应浩那张须发贲张的脸，他听不到应浩在吼叫什么，他拼命地护着手里的步枪不让应浩夺去。凭什么？凭什么我要把枪交给你这个新兵蛋子？张义没告诉你雷副指导员是陆军学院的优等生吗？你这个没长眼的家伙……

"浑蛋！他感冒了这么多天你都不告诉我。"张义将半盒处方药扔在桌子上，声嘶力竭地对着惊慌失措的应浩吼道。

"老张，冷静一下。你要发火冲着我来，我是指导员，都怪我太粗心了！这小子肯定是急火攻心了，否则以他的素质不可能挺不下来。"郑少波轻声地说道。

"你回去通报一下李队长，让卫生队备好车。如果这瓶吊水打下去还不退烧的话，天亮以后把人送到师医院！"张义看了一眼躺在床上的雷钧，将卫生队的医生拖出郑少波的房间交代道。

雷钧做了一个梦，到处都是炮火连天、硝烟弥漫。他看不到自己的战友，不知道自己到底身在哪个阵地，不管自己怎么呼喊，回应他的只有震耳欲聋的枪炮声。一发炮弹在身边炸响，他清楚地看见了自己四分五裂地被抛向了空中，然后飘啊飘，飘啊飘……

四周一片沉寂，他动了动身子，惊喜地发现自己还活着。身边好像有很多人，模模糊糊一个也看不清。他努力地想睁开眼，但头顶上的太阳实在是太刺眼了。

"醒了，副指醒了！"小文书抓住雷钧的手，欣喜地叫道。

"我怎么了？我这是在哪里？"雷钧茫然而吃力地问道。

"小雷！"郑少波轻声地呼唤道。

有人在低声欢呼，声音仿佛从另外一个世界传来，隔着一个世纪，隔着一个时空！他挣扎着想要坐起来，但浑身疼痛，连扭头都非常吃力。雷钧闭上眼睛，再也无力开口说话。良久，又沉沉睡去。

"睡眠不好，加上感冒和体力透支！"四十多岁的团卫生队上校队长，摘下听诊器，起身对侦察连的两个主官说道："烧已经退了，再挂一瓶葡萄糖，休息几天就好了。你俩也太……他的脉搏跳得很快，神经一直高度紧张。一个干部怎么会承受这么大的压力？"

张义和郑少波面面相觑，都低下了头。

雷钧再次醒来时，已经是第二天的深夜。房间里很安静，只有闹钟发出"滴答滴答"的声音。桌子上的台灯发出暖暖的光芒，小文书趴在桌子上已经沉沉睡去。他口渴得难受，想要抬起手来，却发现右手被人紧紧抓着。

趴在床边的应浩警惕地抬起头，看了一眼雷钧，兴奋地说道："文书，副指醒了，快去通知司务长，整点吃的来！"

"我不饿，给我倒点水。"雷钧有气无力地说道。

张义光着膀子，穿着大裤头几乎和郑少波同时扑进了屋里。

"好小子，你可真能睡！"张义像个孩子一样，兴奋地叫道。

"谢谢你们。"雷钧声如蚊蝇，那神情有几点尴尬还有几分羞愧。

"可把我们吓坏了。张连长和一班长从昨天到现在几乎都没有合眼。"郑少波说道。

雷钧坐了起来，晃晃脑袋说："我没事了，你们都回去休息吧。"

"走吧！都回去睡觉，应浩明天早上值班。文书还要再辛苦下。"张义吩咐完，对雷钧说道："想吃什么跟文书说，伤了元气，得好好休息几天。别想太多。"

等到连长和指导员走出房间，雷钧小声地问文书："我昨天是不是晕了？"

"是啊！是一班长把你背到了军械库。他右脚还崴伤了。"文书说道。

雷钧轻轻地闭上眼睛，良久，又开口问道："其他人没事吧？"

"没事！"小文书笑道："下大雨对连长来说，就是天赐良机，同志们早就习惯了。对了，下午团长过来看你，把连长好好熊了一顿！"

"那我应该是侦察连第一个在训练中倒下去的兵吧？"雷钧幽幽地问道。

"也不能这么说。"小文书习惯性地挠挠头，嘿嘿笑道。

第二天中午听到开饭的哨音，雷钧从床上爬了起来。小文书打了饭回来，发现指导员的被子叠得整整齐齐，放下饭盒，就往楼下跑。

刚跨进一班，雷钧就指着自己的床铺问道："这被子不是我的吧？"

小文书说道："您被子还是湿的，没干，这个是连长的。"

"那他睡什么？"雷钧问道。

小文书笑嘻嘻地说道："连长上午去后勤处磨了五床被子回来，说是多备几床，以后说不定还能用得着。刚还交代我，把他的被子换回去！"

"别换了，就用他的被子。"雷钧起身就往外走。

小文书愣了一下，跟了上来："副指，饭已经打好了，在指导员房间。我给您拿下来吧？"

"不用，我去食堂吃！"雷钧头也不回地说道。

兵们正在食堂前列队唱歌。雷钧跨出大门，迟疑了一下，然后整整着装，低着头走向了队伍。指挥唱歌的应浩瞪大眼睛看着雷钧，兵们都扭过头看着他。郑少波从食堂里探出头，犹豫了一下，带头鼓起了掌。

雷钧站在队伍的一侧，看着兵们使劲儿地鼓掌，眼睛红了，微笑着点点头。

那一刻，他真想放声大哭。

"让副指导员给同志们指挥个好不好？"张义站在队伍前说道。

兵们齐声叫道："好！"

雷钧脚步坚定地跨上了台阶，定定神，长呼一口气，双手举在空中唱道："我来到这个世界上，没有想去打仗，预备，唱！"

兵们引吭高歌。雷钧舞动着双臂，双眼定定地看着远方。这一切是多么熟悉，恍然间，他看到了一个又一个熟悉的面孔……

一年前的某陆军学院八一礼堂内，所有预排节目表演完后，雷钧被数百名学员起哄登上了巨大的讲台。本来，为了这毕业前的最后一次联欢，他和三个同学精心排演了一台幽默话剧，他扮演风流倜傥、玉树临风的江南四大才子之一的唐伯虎。

可是最后关头，这个节目被学院政治部以荒诞、低俗的名义给和谐了。雷钧气得当场就将手中的折扇拆得粉碎。要不是院方看在马上要毕业的份儿上高抬贵手，就凭这个极端的动作，就够他背上一次可大可小的处分了。

原本铁下心来不再上台表演节目的雷钧，经不住战友们一阵紧似一阵的催促，晃晃悠悠地上了台。看着群情鼎沸的台下，雷钧装腔作势地清清嗓子，将麦克风放回了架子上，说道："一个人唱没意思，我来指挥，还是大家一起来吧！"

台下一片嘘声。

雷钧自顾自地举起双手挥舞着唱道："甜蜜蜜，你笑得甜蜜蜜，好像花儿开在春风里，唱！"

台下的几百个学员，像约好了似的，不为所动。雷钧放下双手，摇摇头，接着又迅速举起双手唱道："我来到这个世界上，没有想去打仗——唱！"

学员们呼啦一下，全部起立跟着唱道："我来到这个世界上，没有想去打仗。只是因为时代的需要，我才扛起了枪。失掉多少发财的机会，丢掉许多梦想……"

那天，雷钧一口气在台上指挥五百多名学员唱了五首军歌。也就是那一次，他才第一次感受到作为一个指挥官的激情与豪迈。

联欢会结束后，被学员们感动的中将院长，红着眼睛，意味深长地说道："不管你们今后到什么单位、干什么样的工作、遭遇怎样的挫折，都要记住今天，记住自己曾经是陆军学院的一员，应忍辱负重、胸怀天下！"

雷钧的周末，基本上都是跟书一起度过的。他有一个保持了近十年的习惯，每个月至少要阅读一百万字。来到侦察连后，他几乎没有自己可以支配的时间，只有周末可以利用。

连队俱乐部那几百本破破烂烂的图书，只有十多本是他从前没有看过现在也感兴趣的，这十多本书陪他度过了一个多月的时间。周末除了连队统一组织的活动外，兵们各得其乐。雷钧如饥似渴地捧着书，其他人也不忍去打扰他。

这个周日，雷钧看完了最后一本书，百无聊赖地坐在那里发愣。那边，正和胡大牛下象棋的应浩，刚刚悔了一步棋，大牛不依不饶，两个人吵得不可开交。雷钧起身观战，其他的兵也跟着围了上来。

胡大牛看见了副指，仿佛见到了救命恩人："副指，你看看咱班长，真不要脸。俺这个'马'跳上去他就完了，他又悔棋。下一盘棋悔了五次，真没劲！"

应浩不急不恼，脑袋转了一圈问围观的兵们："谁看到我悔棋了？啊，谁看到了？你们看见了吗？"

兵们或摇头，或哧哧窃笑。胡大牛急眼了，抢过一粒棋子拍在棋盘上说道："副指导员，您一定要为俺做主啊，他刚才就是这么走的，俺的'马'跳一步就将死他了！"

雷钧笑而不语。应浩仍旧摆出一副无赖的表情，催促道："快点走！副指导员根本就看不懂！"

"你让他悔这一步！"雷钧站到胡大牛的身后说道。

应浩得意扬扬地"挺士保将"。胡大牛正在犹豫间，雷钧拿起一粒棋子架了个当头炮。应浩抬头看了一眼雷钧，"将"向左边走了一步。

"想好了没有？再给你一个机会悔棋！"雷钧笑眯眯地说道。

应浩看了一眼棋盘，不置可否。几个看出门道的兵大叫："落'士'啊，快点落'士'！"

应浩脖子一梗："不悔了，就这么走！"

"将！"胡大牛这次反应神速，跳马将军。

应浩不假思索地向上跳"将"。

雷钧手一动，斜刺里杀出一头"车"死死地顶住老"将"，哈哈大笑道："输了没？还悔棋不？这次必须得连悔三步才行！"

应浩这才醒悟过来，毫不含糊地拿起"将"就要反悔。

应浩终于激起了众怒，围观的兵们大叫："班长又要赖！"

"这盘就算和了！"应浩脸色微红，抓起棋盘摇了摇，咬牙切齿地说道："副指导员，咱俩来一局！我非杀得你找不着北！"

"臭棋篓子，我才不跟你下！自从十五年前赢了学校所有的老师和同学后，我就决定退出棋坛，永不复出！"雷钧神采奕奕地说道。

兵们一阵惊呼。应浩却是一脸不服气："吹吧，你就死命吹，反正吹牛不上税！"

"还真不是吹的！这个我知道。王副政委在咱们团号称'天下不败'，副指导员除掉一个'车'下他！"郑少波手里拿着几封信，应声而入。

应浩的脸红得像个猴屁股："那……那平常怎么不见他跟人下棋？"

胡大牛接茬道："真正的高手都是大隐于市！就你这水平，咱副指怕把手下臭了！"

"行了，都别贫了！"郑少波哈哈大笑，举起手里的信扬了扬说道："谁的媳妇儿这么痴情啊？谁啊？好家伙，一次寄了三封信，也不怕把人嚼死！"

"俺的，是俺媳妇写的！"胡大牛跳起来就要去抢郑少波手里的信。

应浩冷不丁从背后抢过信，抓在手里，清清嗓子说道："同志们都安静一下，我现在来代表大牛哥给大伙儿读读啊。"

胡大牛抢了几次都扑空了，急得抓耳挠腮，无助地看看郑少波又看看雷钧。

"哟！还有照片，大牛嫂的照片！"应浩一边拆信，一边惊喜地叫道。

郑少波正要出言阻止，几张照片从信封里滑落在地上。一班的兵们"嗷"一声，全部冲上来哄抢。

"不要撕坏了，千万不要撕坏了！"胡大牛哭丧着脸，围着争抢照片的兵们不停地哀求着。

兴高采烈的应浩，伸手抓起一张照片捧在手上，看了几眼后，突然神态黯然地默默将照片放在桌子上，起身走出了房门。雷钧走过去瞄了一眼照片，朝着门口努努嘴，对郑少波说道："应浩怎么了？好像有心事？"

郑少波诧异地拿起照片，那是一张全家福，看起来，很幸福的一家子。郑少波微微地摇了摇头，轻轻地拽了一下雷钧，起身往外走。

屋外，应浩孤单的身影正在单杠上上下翻飞。

郑少波看了一眼应浩轻声地说道："他是个孤儿，十岁的时候一家人坐着拖拉机去赶集，车子翻下了悬崖。一家老小六口人，只有他一个人奇迹般地生还……"

雷钧怔在那里，半天没有回过神来。

"性格很要强，班里知道他情况的并不多，他自己也不愿意跟别人提。我刚到这个连队的时候,还没来得及了解他的情况,就兴冲冲地找他谈心。那天我问他家里还有什么人,要不要回去探假,他直接从会议室里冲了出去。全连的人找了整整一下午,最后在车队的楼顶上找到他的时候,他脸上挂着泪水已经睡着了……"

"没想到,真没想到。"雷钧喃喃地说道。

"唉。"郑少波摇摇头说道,"他就是脾气太臭了!跟谁都敢顶着来。本来去年就该提干的,被团长给压了一年。要不是我们拦着,这小子就跑到团长那理论去了。"

雷钧一直盯着应浩看,突然像是想起了什么,问道:"前几天我听一班的一个战士说部队又有人给他们家寄钱了,不会是这小子干的吧?"

郑少波笑道:"就是他。每个月津贴发下来自己留十块钱,余下的全部都寄给了班里几个家境困难的战士了。"

"这样的兵太少见了!我觉得这个事情应该弘扬一下,要大力地宣传,对他的前途也有帮助。"职业敏感告诉雷钧,这种事情才是他当新闻干事时一直苦苦找寻的新闻线索。

郑少波叹了一口气:"我何尝不想呢?为这事,这小子几乎跟我和张义翻脸。他说只要有人捅出去,他就退役。"

雷钧瞪大眼:"为什么呢?真是奇怪!"

"也许是某种情结吧。"郑少波说道,"有些人做了一件好事,恨不得全世界都来关注他。有些人做了一辈子好事,却从来不说。我们尊重他的选择吧!你千万不要跟别人再提这个事,就当什么都不知道。"

这一次谈话,让雷钧深受震撼。他突然感觉,自己的所作所为在这个士官面前,简直是不值一提。

四　上阵父子兵

一身泥泞的余玉田,刚走到司令部四楼,便听到自己办公室传来急促的电话铃声。等到拿起电话,对方已经挂断了。

几分钟后，王福庆慌慌张张地敲门进入："团长，师政委刚刚打电话过来，军区雷副司令员下午可能要到二团来转转。"

"哦？"余玉田放下茶杯，略显惊讶地说道："搞突然袭击？这么大的事怎么之前一点消息都没有听到？"

王福庆凑近几步，神神秘秘地说道："如果没记错的话，副司令有两年没来这里了，这个时候来，该不会是专程看他公子的吧？"

余玉田看了一眼王福庆，问道："通报政委了吗？"

"打过电话了，他说尽量安排赶回来！"王福庆说道，"政委让我请示您，看怎么安排。"

余玉田翻腕看了下手表："通知张义和郑少波，下午在新场地安排战术和射击训练。其他连队正常，不用刻意准备！"

团长如此自信，有点出乎王福庆的意料，犹豫了一下，王福庆提醒道："你看要不要找下雷钧交代几句？这小子一肚子牢骚，恐怕……"

余玉田笑了笑，反问："你看有这个必要吗老王？你担心什么呢？他要是想表达不满，还用得着在这里？我倒是想让他多跟他老子发发牢骚！"

王福庆讨了个没趣，摇摇头往外走。

"我一会儿打电话给政委，叫他不用回来了，赶不上！下午就你和我一起陪同吧。"余玉田对走到门口的王福庆说道。

张义接到王福庆的电话后，火速召集了连队班长以上人员开会，包括雷钧在内。班排长们听说有个高级将领要来连队，既紧张又兴奋。唯有雷钧微皱眉头，脑子里甚至闪过一个念头，要请假回避。

张义和郑少波紧张有序地布置完，雷钧跟着班排长们往外走，郑少波叫住了雷钧。全连只有两个主官知道雷钧的真实身份，他们都不约而同地在连队为雷钧保守着这个秘密。

"小雷，下午你暂时不用跟着一班训练了。"张义说道。

雷钧瞪大眼睛："为什么？就因为来了个副司令？"

郑少波赶紧解释道："你别误会了。下午是移动靶射击，特训科目。你来连队才一个月，还没参加过系统的射击训练。"

"你们别忘了，我是陆军学院毕业的！"雷钧红着脸说道，"为了投其所好才安排的射击训练吧？看来咱们团把雷副司令的喜好研究得比我还透！"

郑少波一脸尴尬。张义干笑一声说："只要你有信心就好。小心为上，最好不要出错。"

"还有事吗？"雷钧问道。

"你去领支手枪吧，再擦一下。"张义说道。

雷钧走出门，郑少波看了一眼张义："我怎么老感觉自己的眼皮子在跳？"

张义哈哈大笑："这小子脾气还是一点没改！副政委真是多事，我就知道这小子一点就炸。"

"这下，又得被他误会一阵子了，这他妈的叫什么事啊？"郑少波苦笑着摇了摇头。

雷钧领了枪回到班里，应浩一边拿着通条捅枪膛，一边兴奋地问道："副指导员，你在大机关待过，应该见过雷副司令吧？"

雷钧黑着脸没搭腔。应浩头也不抬，继续说道："上次雷副司令来我们连的时候，我刚好在教导队，没赶上。太遗憾了，这次终于能看到他了！"

"他除了官大，也不比我们多长一只眼，有什么好看的？"雷钧硬邦邦地说道。

兵们大惊，都停了手上的活儿，扭头看着雷钧。应浩那神情，像站在笼子外看狮子，不知道这个家伙来的哪门子火气。这种话，不是谁都敢说的。

雷钧用力地拉了拉枪机："你们看着我干什么？难道我说错了吗？"

没人回应。过了好久，副班长胡大牛打破了沉默："副司令员的枪法非常了得，咱连长都被他比下去了！"

雷钧冷笑一声，双手端枪瞄着墙角的扫把，冷冷地说道："只要他愿意，整个军区都没人能比得过他，谁敢不让呢？"

胡大牛看了一眼应浩，应浩冲着他又是摇头，又是眨眼。兵们都低头擦枪，一个都不敢再搭话了。

下午两点整，一辆普通的福特越野车准时驶进了二团大院。陪同雷副司令的只有三个人，D师师长徐清宇，副参谋长刘锟和一名中校。

余玉田和王福庆早就着装整齐地守在了司令部大楼前。福特车进了大院，王福庆下意识地往前迈了一步，然后发现只有一辆车，又收回了步子。余玉田倒是神情自若，小声地说道："来了，就是这辆车！"

车子没有减速，在两人身前几米处划了一道弧线，直接拐向了右侧的一营营地。余玉田和王福庆一前一后，跟着车子后面往一营跑。

福特车在行驶了几十米后,突然停了下来。车门打开,一身作训服,满头华发的雷啸天跨出车外,没等余玉田和王福庆放下右手,就举手还礼,冷峻地问道:"部队在训练,你们待在这里干什么?"

跟在雷啸天身后的徐清宇,瞪了一眼有点茫然失措的余玉田低声说道:"首长,是我通知他们的。"

"看来我想清静点都不行啰!"雷啸天微皱眉头,很不满地对余玉田说道:"余团长,带我去训练场!"

受了冷落的王福庆,跟在五人的身后。雷啸天回头看了他一眼,丝毫不留情面地对徐清宇说道:"浩浩荡荡的干什么? 都没正事了吗?"

徐清宇停下脚步,对站在那里不知所措的王福庆说道:"王副政委,你去忙你自己的。如果太晚了,晚饭就安排在连队食堂。"

王福庆心情失落地转身离去,走到机关门口,扭头来看,发现一行人早就消失得无影无踪。

"稍息,立正!"团参谋长邱江站在观礼台下大声地下着口令,正在场边队列训练的十多个连队的官兵,全部纹丝不动地站在了原地。

"首长同志,二团正在队列训练,请您指示! D师二团参谋长邱江。"邱江跑到跟前才发现,走在师长身边的是一位中将。

"侦察连在什么位置?"雷啸天问道。

"报告首长,正在进行战术和射击训练!"

"继续训练!"雷啸天侧目对徐清宇说道:"走,去那边看看!"

邱江下完口令后,下意识地跟在一行人的身后,余玉田赶紧朝他挥挥手,示意他不要跟着。

"好大的排场啊,你们经费哪里来的?"雷啸天看了一眼新落成的特训场,问徐清宇。

"师里拨了一部分,二团自己筹集了一部分,基建部分基本上都是他们按要求自己建的。总共只花了不到一百万。"徐清宇如实汇报道。

雷啸天说道:"好大的口气啊! 不到一百万,花多少钱你才不委屈?"

徐清宇没敢搭腔。雷啸天突然笑道:"该花的钱还是要花,只要用在刀刃上!除了训练设施,官兵们的生活设施也要持续改善,军费要合理使用。自己动手是对的,我早就跟你们说过,这地方什么都缺,就是不缺土地资源。利用好了,完全可以自给自足、丰衣足食！"

"等会儿带您去看看二团的小农场，市场上有的肉蛋蔬菜，我们这里全都有！"徐清宇说完指着靶场的北面，"我们准备在那里再建一个全封闭的现代化射击馆，军里已经立项了，准备年底就开工。"

"好嘛！"雷啸天兴奋地说道，"你小子还有多少家底？这个师长当得不赖，快赶上地主老财了，看来今天我是没白来！"

徐清宇跟着笑道："首长您可饶了我，我可不是什么土豪劣绅！"

雷啸天哈哈大笑，转身对一直默默跟在身后的余玉田说道："今天晚上我就在这里吃大户了。黄瓜、土豆、萝卜、大白菜，一样不能少！我先尝尝鲜，以后，军区机关的蔬菜就由你们供应了。"

听到张义喊立正，雷钧从地上爬起，抬头看了一眼不远处的雷啸天，下意识地一步跨到了高墙的背后，只露出了半个身子。

"你好啊，张连长！"雷啸天笑容满面地和张义打了个招呼，突然一脸凝重地径直走向了张义身后的宋卫东。

"小伙子，要减肥啰！这么高强度的训练能跟得上吗？"雷啸天拽了下宋卫东腰间的弹袋，拍拍他的肩膀说道。

"报告首长，我没……没问题！"这小子因为过度激动，肥嘟嘟的脸蛋涨成了猪肝色。

雷啸天笑道："别吹牛哦！有什么绝活拿出来给我看看吧。"

宋卫东看看面无表情的团长，又看看张义。张义点点头。宋卫东抬头看了一眼右侧不远处三米多高的木墙，然后长呼一口气，低头猫腰呈 S 形向前跑去。在距离木墙大约十米左右的地方，他突然转向发力，三步并着两步，"嘭"一声，脚蹬墙面，左手扒住墙头，持枪的右手顺势过墙，"嗖"一下整个身子干净利落地翻过了墙顶。

这小子显然是兴奋过头了，落地后才发现自己面朝木墙，赶紧又晕头转向地来了个 540 度转身，朝着前方的云梯跑去。那动作，像极了一只被人抽脚一射的皮球落地后还滴溜溜地转个不停。

雷啸天脸上露出了善意的笑容。他十分清楚，这个胖小子太想表现了。胖子的表演还没有完，背着步枪一口气爬过了云梯，又一头扎向了两米多深的水坑……

"不错不错!"雷啸天轻轻地拍着双手,对站在面前气喘吁吁的宋卫东赞道。

这边雷副司令正在夸奖宋卫东,那边张义已经组好了队伍。雷钧站在队列的最后,一直低着头。

"同志们!"雷啸天有意无意地瞥了一眼雷钧,转头说道,"请稍息。侦察连就是一支部队的眼睛,更是一把尖刀的刀刃。它的锋芒程度与精神面貌,反映出整支部队的战斗力。'工欲善其事,必先利其器',和平年代,我们更要未雨绸缪,今天多流一滴汗,明天战场少流一滴血!帝国主义从未放弃对我们的渗透和颠覆,我们要时刻准备着,准备着为祖国、为人民抛头颅、洒热血!"

"攻必克,守必坚!首战用我,用我必胜!"战士们齐声高呼。

"口号要喊,还要喊得响亮,刺刀要磨,就要磨得雪亮!我今天来 D 师,就是要特意来这个连队看看。这里有我的老朋友,也有我的新朋友。两年前来这里的时候,你们连长跟我比拼枪法,最后他很谦虚地让了我。这个事情,我一直耿耿于怀。今天,我不跟他比,我知道他还会让我。但我不服输,我还是要比,我要跟他带的兵们比!"雷啸天向前一步,从应浩手上拿过步枪举起来说道,"谁愿意跟我比比呀?"

兵们蠢蠢欲动,但一个没敢上前。站在一侧的徐清宇,吊起嗓门道:"怎么了?都熊了?"

"报告!我来和副司令比!"应浩正要上前,雷钧从队列里跨出一步说道。

"哦?"副司令看着雷钧,显然是有点出乎意料。

"报告副司令员,我叫雷钧,几个月前从师机关调到侦察连。最近在战斗班受训,几个月后有可能会担任副指导员!"雷钧仰着头,直面自己的父亲,一字一句地说道。

望着雷钧明显消瘦的脸庞,雷啸天的心里隐隐作痛,他真切地感受到了儿子隐匿在内心深处的不满。这几个月来,他无时无刻不在想念着爱子。从儿子被自己发配到这个离家数百里的地方起,妻子就再也没有私下里主动和他说过一句温情的话。

今天,来这里,他是带着私心的。他想用这种方式告诉儿子,父亲一直没有抛弃他。他更坚定地认为,这个从小就聪颖过人的独子一定能感受到这份关怀。这是两个男人之间,是父亲与儿子之间应该有的一种默契。可是,儿子这冷冷的、带着无限怨恨的语气,让他有点不寒而栗。

"你要跟我怎么比?"雷啸天微微地偏头问道。

雷钧不卑不亢："报告副司令员，我是陆军学院毕业的，常规射击科目全部优秀，还是您来定规则吧。"

徐清宇回头看了一眼身后的余玉田，摇摇头，一脸无奈的表情。雷啸天说道："好！还有人要一起来吗？"

没有人敢应声。兵们都感觉到了，这看上去形神俱像的一老一少，关系非同一般。他们到底什么关系，没有人敢去瞎揣测，虽然他们都不约而同地想到了几分钟前，他们想也不会想的问题。

徐清宇如坐针毡，他和雷啸天此时的心情一样，很想有个兵能勇敢地站出来，让这场对决少一点尴尬。又害怕真的有人不问青红皂白进来瞎掺和，搅了这场两个男人之间的好戏，搅了这对父子好不容易得来的、面对面的机会。他知道，不管怎样，必须得有一个人出来，而且这个人还得演好"陪太子读书"的角色。他希望余玉田能够站出来，但是余玉田好像无动于衷，而且，雷副司令未必会给他面子。

"副司令，带我一个吧？早就听说小雷的枪法不错了，我也想和他切磋切磋！"徐清宇说道。

雷啸天感激地看了一眼徐清宇，嘴里却打着哈哈："你这个师长啊，早就应该出来露一手了。你不带个头，他们哪里有那个胆子哟？"

余玉田接茬说道："老团长的枪法我可是见识过，有名的快枪手，指哪打哪！"

徐清宇心里挺受用，嘴上却不依不饶地开起了玩笑："你的意思是我抓起枪只会瞎突突？"

兵们哄堂大笑。雷啸天笑得更爽朗："这样吧，余团长也来来。咱们老、中、青、少全到齐了，让同志们验验咱们这些指挥员的成色。说好了，谁输了谁晚上给同志们加个餐！"

"好！"张义拍手，侦察连的兵们跟着大声叫好。

雷啸天心细如发，枪拿在手上摆弄了一下突然又说道："咱们不能太官僚了，还是请一个战士一起来吧？既然都不主动，张连长就给我点一个。"

张义欣然点头，叫道："一班长，出列！"

应浩早就心痒难耐，愣了一下，几乎从队列里蹦了出来。雷钧一直在冷眼看着这几个人，心里恨恨的。应浩出列后，没等张义安排，雷钧提着枪径直走向不远处的靶场，把几个对手远远地甩在了身后。雷啸天看着儿子的背影，深吸一口气,无奈地摇头微叹。

时值中秋,西北的天,满眼苍茫。午后的阳光,不阴不阳地照着大地,很毒,也很柔和。偶有微风拂过,便能依稀看见空气中飘浮的沙尘。

五个男人笔挺地站成一排,面无表情地看着百米外的胸环靶。雷钧微微侧目,眼角的余光掠过右侧两米开外的父亲那刚毅的脸庞,然后吸了吸鼻子,闭目凝神。

"团长,您看!"张义站在余玉田的身边,欲言又止。

"你来定规则好了,常规射击就行,咱们练练基本功。"雷啸天知道张义在问余玉田,自己喜欢什么方式。

余玉田冲着张义点了点头。三分钟后,小文书捧着五个压了子弹的弹匣,亦步亦趋、毕恭毕敬。这小子当了两年兵,第一次看见这么大个将军,路都不会走了。

雷啸天接过弹匣放在手里掂了掂:"不对啊,子弹没压满!"

雷钧应道:"只有20发,四个练习,一个练习5发子弹!"

雷啸天略显惊讶地扭头看了一眼雷钧,问站在一侧的张义:"张连长,是20发子弹吗?"

"是!"张义道。

雷啸天显得有点迫不及待:"那就宣布规则吧。"

"卧姿有依托和卧姿无依托射击,每个练习10发子弹。没有时间限制,精度射击!"张义宣布完规则,雷啸天接过话:"按照雷钧同志的提法,咱们走四个练习!"

徐清宇赶紧说:"首长,那个太累了,是不是按张连长说的,咱们拼拼精度?"

"我就怕你这体力跟不上,你不用担心我!"雷啸天没好气地说道。

张义撇撇嘴,补充道:"增加五十米跪姿和立姿练习!"

邱江和郑少波气喘吁吁地抬着一个厚厚的棕垫,准备铺在雷啸天的身前。雷啸天脸色大变:"什么毛病这是?你们平常也这么训练的?"

"自作聪明!"徐清宇对灰溜溜地经过自己身边的邱江骂道。

张义一声令下,五个加起来足有两百岁的男人,应声卧倒。年逾花甲的雷啸天毫不含糊,动作比小了自己十多岁的徐清宇还快了半拍。

应浩和雷钧几乎同时一口气打出了5发子弹,余玉田次之。唯有徐清宇和雷啸天不紧不慢,第5发子弹像同时卡了壳。众人等了半天,雷啸天才甩了甩脑袋,屏气凝神,打出了最后一发子弹。雷啸天的枪声还在回荡,徐清宇紧跟着扣动了扳机。

各人关了保险,这边打了旗语。几个躲在坑底的战士,举着小牌子拼命地照着五个胸环靶上绕着圈圈。这一轮,应浩和雷钧都是满环,其他三个人的成绩惊人的一致,全部都是48环。坐在后面观看的兵们,全神贯注而又兴致索然。这种常规的基础射击,打出怎样惊人的成绩,对侦察连的兵来说都不足为奇。

第二轮仍旧是徐清宇打完最后一枪。所有人都看得出来,这位大校师长用心良苦,他在刻意等着雷副司令员打完最后一枪。雷啸天起身的时候,斜了一眼徐清宇。

其他四个人的靶子全部报完了,依然没有拉开差距。唯有给雷钧报靶的战士,报了一个10环后,迟迟没见下文。张义心里咯噔了一下,难道这小子其他几发子弹全跑靶了?拿眼去看雷钧,雷钧却像没事人一样,一脸沉静。

"张义,去看看,怎么回事?跑靶了也要报啊!"余玉田沉不住气了。

足足等了有五分钟,张义才拿着揭下来的靶纸,哭笑不得地跑了回来,后面还跟着给雷钧报靶的胡大牛。

张义展开靶纸,众人倒抽一口冷气。四个弹孔极诡异地分布在靶纸上,上下左右各一个,而且全部是8环,如果把这四个弹着点连接起来,就是一个很规则的菱形。中间的那个白点便是10环,已经被6发子弹打得面目全非。

郑少波凑过来和团长余玉田一起禁不住大声叫好,连自命不凡的应浩额头都渗出了冷汗。雷啸天面无表情,拿过靶纸看了又看。余玉田一拳擂在雷钧的肩头:"你小子不会是故意这么干的吧?"

雷钧的脸上掠过一丝牵强的笑容,很快又恢复了平静。他在惶然而又急切地盼望着父亲能说点什么。但雷啸天一直没有开口,甚至都没有多看他一眼。

徐清宇一直在看着雷啸天,等到几个人咋呼完了,才提醒道:"继续吧,等会儿再点评。"

下一个练习是跪姿,射手们需要提着枪低身跑步前行到达射击点,这中间有五十米的距离。张义在下达命令之前,雷钧转过身子向他递了个眼色,张义会心地凑了过来。

"雷副司令右腿受过伤,还有关节炎,情况非常严重。"雷钧小声地提醒道。

张义嘴角蠕动,愣了半天,然后直接走向了雷啸天,轻声道:"首长,下一个

我从未放下这面旗帜
不管走到哪里
它都在我的心中猎猎作响

第一枪 淬火侦察连

练习,您看是不是休息一下？"

"雷钧跟你说了什么？"雷啸天冷冷地问道。

张义说:"说您不太方便。"

"没事！你这个指挥员不要老是慌慌张张,有事我会向你打报告。"雷啸天故意提高嗓门说道。

所有人在跑步前行的时候,都有意放慢了速度,包括雷钧。张义更是紧紧地跟在雷啸天的身后,寸步不离。雷啸天提着枪,倔强而又略显踉跄地向前跑动。有意拉下几步的雷钧,将这一切尽收眼底,心里突然一阵抽痛,父亲是真的老了,尽管他并不服老。到达射击点后,雷啸天艰难地右腿跪地,脸上痛苦地抽搐了一下,身体明显在晃动。

"首长。"张义下意识地从背后扶住了雷啸天。

雷啸天肩头毫不客气地晃动了一下,张义未及反应,"砰！"一颗子弹划破长空,穿透了50米外那只还在晃动的胸环靶。雷啸天这迅雷一枪,带着明显的不满。徐清宇脸色大变,准星在他眼里开始猛烈地晃动。

谁都没有想到,最后的10颗子弹,雷钧脱靶了,整整3颗子弹去向不明。报靶的时候,雷钧一直低着头,脑袋里嗡嗡作响。场面一时变得寂静无声,大家都在等待着雷副司令的爆发。但雷啸天一直没有说话,他在很认真地听着报靶员报每个人的成绩。

徐清宇有意淡化这尴尬的场面,将枪交给一旁的郑少波,笑眯眯地来问雷啸天:"副司令员,您看,手枪还要不要再打几匣？"

雷啸天铁青着脸,大声回应道:"我的瘾头已经过足了,而且超水平发挥。你这个老同志表现得也不错,咱们见好就收吧！"

张义在集合队伍,徐清宇又轻声地问雷啸天:"副司令员,您看,是不是点评几句？"

"你的表现我已经点评过了,其他人,好像不该我来点评吧？"雷啸天大手一挥,说道,"告诉张连长,今天晚饭就在侦察连吃了。你和余团长再陪我去其他连队转转。"

雷钧一直落寞地站在那里一动不动。直到张义喊他的时候,才猛然警醒,转过身子,才发现父亲已经走远。

转过汽车连的营房,一直默不做声的雷啸天,突然站住对跟在身后的余玉田说:"雷钧还是要在战斗班多当几天兵,这样的状态不行。让他指挥人,迟早会出事！"

余玉田说道："小雷一直表现不错，军事素质在侦察连也毫不逊色。今天可能是太紧张了。"

"好大喜功，弄巧成拙！他很想在我面前表现，更想向我示威。可惜，糙了点，骨子里还是我行我素。刚才那个表现你们都看到啦，根本不听指挥，反复强调是精度射击，他非得玩出一点花样。然后，在没有听到我的赞叹下，很快就发挥失常。这样的心理承受能力，你敢让他去当指挥员吗？"雷啸天的话有些绝，但知子莫若父，余玉田和徐清宇一时之间都无话可说。

雷啸天缓缓语气，接着说道："我十分感谢你们没有看在我的面子上，放松对他的要求。这个年轻人心智很不成熟，需要慢慢打磨，短时间内是难胜大任的。我现在很难跟他沟通，他也不愿意跟我沟通。所以，只能拜托两位老弟了！不要由着他的性子，多让他吃点苦。"

雷啸天讲这些话的时候，完全放下了一个大军区副职的身段，言语中满含柔情、无奈还有丝丝痛楚。余玉田被感动了："请首长放心，我们一定会不遗余力！"

雷钧整整一下午都面红耳赤，父亲走后，他举起枪托狠狠地砸了自己的脑袋几下。张义和郑少波都没有批评他，他希望有人能痛骂自己一顿。晚上吃饭的时候，他再次看见了父亲，突然很冲动地想上去和他解释几句。几次欲上前，但最终还是退却了。他知道，父亲不会给自己面子，甚至什么难听的话都能讲出口，这是他无法承受的，也是他不敢去面对的。

雷啸天走的时候，雷钧就在欢送的人群中，他站在队伍的最后，一直低着头。直到汽车离开院门，他才抬起头来看了门口一眼。

送走了雷副司令，雷钧在院子里转了一圈，然后一个人走向了训练场。他不想这么快回到班里，出了这么大的丑，给侦察连抹了黑，他没办法做到若无其事。那帮小子胆子还没大到敢当面嘲笑自己，但他还是怕看到他们。

雷钧在靶场上意外地碰到了应浩，这让他很难堪。应浩老远就冲着他打招呼，想回避也回避不了了。

应浩笑呵呵地打趣道："副指，消食呢？"

"你跑这儿来干什么？还在心潮澎湃？"雷钧反问。

应浩说："没错，我刚还在想，你今天第二轮那几枪是怎么打出来的？这准头，不参加奥运会算是白瞎了。"

我从未放下这面旗帜 不管走到哪里 它都在我的心中猎猎作响

"你应该对那跑靶的三枪更有兴趣吧？"雷钧总是有办法让人难堪。

"哈哈！"应浩笑得没心没肺。这让雷钧很恼火，他不想跟这人磨蹭，转身就走。

"你那是故意的，从头到尾你都是故意的。只有你才敢这样干！"应浩大声地在背后说道。

"自作聪明！"雷钧站住，头也不回地冷声回应道。

应浩仰起脖子，张开嘴无声地大笑。

晚上教育训练，郑少波问坐在前排的应浩："副指导员呢？"

"跟我请假了，说头痛！"应浩应道。

郑少波看了一眼坐在后面的张义，张义摇摇头合起笔记本站起来就往外走。

雷钧手里拿本书，靠在床上发呆，听见有人开门进来，侧过身子，闭上了眼睛。

"小雷？"张义轻声地叫道。

半晌，雷钧才回应："我跟班长请过假了，今天不舒服。"

张义讨了个没趣，本想不再答理他，刚跨出门，便听雷钧说道："别没事就监视我，犯不着。"

张义道："你是身体不舒服还是心里不舒服？或者是哪儿都不舒服？"

雷钧翻身坐了起来："你什么意思？嫌我给你们丢脸了是不是？"

张义哭笑不得，索性又走了回来，一屁股坐在雷钧的床上说："小雷，我们聊聊吧？"

"我不需要安慰，不需要同情，也不需要激励。对不起，我现在心里堵得慌，乱糟糟的，你让我安静一下。明天我会主动找支部检讨。"雷钧冷静了下来，轻声地说道。

张义站起来拍了拍雷钧的肩头："那你好好休息吧，别太情绪化了，那么多战士看着你。另外，今天下午的事就到这里结束，你也不要再提了。其实，我和指导员能理解你，我想团长、师长甚至雷副司令员都能理解。"

雷钧苦笑着摇摇头说："你们帮我把秘密守好，我已经听到同志们在议论了。"

张义怔了一下，然后笑道："哦，好！你不说我们也有这个义务。"

半夜一点多，应浩上完哨回到班里，脱衣服的时候感觉不对劲，拿手去摸雷钧的床。被子还有余温，但雷钧已不知去向。

应浩用力地捅了一下胡大牛，轻声问道："副指呢？"

胡大牛睡眼惺忪："没在睡着？撒尿去了吧？"

"我刚从厕所过来，没人！"应浩边穿衣服边说道。

胡大牛从床上弹起来，甩甩脑袋："坏了！熄灯前他找我要火机……"

胡大牛惊醒了一班的所有战士，有个兵下床准备去开灯。应浩赶紧说道："都躺下睡觉，不准吵吵。我去找他！"

胡大牛焦急地说道："班长，要不我去通知下连长吧？"

"找什么连长，不准声张！"应浩从柜子里摸出手电筒，说道："你先别睡，半个小时后我和副指要是没回来，你再去找连长。"

应浩又去了趟厕所，确定雷钧不在后，返回了班里，这才发现窗户虚掩着，窗台上有一个明显的脚印。从这里跳出去，可以避开门口的哨兵。应浩倒抽一口冷气，这家伙到底想干什么啊？

夜凉如水，月柔风轻。静悄悄的营房，安静得像熟睡在摇篮里的孩子。应浩嘴里含着电筒，悄无声息地翻过营房后的围墙。直觉告诉他，雷钧肯定在训练场。

这一天对雷钧来讲，简直有点痛不欲生，以致茶饭不思、辗转难眠。今天之前，他一直以为自己和父亲已经到了水火不容的地步，父亲就像一块岩石，棱角分明、又冷又硬，永远不知道什么是痛、什么是柔情。如果不是母亲，他甚至觉得自己对那个家可以了无牵挂。他知道父亲今天是冲着自己来的。所以，他要让父亲知道，他并非一无是处，更要向父亲表明自己的立场，对待发配，他仍然没有妥协。

现在他后悔了，从看到父亲步履蹒跚地向前走时，他就后悔了。对自己的表现，父亲肯定万分失望。这还不是最让人懊恼和沮丧的，因为他发现，父亲想要的并非是自己惊世骇俗的表现。他想要的，其实很简单，可自己却无法给予。

应浩翻过围墙，就看到不远处有一个身影，这让他差点惊叫出声。雷钧靠在墙上，对应浩的出现一点也不觉得奇怪。

"副指？"应浩小声地叫道。

雷钧默不做声。应浩顺势靠在墙上，也不上前，过了好久才幽幽地说道："打个电话回家吧。有些事情，就是个心结，自己系的，要自己去解。"

我从未放下这面旗帜
不管走到哪里
它都在我的心中猎猎作响

雷钧被看穿了心思，仰起头冷声道："你不觉得自己有点聪明过头了吗？"

应浩压抑不住，笑了好久，才正色道："咱们不要这么说话好吗？你老是这样，挺招人烦的。"

雷钧往应浩的身边挪了挪，问了句："同志们都很烦我吗？"

"那还不至于，反正我是挺烦你的！"应浩毫不客气地说。

"我要怎么办你说？我要怎样你才不烦？"雷钧不觉恼火，事实上，他自己也从来都是直来直去。

"放下你的臭架子和穷酸劲儿！"应浩一字一顿地说。

雷钧沉默良久，摸索着点燃了一根烟。应浩站起来伸出手说："别吃独食，给我也来支。"

应浩点上烟，猛吸一口，盯着雷钧问："没话跟我说了吗？"

"我今天晚上终于彻底地想通了一个问题，这个问题纠结了我好久。刚才你那几句话，更坚定了我的想法。"雷钧的话有点没头没脑。

应浩兴致勃勃地说："哦？说说看。"

雷钧拍了拍应浩的肩头说："好了，下次保证不给你再添麻烦。咱夹起尾巴做人，要是再招你烦，你也甭跟我客气了！"

听了这话应浩如坠云雾："你到底想通了什么问题？"

"走吧，我的排长同志！"雷钧后退几步，看看墙头说道，"你小子也有犯傻的时候啊！"

五　疾风知劲草

西北的冬天总是显得有点迫不及待。这个时候，在南方，仍旧秋高气爽，只有一早一晚才能感觉到丝丝凉意。而这里，凛冽的北风呼号着，利得像刀子似的，一阵紧过一阵，时不时还要裹起一地风沙，天昏地暗的。

周日早晨七点多，天刚蒙蒙亮，侦察连的兵们已经顶着风沙，急速奔跑了二十公里。这会儿，一路慢跑着涌入了二团大院。

跟在队伍最后面的雷钧，一个加速，蹿到了带队的张义身边，气喘吁吁地说道："连长，今天我已经超期'服刑'整整一个月了，是不是能给我放个假？"

"你小子想回家了吧？"张义停下脚步，看着雷钧。

雷钧笑道："啥时候无罪释放，啥时候我再回去。"

"今天安排好了要跟二营打场球的，你是咱们连的王牌。要不，明天放你一天假？"

"我师傅今年转业，就这几天要走，我想去送送他。"

"跟指导员打个招呼吧。少喝点酒，晚上别回来得太晚。"

雷钧平时很少主动去找连队的两个主官，郑少波见他急匆匆来找，还以为这小子要问正式任职的事。没等雷钧开口，郑少波便主动说道："团里正在研究，这几天团长或者政委就可能会找你谈话。"

雷钧一头雾水："找我谈什么话？最近除了刻苦训练，努力学习外，我好像啥错误也没犯吧？"

郑少波说："你个人的问题啊，已经四个月了！"

"哦？"雷钧长舒一口气，"这样挺好，我少操点心，领导也少操点心。"

郑少波不解地盯着雷钧看了半天。雷钧笑道："这个事以后再说吧。我找你请假，去送我师傅。"

"去吧，去吧！"郑少波笑眯眯地挥挥手。

雷钧转身离去，郑少波愣愣地看着他的背影，若有所思。

早饭时，郑少波轻声地问张义："你有没有觉得小雷变了？"

张义笑而不语，过了半晌才阴阳怪气地说："这下你轻松了？"

"你不也一样？很有成就感吧？"郑少波反击道。

张义被馒头噎得直翻白眼："得了！从他到这儿来我就没睡过一个安稳觉，一闭上眼睛，就担心这小子会整出什么幺蛾子，都怕出病来了！"

郑少波一口豆浆差点儿喷了出来："真没看出来，张老虎也有害怕的时候啊？我倒觉得小雷来得正是时候，给你找个克星，顺带着维持咱连队的生态平衡。"

"喊！"张义面露不屑，"就知道你想统战他，好穿了一条裤子来对付我。告诉你，这小子谁都不认，够咱喝几壶的日子还在后头！"

小文书在一旁哧哧笑，张义一掌拍在他脑门上："吃完了没？吃完了赶紧滚蛋！"

张义正色道："昨天晚上团长和政委跟你谈这事了吧？我觉得是时候了，老让他在下面待着，咱自己也过意不去。"

"我也是这么想的,可团长的态度很明确,说是等冬训完了再说。挨过几个月的冬训,肯定会脱胎换骨!"郑少波说道。

张义有点不以为然:"我再去找团长。他的素质你也看到了,又是个政工干部。咱们服从命令,也不能唯命是从,还是要实事求是。下个月你又要去学习,总不能还让我兼着指导员吧?"

郑少波点点头:"这是个锻炼的好机会。你跟团长多说点好话,别又犯冲。"

张义皱起眉头:"知道啦,我的大指导!轻重我还是分得清的。"

雷钧出门的时候,碰到了吃完早饭的应浩。今天是他出门汇款的日子,当然,他有很多理由请假。一个老兵三两个月才请一次假外出,谁也不会太在意他到底干什么。

应浩叫道:"副指,我也请假了,去县城办事,一道走!"

雷钧欣然同意,最近和这个牛班长相处得不错,偶尔擦枪走火,也都止于唇齿,少有的和谐。可惜每天训练和教育的时间都安排得满满当当,两人鲜有独处的时间。

师部紧挨着县城的东郊,距离二团三十多公里。这地儿根本不通公车,兵们出门基本上都靠步行。有胆大的兵,外出的时候穿着便装站在马路中间拦车。过往的司机都知道,站在这里拦车的,多半都是当兵的,也乐意捎上一程。

两人都穿了军装不便拦车,顺着大路往前赶。许久未出门,应浩兴致盎然。雷钧多少有点伤感,才几个月的工夫,已经物是人非,一路上尽想着和老范在一起的日子。好在,老范人转身未转,家属随了军,他再折腾也蹦跶不到哪里去。在雷钧的心目中,老范是个天生的军人,也是个天生的文人,硬邦邦的骨头往外冒着酸气,坚持原则却又八面玲珑,转业实在是太可惜了。

雷钧心事重重,应浩看在眼里,却故意视而不见。一路上眉飞色舞,天南地北,尽扯些不着边际的话。雷钧跟着哼哼哈哈,两人走了十来里路,应浩实在觉着没趣了,这才翻腕看表,惊呼道:"快九点了!咱们这速度到了县城,估计连晚饭都赶不上了!"

"要不,咱们跑跑吧?"雷钧也急了,师傅还等着他中午一起吃饭呢。

应浩手指南边说道:"有个近道,能省七八里路。不过,得穿过一个煤厂,方圆十来里地,黑乎乎一片。走一次,身上得落下二寸厚的煤灰。"

"穷讲究个啥?走吧,又不是去相亲!"雷钧转头就走。

翻过一个土丘,眼前波澜壮阔,到处都是七零八落、大大小小的煤堆,一眼望不到头。偶尔还能在煤堆的间隙看到卡车驶过,扬起漫天的黑雾。那景象,让人感觉恍若置身另外一个星球。

人生的转折,很多时候皆在一念之间。两个大兵怎么也没想到,在这个人迹罕至的塞外,他们会碰上一件常人唯恐躲之不及的事,他们招惹了一伙亡命之徒,险些酿成民族冲突。

后来的很多年,这一场突如其来的遭遇仍然在雷钧的脑中挥之不去,他在懊恼,也在感叹。如果那一次他们循规蹈矩,也许应浩甚至自己的人生将是另一番景象。

两伙人扭打在一起,确切地说,是一群人追殴三个彪悍的中年男人。走在前面的应浩刚转过一个煤堆,便被一个浑身鲜血的中年人撞了个满怀。没等他反应过来,七八个尾随的大汉呼啸而至。打头的已经杀红了眼,手里举着一把砍刀,一路挥得是密不透风。眼见两个当兵的横挡在身前,二话不说,当头就是一刀。

这一刀是奔着被撞得晕头转向的中年人来的。应浩反应神速,一把推开中年人。那一尺多长的砍刀几乎顺着应浩的指尖落下,把一旁的雷钧吓出了一身冷汗。

"住手!"雷钧厉声喝道。

"少管闲事!"那人怔了一下,极不屑地扫了一眼面前的两个大兵,对身边的同伙说道:"愣着干什么?快点追!"

一群人压根儿没把这两个当兵的放在眼里,呼啸着又向三个慌不择路的中年人追去。

"怎么办?报警吧?"雷钧显然是慌了手脚,焦急地问应浩。

"报什么警?我看你的脑子进水了!等着警察来收尸是吧?穿着这身军装咱就是警察!"已经追出几步的应浩,回过头来叫道。

等到两人追上去的时候,三个中年人已经有两个被打翻在地。雷钧还想出言劝告,应浩早就腾空飞起一脚,踹向了一个手持钢管的小个子。

几乎一瞬间,七个大汉全部转头围了上来。刚刚差点剁掉应浩一只手指的那个家伙,显然是领头的,他气焰嚣张地咆哮道:"找死!兄弟们给我打!"

雷钧此时已气血上涌,一边拉开架势,一边吼道:"不怕死的就来!"

那领头的,二话没说,右手横刀冲着雷钧就扫了过来。

雷钧从小习武，身手矫健，他纵身向后跃去，躲过了这一击。立地未稳，左侧一根钢管便劈头袭来。好一个雷钧，抬起左臂便挡，同时左脚一个侧踹，那人被生生踹出了两米开外，丢掉手上的钢管双手捂脸，躺在地上。雷钧左臂被击，痛得倒吸一口凉气。

另一边，四个人将应浩团团围住，其中一个和领头的一样，手持一把精光锃亮的马刀。任凭应浩如何腾挪闪避、沉着应对，后背还是被划了一刀。好在他机敏过人，侦察连的老兵，空手夺白刃的绝活没少练。加上这群人外厉内荏，仗着人多势力大，但没几个正经地练过。所以，才几个来回，应浩便瞅准时机，闪过身子，一把搂住一个家伙的脖子，夺了他手上的钢管。

有了武器在手，便如虎添翼。这小子痛下狠手，照准持刀的那人脑袋就是一棒。这个可怜的家伙，当场就白眼上翻，瘫倒在地。还有一个，被应浩直接扫中了小腿的迎面骨，抱着腿一头扎在煤堆里，一边号叫一边翻滚。那骨头即便没有粉碎，估计也断成两截了。另外两个见势不妙，撒腿便跑。

雷钧那边异常惨烈，帽子已经被打飞，头上绽开了一道口子，鲜血顺着额头淌下，几乎糊住了双眼。其实论身手，雷钧当在应浩之上，但他的实战经验实在太少，下手不敢太重，又被两个身手最好的家伙缠着，状极狼狈。

应浩收拾了四个人，很快冲便了过来。领头的刚一分神，应浩的钢管就落在了他的后背上。这家伙跟跟跄跄，冲出十多步，终于不支，一头栽倒在地，手上那沾着血的刀也咣当一声，掉在了地上。最后一个家伙，见到当兵的如此凶悍，惊恐地看着应浩，往后退了数步，转身就跑。

应浩已经杀红了眼，跨过几步，冲到正试图往外爬的那个领头的身边，照准他的脑袋就是一脚。

那三个被追杀的中年人早就消失得无影无踪。

"赶快去报警，我在这里守着。"雷钧左手捂着头，对应浩说道。

"不行！你得跟我一起走，咱们先回部队。那几个家伙转回来怎么办？"应浩脱下外套，准备撕了衬衣来给雷钧包扎。

雷钧急了，顺手捡起一根钢管说道："快点去，我在这儿守着现场。咱们要跑了，这事儿就说不清了！"

身上血迹斑斑的应浩，一路狂奔着冲回了部队。团部大院门口的两个哨兵，一个跟在他身后追赶，另一个拨通了保卫股的电话。

张义正盘坐在地上跟三个老兵打牌，扯起喉咙大声斥责对家不会出牌。应浩破门而入,张义吓得一激灵,扔下牌从地上弹起,胡乱地抓掉脸上贴着的纸条叫道:"出什么事了?"

应浩抓住张义的胳膊就往外拉:"我们和一帮人打起来了,副指导员受了伤,还在现场!"

"集合连队所有干部和正副班长!"张义一边往外跑一边大声对闻讯而来的小文书说道。两个人冲到门外,迎头碰上了保卫股长和两个干事。

应浩简单地把事情说了一遍,保卫股长一挥手对张义说道:"不要带那么多人,又不是剿匪!我去开车,顺便报警。你们在门口等我!"

一辆破北京吉普警车几乎和应浩搬来的"救兵"同时赶到了现场。除了几摊洒在煤地上依稀可见的血迹和刚刚厮打过的痕迹外,雷钧和几个受伤的悍徒都已不知所踪。

"副指!"应浩大脑一片空白,疯了似的大声呼喊。张义和团保卫股的两个干事紧跟在应浩的身后冲向了煤堆。

顺着脚印追了几百米的应浩,终于看见五十米开外的一个浅水沟里,雷钧艰难地从地上拱起,甩了甩脑袋,正使劲儿地向他们挥手。众人跑到跟前,雷钧又一头栽在地上,翻过身子,大口大口地喘着粗气。

"人呢?"应浩睁着血红的双眼问道。

"不要追了,早跑了!"雷钧盯着应浩,手指正北方,苦笑着摇摇头,眼前一黑,又晕了过去。

吉普车拉响了警笛,留下了一个在现场拍照取证的警察,摇摇晃晃地向悍徒逃跑的方向绝尘而去。

另一辆车里,随行的卫生员紧张地给晕睡过去的雷钧检查了一下身体,除了头上的那道刀伤,身上未见其他伤口。良久,雷钧躺在张义的怀里,轻舒一口气缓了过来,轻声说道:"我身上的零部件一样没少吧?"

坐在一旁眼泪汪汪的应浩破涕为笑:"你一个侦察连的副指导员,哪有那么容易被老百姓收拾了!"

"还他妈耍嘴皮子!"黑着脸的张义,一扫脸上的阴霾,瞪着应浩骂道。

雷钧突然显得很紧张:"赶紧通知团里,刚那一批人是本地少数民族的。后来他们又来了五六个人,幸好没再对我动手。而且,咱们好像好心办了坏事,那三个被追打的家伙本身就是恶霸,已经招惹他们好久了。"

张义心里"咯噔"了一下,面色凝重地说道:"先别管这么多,到底什么情况公安局会查清楚的。你给我好好地到医院去检查下，然后老老实实养伤！"

雷钧一骨碌爬了起来："养什么伤？要不是我缠着他们追那么远，脑袋被他们打了一棒子，啥事都没有。"

应浩心有余悸："那几个人穷凶极恶，根本不把当兵的放在眼里。要不是良心发现，情况真不敢想象……"

谁都没想到，奋不顾身救人的雷钧和应浩，非但没有因此立功，还被推上了风口浪尖。

公安局在当天傍晚就抓住了参与这起暴力事件的所有人，包括那三个被追砍，正躲在一个私人诊所里疗伤的中年人。公安局连夜突审，很快就查清了这三个人的背景。

公开资料显示，这三人赫然是南方沿海某省通缉数年的在逃犯。一年前他们流窜到这里，白天挖煤，晚上盗窃。而且这三人气焰嚣张、好勇斗狠，竟然在数百个矿工中收取保护费。因为害怕报复，矿工们只好忍气吞声，厂方也一直没有察觉。直到几个月前，一个被欺负的外地矿工，联合了十多个老乡和他们干了一仗，事情才败露。厂方在扣发了半个月的工资后，将三个人开除。

没想到这三人怀恨在心，多次到矿口寻衅滋事，并且将矿主打伤。公安局伏击了几次都没抓到人，厂方只好自己成立了"护矿队"。那八个追砍他们的大汉，就是老板花重金请来的保安。这也是他们在愤怒过后，没有对落单的雷钧下毒手的原因。

如果雷钧和应浩不把几个人打成重伤的话，这件事情也就不会闹这么大。当矿主得知那三个人是逃犯，而当兵的又是先动手的时候，变得更理直气壮。说自己人是正当防卫，甚至还说兵匪一家，非要当兵的为几个重伤的员工负责。最棘手的是，那些保安全是当地的少数民族，虽然上班穿着汉族的衣服，但他们有配刀的习俗。这件事情变得复杂起来，很难界定责任。

结果可想而知，事情先是惊动了地区政府，然后，几十个家属直接闹到了师部，群情激愤，说什么话的都有。为顾全大局，避免引起军民矛盾甚至民族矛盾，师长和政委不得不亲自出面，把一群人引到了师部。

团政委带着师政治部主任来找雷钧和应浩的时候，雷钧头上的伤口还缠着绷带。两个政工首长亲自来做工作，就是怕这两个小子想不开，他们代表着师团两级党委，必须把利害关系说清楚。还有一层只能意会不能言传的理由，那就是军区已经得知了这件事，雷副司令员担心口无遮拦的雷钧又会讲出什么混账话来,特意嘱咐师党委要亲自下去处理。

雷啸天的担心不无道理,但混账的不是雷钧,而是更年轻气盛的应浩。雷钧虽然心里郁闷,但他出生与成长环境都与应浩有着天壤之别,有些东西,他并不在乎。应浩就不同了,他更看重荣誉。这次不仅受了气,而且已经被师团两级党委提上议事日程的转干机会,在政治部主任的嘴里,已经变得遥遥无期了。

"你们都是老党员了,这件事情我希望你们能理解,不能理解也要理解!这就是军人,挂得了勋章,也要受得起委屈!"政治部主任最后看着情绪低沉的应浩说道。

年过五旬的主任深知两个兵受了委屈,但他只能将这些深埋在心里,这种情况下,他什么都不能承诺。生性秉直的应浩,很难读懂他的话。他执拗地认为,自己已经失去了最后的机会。这是他打拼了五六年才等来的机会,并且已经触手可及了。

当兵的也是人,人在这个时候,是很难保持冷静的。两个首长刚走出中队会议室,一直低着头默不做声的应浩,突然一脚将会议室的椅子踢得飞了起来,"轰"一声,重重地砸在门上。

半个小时后,二团团长余玉田在自己的办公室里拍案而起,指着张义和郑少波吼道:"反了都!停职反省一个月,想不通,就让他滚蛋!"

应浩被停了代理排长的职务,班长的位置被胡大牛取而代之。郑少波宣布决定的第二个星期,在训练场上与连长张义顶牛的应浩,直接进了禁闭室。

为了关应浩,郑少波和张义差点翻脸,最后郑少波不得不在连队其他几个支部成员的拥护下,以支部书记的名义,对"护犊子"的张义提出了严厉批评。这是两个侦察连主官自搭档以来,第一次为了工作针锋相对、火花四溅。

卷入这场连队史无前例的纷争的,还有已被宣布正式担任副指导员的雷钧。他坚决站在了连长张义的这边。他觉得自己应该为这件事情负责,导致应浩失态的根本原因是自己在那场暴力冲突中,没有扮演好一个干部应该起的作用,自己的不够冷静,或者说是临场失控,才几乎断送了应浩的前途。

事实上,应浩在怒砸办公椅后,张义和郑少波在团长余玉田那里没少为应浩辩护和求情,并且拉来了政委当说客。他们想不通,为什么团长在明知自己的兵受了委屈后,只作出了一个正常人应该有的反应,而且这样的泄愤行为并没有伤害到任何人,为什么要给他如此严厉的惩处?为了应浩的前途,张义在

我从未放下这面旗帜 不管走到哪里 它都在我的心中猎猎作响

第一枪 淬火侦察连

团长办公室里软缠细磨，余玉田最后还是立场坚定地将两个爱将推出了自己的办公室。

宣布停职前，郑少波、张义以及心不甘情不愿的雷钧都找过应浩谈话。应浩的情绪很低落，在沉默中接受了这一事实。参与做思想工作的雷钧，已经觉察出了应浩的不满，因为应浩在和他谈话时眼神中流露出的不屑甚至藐视，让他有点不寒而栗。

雷钧去提醒了郑少波和张义，郑少波心事重重，而张义却不以为然："他就是这个犟驴脾气，翻不了天！我就不信将不直他！"

郑少波面露不悦，一反常态地直指张义："你说团长军阀，你和他有什么区别？我看你就是个山大王！"

张义愣住了，转而笑呵呵地说道："你的'随风潜入夜，润物细无声'打动他了吗？对待蛋兵，就要用蛋办法！又不是幼儿园的阿姨，用得着那么惯着他吗？"

"粗俗！是你惯着他还是我惯着他？"郑少波说完，拂袖而去。

应浩并没有逃训，即使郑少波暗示他可以请几天假好好休息，他也没有落下一分钟的训练。胡大牛带班训练，他就一直站在副班长的位置，一脸哀怨又一丝不苟地执行着指令。惹得连队的两个主官，远远地盯着他，满眼的怜爱。

胡大牛是个老实人，甚至有点木讷。连长张义对他有一句非常经典也非常狠毒的评价："大牛就像一只涨满了气的皮球，他的眼睛长在别人的脚上，他的表现取决于你的脚法和力度。你踢得越狠，他就飞得越高、越准……"

在张义又狠又准的"脚法"下，胡大牛的个人素质那是呱呱叫。最让人津津乐道的是，这小子在当兵第二年参加军事大比武，一套动作做到一半，竟然把双杠连根拔起。他甚至和连队另外两个老兵并称为侦察连的"拼命三郎"，真要在训练场上较真，张义和应浩都要怵他三分。

虽然胡大牛军事素质优秀，但他毕竟没有当过班长，组训指挥是要讲究技巧的，而这个一根肠子通到屁眼的家伙，根本就是难堪重任。他也清楚自己扮演的是过渡的角色，完全是赶鸭子上架。更何况，班里的战士们对老班长的遭遇一直愤愤不平，加上应浩的消极态度，使得他更觉得自己名不正、言不顺。这就更影响了他的发挥，带队训练了一个星期，几乎天天都会冷不丁地下达几个令人哭笑不得的口令。

张义看在眼里急在心里，师里马上就要进行半年军事考核了，按照团长的意思,应浩至少还得当二十天兵才有可能恢复班长职务。这个表面看起来有些粗鲁的军事主官,对自己兵们的秉性了然于胸。他知道胡大牛是不能骂的,这小子越骂越糊涂,真要把他培养成一个在训练场上八面玲珑又虎虎生威的指挥员,必须得耐住性子慢慢打磨。而且打磨出的结果很可能也只是个中庸,基本没可能超越应浩这种天生的指挥员。

胡大牛没有进过教导队,张义让他白天当指挥员,晚上过起了教导队的生活。两个人吃完晚饭就蹿到训练场,找个旮旯地,张义对他手把手、一对一地贴身训练,可是满头大汗的胡大牛还是不能让他满意。

以张义的急性子,让他不骂人可以,让他不发火比让头小公牛不撒欢还难。终于,在胡大牛把"卧倒"喊成"趴下"后,忍无可忍的张义从数十米开外,冲了过来,一脚踹在大牛的膝窝上:"我让你趴下!"

胡大牛从地上爬起来,撇了撇嘴,委屈得差点哭出声来。

"应浩! 你给我滚出来!"张义吼道。

哭笑不得的应浩,慢腾腾地从地上爬起来,歪着脑袋盯着须发贲张的连长不为所动。

"过来,从今天开始,你带队训练!"张义说道。

应浩面无表情:"凭什么?"

张义气得脖子上的青筋根根暴起:"老子命令你来指挥!"

一直站在不远处静静地看着张义发怒的郑少波,此时走了过来对应浩说道:"这是连里研究过的,胡大牛同志经验不足,在考核前,你暂时带一下。"

应浩鼻子里哼了一声:"我记得连里刚刚研究过,才下了我班长职务。怎么这么快你们就后悔了?"

郑少波还要开口说点什么,张义已经被彻底激怒了:"应浩!你最好给我夹起你那条又臭又长的尾巴。不要以为这个连队少了你就不转了!"

"那就好,那就好!"应浩后退一步,又站到了队伍的后面。

张义跟上一步,被郑少波拉住胳膊:"应浩,马上给我回连队去!"

直到应浩消失在训练场,张义才想起来对站在一旁不知所措的胡大牛说道:"看什么看? 不要训练吗? 难道还要我来指挥?"

应浩解掉了身上的装备,放在了会议桌上,静静地等待着指导员或者连长的到来。直到这个时候,发泄完郁积在心中好多天的闷气后,他才隐隐觉得后怕。

郑少波和张义一前一后进了侦察连的院子，张义在跨进院子的那一刻，又转身往外走了几步，才回过头来大声地对郑少波说道："我是连长，你别不把我当回事儿！我提醒你，这件事情你真要较真，就召开支部会议来表决！"

郑少波充耳不闻，径直走进了营房。

刚刚在回来的路上，两个人发生了一场激烈的交锋。郑少波坚持要关应浩的禁闭，气急败坏的张义在冷静下来后，惊出了一身冷汗，说："你这样会彻底断送应浩的前途！"

郑少波哭笑不得："翻手为云、覆手为雨，挑起事端的是你，求情的又是你。要不，这个指导员你也来兼着，我申请调离。"

张义赔着笑脸，跟上几步，低声下气地说道："老郑，你冷静一点儿，这个事咱们再好好商量一下！"

"是你要冷静，还是我要冷静？这事没得商量了！"郑少波始终昂着头往前疾行。

张义回了句："老郑，你这个茅坑里的石头，又臭又硬！"

"谢谢，比你还臭还硬不容易！"郑少波冷冷地回答道。

张义气得笑出了声："郑少波，你他妈的公报私仇，我要去团座那里奏你一本！"

郑少波头也不回："你最好再给我加上一条私通敌国的罪名，这样，就可以直接把我拉出去枪毙了！"

郑少波进了会议室，对背对着门坐在那里发愣的应浩说道："还有气没撒完吗？要不，拿你的腰带抽我几下吧？"

应浩站起来，低着头一声不吭。

郑少波转到了他的面前，继续说道："你现在是英雄了，大英雄啊！全团最牛的连长，被你气得想跳楼。满意了吧？舒坦了吧？"

应浩红着眼，声如蚊蝇："指导员，对不起。"

"对不起？如果所有的事都能用这三个字解决，我郑少波就天天可以睡大觉了！你说吧，这事要怎么处理？"郑少波说道。

应浩吸了吸鼻子，闭着眼开始突突："枪毙、上军事法庭、开除军籍，怎样解恨，就怎样来！我没意见，反正我这兵也当到头了，不如给我个痛快！"

"姥姥的！"郑少波气得爆出粗口，"我恨不得现在就给你一枪！说的什么混账话？是不是觉得全世界的人都对你不仁不义？我告诉你，你们连长，就是那个恨铁不成钢的张大连长，刚刚还跟在我屁股后面为你求情。几天前为了让团长收回成命，差点跪倒在他的面前。你再看看他的眼圈，全是黑的，因为什么？因为自从你受了处罚后，他一直都在失眠，天天半夜来敲我宿舍门，来折腾我。"郑少波说到这里，停了下来，然后缓和了一下语气继续说道，"还有雷钧，那个和你一样受了委屈的副指导员，为了你，他甚至给雷副司令员打了电话。这是他来到侦察连后第一次主动给自己的父亲打电话。"

应浩的泪水夺眶而出，他相信指导员说的这一切。其实，即使指导员不说，他也应该想得到。郑少波第一次看到这个硬汉在自己的面前落泪，有点儿于心不忍，过了好久才接着说道："你当了五年兵，一直顺水顺风，因为什么？这一点小小的打击你就承受不了了？即使你的梦想就此破灭，人生的路还很长不是吗？你还会有更多的梦想，等着自己去实现。就这样一直消沉下去，你觉得会有人同情你吗？我告诉你，不会有人同情你，有的只会是嘲笑和鄙视！你是个聪明人，是一个军人，更是一个男人，今天的这些话，从今往后我不会再跟你说了，因为说这些的时候，我都跟着脸红！"

应浩拼命地点着头，他已经被彻底击溃了。

"好了！"郑少波再次说道，"自己好好想一想。谁都难免冲动，但不要因为一时冲动影响了一辈子的幸福。还有，你必须得为今天的冲动付出代价。怎么处理，你们连长说要开支部会议表决。但我的意见很明确，关禁闭。所以，你要作好心理准备。"

郑少波离开后，应浩抹了一把眼泪，定定神，然后将桌子上的装备重新穿戴在自己的身上，走出会议室，默默地关上门。他要回去训练，像一个男人一样去战斗、去面对一切。

晚上的支部会议开了两个多小时，张义一直处在亢奋中，雷钧在一旁不遗余力地帮腔。郑少波讲的道理能装几箩筐，并且成功说服了另外三个支部成员。就在郑少波最后以支部书记的名义批评张义的时候，应浩敲开了会议室的门，站在门口诚惶诚恐地说道："关我禁闭吧，这是我应该要受的惩罚。我也需要几天独处的日子，好好思考自己的未来。我以一个党员的名义向支部保证，只要还当一天兵，就会站好一天岗！"

郑少波宣布会议结束后，起身再次说道："再说一个题外话，不代表支部的意见。连队所有的干部都在这里了，我希望同志们下去给兵们提个醒，这件事

第一枪 淬火侦察连

情不要到处宣扬。谁要是让团里知道这事，一旦被查出来，我郑少波第一个给他穿小鞋！"

张义纵声大笑，拍拍郑少波的肩膀，然后又冲着对面的雷钧眨眨眼。

六 丈夫誓许国

雷钧终于回家了，因为刘雅琪女士下了最后通牒。刘雅琪是雷副司令的夫人，D师二团侦察连副指导员的母亲，某艺术学院的退休舞蹈老师。在雷钧被贬当兵的这一百多个日子里，雷夫人总共偷偷给儿子打了十次电话，每次拿起电话的第一句都是："你小子还要不要妈了？"

第二句通常是："我知道你嫌你妈老了！"

到最后肯定会急眼，咬牙切齿："只有雷啸天能收拾得了你这个小兔崽子！"

在这个三口之家，凡遇需决断之事，雷副司令有着绝对的权威。夫人总会喋喋不休地表达自己的不满，跟儿子更是天然的盟友，但他们从来左右不了局势。好在，她修养好，从不大吵大闹。

儿子被贬，雷夫人也无可奈何。在唠叨了多日未果后，卷起铺盖宣布与丈夫分居，从一楼主人间搬到了二楼客房。雷啸天无动于衷，早已习惯了老伴儿使小性子，几十年来，这种事没少发生，但最长也不过十天半个月。

没想到，已过天命之年的夫人，这次动了真格，不动声色地和这个戎马倥偬几十年的将军打起了持久战。雷啸天终于急了，他可以不去理会权力场上的生死博弈，却无法忍受夫人长期这样对自己不理不睬。在二团转了一圈，虽然被儿子闹得心里郁闷，回来后，他还是添油加醋，报喜不报忧地跟夫人汇报了儿子的现状。

雷夫人仍旧不买账，但态度已经缓和了好多，几乎是和颜悦色地趁热打铁，提出了自己的请求："明天你让小王送我去D师，我要亲眼看到小钧才放心。"

以雷啸天的个性，凡是碰到所谓的原则，他从不低头。这次也不例外，将军毫不犹豫地拒绝道："你才几个月没见到儿子？咱们这多少兵几年都不探次家，更没家人过来看望，不照样过了吗？特权思想！"

雷夫人的好心情一扫而光:"雷疯子,你就是个法西斯！别以为我跟了你三十年啥也不懂,你告诉我部队的哪条条令写了不允许家属探营的？何况我儿子还是中国人民解放军的军官,他有权利被探视,他的母亲更有权利去探视！"

雷啸天被夫人绕得哑然失笑:"这三十年,你跟我从来都调不到一个频道。"

雷夫人没再说话,气呼呼地上了楼。三十年来,她虽然一直在执著地抗争,但她十分清楚,只要雷啸天决定了的事,抗争的结果都是徒劳的。不再反复无望地唠叨,就是她现在的策略。

雷副司令在静下来的时候,曾经突发奇想,哪一天自己的夫人突然疯狂一把,直接和自己来个南辕北辙,我说不可为,她偏要为之,该是件多么有趣的事啊！他时常会怀着这种复杂的心情,满怀期待。这一次,这种期待变得更是空前的强烈。

第二天是周末,雷啸天没等天亮就摸黑爬了起来,屏气凝神地坐在二楼自己的书房里,紧张而又兴奋地竖着耳朵,希望听到楼下传来汽车引擎的轰鸣声。可惜,夫人还是习惯性地缴械了。

儿子以一个基层军官的身份,打电话回来为一个叫做应浩的小伙子鸣不平,在得知整件事情的来龙去脉之后,雷啸天惊出了一身冷汗。他终于理解了夫人为何对儿子这么牵挂。原来自己对儿子的牵挂是有过之而无不及,只是他习惯性地把亲情深埋在了心底。

接下来的日子,他开始暗示夫人可以打电话叫儿子回来。将军不知道,夫人和儿子从来就没有断过联系。雷夫人心底乐开了花,差点儿就摆出了一个胜利者的姿态,但她这次誓要将抗争进行到底,一定要让这个刀子嘴、豆腐心的犟老头刻骨铭心不可。所以,她对丈夫的暗示充耳不闻。

雷副司令终于还是斗不过同床共枕了几十年的夫人,明知她装傻充愣,也无计可施,只好放下姿态。这天在观摩完军区陆航团的汇报表演后,雷副司令心情大好,回到家就扯起喉咙对坐在沙发上看电视的夫人说道:"刘雅琪同志,我看你那个儿子是真不想要这个家了。明天星期天,你给他打个电话,要是没有任务,就叫他回来！"

"回来干什么？想让我看你父子俩掐架？"雷夫人嘴角闪过一丝笑意,故意板起脸揶揄道。

雷啸天笑道:"你不是天天都在想他吗？"

男人看惯了过面庞巾
不管走到哪里
它都在我的心中猎猎作响

"喊!"雷夫人扭过头白了丈夫一眼:"是你自己想吧?别死撑着,累不累啊?"

雷啸天哭笑不得:"我看你这个老同志思想有问题,不关心你吧,你期期艾艾;关心你吧,你又拿腔拿调。"

雷夫人手拿遥控器不停地调着台:"要打你自己打,要是拉不下脸直接对话,还可以下道命令,一层一层往下执行!"

雷啸天摇摇头,接过保姆递上的茶杯,径直走向了电话机,拿起电话看了一眼老伴,想想又重重地挂上,自言自语道:"让你小子多吃点苦头,有本事你一辈子别回来!"

雷夫人捂着嘴,强忍着才没笑出声。雷啸天上了二楼书房,抽出一本书摊在桌子上翻了几页,又下意识地去抓电话。书房和一楼客厅的电话共用一个线路。雷啸天拿起听筒就听到了夫人的声音:"我知道你嫌你妈老了。"

雷啸天差点笑出声,把话筒死死地贴在耳边,又听到儿子的声音:"妈,你要真想我,就来我这里看我,反正我看到雷副司令心里有障碍!"

"兔崽子!"雷啸天在心底狠狠骂道。

"你真打算一辈子不回来了?这个电话可是你爸要我打的!"雷夫人的声音明显透着不满。

"我才不信,他恨不得让我去非洲维和,离他越远越好!"雷钧在电话那头愣了一下,冷冷地说道。

雷夫人:"要不是你爸要死要活,我才不给你打电话。你就等着吧,我看你们都能扛多久!"

"妈,你别生气,真是我爸让你打的?"雷钧问道。

"咳!"雷啸天憋不住出声,赶紧把电话给挂了。

两分钟后,雷夫人站在书房外不满地说道:"雷啸天,你连我的电话也要监听?"

雷啸天站起来,一脸委屈:"我刚准备打电话叫秘书,听到你的声音我就挂了。你怎么退休了公务还这么繁忙?"

雷夫人不搭腔,侧目盯着又低头在那装模作样翻着书的雷啸天,过了半晌,才悄无声息地下了楼。

"小张,明天准备点新鲜的羊肉,你雷哥要回来。"雷夫人意气风发地对站在门口的公务员说道。

日近晌午，坐了三个多小时车的雷钧，身着崭新的军装轻声地推开了将军楼的铁门。一阵清香扑鼻而至，这个不满三分地的小院子，被雷夫人侍弄得四季常春，满院子都是盛开的鲜花。墙角花丛中伸出的几束红色的山茶，怒放得像几丛跳动的火焰。

一如去年的这个季节，什么都没有改变。

雷钧深吸一口气，张开鼻孔，抬眼看见阳台上的父亲。雷啸天从报纸后面探出头来，父子俩目光相接。

雷钧下意识地挺了挺身板，轻声叫道："爸爸。"

雷啸天微微点头，嘴角似有笑意。

许是听到雷钧的声音，望眼欲穿的雷夫人几乎扑出门来，如沐春风又一脸爱怜地看着明显消瘦了的儿子。雷钧看到母亲，偏头张嘴，露出满口的白牙，黑黝黝的脸上灿烂如花，开心得像个淘气的孩子。

"咱儿子真长大了，还知道带着礼物回来！"雷夫人看了一眼儿子手中沉甸甸的袋子，笑得合不拢嘴。

"妈，还让不让我进门啊？"雷钧笑道。

雷夫人闪到一旁，轻轻地在儿子手臂上掐了一把。

走进客厅，雷钧便看见一大盘子新鲜的水果，夸张地咽下一口口水，放下袋子冲上来就要抓，雷夫人伸手便打："洗手了吗？"

雷钧撇撇嘴："妈，咱当兵的不讲究这个！不干不净，吃了没病！"

雷夫人突然变得伤感起来，抬手轻抚儿子黑瘦的脸庞："这些天，吃了不少苦吧？"

"妈，我口渴了！"雷钧亲昵地搂住了母亲的肩膀。他知道母亲的性子，如果任由她情绪蔓延，这个团聚的周末，母亲又得在伤感中度过。

"去洗手吧，在家里就得有家里的规矩。"雷夫人吸吸鼻子，抬头四顾："你爸怎么还没下来？"

雷啸天坚持看完了一篇社论后，起身下楼，刚走到楼梯口便听到老伴在惊呼："老雷，快来看你那宝贝儿子给你带什么回来了！"

雷钧看见父亲下楼，抬手便要敬礼。

雷啸天手一挥："在家就免了！"

雷夫人手捧一个黄澄澄的大南瓜，站在雷钧身后乐不可支："你看你儿子多心疼你！知道你好这一口，那么远还给你扛回了两个大南瓜！"

我从未放下这面旗帜
不管走到哪里
它都在我的心中猎猎作响

071

第一枪 淬火侦察连

雷啸天心头一热，望着一旁有点局促的雷钧，轻描淡写地说道："是在你们菜地里摘来的吧？"

雷钧点点头："这个季节，只有南瓜了。"

雷夫人却不依不饶："这个没良心的，心里只有他爸，连根菜花也不给我带。"

雷啸天忍俊不禁，仰头大笑。

一家人已经很久没有坐在一起吃饭了，满满一桌菜，雷夫人亲自下厨，整整忙活了半天。雷夫人翻出一瓶剑南春和两个酒杯，摆在桌上说道："儿子，今天陪你爸喝点。"

雷啸天笑逐颜开，迫不及待地给自己满上了一杯："我这么大个官，喝酒还得赶时候。第一，儿子回家；第二，太阳打西边出山！"

"这是你自找的！"雷夫人嗔怒道。

雷钧拿过酒瓶给自己倒上，一脸疑惑："怎么了？不让爸抽烟，还不让他喝酒啊？"

雷夫人说道："你问他，肝都快成石头了还喝！"

"别听你妈的，自个儿喝不了见不得别人喝！"雷啸天横了夫人一眼，端起酒杯说道，"来，今天托你的福，老子敬儿子一杯。"

雷钧问道："是不是医生让爸不要喝的？"

雷夫人气呼呼的："你说呢？我哪里有那么大的胆子敢去禁一个副司令员的酒？"

"行了行了，别唠叨了！"雷啸天说道，"医生又没说一点不能喝，少喝点还不行吗！"

雷夫人还想说点什么，终于还是没张口。

这顿难得的午餐，吃了一个多小时。吃完饭雷啸天就上楼了，把客厅交给了母子俩。雷啸天有午睡的习惯，上楼前和儿子告别："你刚任职，就别在家里过夜了。保持状态，沉住气。别老往家里跑，想家就多打电话。"

雷钧早就作好了汇报工作和被父亲教育的准备，他甚至还盼望父亲能和自己来一次促膝长谈。奇怪的是，父亲不仅没有教育自己，甚至连自己在侦察连的生活也只字未提，更别说谈心了。雷钧实在想不通，心里隐隐有点不安。

凌晨五点多，离起床号吹响还有半个多小时，天刚蒙蒙亮。这一刻的营区没了白天的角铮狂鸣，安静极了，让人不忍惊扰。

连队值班室里，小文书从温暖的被窝里探出头来，睡眼惺忪地翻身下床。明天全师就要开始半年军事考核，侦察连第一个考核，很多东西要准备，这两天他成了这个连队最忙的人。

一阵急促的电话铃声骤然响起，小文书犹豫了一下，抓起听筒，电话里传来一个低沉而威严的声音："我是参谋长邱江，叫你们连长接电话！"

三分钟后，张义放下电话，神色兴奋地对一旁的小文书下达了命令："打开武器库，准备25支81杠，2个基数弹药；3支85狙，1.5个基数弹药！"

小文书倒吸一口冷气。

"还愣着干什么？"张义冲着小文书低吼，转身从墙上摘下口哨，塞进嘴里，急速往外狂奔。

几乎就在兵们全部集合完毕的同时，全副武装的团长余玉田、团参谋长邱江和作训股长已经驱车赶到了侦察连。张义整队完毕，报告。余玉田指示："我需要你们这里的班排长、三年以上老兵还有狙击手全部留下，其他人请指导员带回！"

张义重新组队，报数，转身报告："还有三十一人！"

余玉田点点头，面向邱江："参谋长，通报一下情况。"

"同志们，请稍息！司令部接到命令，挑选侦察连大约一个建制排人员下午三点前赶到A城边境线，协同某边防部队参与对境外恐怖组织的围剿战斗。前方指挥部已经成立，目前等待更具体的敌情通报。"参谋长说完后退一步。

"同志们！"余玉田上前一步说道，"养兵千日，用兵一时。真正考验我们的时候到了！提醒各位，这一次不是拉练更不是演习，而是一场真枪实弹的战斗！对方是一伙亡命之徒，更是一群跳梁小丑，妄图蚍蜉撼树。不足惧，也不可小视。"余玉田说到这里，顿了顿，目光从眼前所有指战员的脸上滑过，"这也是我当兵二十年来第一次带兵打仗，我希望各位都能安然归来，你们掉一根汗毛，都是我的责任！"

兵们都屏气凝神，脸上写满紧张、兴奋还有不安。队尾的雷钧，微微地晃了晃脑袋，突如其来的生死使命，让这个新科副指导员恍若置身梦中。

余玉田继续说道："现在，留给我们准备的时间只有几十分钟，六点半准时出发。你们这里还有三个人不能参加这次任务。两分钟时间，不愿意参加战斗的，自行出列。"

兵们不为所动,仍旧站得威严。余玉田看了一眼张义,叫上了参谋长和作训股长走向了一边,张义会意地跟了过来。

"告诉我你的决定,不管是谁,都要无条件服从!"余玉田轻声对张义说道。

张义沉思片刻回应:"雷钧、应浩还有七班长!"

"什么理由不让应浩和七班长去?"余玉田默认了雷钧。

张义道:"应浩还没有调整好状态,七班长这几天生病,一直跑肚拉稀!"

"谁都可以不去,应浩一定要去!"余玉田不假思索,语气不容置疑。

几个人在不远处窃窃私语,这让雷钧很不安,他甚至还看见了参谋长意味深长而又躲躲闪闪地瞄了自己一眼。聪明过人的雷钧,嗅到了一股异样的气息。直觉告诉他,自己肯定在他们的讨论之列。这让他很失落,甚至感觉受到了莫大的羞辱。刚才听到任务后短暂的窒息和紧张,瞬间就消失得无影无踪。他涨红着脸,径直走向了余玉田。

"团长,我一定要参加这次任务!"雷钧竭力压抑住内心的澎湃,一字一顿地说道。

余玉田有点措手不及,盯着雷钧,半晌才说道:"这可不是开玩笑哦!"

雷钧深呼一口气,看看参谋长,又看看张义,斩钉截铁地说道:"我没有开玩笑!我知道你们没打算让我去,但我一定要去!"

"给我个理由!"余玉田恢复平静,柔声道。

雷钧不假思索地说:"第一,我是侦察连的副指导员;第二,我是一个穿了六年军装的老兵;第三,我的军事素质有目共睹!"

"你没有实战经验,上去只能当炮灰!"作训股长忍不住插嘴。

雷钧瞪着股长,大声地反驳道:"你打过仗吗?团长、参谋长打过吗?我们二团有谁打过仗?"

参谋长见雷钧情绪激动,连忙解释:"韩股长不是这个意思,你刚来连队不久,又是政工干部。我们能理解你的心情,但这次行动不是儿戏,可能要流血牺牲。"

雷钧眉毛上扬说道:"都是爹生娘养的,谁也不比谁命贱……"

"雷钧!"余玉田打断雷钧的话,低声喝道,"又说浑话!"

"你们是怕不好向雷副司令交代吧?"雷钧直面余玉田说道。

余玉田翻腕看表,不愿多跟雷钧纠缠,沉声道:"入列!"

雷钧站着半分不动。

余玉田火了："现在就开始不服从命令，我敢带你上战场吗？"

雷钧一脸不忿地转身跑向队列。

"马上宣布决定，点检装备！还有，我批准了雷钧的请求！"余玉田对张义说道。

张义愣了一下，扭头看向面无表情的参谋长。

"六点准时开饭！"余玉田补充完，径直走向餐厅。

"团长，您看是不是要请示一下雷副司令？"参谋长跟在余玉田的身后问道。

余玉田手一挥："这件事情我就可以决定，出了问题由我兜着！"

　　极度亢奋的雷钧回到宿舍换完装，突然间热血上涌，眼含热泪。良久，他定定神，咬破手指在白色的床单上写下了"黄沙百战穿金甲，不破楼兰终不还"。

　　应浩在上车前，握紧拳头，眼眉含笑又目光笃定地冲着一边的雷钧挥了挥。雷钧微笑着冲着这个兄弟，竖起了拇指。

　　两辆军车迎着晨曦，呼啸着驶出 D 师二团的大院，向着正北方疾驰而去。余玉田坐在吉普车里，轻轻地展开手头紧紧攥着的一面血书，那是上车前张义递给他的，映入眼帘的是应浩那熟悉的行草书："丈夫誓许国，愤惋复何有？功名图麒麟，战骨当速朽！"

　　穿过黄沙茫茫的荒漠，军车在颠簸了七个多小时后到达了目的地。这是一座蜚声中外的边境小城，因为这里上千年的历史和千年来绵绵不断的繁华。离小城不足百里，便是绵延上千公里的边境线。

　　两国交界之处，自古就是多事之地。数千年来，这里一直都是兵家必争之地。虽然很久没有再烽火连天，但偶尔也免不了擦枪走火，一个不小心就伤了和气。到了近几十年，随着两国感情日益升温，这里才彻底没了民族冲突，开始了真正意义上的相安无事。

　　两国边境久无战事，但却一直没有真正清静过。因两国体制不同，人民生活水平迥异，有限的边境贸易多以传统的以物易物为主。在巨大利益的驱使下，有人便动起了歪脑筋，暗地里干些走私的勾当。起初，只是个别胆大的边民铤而走险，偷偷走私点皮草干货、中药补品。慢慢地，散兵游勇开始抱团，加上国际犯罪团伙介入，便开始了有组织、有计划的大批量走私活动。从贩毒到进行买卖文物交易，甚至还有走私军火和人体器官的。

　　边防线太长，驻军有限，难免顾此失彼。虽然中国边防军一直在严厉打击走私，但收效甚微。最可怕的是，对面那国的边防部队经常有人被收买，走私分子在那边常常如入无人之境。这些走私团伙组织严密，加上成员多为亡命之徒，有的成员甚至还是雇佣兵，训练有素，具备相当的侦察与反侦察能力。他们，和那些有恃无恐走单帮的边民不可相提并论。

这一次，中国军方收获一则重大情报，一个臭名昭著的国际贩毒团伙将从境外运送数百公斤可卡因进入我国。为了运送这批数以千万美元计的毒品，对方孤注一掷，尽遣骨干。

这也是新中国成立以来最大的一起可卡因走私案，直接惊动了中央高层。国际刑警组织已经有一个南非的白人警员打入了这个组织内部，这次情报就是他通过秘密渠道传递出来的。为了把握这个良机，这位年近四旬，名叫杰克的警员整整潜伏了四年。这一次，作为骨干的他，也将随队运送毒品。

队员们听到杰克故事的时候，都肃然起敬。拿着杰克的照片，雷钧感慨万千，这个从未谋面，长像滑稽的警员深深地震撼了他。这一次，中国军人重任在肩，不仅要彻底消灭这伙亡命之徒，还要保护杰克不受伤害。这是国际刑警组织的期许，也是中国高层的命令，更是中国军人的责任和义务。

兵们到达指挥部稍作休整，参加完简短的战前通报和动员会后，便和边防部队机动大队的二十多名官兵兵分两路，向伏击区域开拔。

情报显示，这个团伙将在当日凌晨前进入边境一带。他们十多年来声势浩大，生存之道便是不按常理出牌，常有惊人之举，令人防不胜防。当年某国出动了数百名特种兵伏击这伙人，情报无误，但这伙人硬是在山区生生等了一天一夜后成功越境。这一次，难保他们不提前直接在白天过境。所以，指挥部在经过深思熟虑后，决定提前行动，并作好了打持久战的准备，以确保万无一失。

很多天以后，当雷钧终于在恍惚中完全清醒过来，他才想起来，其实那天在战斗前自己就有过某种不祥的预感。应浩一直伏在自己右前方目光可及的地方，那里紧挨着一个枯草丛生的小山丘，那山丘状似贺兰山下的西夏王陵。彼时，已近黄昏，夕阳欲下。阳光昏昏暗暗地照着，了无生机，徒生一股肃杀之气。

雷钧清楚地看见，那灰橙橙的阳光滑过应浩若隐若现的脸庞，应浩抬起脸，露出一丝笑容，像似要追赶那束光亮。那时，雷钧的脑中闪过一个念头，电光火石般，他不记得具体是什么，但那个念头让他生生打了个冷战……

这里的边境线，多数地方都是一马平川。为了防止对面农牧民们在冬季火烧草原,我边防军民特意在冬季来临之前沿着边境线翻垦草地,开辟出一条防火带。唯有士兵们打伏击的这块区域,地势相对比较复杂。

原本这里是草原上罕见的丘陵地带,大小二十多座山丘错落有致地分布在方圆数公里内。在偌大的草原上,显得突兀而诡秘,也给了人们不少想象的空间。

半个多世纪前,有位戍边的国军旅长,误信当地人的传言,笃定地认为这里是王室墓群。为了找出埋在地下的宝藏,此人尽遣手下官兵和当地牧民,历时数百天疯狂挖掘。后来恼羞成怒的少将旅长又动用炮兵,将这里几乎夷为平地。事实证明,这些山丘不过是大自然的鬼斧神工。

那一场折腾过后,给这里留下了很多土岗、深坑。再历经半个多世纪雨水的冲刷,那些深坑渐渐地变成了洼地,而土岗又倔犟地长成了林立的山丘。其形,反而比遭受劫难前更像是王公贵族的陵墓。

如今,这里已经杂草丛生,这儿注定将成为走私分子的葬身之地。

月淡如水的夜,远处边境线上时隐时现的铁丝网,在月光中微微泛出苍凉的光芒。除了彻骨的冷,一切都显得那么安详,丝毫看不出危机四伏。有那么一会儿,潜伏在草丛中的雷钧甚至忘记了自己身在哪里,身下的枯草很柔软,他像个顽童一样,拼命地嗅着泥土的清香。如果没有战斗,这个静谧的夜晚该是多么美好啊,可以无拘无束地放飞思绪,也可以什么都不想。

雷钧和侦察连的三个战友以及二十名边防武警被分在了第二梯队。为了防止走私分子化整为零,四下逃散,他们的任务是在战斗打响后,迅速切到左右两翼,与当中的第一突击队呈三角合围之势。这是打伏击时,常见的战术,俗称"包饺子"。

单兵电台里传来了清脆的敲击声,这是前方传来的敌情讯号。在经历了长达七个小时的潜伏后,已经渐失耐心的指战员们像打了一针强心剂,迅速调整呼吸和姿势,推弹上膛,高度警戒。雷钧深呼一口气,习惯性地看了一眼应浩所在的位置,然后打开步枪保险,开始不断地调整枪口,搜寻随时可能出现的目标。

当十五个雇佣兵,簇拥着他们的主子,亦步亦趋地悉数进入伏击圈时,就已经注定了这是一场看起来几乎没有悬念的战斗。敌明我暗,我方占尽先机。理论上,在这种情况下,只要指挥员战术得当,一声令下,四十多杆枪五分钟内便可彻底打烂这些在有效射程内已经完全暴露的"人肉移动靶"。

然而，事情并没有这么简单。根据指挥部的指示，只要条件允许，一定要尽可能地逼迫更多的毒贩弃械投降。他们还有一个更重要的任务，就是保护那位南非的战友——英雄警官杰克。这是国际刑警组织对本次行动提出的唯一请求，亦是中国军人责无旁贷的使命。

可是，这又谈何容易？且不论一旦陷入混战，误伤在所难免，就是这些即使成了瓮中之鳖的雇佣兵，他们也有自己的"职业操守"。职业佣兵，向来都是拿人钱财，替人拼命。他们无一例外地都受雇于雇佣兵组织，早已经被洗脑，甚至妻儿老小的身家性命都和他绑在了一起。除非万不得已，否则，雇佣兵绝不会轻言投降。

余玉田作为此次行动的一线最高指挥员，几个小时来，他已经反复多次告诫参战官兵要沉住气。事实上，他比任何一个人都要紧张。战场瞬息万变，他一边要坚定不移地执行指挥部的战术意图，一边还要思考如何应对随时可能出现的突发变故。

当毒贩全部进入伏击圈后，余玉田果断地命令伏在自己身旁的狙击手打响了第一枪，一个头部中弹的雇佣兵应声扑倒。几乎就在同时，来自两个方向的探射灯将毒贩齐齐笼罩在一块方圆不足五十米的洼地内。

突如其来的袭击，让无处遁形的雇佣兵们慌了神，所有的战术都全部被抛在了脑后，取而代之的是绝望的呼号，接着，或翻滚卧倒，或试图逃窜。暴风骤雨般的子弹，交织成一张密不透风的火力网，将他们牢牢地锁定在灯光下，无法动弹。与此同时，第二梯队的两组队员，迅速完成了收口动作。

一个绝望的雇佣兵，在草丛中探出头来，闭着眼朝着灯光的方向，近乎绝望地打响了己方的第一枪。回应他的是一颗贯穿了他整个颈部的，7.62毫米步枪子弹。现场突然陷入了死一般的沉寂。良久，边防部队的一位上尉警官操着生硬的英文，开始喊话。

三分钟后，第一个雇佣兵双手举着 AK-47 步枪缓缓地从草丛中站了起来。接着，第二个、第三个、第四个、第五个……被雇佣兵们团团拥在中间的两个运毒的毒贩和杰克，解下了身上背负的毒品，将其扔在了一边，也举起了双手。

在上尉警官的指挥下，十几个雇佣兵和毒贩全部扔掉了手中的武器，然后双手抱头，站成了一列。兵们被胜利冲昏了头脑，谁都没有注意到，此时还有一个毒贩伏在草丛中，他的身边是第二个被击毙的雇佣兵。张义带着应浩和几个侦察连的战士冲上去清点人数的时候，那个已经被忽略的毒贩悄然翻身，滚进了一个深坑……

所有人的目光都在盯着那些投降的雇佣兵和毒贩身上，唯有收捡枪支的应浩在察看那个倒毙的雇佣兵时，突然发现了不远处的那个深坑。

毒贩举枪扫射的刹那间，反应神速的应浩侧身一个飞踹。那人连人带枪被踹了一个跟头，就在他第二次试图举枪反抗的时候，一发子弹不偏不倚，正中他的右手。

"留下活口！"眼疾手快的余玉田甩手一枪后，大声地提醒其他人不要开枪毙敌。从那人的装束和杰克的眼神中，余玉田判断出这是条真正的大鱼。

那人身手矫健，丢了枪后，连滚带爬继续向前逃窜。七八个战士呈散兵队形，急速围了上来。应浩不假思索，一个箭步上前，接着就是一个跃起前扑，不料却扑了个空。等他抬头，那人已经在数米开外。好一个应浩，翻身起立的时候已经抽出了一把匕首，一扬手，那匕首狠狠地扎中了毒贩的右腿。那人惨叫一声，一个趔趄，倒在了地上。

"叫你跑！"跟上的应浩一脚踏在那人的脑袋上。

毒贩挣扎了两下，突然摊开右手，手心里赫然躺着一枚冒着白烟的苏制F-1型手雷。

"卧倒！"应浩冲着已经围了上来的战友们声嘶力竭地大声吼道。

就在战士们应声卧倒的瞬间，"轰！"一声巨响，未及躲避的应浩，被巨大的气浪抛向了空中……

所有人都惊呆了，卧在草丛中的张义第一个反应过来，爬起来扑向应浩。远处的雷钧，听到了应浩的呼号，在爆炸声中双腿一软，跪倒在地。眼里尽是战友们奔跑的身影，除了脑袋轰鸣作响，他什么也听不见。他知道这一声意味着什么，他不敢上前，更没有信心上前。

血肉模糊的应浩，一直睁着眼，含着笑，他看到了将自己紧紧搂在怀里的连长，看到了一个又一个熟悉的脸庞，还看见了面部扭曲的团长。他想抬手，但最终还是无力地垂下……

再过几个小时，就是他的生日。留守驻地的指导员，已经偷偷给他预订好了一个大蛋糕。他要在英雄凯旋的这一天，和全连官兵一起，为这个受尽委屈的爱将庆祝二十四岁生日。

泪流满面的胡大牛，扒开人群，端枪走向了那十多个站在那里惊慌失措的雇佣兵。参谋长邱江从背后拦腰抱住大牛，任凭他如何挣扎也不放手。这一刻，年近四旬的中校,几近失语,脑中更是一片空白。

天似穹庐笼盖四野。苍茫的草原上,硝烟还未散尽,北风骤起,低声呜咽着、盘旋着,像在吟唱一首英雄赞歌。张义抱着应浩缓缓地走在队伍的中间,一个弹片穿进了他的右臂,但他已经浑然不觉。

"兄弟,我带你回家,带你回家……"张义哽咽着喃喃自语,没有泪水,只有满面的悲怆。他知道,应浩实现了自己的英雄梦想,他可以没心没肺地含笑九泉。而自己,将注定要负恨终身。

"丈夫誓许国,愤惋复何有?功名图麒麟,战骨当速朽!"余玉田轻声低吟,嘴角渗出几缕鲜血,两行泪水顺着那刀削斧凿般刚毅的脸庞,无声地滑落……

七 归途恐无期

应浩牺牲后的这几天里,侦察连进入了短暂的休整期,雷钧一直生活在恍惚中不能自拔。有时彻夜坐在床上,关着灯,一支接一支地抽着烟。白天一个人走到团卫生队,去找在那里养伤的张义。两个人常常一言不发,都小心翼翼地不愿提起应浩。

胡大牛回来的第二天,独自将班长所有的衣服全部翻了出来,然后一件一件地清洗干净,又整整齐齐地码回到他的柜子里。睹物思人,床上的被子一如应浩走时的模样,没人忍心去动。战士们总感觉,有一天班长会突然回来。

郑少波来过一班两次,每次都在应浩的床上怔怔地坐一会儿,不言不语,临走时轻轻地抚平床单。军师两级机关都派出了心理专家进驻侦察连,团里也派出了副参谋长代理侦察连长。兵们需要心理疏导,这也是一种新的尝试,更是我军正规化建设的一个人性化的举措。

而团里的一号首长余玉田,回到团部后再也没露面。本来由他主持的战后总结会,也不得不临时调整,由参谋长代劳。兵们都猜测团长调走了,去了集团军,甚至有人说他去了军区。但连一级的主官都知道,团长病了,而且病得非常严重,他是被师长亲自押到了军区医院。

开完追悼会的那天晚上,雷钧彻夜未归。下午的追悼会是师长徐清宇亲自主持的,从军区到集团军,都有领导参加。雷啸天也送了花圈,本来他是要亲自过来的,临时去了北京开会。

余玉田也到了,整个人比之前消瘦了一圈,明显憔悴了很多,脸上看不到悲伤。过去的整整一个星期,他将自己关在病房里,除了集团军几个首长,他拒绝了所有人的探访。

雷钧在会堂门口等到了余玉田,他无法容忍团长的冷漠。战后总结会上,余玉田没有出现,已经让他如鲠在喉。他笃定地认为团长是个软蛋,有意在回避责任,他甚至闪过一个恶毒的念头,那就是余玉田应该上军事法庭!这几天他没少回想当日之细节,如果当时果断击毙那个毒贩,所有的一切都显得是那么完美。

他将这一切都归咎于余玉田的指挥不当,甚至认为他是为了自己的战绩,不惜付出战友生命的代价。在他看来,卧底的杰克已经深入到了这个组织的核心,他的身份尚未暴露,掌握的情报完全够用。而且,毒贩在那种逃生无望的情况下,还要负隅顽抗,早就没想着要活命了。

雷钧越想越觉得,余玉田要为这件事情负责。他要讨一个说法,他甚至想要余玉田向全团的官兵低头认错。如果可以的话,他还要向自己的父亲如实汇报,让雷副司令员拿掉这个草菅人命的庸才!

"团长请留步,我想有必要跟你聊聊!"雷钧的语气有点不容置疑。

余玉田愣了一下,抬头看着雷钧,他的眼神陌生得让雷钧有点无所适从。

"小雷,有什么事等到团长出院再说好吗?"一直跟在余玉田身后寸步不离的邱江,警惕地看着雷钧说道。

雷钧冷哼一声:"他还会回来吗?他还有必要回来吗?"

邱江闻言脸色大变:"雷钧你给我住口,太放肆了!"

"没事,让他说吧。"余玉田和颜悦色地说道。

雷钧涨红着脸,喘着粗气,嘴唇一直在不停地蠕动。因为过度的激动,他突然不知道该从何说起。

"小雷。"余玉田微微摇头,轻叹一声道,"回去休息吧,有些事情,日后你会慢慢明白的。"

"你必须得给我们一个说法!"雷钧终于冲着已经转身欲离去的团长低吼道。

余玉田怔在那里,没有说话,也没有回头。

"雷钧!"这次怒吼的是副政委王福庆,他的声音惊动了很多人。

张义和郑少波冲了上来，一人按住了雷钧的一只胳膊。

整个下午，郑少波一直在陪着情绪失控的雷钧，无论他如何开导，雷钧都一言不发。郑少波比雷钧更难受，他难受的是有些秘密憋在心里不能说，不是军事机密，而是一个君子约定。

晚上点名时，郑少波才发现雷钧不见了。他的第一反应是雷钧去了司令部，但哨兵说他吃完饭后就出了门。郑少波带着五个战士寻遍了二团驻地的每个角落，终于在凌晨一点钟敲开了参谋长家的门。

邱江闻言，惊出了冷汗。他知道雷钧断不可能回家，他也不敢打电话去证实。

去往县城的路上，酩酊大醉的雷钧摇摇晃晃地正在往回走。迎面驶来一辆吉普车，雷钧站在路中央，眯着眼，迎着大灯面无表情地站着。郑少波第一个跳下了车，一把抱住雷钧就要往车上拖。

"你是谁？"雷钧睁着血红的双眼，一声怒吼，用力地甩开郑少波。

郑少波被雷钧击中下巴，沉身喝道："发什么酒疯？看清楚了，我是郑少波！"

雷钧抬起手，指着郑少波，又垂下，嘴里含糊不清地说道："你是正的，我是副的，余玉田是团长。你们都比我大！官大一级压死人，余玉田比我官大三级，他想叫谁死，谁就得死！"

"雷钧！"站在车边的邱江一声暴喝。

雷钧晃晃悠悠地举手挡住额头，竭力想看清是谁这么无礼："你是谁？你是余玉田吗？"

"参谋长邱江。马上闭上你的嘴，跟我回去！"邱江一字一顿地说道。

两个保卫干事一左一右地将雷钧夹在了中间。

"哈！哈哈！"雷钧仰起头来大笑道，"草菅人命的人你不去抓，你来抓我算个什么本事？有种你就毙了我！"

"把他给我捆起来，再堵住他那张臭嘴！"邱江已经愤怒到了极点。

雷钧没有再作反抗，嘴里含糊不清地念叨着，被带上车后就呼呼大睡。

事情已经闹到了这个地步，本来打算瞒住师里的邱江，回到司令部后思虑再三，还是要通了徐清宇家里的电话。雷钧已经成了二团的一颗定时炸弹，没人敢保证他不会干出更出格的事情。

接下来的两天，雷钧进了禁闭室，团里专门派保卫股的干事轮番看守他。师党委研究后，还是决定将此事通报集团军。按照部队的纪律条令，这算是一起非常恶劣的违纪事件。如果较真的话，完全可以让他马上褪下军装转业。因为他是大军区副司令员之子，事情便变得复杂了起来。

雷钧第二天酒醒后，压根儿就不记得头天晚上的所作所为。郑少波余怒未消，添油加醋描述了一番，把雷钧惊得半天没回过神来。他十分清楚这将意味着什么，无论如何，这样的行为都是罪不可恕的。这小子开始了前所未有的恐慌。

雷钧严重违纪的事，最终还是通过小道传到了雷啸天的耳中。执行任务的当天，雷啸天就得知儿子参战了，并且还是主动请战的。雷啸天刻意向自己的老伴隐瞒了这件事，还史无前例地偷偷吩咐公务班给他准备好下酒菜，他要在儿子凯旋的那天敞开胸怀好好地喝上一顿。那天晚上，忧心如焚的雷啸天一边在焦急地等待着前方的战报，一边反复念叨："这才是我雷啸天的儿子，有种！"

后来因为应浩的牺牲，将军才打消了庆祝的念头。没承想，善后工作还没处理完，这个浑小子就犯下了这么大的错误。脾气火暴的雷啸天急火攻心，气得差点摔了杯子，直接把电话打到了 D 师司令部，劈头就将徐清宇一顿臭骂："你们这保密工作做得不错啊！欺上瞒下，还准备瞒我多久？"

徐清宇早就知道纸是包不住火的，正在纠结要不要通知雷副司令。这下副司令直接打电话来兴师问罪，徐师长恨不得举起手抽自己一耳光。他赶紧解释："我已经在第一时间通报了集团军党委。"

雷啸天这才感觉为了这事，越级问责有点理屈，便稍稍缓和了一下语气说："徐清宇你给我听好了，不是我雷啸天的儿子要按条令处罚，是我雷啸天的儿子更要按条令处罚！你们不用为这件事情再讨论了，明天下午之前，我要看到你们正式的处罚决定！"

徐清宇还想说点什么，电话里已经传来了嘟嘟声。一个小时后，二团副政委王福庆心事重重地离开了禁闭室，这已经是他两天内第三次找雷钧谈话。临走前，雷钧交给了他一张纸条，请他务必转交给自己的父亲。

第二天上午，一份关于雷钧违纪事件的调查报告和处理意见，摆到了雷啸天的案头。得知了整个事件的来龙去脉后，雷啸天的心情好了很多。这小子虽然幼稚、冲动，但事出有因，并非他一开始想象的那么恶劣。二团的书面处理意见并不明确，降半级，调离侦察连另行安排。

雷啸天再次要通了徐清宇的电话："你们打算怎么安排雷钧？"

徐清宇试探着说道："二团的意见是调到政治处，担任宣传干事。您看？"

第一枪 淬火侦察连

雷啸天很反感这种语气，轻锁眉头："你们怎么还是这个态度？我雷啸天会吃人吗？好吧，你非要把皮球踢给我，我来告诉你，我同意降级，但坚决不能再留在二团，更不能再去宣传单位！"

徐清宇沉默稍许，提醒道："副司令员，小雷有个检讨，不知道您看了没有？"

雷啸天下意识地将手伸进文件袋，摸出了一张折叠齐整的信笺纸，未及细看便说道："他没有资格为自己争取，不管他说些什么，都必须得离开二团！你们师不是有农场吗？让他去那里吧，没有我的命令，不准再做调动。扛不住他自然会申请转业，这是他应该要付出的代价。"

雷啸天挂完电话，摊开了那张信纸。第一行字被雷钧用笔涂了几道，认真去看，可以依稀分辨出是"尊敬的雷副司令阁下"几个大字。往下雷钧改变了语气，将问候语改成了"亲爱的父亲"，这让雷啸天心里抽搐了一下。

亲爱的父亲：

对不起，我再一次让您失望了。我不想为自己的行为作出任何辩解，事实上我也知道自己罪无可恕。我不想离开侦察连，更不想脱下这身军装。在这里的一百多个日子里，我深深地理解了一个军人的"责任"与"荣耀"，并且学会了反省与自责。此刻，我只想请求您网开一面，哪怕让我在侦察连当一个普通的战士，千万不要让我离开这里。因为，我有一个梦想，梦想着通过自己的努力，有一天也能当上侦察连的主官……

雷钧

雷啸天放下信纸呆坐，好半天没有缓过劲来。几度欲拿起电话，最后还是轻轻地放下。这一刻，将军心痛不已，几乎忘记了所有的不快。

对父亲的冷漠，雷钧早有心理准备。他真的没有奢望过父亲能高抬贵手，放自己一马，却没想到父亲会如此绝情。他无法理解，好不容易开始拨云见日的父子之情，为什么会如此不堪一击？难道自己真的一无是处，让父亲完全绝望了吗？

团里宣布的决定，犹如当头棒喝，抱定了大不了从头当兵的雷钧，一下子跌到了冰谷。谁都清楚，对一个心怀英雄梦想的军人来说，下放到农场是多么的残酷。那是对他过去、现在甚至未来的全盘否定。他知道这将意味着什么，除非再来一场战争，否则，他就再也回不来了！

雷钧没有再给家里打电话，甚至连母亲的电话他都拒接，默默地收拾行装。他脑子里闪过转业的念头，甚至想着当着自己父亲的面脱下军装，然后一言不发，决绝地、义无反顾地转身离开，该是多么的快意与酣畅。但他又不甘心，这是两个男人之间的战争，脱掉军装就等于完全向另一个男人缴械投降！这一百多天的淬炼和耳濡目染，已经彻底唤醒了潜伏在他内心深处的激情与梦想。

更重要的是，他对应浩的死一直耿耿于怀。上头似乎已经完全宽恕了指挥不力的余玉田，他应该要为自己的草率付出代价！如果不能证明自己的判断，自己的内心将永远不得安宁。这种近乎偏执的欲望，给了他莫大的勇气和动力。

温婉娴淑的雷夫人这次彻底被激怒了。雷啸天作出那个痛苦的抉择后，最怕的就是直面自己相濡以沫二十多年的妻子。纠结了好久，还是决定先隐瞒几日，等儿子到了农场报到后，再慢慢告诉妻子。他还是习惯性地觉得，木已成舟，即使妻子心里不痛快，也会像以往任何一次一样，随着时间的流逝而慢慢淡然。

雷夫人冰雪聪明，对丈夫的个性更是了如指掌。儿子违纪的事，雷啸天第一时间就告诉了她。雷啸天害怕妻子着急，有意识地轻描淡写。这也给了雷夫人一个错觉，让她觉得这算不上什么大不了的事。可是，那两天丈夫的情绪明显有些反常，再加上儿子拒接电话，不免让她心里开始惶然。

刘雅琪终于憋不住了，一个电话打到了D师。不明真相的徐清宇，将这件事的来龙去脉和盘托出……

雷啸天刚跨进家门就觉得气氛有点不对，平常都是妻子亲自来开门，再帮着他脱掉大衣。这次开门的是保姆，而且神态显得很不自然。

雷啸天心里"咯噔"了一下，一边脱下大衣挂在门后的衣架上，一边亲切地喊道："雅琪，我回来了！"

雷夫人将自己埋在沙发中，不言不语。雷啸天走过来，伸手按向妻子的额头："怎么了？病了？"

"你才有病！"雷夫人伸手挡了一下，对丈夫怒目而视。

雷啸天叹息一声，摇摇头："更年期！"

"你还准备瞒我多久？"雷夫人竭力地控制着自己的情绪，冷冷地问道。

雷啸天脸色微变，愣了半晌，回避道："我饿了，吃饭吧。"

"雷疯子！"雷夫人站了起来，大声说道，"你除了当我是个老妈子，当我是你儿子的奶妈，甚至当做你雷啸天的军需品，你尊重过我一次吗？"

雷啸天知道已经无法回避，索性一屁股坐在了沙发上，柔声道："雷钧是个军人，他必须得服从部队的条令。如何处理，也不是我雷啸天说怎么样就得怎么样！"

雷夫人义正词严地说道："不管你承不承认这个儿子，他都是我刘雅琪亲生的！就是毛主席他老人家在，想调他，也得经过我的同意！"

"越说越不像话了。"雷啸天哭笑不得。

雷夫人急了："我怎么不像话了？我告诉你，刘雅琪是你的合法配偶，不是你雷啸天的兵！在这个家，她有自己的合法权益，她更有权力来维护自己的合法权益！"

"刘雅琪，你冷静一点。"雷啸天红脸道。

雷夫人眼里噙满了泪水："你不要以为我只会逆来顺受，我可以为了维护你这个大司令的尊严，不惜牺牲自己的一切！但我无法容忍也绝不允许你一而再、再而三地作践我的儿子！"

"他是咎由自取。"雷啸天也急了。

"就算他有什么欺君犯上的大错，也是拜你所赐！好好的北大不让上，好好的文人不让当，和你一样当了武夫，你还不满足。我们娘儿俩到底欠了你什么？"雷夫人哽咽道。

"雅琪。"雷啸天站起来双手轻抚妻子的双肩，眼里闪动着泪花，"冷静一点，事情到了这个地步，也不是我想看到的。只怪他不幸成了我雷啸天的儿子，千错万错，错在我没有教育好，错在我一开始就没有考虑过你们的感受。"

雷夫人低首垂泪，肩头不停地微微颤动。良久，才抬起泪眼，盯着丈夫一字一顿地说道："我求你收回命令。哪怕让他脱了军装，对他来说，也是一种解脱。他以后的路还很长，以他的性格，去那里，是无法承受之重。"

雷啸天颓然而坐，轻轻地，仿佛自言自语地说："也许，过了这一关，他才能真正地长大！"

雷夫人将自己关在了屋子里，这么多年来，她已经习惯了丈夫的思维和行事方式。令她偃旗息鼓的是，这个一辈子大男子主义的男人，今天终于说出了肺腑之言。丈夫一个小小的改变，触动了她隐藏在内心深处的某根敏感而脆弱的神经，也让她备感释然。她十分清楚，丈夫并非铁石心肠，他甚至比自己更爱儿子。只是他表达爱的方式，是她难以忍受的。

第二天一早，独处一夜的雷夫人，装戴整齐地匆匆跨出家门。晨练归来的雷啸天,迎面看见妻子,笑呵呵地说道:"雅琪同志早! 大清早的,您这是要去哪里啊?"

"我要出门旅游,反正你也饿不着。"雷夫人侧过脸去,与丈夫擦肩而过。

雷啸天愣了一下,赶紧追上几步,说道:"如果你真想去,我给你派车,兴许可以赶在小钧的前面。该交代的,我会跟徐师长说,你不要给农场的干部太大的压力。"

被丈夫看透了心思,雷夫人一点也不觉得奇怪。开车的是雷啸天的秘书,车子刚驶出军区大院,雷夫人就改变了主意,对秘书说道:"小杨,你带我去附近的景区转一转吧! 小钧那边,就拜托你有时间多关心一下。我不去了,会扰乱他的心智。他有良心,一定会回来看我的。"

雷钧临行前,去了烈士陵园。那一天,老天憋了许久终于下起了雪,纷纷扬扬的雪花,如鹅毛般狂舞。

"兄弟,我来看你了!"雷钧倒满一杯酒放在烈士应浩的墓碑前,双手抚着墓碑哽咽着,然后默默地清除着墓碑上的积雪。

"我要走了,离开侦察连,去一个你想都不敢想的地方。以后我还会常常来看你,无论你承认与否,我都已经把你当成了我最好的兄弟! 还记得那天晚上,你翻墙找我,问我到底想通了什么问题吗? 我告诉你,那天我才感觉自己真正的长大了,我要做一个有责任感、有担当的男人,活出自己,活出尊严、活出精彩! 你知道吗? 这一切都是受你们的影响。是你们激发了我的勇气和斗志,也是你们给我带来了一个前所未有的英雄梦想! 我以为,这一路上会有你陪伴,有一天当连长和指导员离开侦察连,你就是我最好的搭档。我们一起激情澎湃、一起冲锋陷阵,甚至觉得哪怕和你天天吵架,都是一种享受。你悄悄地走了,当了逃兵;我也要走了,我被人赶走了! 这一切都像一场梦,我的梦想已经被你击得支离破碎……"

良久,雷钧燃上了两根烟。一根插在了墓前,站起来抹了一把泪水,笑着说道:"你倒是清静了,可以无休止地睡下去,什么也不问,什么也不用管! 我呢? 我该怎么办? 我还想回来,可是,我还能回得来吗……"

侦察连门口。张义久久地抱着雷钧,小文书站在一旁红着眼,黯然神伤。郑少波手拿一双崭新的皮鞋轻声地说道:"这是应浩今年刚发的,他一直没穿过。你们的脚码一样,留着吧。"

我从未放下这面旗帜
不管走到哪里
它都在我的心中猎猎作响

雷钧接过皮鞋,吸了吸鼻子,强装笑颜:"你们就当我是一个屁放了吧。我走了,这个连队也就清静了。'上马击狂胡,下马草军书,没马就养猪!'我会好好地当个农民!想吃猪下水记得给我打电话。"

张义坚持要送雷钧到团部坐车,他还有很多话没来得及跟雷钧说。

"小雷,我有个强烈的预感,有一天你还会回来的!"

"是吗?你觉得我还有希望吗?"

"有的!只要你不放弃。你曾经了我们太多的惊喜与感动。这一次,我坚信你仍然还会创造奇迹!"

"你别忘了,我曾经被你们无数次地打击,我曾经做梦都想逃出侦察连。你凭什么觉得我想回来?"

"哈哈!"张义开心得仰天大笑,"不止我一个人这样认为,你内心所有的一切早已写在脸上。还有,你不要忘了,张义是个老侦察兵!"

雷钧跟着大笑,好多天没有这么开怀了:"好!君子协定!只是,我回来的时候,你一定要把位子给我挪出来!对你这个小连长的位置,我可是垂涎已久了!"

"那要看你的本事了!"

"我不怕等,一年、两年、三年、五年!就怕你早憋不住高飞了!"

谁曾想,这一别当真就是五年。

雷钧离开侦察连的那天,余玉田也调离了二团。他的新岗位在七百公里之外的某指挥学院的教研室,调令是雷啸天亲自签发的。离开前,一直耿耿于怀的余玉田曾经想过去找雷钧,但他终于还是没有鼓起勇气去面对。应浩是他心底永远的痛,有些事情他不想也不愿去解释,就让这一切随着岁月的流逝尘封吧!

第二枪　绝望中永生

一　一步雷池

D师农场位于内蒙古额济纳河平原下游,往西驱车一个多小时便是著名的阿拉善高原,距离师部与二团均在二百公里以上。这里平均海拔近千米以上,地形复杂,多以丘陵和盐沼地为主,间有大片的戈壁与沙漠,偶尔也能看到不成规模的草原。与阿拉善高原气候一样,长年干燥寒冷,年降水量只有一百毫米左右。

农场建在一片方圆六七公里的湖盆滩地中,这是整个额济纳河平原条件相对较好的地方,但水资源仍旧匮乏。每年从十一月到次年的四月,整整半年都处在严寒的冬季,全年平均气温只有不到8℃。原来这里只有不到百分之三十的面积是天然的草地,余下的部分都是稀疏低矮的植被和大片的灰漠土。

经过几代军人,近二十年的改造,如今,这里已经今非昔比。春夏两季,这里绿荫如盖、草肥羊壮,遍地都是沙冬青、绵刺、梭梭、蒙古扁桃等特产珍稀物种,争奇斗艳、蔚为壮观。与周边的戈壁、荒漠形成了鲜明的对比,又相映成趣。每年都会吸引很多来自全国各地的驴友和游客驻足观光。

很多人都想不通,内蒙和相邻的甘肃有大片富饶的土地可供开发,当初为什么选择把农场建在如此贫瘠的地方?此事说来话长,当时之细节,已经没有多少人能说得清道得明。比较靠谱的说法,都是和时任D师师长雷啸天有着密切的关系。

雷啸天从南方调到西北时,是全军最年轻的正师级高级指挥员。D师是一个英雄满营的部队,其历史可追溯到解放战争之前。当年雷啸天是来接任师长的,但已经升任集团军参谋长的前师长在参谋长的位置上板凳还没坐热,就碰到了一场小规模的边境纷争。两国剑拔弩张,气氛异常紧张,一个不小心就可能酿成局部战争。D师刚刚换防到前线,军区权衡再三,还是决定让经历过抗美援朝和对越自卫反击战的老师长回来坐镇。这就使得本来接任师长的雷啸天处在了一个尴尬的境地。

当时 D 师建制完善，从参谋长到副师长全部配置满额。唯独后勤部长的位置暂时空缺，由一个副部长代职。军区给了雷啸天两个选择，一是增加一个副师长的位置；一是暂调到集团军担任副参谋长。雷啸天思虑再三，作出了一个惊人的决定，要求担任 D 师后勤部部长。

后勤部部长就是一个部队的大总管，统管全师官兵的衣食住行，需要极强的专业能力和素质。这对从未担任过后勤干部的雷啸天来说，是一个极大的挑战。年轻气盛的雷啸天一心想在正式履新前，交出一份实实在在的成绩单，就把目光瞄准了建设农场上。他向集团承诺，半年之内将农场组建完毕。

事实上，前任部长在突然病故前就已经开始规划设立直属农场，万事俱备，就差地方没有选好。雷啸天走马上任后的第二天，就揣着一袋干粮，亲自开着破吉普，带着一个后勤部的助理，开始跋山涉水找地方。

起初雷啸天将农场锁定在师部方圆一百公里内，转了整整三天，到处都是煤矿和冶炼厂，很难找到一个面积够大的地方。有些地儿看起来不错，但要涉及移民，劳民伤财不划算。结果他就索性跑到了几百公里开外，临近阿拉善高原的地方。

雷啸天有戍边情结，打心底里喜欢这种大漠孤烟的地方。但他知道这里长年干旱少雨，冬春两季一个星期得赶上好几场沙尘天气，要啥没啥。生活在那里的牧民们，靠放牧骆驼和山羊为生，生活过得无比艰辛。

回来的路上，车子坏在了戈壁滩上，雷啸天和随行的干部捣鼓了好几个小时，最后需要加水才能启动。结果两个人跑遍了周围好几里地，就是找不到一滴水。到了晚上七点多，雷啸天才远远地看到几户牧民的帐篷。

那天晚上，雷啸天和几户牧民盘腿而坐，就着奶茶和苁蓉酒促膝长谈，聊到天亮仍然意犹未尽。这些世代游荡在额济纳河平原地区的牧民们的生活现状和坚韧、乐观的品格让这个中年汉子欷歔不已。在这里，蔬菜和瓜果比任何东西都奢侈，无法种植水稻和小麦，玉米和高粱也基本上靠天收，无论如何辛苦劳作也只能混个温饱。制约这里发展的瓶颈还是水资源缺乏，逢上干旱的年头，掘地百尺也挖不到水。

直到天亮后要离开，牧民们才想起来问雷啸天来这里干什么，雷啸天顺口说找个地方建农场。牧民们先是眼睛一亮，然后又都叹息着摇摇头。一个老大娘激动得说了很多，一直说得干涩的眼眶泛红湿润。雷啸天听不懂大娘的蒙语，就一直点头，后来大娘的儿子解释说："老人家说，旧社会当兵的不管牧民死活，伸手就要东西,不给就抢。我舅舅为了保护家里的最后两头骆驼,被当兵的打了十几枪,在我外婆怀里挣扎了一天才死去的。后来共产党来了,打跑了那些天杀的土匪,我们的日子才渐渐有了盼头。前几年阿拉善那边的驻军还给他们打了几口井,可是过上了几天好日子。现在听说你们要来这里办农场,我妈妈说要是真能来就好了,遇上不好的年份,共产党不会见死不救。我们还可以去农场做工,孙子也有地方上学了……"

雷啸天听得热泪盈眶,心头一热搂着大娘说道:"妈妈,我们一定会来的。我们要打很多很多的井,把这里的每一寸土地都变得跟奶茶一样香酥。让这里瓜果飘香、草肥羊壮!"

雷啸天回到师部简单地作了个规划后,便把自己的想法向党委作了汇报。师长和政委半天没有缓过劲来,路途遥远不说,谁都知道那是个鸟不生蛋的地方,在那里建农场好比在秃子头上抓虱子。雷啸天激情澎湃地讲了整整一个下午,情到深处更是声泪俱下,终于把师长和政委给感动了。

三天后,一份详细的农场规划方案送到了集团军和军区两级后勤部门领导人的案头。又经过整整半个月的论证,最后终于拍板通过。

农场方案确定后,部队的警戒也解除了。老师长要回集团军,雷啸天又跑去找集团军领导,央求老师长再多待几个月,说自己要亲自带队去建设农场,等到农场建好了再去接师长。当时的集团军政委,批评雷啸天不务正业,师里能堪大任,比他懂后勤的人多了,未必得他亲自来。如此,雷啸天才灰头土脸地回到了师部。

雷啸天当了师长后,一心挂两头,每周至少要到现场去两次。常常撸起袖子光着脚,亲自打桩翻地。三个月后,赶在冬季来临之前,千亩农场翻垦完毕,几排崭新的营房拔地而起。也就是从那时候起,年轻的雷啸天得了一个绰号"雷疯子"!只是后来他官越当越大,加上特反感别人这么称呼,所以,敢在他们面前这么叫的人越来越少。

雷钧第一次跟着师傅老范来农场采访,刚毕业到师部没几天,正是儿马蛋子春风得意的时候。

身高马大的场长,一身作训服,撸着袖子提了把明晃晃的杀猪刀,天煞般地站在院子门口,身后是四头被按在地上号叫的大肥猪。车子还没停稳,那场长就挥舞着杀猪刀大吼一声:"来了,杀!"

我从未放下这面旗帜 不管走到哪里 它都在我的心中猎猎作响

第二枪 绝望中永生

可怜的老范脚还没着地，差点儿一个跟头从车上栽下来。雷钧也被这气势吓了一跳，拽着老范的衣角，惴惴地问："师傅，这是要干吗呢？难道要等我们下锅？"

老范说道："这场长太性急了，等咱们拍照呢！"

雷钧火星子直往上冒，皱起眉头，也不管这场长是啥军衔，劈头就泼了一盆冷水："我说，能不能让我们歇口气？也不急在这一时吧？"

那场长天生一副黑脸膛，标准的喜怒不形于色的人，他大大咧咧地说道："大清早就把猪给捆起来了，这会儿都快断气了。杀完了，早点喝杀猪汤！"

老范缓过了劲儿，横了雷钧一眼，一边掏相机，一边跟场长套起了近乎："你这么大领导，还要亲自主刀？"

那场长手一掂，杀猪刀在空中翻了个漂亮的跟头，又稳稳地抓在他手里，他杀气腾腾地说道："我就是干这个出身的，一天可以杀一百头！今天你们大记者来了，我更要亲自上阵。"

雷钧打了冷战，赶紧闭了嘴。

那天风轻气爽，雷钧一门心思想拉着师傅一道出去走走。车子刚到农场片区的时候，他就被这里的景色给迷住了。孰料这个场长，不仅杀猪是个好把式，喝酒更是眉头都不皱一下。带着手下一个长得像大号葫芦的炊事班班长，把两个人牢牢地按在酒桌前，死活就不给他们喘气的机会。

场长端了整整一箱号称珍藏了三年的二锅头，"咣当"一下撂在桌子上，抽出四瓶，拿出几个小碗一字排开，那碗满上至少也得有三两。这家伙默不做声地自个儿端上一碗仰起脖子就往嘴里倒，"咕噜"一声，喉结打个滚，酒便悉数进了肚子，一滴不漏。

老范和雷钧都是比较能喝的主儿。特别是老范，见多识广，却从未见过这架势。两人知道，今天是碰上酒神了。来而不往非礼也，只好硬着头皮如法炮制。谁知道，这一喝就喝个没完。大半瓶下了肚，老范正要告饶，谁知，又过来几个士官，一看就是有备而来。这几个伙计个个都是狠角色，上来直接抄瓶子，要和两人对饮。

胃里早就翻江倒海的雷钧，任凭一个三级士官如何劝，就是坐在那里不言不语、八分不动。场长本来兴致大好，自己已经干掉了一瓶，这会儿见这小中尉牛气哄哄的劲儿，就有点恼火了："到了咱农场，就别斯文了。饭可以不吃，酒一定要喝好！"

雷钧早就反感了这种江湖习气，仗着酒劲回击："农场也是部队，这么喝也不大好吧？"

老范虽然也喝了不少，但脑子清醒得很，赶紧出来打圆场："领导别介意，小雷年轻气盛，但酒量有限，这杯我来代他喝！"

场长还笑呵呵的。那个炊事班班长腾地一下站了起来，瓮声瓮气地说道："你以为我们很想喝酒吗？你以为我们天天都有酒喝吗？还不是看着你们是师里下来的领导！"

"今天到此为止吧。小雷讲得不错，咱农场也要讲纪律，是我这个场长没带好头，我检讨。"场长说这番话的时候，一脸诚恳。

老范开起了玩笑："这碗酒我还是要喝，要不，下次来了肯定得让我们喝稀饭！"

雷钧一把夺过老范手里的酒瓶，仰起脖子就往下灌。几个人手忙脚乱地不知所措。刚喝了两口，雷钧嘴一张，肚子里的东西喷薄而出，直接射到了站在对面的场长身上……

昏睡了一个下午的雷钧，在天黑前醒来，坚持要回师部。

场长提着两个装了猪下水的黑袋子，塞在了车上。雷钧余怒未消，拿起袋子放在地上，说道："吃饱了，犯不着再兜着走！"

这场长仍旧不急不恼的样子说道："那，欢迎下次再来啊！"

老范行礼告别，雷钧钻进车子倒头便睡。

回来的路上，老范数落雷钧："你小子这样很危险。人家怎么也是个副团职，性情中人，你没看他手下个个都服他吗？再说了，他又没做错什么，哪能对人家这么不尊重呢？"

"嘁！整个就是一个山大王！我跟他对不上眼，大不了我以后不来了。"雷钧说道。

老范摇摇头："说不定哪天你要到他手下当差，干部调动谁也说不好！"

雷钧不以为然地说："要真是摊上这样的领导，咱就申请转业。"

雷钧恐怕做梦也没想到，老天跟他开了个大玩笑，这一天真被老范这张乌鸦嘴不幸言中了。

十二月底的额济纳河平原，天空是铁灰色的，室外 -18℃，没有风，也没有下雪。车子驶过一片坑洼处，开始剧烈地抖动。雷钧睁开眼，看着车顶，良久才缓过神来。他挪了挪有点麻木的双腿，抬起胳膊用袖口擦了一下玻璃上的水雾，两眼漠然地看着窗外。

第二枪 绝望中永生

刚刚他做了个梦,梦见自己在荒无人烟的戈壁滩上迷了路,一直走啊走啊,走啊走啊,就是看不到尽头。走了好久好久,他远远地看见了一群人,全是熟悉的面孔,应浩、张义、郑少波、小文书、胡大牛、师傅老范、王福庆、余玉田,还有七连的司务长。他拼命地挥舞着双手,大声地喊着,我在这里!没有人理他,他们全部面无表情又行色匆匆地和自己擦肩而过。他不甘心,追上了应浩,拽住他的手说:"兄弟,你不认识我了吗?我是雷钧啊,侦察连的副指导员!"

应浩回头看了他一眼,他看见应浩的脸上全是血。

他又双手拉住了走在应浩后面的张义:"你们为什么不理我?我是雷钧啊,侦察连的副指导员!"

张义用力地掰开他的双手,很不耐烦地挥了挥手。

"师傅,我是小雷。你不是转业了吗?怎么又回来啦?"他又搂住了老范的肩膀。老范抖抖肩,头也不回地继续往前走……

他仍不甘心,跟在他们的身后一直朝前走。跟着他们,就可以回到二团,回到侦察连。不知何时,天就黑下来了,天地万物在瞬间陷入了无边无际的黑暗中。然后,他就感觉有人扑上来抓住了他的胳膊,有人拼命地把他按在地上,还有人在掐他的脖子。他张大了嘴巴想喊,可是喊不出来。他就这样一直挣扎着,挣扎着……

奇怪的是,但天黑下来以后,他反而没有感觉到恐怖,一点都没感觉到。因为他什么也看不到,什么也听不到。一如二十年前,雷钧随同父亲离开那座皖南小城后,一遍一遍地重复着同样一个梦境。后来,在车上做的这个梦一直缠着雷钧。每一次都是在冷汗淋漓中惊醒,但醒来后很快就复归平静。

开车的下士,一直盯着后视镜。良久,才操起一口难懂的湖南娄底腔,说道:"你一直在说梦话。"

雷钧甩甩脑袋,故作轻松地问:"是吗?我都讲了些什么?"

下士笑了笑,一脸神秘,过了一会儿才说道:"马上要到了,这鬼天气!开了六七个小时了。也好,咱们到了那儿,正好赶上晚饭!"

转过一个小山口,眼前豁然开朗,远远地,便可看见几排土灰色的二层砖屋,在暮色中显得浑重而沧桑。这里,便是D师农场的营房。天入寒冬,万物沉寂。光秃秃的树干和相隔甚远又错落有致的秸秆堆,数千亩的农场,几乎一览无余。这里,已经丝毫没有昔日里那一派塞外江南的景象。

"停车。我想下来走一走,你先把车开过去吧。"雷钧柔声说道。

司机皱了皱眉头，欲言又止，心不甘情不愿地踩住了刹车。天擦黑，雷钧终于跨进了农场的院子。这一路上，他一直想着当年自己得罪过的场长，如今的上司，会如何嘲讽自己，说不定早就安排好了给自己难堪。这家伙看上去就不是个省油的灯，又官至副团，至少比起张义有过之而无不及。这以后，朝夕相处，少不了挨收拾。他越想脑子越乱，亦步亦趋，比起半年前到侦察连报到时，可能还要狼狈。

"我的小兄弟，老徐前两天说你要来，咱可是盼星星盼月亮，终于把你给盼来了！"场长乐呵呵地看着雷钧说道。这家伙一身冬常服，干净利落、神采奕奕，身上丝毫没了一年前那个杀猪匠的影子。

"场长好，雷钧向您报到！"雷钧忙不迭地立正敬礼。他很有点受宠若惊，心里热乎乎的。场长这客套话虽然听着有点儿串味，但一个中校对一个落泊的小中尉摆出这种姿态，已经足够打消他心里的顾虑了。

"晚饭早就准备好了，放心，今天绝不让你喝酒！"场长显然是对当年的事还耿耿于怀。

雷钧撇撇嘴，好不尴尬。

"场长，您这是哪壶不开提哪壶！"说话的是一个五级士官，资格堪比营团级。雷钧盯着他那弯弯绕绕的肩章看了半天，才数清楚那上面到底绣了几道杠。

"稀稀拉拉，没个正形！"场长横了五级士官一眼，转而又笑呵呵地对雷钧说道："怎么样？下车考察了一圈，和上次比有什么新的感受没？"

雷钧迟疑了一下，说道："什么也没看到，这个季节好像没什么要干的事。"

"哈哈！"场长笑道，"你来得正是时候啊，一来就冬眠，等到明年开春还有小半年时间。你就等着长膘吧！"

雷钧瞪大眼愣着，一脸疑惑。场长看着雷钧再次大笑着说："走吧，都等着你开饭呢。不急在这一时，以后有的是时间了解。"

这场长时不时就仰头大笑，估计是在这里待久了，很有内蒙人的那股子粗犷豪爽劲。雷钧对他并不了解，更没有处心积虑打听过，只知道他是山东曲阜人。第一次来的时候，他还以孔丘后人自居，要不是出于起码的礼貌，雷钧当时就把这个以杀猪为乐的屠夫给抵墙上了。

现在看来，此人并非那么令人生厌。看来人还是要多相处，这才几分钟的时间，雷钧的戒备心理就已荡然无存，反而对这个"山大王"生出了几分好感。

偌大的食堂，乱哄哄地坐了四五十号人，这跟雷钧想象的一个副团级单位，

第二枪 绝望中永生

数千亩土地,至少得有几百号人相去甚远。场长一进食堂就大声招呼着:"来来来,都集合一下,给大家介绍个新战友。"

这帮兵中有三分之一都是士官,下士以下的兵比干部还稀有,那素质没法跟战斗连队比。他们慢慢腾腾,嘻嘻哈哈的,列个队整整花了三四分钟。场长也不急眼,看着微皱眉头的雷钧,乐呵呵地解释道:"这就是一帮穿了军装的民工,啥苦都能吃,就是稀稀拉拉,没个精气神。"

"给同志们介绍一下,这位是咱师里的大才子雷钧,有些同志估计以前见过他。师里派他来咱农场体验生活,先在场部当管理员,负责同志们的军事训练和文化课学习。同志们欢迎下他。"

场长这一席话,给足了雷钧面子。他更没想到,这家伙会给了自己这么一个美差。雷钧感激地看了一眼场长,拉拉上衣下摆,"啪,啪"两下,给场长和下面的一群兵分别敬了个礼。

"开饭!"场长手一挥,背着手走向了最里面的一桌。那是干部的餐桌,雷钧数了一下,一个少校,两个上尉,还有一个中尉,加上自己,总共就六个干部。没有侦察连的干部多。

场长坐下来一一作了介绍,雷钧这才知道,场长还兼着政委的职务。还有两个干部和十多个兵,趁着冬天回乡探亲了。整个农场的正式编制不到七十人,比不上一个建制连。遇到农忙的时候,除了师下属的各部队轮流过来义务劳动外,还雇用大批本地的农牧民帮忙,基本上算是我军罕见的那种半军半民的单位。

虽然性质特殊,但此地民风淳朴,并无游牧民族特有的那种彪悍之气,再加上当兵的个个热情如火,对老百姓有求必应。所以,十多年来,军民关系极其融洽。雷钧并不清楚,这一切都是拜他父亲所赐。

只是这里的姑娘们大胆豪放,对农场的这群儿马蛋子情有独钟,有些精力旺盛的兵难免心猿意马。所以,哥长妹短、情深意浓的事也就时有发生。这也是让农场干部们最头痛的事,亦是他们在管理中最底气不足的地方。因为全农场七八个干部和十多个三级以上的士官,有三分之一的家属都是本地人。这些家伙当年是怎么各显神通,把姑娘变成少妇的,那些细节估计也只有老天清楚了。

更多关于场长的底细,雷钧是在那个当年跟随场长和他一起拼酒的炊事班班长口中得知的。这小子晚上十点多披着件大衣,右手揣在怀里,鬼鬼祟祟地敲开了雷钧的房门。雷钧拉开一条门缝,这小子"嗖"一下就往里蹿,结果头挤进来,肚子还在外面,被夹得龇牙咧嘴。这小子估计早忘了一年前那事,进门就从怀里抖落几根火腿肠，一袋果仁，一屁股坐在雷钧的床上，掏出一瓶酒说道："管理员，这晚上冻得受不了，想过来和您喝点儿酒暖暖身子。"

雷钧本来对这小子就没好感，他不仅长得像个大号葫芦，而且右唇上方有一颗大大的黑痣，说起话来一跳一跳的，让人抓狂。第一次见面的时候，他就在想，这伙计是怎么混进人民军队的？

"班长，农场可以随便喝酒吗？"雷钧站在门口冷冷地说道。

"别，我姓孙，孙悟空的孙，同志们都叫我大圣。"炊事班班长晃晃手里大半瓶子酒，说道："这瓶酒我都揣柜子里快仨月了，一直找不到机会喝。咱场部除了有接待任务和逢年过节外，平常严令禁酒。场长说这玩意儿乱性，一喝就得出事！"

雷钧被他逗乐了，可他还是习惯性地板起脸说："我看你应该叫葫芦娃！对了，你们场长那么能喝，平常都不喝酒？"

"老金啊，他没事就蹿到老乡家里喝。每次回来，都跟我们说盛情难却。你要让他歇上三天不喝酒，这家伙肯定得发狂，半夜能把兄弟们全折腾起来去翻地！"这小子口无遮挡，一副老兵油子的口气，压根儿就不在乎雷钧傲慢的态度。

听起大圣说场长，雷钧来了兴致，拖了把椅子坐在对面，说道："孙班长，今晚意思一下就行，咱们下不为例。"

"行啊！"大圣一脸灿烂。

雷钧扯开果仁的袋子，漫不经心地问："我看场长也挺不容易的，也没见他带着家属。"

大圣呷了口酒，仰起脖子咂咂嘴，把瓶子递给雷钧，半天没搭话。雷钧不知道这小子为什么突然玩起深沉，接着说道："看来你这保密条令学得不错！"

大圣摇摇头："老金还是单身，四十多岁的人了……"

"啊？"雷钧吃惊不小，瞪大眼盯着他，半天都没合上嘴。

"场长是个好人，除了好点酒外，就是一门心思扑在农场。我来这里快七年了，就见他回去过一次，那次还是他老娘去世。"大圣说这番话的时候，脸上尽是崇敬之色。

雷钧小心翼翼地问道："场长他……相貌堂堂，为什么不结婚呢？"

"这事说来话长。农场里的好多战友都不知道，只有我们几个老兵在一次喝酒的时候听原来的一个副场长谈起过。"大圣还是欲言又止的样子。

雷钧感叹："他肯定是个有故事的人！"

"以后你最好别跟他提这些事！"大圣终于下了决心说道，"二十年前他有个未婚妻，两个人商量好了等他提干了回去就完婚。当时他在高炮营当兵，是全师有名的神炮手，后来在提干前正赶上装备更新，高炮营撤编并入师炮团。那批兵好多都提前退役了，他被当时的新师长给留了下来，暂调到正在组建的农场帮忙……"

雷钧心里"咯噔"了一下，看来这事跟父亲又脱不了干系。

大圣继续说道："本来农场建好后，他就能回炮团直接当排长的，结果就在调回去的前一天，被一头受惊的马踢碎了一颗蛋子。在医院躺了一个多月后，他给未婚妻写了封信，说自己在这边已经谈了一个。那女的不信，跑到农场来找他，他也够狠心的，十多天硬是不见人家。这事完了以后，他跟师长说，自己这样子哪儿也不去了。这一待就是整整十八年！去年吧，还是前年，听说那女的得了癌症死了，他把自己关在屋子里整整两天不吃不喝，出来的时候，人整个儿瘦了两圈。兄弟们那两天，半夜都能听到他在屋里干号……"

雷钧听得痴了，好久才轻叹一声，喃喃道："真是条汉子！原来他还经历了这么多。"

"这里的老乡们都不知道他的故事，到现在还有人要为他说亲。每次从老乡那里回来，他就提着一把铁锹去翻地，拼命地翻！你知道他心里有多苦吗？"大圣猛灌一口酒，眼眶红红的。

话题沉重得让初来乍到的雷钧有点儿喘不过气来，面对眼前这个真情流露的老兵，他陷入了沉默。

大圣抹了把脸，突然笑着说："别看我们没大没小，整天稀稀拉拉，跟正规连队没法比，可关键的时候一点也不含糊！那个老赵，五级的那个，比场长资格还老。谁都不怕，就怕咱们场长，让他干啥就干啥。这就是榜样的力量，兄弟们的心里都亮堂着呢！"

这天晚上，对这个年轻的中尉来说，注定又是一个不眠之夜。

二 雪夜救难

"忽然太行雪，昨夜飞入来。峻嶒堕庭中，严白何皑皑。"一夜之间，整个农场和农场外更广袤的额济纳河平原都披上了厚厚的一层雪，一望无垠、波澜壮阔。如此浩瀚的雪原，身在其中，会深切地感受到，人是多么的渺小。

这是入冬以来的第二场大雪，这一夜，来农场快一个星期的雷钧，睡得很踏实。这两天，老金带着他转遍了农场的每一个角落。

冬天的农作物很少，但农场里几乎猪羊满圈。光山羊就有近千只，还有三百多头猪，再加上几十匹马。二十多个兵日夜不停地添草加料，赶上恶劣的天气，所有官兵都会高度紧张、如临大敌，一点儿也不比侦察连轻松。

吃早饭的时候，雷钧才发现整个食堂只有十来个人，一个干部也没看到。雷钧跑到厨房里问大圣才知道，昨天晚上雪太大，场长怕猪圈塌了，带着一帮人连夜守在那里清雪，早上五点多雪停了才回来休息。

大圣还特意说："场长昨天半夜还交代我，不要打扰你！"

雷钧放下抓在手里的两个馒头，心里很不是滋味，有温暖，也有失落。

上午十点整，副场长吹响了集合哨。几分钟后，兵们东倒西歪、哈欠连天地列好队。老金睁着布满血丝的双眼，站在队列前开口就大骂道："气象局的人都干吗吃的？昨天说这几天不会有大雪，刚刚又通知，说这雪还没下够，今天下午还有更猛烈的暴风雪来袭！"

兵们一下子就紧张起来。

"都不要再睡了，做好脱几层皮的准备！"老金握紧拳头挥舞道，"还是老规矩，养猪放羊的管好自家的一亩三分地，由副场长负责，死了一头畜生，今年就都别吃肉了！雷钧带几个战士在场部留守，负责与外界联络和后勤保障；余下的跟着我，随时准备开拔，出去抢险救灾！"

雷钧心头一热，站在队列后面大声说道："场长，我要参加抢险救灾！"

老金愣了一下，道："你不熟悉情况，其他人都有经验。"

"报告！"雷钧不甘心。

老金挥手道："参加抢险的，听哨音集合。解散！"

待到队伍散尽，雷钧上前说道："场长，这几天我想了一下，既然来这里了，就要多干点儿事。您给我分的那些活儿太轻松了，救灾也不让我参加，我有想法！"

"轻松？你是觉得这里没有什么训练才轻松吧？我告诉你，这段时间你得给我制订个训练计划出来，以后每天出早操，一天至少安排一个小时的队列训练。再不训练，这帮小子都不会走道了。穿了身军装，比老百姓还懒散！还有文化课的学习，别在农场当了几年兵，回家只能种地！"老金因为激动，声音明显

我从未放下这面旗帜
不管走到哪里
它都在我的心中猎猎作响

有点颤抖。

"好,这个事以后再说!"雷钧说道,"您知道我是被贬来的,我也谢谢您给我留了面子。既然是改造,就不能遇到困难和危险就逃避,我一定要跟着你去抢险!"

老金欲言又止:"雷副司令交代过……"

雷钧打断道:"这个事情您一定要在农场替我保密,我不想让其他人知道,以后您也甭跟我再提他。还有,雷副司令是不会说那些话的,说那些话的肯定是我母亲或者其他人。"

老金点点头,说道:"好吧,你先回去作准备,我再安排其他人留守。等会儿来我房间,我跟你详细说说以往的经验。"

被老金痛骂的气象局,这次预报出奇的准确。下午一点多,天色突变、狂风骤起。一个小时前,农场周边近百户牧民在政府的组织下,拖家带口、赶着牛羊悉数涌进了农场。一排用来放置大型农耕机械的平房成了牧民暂时栖身的地方。

风雪来临前,当地各级政府虽然已经提前作好了准备,动员、撤离了部分百姓。但这些习惯独来独往、分散而居的农牧民中,仍有一部分人不以为然。每年总会有那么几场或大或小的暴风雪,他们早已司空见惯,处变不惊了。

谁也没想到,这场西伯利亚寒流引发了当地十年来最大的一场暴风雪,给政府和当地驻军来了个措手不及。地区救灾办的求助电话越过D师,直接打到了农场。有个叫庆格尔泰的地方,十多户牧民还未来得及撤离,昨天晚上的大雪几乎封山,派去的民兵小分队与指挥部失去了联络。情况十分危急,请求农场派兵支援。老金放下电话,吹响了哨声。十多分钟后,一辆旧式解放牌卡车,晃晃荡荡地冲出了营地。

庆格尔泰在蒙语中是"欢乐"的意思,这是一个毫不起眼的小地方,地处额济纳河平原边缘,紧临阿拉善高原,离D师农场直线距离也有七八十公里。这里地势比较复杂,大小丘陵纵横交错。因为尚未通公路,只有几条被农牧民们踩出的小道。所以,即便没有下雪,没有来过这里的人想刻意找到这个小地方也不是件容易的事。

老金对这个地方并不陌生,全农场只有他和士官老赵曾经来过这里。大约是在十五年前,也是这样一个暴风雪的天气,为了寻找牧民丢失的羊群,他和老赵以及五个战士徒步跋涉了两天一夜。要不是庆格尔泰的牧民及时发现了他们，他们七个人肯定会被活活冻死在山里。所以，老金对那里的百姓有着特殊的感情。因而他在电话中听到"庆格尔泰"四个字后，眼眶一热，心急如焚地恨不得插上翅膀马上飞到那里。

雪越下越大，被狂风裹挟着，漫天飞扬。老"解放"大鼻子上的铁皮盖子，被风刮得"咣咣"作响。有那么一会儿，缩在蒙着帆布的车厢里的雷钧，总感觉这车像在飘移，晃晃悠悠的，随时都可能被掀到空中，然后再翻几个跟头，"轰"的一下，再来个四脚朝天……

好几天后，兵们才知道，这场持续了一天一夜的暴风雪，风速超过110km/h，几乎赶上了1977年美国水牛城那场号称史上最大的暴风雪的风速。强劲的风把地上的积雪也吹了起来，在之前深达半米的雪上又堆积了近一米的积雪，有些地方的积雪甚至超过了五米！但他们回程的时候，发现被弃在洼地里的老"解放"，埋在了雪里，只露出了车顶。

卡车在艰难地爬行了三个多小时后，终于熄了火。老金嘴里叼着烟，从驾驶室里跳下，一脚踹在车厢上，大声地吼道："下车，快下车！"

雷钧掀开帆布，第一个从车上跳下，差点儿被暴风雪掀了个跟头。

"见鬼！车子趴窝了，咱们农场就该配辆坦克！"老金迎着狂风，声嘶力竭地喊道："同志们，这里离庆格尔泰大约还有不到二十公里。对不起了，只能弃车徒步过去了！"

老赵在后面喊道："场长，我们都准备好了！"

"都跟着我，低着头，一个都不准掉队。咱们争取天黑前赶到目的地，同志们有没有信心？"老金须发贲张，额头上的青筋暴起。

"有！"二十多条汉子仰天长啸。

铁下心要杀回二团当侦察连主官的雷钧，怎么也想不通，自己这么好的素质，跟着一群几乎没有受过军事训练的战友们会如此吃力。他真的很想很想在雪地里好好地躺上一会儿，他觉得自己的两条腿如果现在被截掉，都不用打麻醉针，就连裤裆里的那玩意儿都被冻僵了。

老金和走在最后压阵的老赵一直不知疲倦地给同志们打着气，这是两个已经年过四十的中年人。在这个队伍中，有一半人都比他的年龄大。也许，是他们习惯了这样的天气，但雷钧看到更多的是他们坚定的眼神。这是一群曾经被出身将门的大才子雷钧，鄙夷地称做"鸟兵"的后勤兵。他们和所有中国军人一样，有一种与生俱来的精神，一种在危难时刻，在国家和人民最需要的时候，体现出的中国军人的精神！

"呼哧，呼哧！"兵们急促而沉重的喘息声，在呼号的狂风中仍然清晰可闻。他们顶着狂风，像一群迁徙的企鹅，在深达几十厘米的雪地里，倔犟而艰难地向前挪动。

四个小时后，走在前面的老金爬上一道雪岭，兴奋地欢呼道："同志们，前面就是庆格尔泰，我们终于到了！"

几个战士终于扛不住，双膝跪地。

"都起来，找到牧民咱们好好地喝上几碗马奶子酒暖暖身子。挺过了今天，老子给你们请功，让你们睡上三天三夜！"老金哑着嗓子焦急地吼道。他知道，同志们的体力透支到了临界点，这时候一刻也不能放松。

眼前的阵势，让同志们倒抽一口凉气。雷钧的脑子里突然蹦出了电影《冰山上的来客》里的片断。也是这样的暴风雪，也是这样的山峰……一座一座几乎已经完全被冰雪覆盖的山峰。虽然这山丘不成气候，但大大小小层层叠叠，在飞舞的暴雪中，显得蔚为壮观。

"千山鸟飞绝，万径人踪灭。"空山寒谷、风急雪紧，庆格尔泰早已面目全非，到哪里去找那些失散的牧民？雷钧一脸迷惘，这个时候，他真正感觉到，人在大自然面前是多么的渺小和不堪一击。

"老赵，唱首歌！同志们跟紧了，不要掉队！"老金像一尊天神，大衣的下摆在风中呼呼作响。他们唱了起来：

> 雪皑皑，野茫茫，
> 高原寒，炊断粮。
> 红军都是钢铁汉，
> 千锤百炼不怕难。
> 雪山低头迎远客，
> 草毯泥毡扎营盘，
> 风雨侵衣骨更硬，
> 野菜充饥志越坚，
> 志越坚。
> 官兵一致同甘苦，

革命理想高于天，

高于天。

……

歌声响起，战士们精神大振，他们互相搀扶着，引吭高歌、疾步前行。

熟悉路线的老赵已经彻底蒙了。炮兵出身的老金，竭力地回忆着进山的路径。职业习惯，使得他每到一个陌生的，地形复杂的地方都会记下地形与坐标。但当年之行，已年代久远，他怎么也回忆不起来。只依稀记得，庆格尔泰在西北面，需要穿过至少五六个小山丘。

没有电台，无法和当地政府取得联系，更不知道进山的民兵小分队身在何方，是死是活？一切只能靠自己。当年的许多情景已经模糊，但最后被困的情景仍然历历在目。那一次他们已经分不清东南西北，体力完全透支，两个战士几乎冻僵，深度昏迷。他们完全是靠着原始的求生本能和坚强的意志，才撑到了牧民们发现他们的那一刻。

望着战士们焦急而又期待的眼神，老金忧心如焚，再这样下去十多年前的那一幕又将重演。只有让兵们动起来，哪怕再疲惫不堪，也不能坐以待毙。何况，那些被风雪围困的牧民们，早已望眼欲穿。早一分钟找到他们，就多一分生的希望。

茫然无措中，老金果断地将二十三人分成了三个小组，他和老赵各带一个小组，上尉熊得聪带着另一个小组。兵分三路，沿着三个不同的方向推进。

雷钧跟在了老赵的这一组，他且行且回头，目送着老金在雪地里蹒跚着深一脚浅一脚地离去，心里有一股说不出的滋味。这个男人令他感动，更给了他信心和力量。应浩是自己的好兄弟，老金更像自己的叔辈。他觉得，自己的血已和他们的流淌在一起。这时候，他担心老金的安危比担心那些失散的牧民更甚，心里默默地祈祷着老金平安归来。过了这一关，他一定要陪着他好好地喝上一次酒！

天已经黑下来了，气温越来越低，狂风暴雪似乎没有要停下来的意思。一个小时后，翻过一座雪丘的第二小组，终于碰到了三个穿着军大衣，戴着皮帽的年轻人。他们是民兵应急小分队的成员，三个小时前，他们找到了一户牧民，并且将这一家老小送到了十多里之外的一处新建的选矿厂。刚刚返回，便碰到了雷钧他们。

我从未放下这面旗帜

不管走到哪里

它都在我的心中猎猎作响

第二枪 绝望中永生

三个人都不太会说普通话,好在老赵通悉蒙语。据他们介绍,还有八个队友就在附近,他们已经救出了更多的人,这些人都无一例外地被安置在了那个选矿厂。现在确定尚未找到的还有四户牧民,这四户都是以牧羊和挖掘肉苁蓉为生,居无定所,其中一户还是今年刚从河南来的汉民。

有了三个蒙族民兵当向导,兵们直扑眼前庆格尔泰最高的乌兰察布山。与此同时,管理员熊得聪带领的第三小组,在另一个方向碰到了民兵小分队的另外八个队员。两个小组很快会合在一起,近三十人的队伍,开始向山顶进行拉网式搜索。

老金带着七个战士很快便发现了第一个目标。这户牧民住在乌兰察布山东南面的山脚下,那里地势较低,山上的很多雪被风刮到那里沉积,一间由土砖与石头胡乱垒起的房子,一半已经被积雪湮埋。如果不是一个战友误打误撞,根本就看不出那里有一户人家。

几个人在屋外大声呼喊,却听不到任何回应。老金像疯了一样,带领着战友们用双手奋力地刨开门前一米多深的积雪,然后破门而入。主人显然是不久前在屋里生过火。屋里暖烘烘的,却空无一人。四只小羊羔拥挤在一个角落,惊恐地看着这一群不速之客。

"场长,他们是不是已经撤退了?"一个老兵轻声地问道。

老金在屋里转了一圈,盯着小羊羔,突然想起了什么,焦急地说道:"快,快看看周围有没有羊圈!"

果然不出所料,兵们在距离小屋近百米的一个背风处,发现了一个羊圈。这羊圈有一半是露天的,另外一半盖着油毡与秸秆,已经被积雪压得摇摇欲坠。靠近羊圈,便听到里面窸窸窣窣的声响。

"有人吗?"老金大声地问道。

"咩"一声怯怯的羊叫声,接着,叫声此起彼伏。

走进羊圈,战士们都惊呆了。一个妇人席地而坐,靠在墙上,看上去已经沉沉入睡。她的怀里紧紧地搂着一只小羊羔,身边围着十多只已经被冻得奄奄一息的山羊。妇人年过半百的样子,苍白的脸上沟壑丛生,看上去饱经沧桑。

"大姐!"老金上前轻声地叫道。

妇人眼皮跳动了几下,下意识地搂紧了怀里的羊羔。老金跪在地上,双手抓住妇人的手臂:"大姐,我们是解放军,来救您了。"

妇人动了一下,仍旧没有应声。

"快！再来两件大衣！"老金心里咯噔了一下，脱下大衣盖在妇人的身上，对战士们说道："你们负责把羊全部转移到大姐家里，一只也不要落下！"

老金抱起妇人，疾速冲了出去。身后的战士们，全都敞开了大衣将羊裹进了怀里……

屋内，妇人轻叹一声，睁开眼迷惘地看着围在身边的战士们。老金搓搓手，兴奋地叫道："大姐，我们是解放军，羊都给您抱回来了，都活着呢。"

妇人眼里噙满了泪水，一个劲儿地点头说："谢谢，谢谢……"

等到妇人缓过劲儿来，战士们才知道，原来这个看上去足有五十岁的妇人才三十八岁，是汉族人，十九年前嫁到了这里。儿子已经在旗里读职高，丈夫在百里之外的煤矿当工人。冬季来临之前，她和丈夫就将家里的一百多只羊卖掉了大半，只留下了几只种羊。

也许是没找到她住的地方，乡里并没有通知到她家，她也没料到会有这么大的雪。暴风雪越来越大，她担心羊会冻死，又怕羊受惊吓，就一只一只地往家抱。也许是太劳累了，再加上低温受寒，结果在跑第五趟的时候，突然两眼发黑晕了过去。好在，那些羊好似通人性，都依偎在她的身边，她这才没有被活活冻死。

看到妇人并无大碍，老金和战士们这才松了一口气。此时，已经是夜里十一点多了，如果雪还不停，到了天亮，这小屋就得被大雪掩埋。现在外面已经是寸步难行了，还有失踪的群众等着去救援，时间拖得越久，就越难上山。这时候，想要扛着那虚弱的妇人撤离到数十里之外的选矿厂，是不现实的。老金忧心忡忡、焦头烂额。

那妇人看出了老金的忧虑，轻声说道："你们不用管我，先去救其他人。阿尔布古老爹一家，就在我们后面不到两里的地方，住在半山腰，中午的时候我还见过他们。他家有一百多只羊，这么冷的天，不知道要冻死多少只。"

老金突然心里有了主意，他对两个年长一点的士官说道："你们俩留在这里照顾她，再过三个小时我们还没回来的话，你们就把大姐送到阿尔布古老爹家。那里的地势高一些，大雪还不至于把房子埋了。等到天亮以后，我们再作打算！"

另外一面，二十多人的搜山队伍已经找到了最后两户牧民，万幸的是，除了冻死了几只羊，那七个牧民都安然无恙。精疲力竭的雷钧担心老金的安危，不顾众人的劝说，坚持要带着两个战士去寻找。熊得聪和老赵领着余下的人，在牧民的指引下，直扑阿尔布古老爹家。

我从未放下这面旗帜
不管走到哪里
它都在我的心中猎猎作响

第二枪　绝望中永生

老金在阿尔布古老爹家门口碰到了大部队。三十多个人奋力抢修,等到把老爹家已经坍塌了一半的羊圈里的羊悉数救出时,老金这才发现雷钧和两个战士不见了。累得站立不稳的老金,听说这三个人去找自己了,又急又气,一脚将熊得聪踹倒在地,哑着嗓子大骂:"你这个脑袋是不是和他一样,被驴踢了?"

熊得聪爬起来撇撇嘴说:"这小子少根筋,我和老赵根本劝不住!"

"马上跟我去找人,不论如何,天亮之前都要到这里来会合!再给我把队伍带丢了,老子拼了命也要让你两个脱了马甲滚蛋!"老金声嘶力竭地冲着熊得聪和老赵吼道。

乌兰察布山虽然面积不小,但在高峰林立的西北地区,实在算不得是一座山。雷钧和战友们曾经从西面几乎行到了山顶,凭感觉,这山的海拔最多也就只有两百米,这样的揣测,也得到了一个当地民兵队员的肯定。

可就是这样一座小山丘,却充满了危险。西南面一片坦途,东面虽然略显陡峭,却是牧民们放牧的乐土。那里向阳背风、土沃草肥,春夏两季疯长着大片人工种植的向日葵。唯有北面,地势险要,到处都是沟渠,有天然的,亦有人工挖掘的。史料上并无记载,但当地的百姓都笃定地认为这是一个古战场。因为很多沟渠看上去就像战壕,有人甚至曾经在沟渠里的浮土下发现了很多已经风化了的森森朽骨。山脚下是一马平川的戈壁滩,穿过那里便到了阿拉善高原。

疯狂的暴雪已经完全覆盖了这里本来狰狞的面目,从山上看下去,这里和其他地方并无二致。雷钧不熟悉这里的地形,更没想过要向被救的牧民们打听。选择从北面下山,完全是凭着直觉。因为那个方向迎着风,在他看来,老金一定会选择从最恶劣的地方上山。

下山的路上,他的脑子里交替闪现着应浩和老金的音容,不安与惶恐的气息一阵一阵地袭来,这种情感让他无法言说,更让他心里阵阵抽痛。两个小战士,都是入伍不足两年的新兵,只有他们愿意跟着疯狂的雷钧。他们没有任何主见,更不知道到底该何去何从,默默而又诚惶诚恐地跟在他的身后。

从昨天下午弃车步行到现在,时间已经过去了快二十个小时。长夜漫漫,暴雪还在恣意狂舞着,山上的温度接近零下30℃。

"快来欣赏北风的石匠手艺。这个狂暴的匠人,它的采石场砖瓦取之不尽,每处向风的木桩、树和门都变成白色堡垒,又被它添上向外突出的房顶。它的千万只手迅捷地挥洒着奇幻野蛮的作品,丝毫不关心格律和比例。"抬头四顾漫山遍野的皑皑白雪,雷钧想起了这段描写暴风雪的诗句。

爱默生是他最欣赏的美国诗人，诗人在天灾面前表现出的浪漫主义精神，曾经让他着迷。自己一直都缺少这种浪漫，师傅老范说得不错，在任何时候，自己都放不下那种老气横秋、悲天悯人的臭文人的情怀。

"管理员，我猜场长已经撤到了牧民的家里，现在正在一边喝酒一边吃烤肉。"战士小于跟上几步，气喘吁吁。那喘息声像一台破旧的风机，随时都可能戛然而止。

"是啊！"另外一个战士大声地回应，"说不定他们等会儿会反过来找我们，好莱坞大片上就是这么折腾演的。"

"你们是在开玩笑吗？实在坚持不了，可以先回去！"雷钧干燥的嘴唇苍白得没有一丝血色，那声音在呼啸的风雪中显得微弱而无力。

两个战士再也没有说话。雷钧感激地回头看了他们一眼，长叹一声。说实话，他的心里越来越没底。他们讲得并非没有道理，以老金的能力，估计已经找到了牧民，如果他们真的再回过头来找自己，那就太可怕了……

没有任何征兆的，右后侧十多米处的上等兵小于，突然一声惊叫。雷钧回头去看时，他的腰部以下完全没在雪中，而且越陷越深。雷钧大骇，紧跟在小于身后的另一个战士，也慌了手脚，惊恐地站在那里不敢迈步。

"快！展开双手，不要动！"雷钧转身顺着自己的脚印一边往上爬，一边对愣在那里的战士吼道："不要往前，赶紧坐下来，把脚伸给他！"

那战士一屁股坐在地上，努力地伸出左脚，战战兢兢地说道："够不着，够不着！"

"别慌，你右脚慢慢地往下探探看，踏实了，然后往前移动！"雷钧已经解开了腰带，站在了这个战士的身后。

小于的身体还在慢慢往下滑，充满稚气的脸上已经没有了初始的恐慌，小心翼翼地说道："管理员，我脚下好像是一条壕沟，深不见底。刚刚我崴了脚，才跌进来的。那只脚现在就在沟壁上，使不上劲。"

雷钧脑袋嗡嗡作响，他告诫自己一定要冷静。雪中的小于只露出了肩膀和头，脸上堆着笑，一直不停地安慰着自己的战友。

"你起来，到我后面去，抓住我的大衣不要撒手！"雷钧将坐在地上的战士拉了起来，然后一脚踏在他踩过的地方，弓步向前，将手里的腰带扔给了小于，"慢慢地，两只手抓牢了，使上劲然后告诉我！"

小于的一只手终于抓住了腰带，但他侧身面对着雷钧，另外一只手怎么也

我从未放下这面旗帜
不管走到哪里
它都在我的心中猎猎作响

第二枪 绝望中永生

够不上,雪已经没到了脖口,他不敢再挣扎。雷钧不敢轻易拽拉,小于的手上戴着手套,肯定已经冻得很难使力。而且腰带无法打结,又滑又溜,稍有不慎就会脱手。一旦脱手了,小于就会滑得更深。

三个人僵持住了,时间一秒一秒过去,好在小于似乎已经停止了下滑。只是他的呼吸越来越急促,面色开始呈铁青色。再僵持下去,即便不被积雪湮没,也要被活活冻死。

"听我说,小于。"雷钧决定放手一搏,右脚又向前摸索了一大步,坚定地说道,"你尝试着用力转身,一定要抓住腰带。你行的,兄弟你一定行的!"

小于咬咬牙,身体在雪中轻微地动了一下,然后大吼一声,伸出右手一把抓住了腰带。与此同时,雷钧和身后的战士同时用力向回拽。小于的两只脚都踏上了沟壁,身体前倾,用力往上挣扎。就在他忍着巨痛,已经往上蹭了三步后,突然脚下一滑。雷钧眼明手快,不顾一切往前扑去,抓住了小于的一只手臂。

雷钧猛然挣脱,身后那战士一屁股坐在了地上。等到他反应过来,雷钧已经在一米开外。这种时候,已经容不得他多想,下意识地也跟着扑了上去,抓住了雷钧的双脚。三个人再次僵持,谁也不敢放手。失去了支撑,谁也不敢用力……

"兄弟,雪里面还暖和吧?"雷钧昂起头,用双手轻轻地摇晃着小于的手臂说道。

绝望的小战士,已经笑不出来了,良久才说道:"管理员,你说咱们仨要是全光荣了,会不会被追认为烈士?"

雷钧仍然强装笑颜:"不会的,咱们光荣不了!你小子千万要挺住,否则,我活着回去也得上军事法庭!"

"好想睡一觉,没想到雪地里这么舒服。"身后的战士说道。

雷钧动了动双脚:"千万不要睡过去,睡着了咱们就真玩完了!来,咱们一起唱首歌,唱首花点的,提提神!小于来起头。"

小于想了半天,说道:"管理员,我只会唱军歌,咱们还是唱《团结就是力量》吧?"

> 团结就是力量,
>
> 团结就是力量,
>
> 这力量是铁,

这力量是钢，

比铁还硬，比钢还强，

向着法西斯帝开火，

让一切不民主的制度死亡。

向着太阳，向着自由，

向着新中国发出万丈光芒！

他们反复地唱，但歌声还是在不知不觉地停了。不知道过了多久，恍惚中的雷钧仿佛听到了有人叫喊的声音。他睁大眼，发现小于仍然倔犟地睁着眼睛，可是僵硬的脸上没有任何表情。他动了动脚，身后的小战士下意识地抓紧了他的脚。

"你们还好吗？"雷钧抬头用力地抖了抖头上的积雪，叫道。

小于微微地点点头，身后的战士摇了摇雷钧的双脚。

"雷钧！"叫喊的声音再次传来，这一次雷钧听得很真切，他甚至能听出这个声音来自老金。

"场长来了，他们来救我们了，你们听到叫喊声了吗？"雷钧兴奋地说道。

小于摇摇头，他已经无力回答。

"我在这里！我们在这里！"雷钧大声地回应着，他努力地想抬头去看，但什么也看不见，那个叫喊的声音好像又远了。

雷钧还不知道身后的战士叫什么名字，他抑制住激动的心情，冷静下来大声地说道："不要松手，我们一起来喊，把你的脚尽量举起来，举得高高的！"

两个人连续不断的呼喊，终于被走在队伍最后的民兵听到，他还看见了那只高高举起的脚。这组由老金带着的人，本来已经转身朝另外一个方向搜寻。

老金有着丰富的雪地救难经验，很快便指挥战士们有条不紊地救起了三人。老金剧烈地咳嗽着，跪在雷钧的身边，一边用力地掰开雷钧抓着小于的双手，一边泪眼婆娑地骂道："你长了几个胆子？什么都不熟，还敢带着人出来救我？不听命令，不听劝，要真挂了，连个烈士都捞不上！"

雷钧盯着老金，一个劲儿地傻笑，这一刻，他如释重负，真切地感受到了那深入骨髓的疲惫。老金执意要亲自背着双脚已经冻得不听使唤的小于，刚走了几步就体力不支，重重地扑倒在了地上，顿时浑身无力，陷入了昏迷……

我从未放下这面旗帜
不管走到哪里
它都在我的心中猎猎作响

第二枪　绝望中永生

上午十一点,在暴风雪完全停止半个多小时后,军区陆航团一辆米 8 直升飞机,缓缓地停在阿尔布古老爹家门前。三个小时前,熊得聪带着几个民兵和战士,赶到了选矿厂,他们在那里联系上了 D 师司令部。

战士们抬着老金、小于和另外一个冻伤的民兵上了飞机。年轻气盛的雷钧,肢体已经基本恢复了知觉,在医生的竭力要求下,也登上了直升机。

老金昏迷了整整七个小时,中间数度醒来,然后又呻吟着沉沉睡去。他那黝黑的脸庞上,有一道醒目的伤口,一直不停地往外渗着丝丝血水。那是他在抢修阿尔布古老爹家的羊圈时,留下的。这个男人,已经两天两夜没有正经地合过眼,几十个小时一刻不停地奔波,早已心力交瘁。

雷钧从老金昏迷后,就没有合过眼,分秒不离地守候在他的身边。如果说余玉田害死了应浩,那么,就是他雷钧害了老金。如果老金有个三长两短,他决定这辈子也不要原谅自己。

三　非常冲突

1998 年的除夕,正是北方的隆冬。除夕天气出奇的好,冬日暖阳下,农场里一派忙碌而喜庆的景象。兵们三五成群,各自分工,为这个春节做最后的准备。二十多天前的那场灾难,仿佛已经远离他们而去。

只是那些厮守在农场多年的老兵们,在经过大院门口时,偶尔会驻足向外张望,像是在盼望着什么,然后又苦笑着摇摇头离开。

这是二十五岁的雷钧第一次在家以外的地方过春节,也是他这辈子最难忘的一个春节。三天前,师政治部主任亲赴农场宣布了最新的人事任命,因为冻伤引发心室颤动,经过多次抢救,最终死里逃生的一等功臣金德胜同志,因为身体原因不再担任场长,接替他的是原副场长胡忠庆。

雷钧在师部宣布完决定后,跟着主任的车子再次去了师直属医院。他不知道老金是否已经知道了这个消息,站在特护病房门口,屋内传来老金爽朗的笑声,他的心里一阵一阵抽痛,闭着眼睛踯躅了很久。

年轻的女护士警惕地打量着眼前这个憔悴的中尉,没好气地说道:"你们烦不烦啊?病人需要休息!"

雷钧讷讷地小声求饶:"我看看就走,不会待很久。"

"是小雷吧?"屋里传来老金的声音,"小羽啊,你又在吓唬人。他是我的好兄弟,不是来跟我谈论工作的!"

"咯咯咯!"女护士笑逐颜开,白了雷钧一眼,捂着嘴转身走开。

"场长,我来看您了。"雷钧站在病床前,有点儿怯怯地叫道。

老金靠在床头,盯着雷钧一个劲儿地傻笑:"你怎么还被人家小姑娘给欺负了?咱农场里出来的,可个个都是草原狼哦!"

雷钧挠挠头,过来给老金掖了掖被子,小声说道:"对不起,场长。"

"说什么呢?"老金不以为然地说道,"我还要感谢你,是你来了才让我有了这么高的荣誉。咱农场自组建以来,还没人立过一等功!"

"可是……"雷钧痛苦地摇摇头,欲言又止。

老金歪起脑袋,哈哈大笑:"可是什么?不就是让我别干这个场长了吗?老鸟不退,你们年轻人哪有机会?"

雷钧愣了一下,问道:"您都知道了?那您接下来有什么打算呢?"

老金闭上双目,像在思考什么,过了好久才睁开眼说道:"组织上的意思让我去干休所,你知道,那里都是些半截入土的老家伙们。去了那里,整天陪他们下棋、打牌、发牢骚,整个就是混饭吃等死!"

老金说这些的时候,脸上隐现出痛苦而悲怆的表情。雷钧比他更痛苦,对老金尤其能感同身受。他知道组织上这个善意的决定,对这样一个不知疲倦的老兵来说是多么的残酷。这个时候,他才深切地感受到,比起老金的命运多舛,自己的这点儿遭遇实在算不得什么。

"也许……我的意思是,如果暂时做了过渡,等您养好身体再作打算,这也是一个不错的选择!"雷钧小心翼翼地试图劝慰。

"兄弟。"老金盯着雷钧轻轻地摇摇头,长叹一声,"你以为是调我去任职吗?组织上是让我病退!病退你知道吗?我一个四十来岁的爷们儿,不缺胳膊不少腿的,让国家养着,这算个什么事儿?"

雷钧颓然而坐,抓过桌子上的杯子,愣了半天才想起来往里续水。

"不行就转业!咱当了二十多年兵,啥本事没混到,只是田里地里都是个好把式,回家当地主去,再不济也能干杀猪卖肉的营生。自力更生,坚决不给国家添麻烦!"老金又恢复了戏谑的表情,半开玩笑半认真地说道。

雷钧端水的手,明显在微微颤抖。他已经不知道该如何安慰老金,只能强

我从未放下这面旗帜
不管走到哪里
它都在我的心中猎猎作响

第二枪 绝望中永生

装笑颜。

"别这样兄弟，这能算个什么事啊？你还年轻，千万别往心里去。"老金望着雷钧，言语中充满了感激之情。

"对了！"老金突然说道，"我听说过一些关于你的故事，你父亲我也不陌生，我感觉你和雷副司令员是一样的个性，宁直不弯。可是，针锋对麦芒，最后只能是两败俱伤……"

"场长！"雷钧打断了老金的话。

老金忙不迭地笑道："好好好，我忘了你的警告了。今天不谈这个，咱们说点儿别的事。以后你还是管我叫老金吧，听着亲切，反正我也管不着你了。兄弟我跟你说，一年前你第一次来农场的时候，我就感觉你是个有抱负的人，也是个性情中人。说实话，我很喜欢你这种桀骜不驯、像草原野马一样的性子。可是，你毕竟是一个军人，你所处的环境，不是张扬个性的地方！"

雷钧低头不语。

"得，我又绕回来了！咱们这些干部当久了的人，都有个毛病，自个儿身上臭烘烘的，总喜欢给别人讲道理。咱们哪，其实属于一路人！"老金笑呵呵地说道。

雷钧也跟着笑了起来："没关系，我也习惯了。您继续，我认真地听着，您这是经验之谈。"

"行了，别跟我勉强了！"老金手一挥，"我年轻的时候跟你一个德行，谁布道我烦谁。你想再听，我还不想再说了！往后啊，我只给你提一个要求，好好地配合新任的场长，臭脾气收敛一点儿。"

小护士突然在外敲门，脑袋伸进来提醒道："老金，等会儿该打针了啊！"

雷钧站起来，准备要告辞。老金抬手示意他坐下，笑着说："这个丫头没大没小的，才三天就跟我混熟了。我说小雷，你还没女朋友吧？要不，我给你当个月老？我觉着，她一定能治你！"

"别！我想都没想过这事儿，您好好养着身体，甭跟我瞎操这份心。"雷钧慌了，赶紧说道。

老金仰头大笑，脸上尽是促狭的表情："也是啊，这么一个青年才俊，要别人给撮合多没面子啊！我估计你到医院一楼去号一嗓子，这里的小护士们得跑断腿……我说，这丫头实在是不错，长得水灵、人又机灵，过了这村可就没这店了啊……"

"老金!"雷钧红着脸喊了一声,说道,"我该走了,省得人家来撵我。"

"等下,我还有正经事儿没说完呢!"老金依依不舍的样子。

雷钧看看门口,犹豫了一会儿又坐了下来。

老金说道:"有两件事,我一直想做的,但是副场长一直有异议,我就没有强推。一是温室马铃薯,我研究好几年了,也做过试验,完全可行。我研究的那些材料全部在办公室里,估计你光看就得花上十天半个月的。这个项目投资比较大,但以我们农场的财力来说,也并非难事。这个要是弄成了,咱们冬天就没时间窝在被子里养膘了,而且,至少能给农场每年增加百分之十五的收益。当然了,这个风险也很大,在额济纳河甚至阿拉善高原地区,都没有可以借鉴的先例。这也是现在的场长,一直犹豫不决的原因之一。"

雷钧脑袋一热,拍着胸脯说:"我想办法来搞资金,这事儿您放心。"

老金微皱眉头:"先不要忙着承诺,我说过,资金并不是主要问题……"

雷钧脸红到了脖子根,事实上,老金这话再明白不过了。

"另外一件事,更有意义。"老金继续说道,"咱农场方圆十公里内,有三百多户农牧民。这些牧民大多数都是文盲,有些人连学校是什么都不知道。十年前,老场长在的时候我们就配合当地政府办过扫盲班,可是收效甚微,再加上语言不通,办了一年多就草草收场。那些成年人不识字还好点,苦的是孩子们,上辈人没文化,对文化也不重视,正经儿上学的不多。再说了,孩子们上学也不方便,住得那么分散,上个课要步行几十公里,赶上恶劣的天气,去上课的学生还没有老师多。我的想法是,咱们利用农闲的时间或者干脆就是晚上,继续开成人扫盲班和学生辅导班,并且挨家挨户动员孩子们去上学。等到条件成熟了,我们甚至可以办一所小学……"

老金表情凝重,说到激动处,开始手舞足蹈。雷钧也被他的情绪感染,站起来握着拳头说道:"您今天让我看到了希望,原来还有这么多有意义的事情等着我们去做。您放心,我不跟您承诺一定办成,但我可以承诺的是,不管遇到多大阻力,至少我会去努力!"

"嗯。"老金点点头,道,"我相信你的承受能力,只是要提醒你,凡事要讲究策略。否则,好事也能办成坏事!"

"有完没完啊?"小护士推着车直接闯了进来,柳眉倒竖地瞪着雷钧。

雷钧下意识地贴在墙上,挪了几步道:"马上走,马上就走!"

三个月后,老金病愈出院,回到山东老家的县城担任武装部副部长。又三年,转业后的老金作为全国优秀复转军人代表去了人民大会堂,他还给雷钧寄来了一沓自己受奖时的照片。老金走了以后,再也没回过农场。

这顿年夜饭,因为老金的离开,气氛显得无比沉重。下饺子前,新任场长胡忠庆发表了一通激情洋溢的新年祝词,兵们的掌声稀稀拉拉。有人甚至看到坐在食堂门口的老赵,在胡忠庆讲话的中途,起身离开了食堂,然后整个晚上都不见人。

每个桌子上都摆了两瓶酒,听说是胡忠庆私人掏的腰包,这都是几个老兵撺掇他请客的。没想到,二十瓶白酒,一瓶未开。

兴致勃勃的胡忠庆好不尴尬,饺子吃到一半就跑去换下了哨兵,结果生生站到新年钟声敲响,才被醒悟过来的熊得聪换下。

雷钧没滋没味地吃了几个饺子,出了食堂,兵们都堵在值班室门口排队往家打电话。他也想打,可就是不知道该讲些什么,转了两圈后索性回到宿舍倒头躺在了床上。

到了半夜,娱乐室里大家仍然玩得热火朝天。睡了一觉的雷钧,被二踢脚炸醒了,爬起来坐在床上发呆。睡着的时候,恍惚中好像听到有人敲门,而且还不只一次。敲门的说要他去接电话,一次说是家里打来的,另一次说是二团打来的。恍恍惚惚,他总感觉自己好像在做梦,谁会给自己打电话呢?做梦吧?

当门再次被敲响的时候,他有点儿迫不及待地冲了过去。进来的是大圣,还是那副德行,先探进来个脑袋,然后从大衣里抖落出一瓶白酒。不同的是,这小子今天已经喝得醉醺醺,卷着舌头咋咋呼呼:"管理员,喝……喝酒,过……过年了,你甭跟我那……那什么,喝!"

雷钧知道这小子为哪般,晚上兵们的表现他也看出来了。再结合老金在医院,说那两件事情的时候,欲言还休的样子,他已经猜出个八九不离十。

雷钧抓起酒瓶,咬开瓶盖,仰起脖子咕噜咕噜一口气干掉三分之一,抹了把嘴巴说道:"今天晚上我陪你好好喝,你给我把舌头撸直了说话,不准发牢骚!"

大圣一把夺过酒瓶,两眼瞪得像牛眼:"别他妈吓……唬我!你跟我面前还……还是个新兵……蛋子,你……你懂个球?"

雷钧苦笑着摇摇头。

"我当了十年兵,在这里整整待了七年,从来就没有想过复……复员。因为我觉得,老金他不会转业,他会在农场一辈子。他是我这辈子最……最敬重的人,他就是一片天,有他罩着,再苦再累我也不怕! 可是,他就这样走了,不声不响地走了,甚至来不及回来和兄弟们打一声招呼。我就感觉天整个塌下来了……"大圣说到这里,突然号啕大哭,一把抱住了雷钧。

雷钧搂着大圣的头,安慰道:"老金是个英雄! 都怪我,如果不是我来了,他就不会出这样的事。"

大圣自顾自地继续说道:"我要去看他,胡忠庆吼我,说没人会把我当……当棵葱。是的,我以前说过他坏话,我的确瞧……不起他,老金私下里骂过我很多次,要我尊重他。可是,我就是瞧不起他,他胡忠庆永……永远替代不了金德胜!"

"好了兄弟,咱不说这些。大过年的,好好喝酒,我陪你喝。别想那么多,实在郁闷就请个假回家探探亲,好好散散心。"雷钧说道。

大圣摇摇头:"不……不用了,他不会批的! 反正年底我也要复员了,爱怎样就怎样吧。"

雷钧不敢再劝,他很想说说自己的故事,说说应浩。但他觉得这个时候,说什么都是徒劳的。

酒没有再喝下去,大圣靠在床头睡着了。

正月十五这一天,入伍二十五年的机械师老赵,在农场会议室和比他入伍整整晚了六年的新任场长胡忠庆,发生了一场冲突。此事直接导致老赵调离农场,而参与冲突的炊事班班长大圣,终于如愿以偿,在半年后脱下了军装。

会议开始前,雷钧就嗅到了火药味。春节过后这十多天,雷钧只看到了胡忠庆两次,一次是正月初四晚点名,一次是正月十一,胡忠庆陪同师后勤部的两位干部检查工作,后来还安排了一个座谈会,但没有人通知他去参加。这中间,雷钧曾经去找他讨论自己下一步的工作安排,但被熊得聪告之,胡忠庆正在百里之外的阿拉善的家中休假。

有一天,大圣在吃午饭的时候,悄悄地告诉雷钧,说有人向师部反映了胡忠庆生活作风的问题。雷钧愕然,追问大圣来龙去脉,这小子摇摇头,一脸神秘。此事过后,雷钧又偶然听到两个士官在讨论,只是这两个家伙鬼得很,看到他马上就闭口不谈了。

一开始,雷钧并没有往心里去,对这种东家长西家短的流言飞语,他也没有那么浓烈的兴趣。直到正月十五的头一天傍晚,他亲眼看到胡忠庆黑着脸,驾

我从未放下这面旗帜
不管走到哪里
它都在我的心中猎猎作响

第二枪 绝望中永生

着农场的那辆三轮挎斗回来。雷钧冲他点头,胡忠庆视而不见。到了晚上快九点钟,胡忠庆亲自来敲门,通知雷钧第二天早上八点钟准时召开会议。他这才意识到,一场风暴即将来临。

早上七点半,雷钧带着自己节后这些天准备好的今年的工作计划,走进了会议室。偌大的会议室里,烟雾缭绕,胡忠庆一个人坐在角落里抽着烟。给人的感觉,这个冷漠的家伙像是通宵未眠守在这里。

"胡场长早!"雷钧迟疑了一下,站在那里问候道。

胡忠庆冷冷地点点头说道:"坐吧!"

雷钧坐下后,感觉胡忠庆一直抬着头盯着他,这让他浑身不自在,于是起身拿起墙角的两个暖水瓶,准备出去打热水。

"这个不用你操心了,通信员是干什么吃的?"胡忠庆的声音冷得像从门缝里挤进来的寒风。

雷钧眉头一皱,放下水瓶深呼一口气,转身说道:"场长,开会的时候我想跟您讨论下我这边下一步的工作安排。"

"再说吧!你具体的工作,后面会重新安排!"胡忠庆惜字如金,一个字也不愿多说。

雷钧还想多说几句,熊得聪推门而入,咋咋呼呼地说道:"怎么?还有比我开会更积极的?"

"老熊,这几天还正常吧?"胡忠庆的语气明显亲切多了。

熊得聪笑眯眯地回应:"没事,啥事没有!"

"那就好!等会儿开会的时候,你一定得讲几句。"胡忠庆掐了烟,站起来晃晃脑袋说道。

熊得聪道:"我说场长,开个会还用得着您亲自通知?不会是讨论什么军事机密吧?"

"没什么,今天开个扩大会,所有干部、班长和士官都参加,就是想听听同志们对现阶段工作的看法。"胡忠庆轻描淡写地说道。

"哦!"熊得聪不置可否地点点头,看着雷钧说道,"你看小雷多认真啊,准备了这么多材料,我可是啥也没准备。"

雷钧尴尬地笑了笑。

差三分八点,其他开会的同志像约好了似的,蜂拥而入。胡忠庆坐在主持的位置上,半分不动,对经过他身边打招呼的人一概不理。雷钧有点茫然,眼光滑过对面的十多个人,这些家伙个个面色凝重、正襟危坐。唯有坐在老赵身边的大圣,看上去心情不错,还试图冲着他挤眉弄眼。

"咳!"胡忠庆清了清嗓子,这是他每逢正式场合讲话前的一个习惯,"首先祝同志们元宵节快乐!今天是我正式接任场长以来第一次主持召开会议,说是会议,主要还是想跟同志们聊聊天,没有什么特别的主题。首先嘛,还是想听听大家对我这个新场长的意见,知无不言、言无不尽!"

胡忠庆说完,笑眯眯地来回看着与会人员,一脸诚恳之色。大圣低头窃笑,这小子估计已经铁了心,要在今天整出点儿动静来。其他人都面无表情地坐在那里,没有一个主动发言的。

场面冷了足足两分钟,胡忠庆脸上有点挂不住了,说道:"怎么都跟小媳妇似的?年过完了,心也该收一收了。平常开会,大家不都是争先恐后地抢着发言吗?同志们可都是农场的骨干和精英,不会连这一点民主意识都没有吧?"

大圣用力地翻了一下手中的笔记本,接着老赵轻轻地拍了下桌子,提醒他注意。胡忠庆眉目上挑,似要发作,但还是忍住了,缓了下口气继续说道:"老熊,你带个头吧?"

熊得聪坐在椅子上晃了晃,一张口就像背书一样不紧不慢地说了起来:"坚决支持胡忠庆同志的工作,紧密团结在胡忠庆同志的周围。新年新气象,确保农场工作更上一个新台阶!"

熊得聪话音未落,几个士官忍俊不禁,"扑哧"一下,笑出声来。胡忠庆终于火了,拍着桌子说道:"有什么可笑的?有那么可笑吗?你们的政治觉悟在哪里?我看你们都让金德胜给惯出来了!"

雷钧抬头看了一眼大圣,发现这家伙脸色大变,蠢蠢欲动,一旁的老赵好似在桌子下面拉住了他的手臂。雷钧正欲开口,却听熊得聪说道:"胡忠庆同志刚刚接任场长,他的业务能力有目共睹,我想同志们都会跟我一样,肯定全力支持他的工作!"

雷钧长舒了一口气。这个熊得聪果然是个人精,说完这些话后,变戏法似的从怀里掏出了两盒烟,拆开后一边挨个地扔着烟一边笑呵呵地说道:"这是我小舅子从老家寄来孝敬我的,二十块钱一包,咱不敢吃独食,同志们一起帮我消化消化!"

气氛一下子轻松了很多,老赵拿起烟在鼻子边嗅了嗅,说道:"你老婆不是本地的吗?我怎么没听说过你老家还有个小舅子?"

第二枪 绝望中永生

熊得聪尴尬地笑了笑说："前妻，前妻。"

同志们哄堂大笑。胡忠庆也跟着开起了玩笑："老熊，你老实交代，上次有人从吉林给你寄了盒人参，你跟我说是小姨子寄的。你小子到底还有多少事瞒着我们？"

熊得聪撇了撇嘴，可怜兮兮地说道："那什么，都是年少轻狂惹的祸，旧情难了啊。自从结了婚后，我只属于党和我的妻子。小的时时刻刻在警醒自己，要对得起党的教育、对得起人民的养育之恩，坚决不能犯生活作风上的错误，请组织明鉴！"

熊得聪这个无心的玩笑开大了，此言一出，所有人的眼光都"刷"一下看向了胡忠庆。胡忠庆那张帅气的脸，突然间变幻莫测，青一阵、红一阵、白一阵。同志们屏气凝神，会场的气氛再次降到了冰点。

"我这边的工作想汇报一下……"雷钧试图打破坚冰。

胡忠庆并不买账，手一挥说："今天不讨论具体的工作。既然同志们都没意见，我就来说几句！我想各位一定对我春节期间老是不在农场有疑问吧？我告诉各位，我是回阿拉善待了两天，但我更多的时间是在医院里和老场长交接工作，谨听他的教诲！"

雷钧抬头看了一眼老赵和大圣，然后埋首开始记录。

胡忠庆继续说道："各位都清楚，我和金德胜同志在工作上有些观念不同，工作风格也大相径庭。但这不代表我不服从他、不尊重他！但是，在座的各位心里清楚，你们中间有几个人真正的尊重我？有几个不戴着有色眼镜来看我？是的，我胡忠庆有点尖酸刻薄，没有老场长爽气，也没有他那么以场为家，那么拼着命地事必躬亲。我有老婆有孩子，我需要和他们团聚，他们也需要我担起责任，这有错吗？有人私下里说我早就对金德胜同志心怀不满，说我去上头活动让他转业或者调离。对于这样的揣测，我只能苦笑。和金德胜同志一样，我的父母也都是贫苦的农民，没有任何背景，我有什么资格？我有什么能耐去干这样的事？"

胡忠庆点上了一根烟，划火柴的手明显有点颤抖。雷钧几乎被他这席话打动，很诚恳也很凝重地盯着眼前这个因为激动，眼睛已经润湿了的男人。

良久，胡忠庆起身踱了几步，突然一拳擂在桌子上："有什么问题都摆在桌面上来讲，我也不是听不进意见的人，犯得着在后面打黑枪吗？老场长是荣退，他是因为受伤才离开农场的，我不比你们心里好受！我想不通的是，为什么没人说他受伤是我害的？为什么没人说我是反革命？却给我扣上一顶令人啼笑皆非、子虚乌有的帽子，太拙劣了吧？什么叫做生活作风有问题？我到底干过什么见不得人的事？今天只要有人拿出证据来，我胡忠庆马上引咎辞职！"

下面开始交头接耳，窃窃私语。老赵和大圣这时候反而气定神闲，纹丝不动地坐在那里。

"怎么？没人说话了？有胆子往师里写信，没胆子站出来和我对质？还有人会怕我不成？你们这里有些人资格比我还老，什么话都敢讲，天王老子都不怕！今天怎么就尿了？"胡忠庆已经完全失态了。

老赵拍案而起："胡场长，这里的二十多个人，只有我老赵比你资格老，你是不是在怀疑我？"

"心中无鬼，你为什么要对号入座？还有老赵，我警告你，你就是个八级，也还是个兵。少在我面前倚老卖老！"胡忠庆再次拍了桌子。

老赵气得一个劲点头："胡忠庆，你说我心里有鬼，好，我也不跟你争辩！照你的逻辑，有人举报你你就恼羞成怒，是不是你心里也有鬼？"

胡忠庆近乎咆哮："金德胜在的时候，你可以肆无忌惮、为所欲为。今天他走了，你就得给我夹起尾巴！"

为了避免冲突升级，熊得聪冲上来站到了胡忠庆的身边。而更多的人则是围住了老赵，七嘴八舌地劝他冷静。没想到，大圣火冒三丈，钻出人群，指着胡忠庆的鼻子呵斥道："同志们相信你没有生活作风上的问题，更相信老赵不会干这种事。老场长没有惹你，就是惹你了，他人都走了，你老是诋毁他有意思吗？"

"小孙你给我闭嘴！"雷钧上来抱住大圣往回拖。

胡忠庆的脸涨成了猪肝色，死死地盯着大圣，终于还是忍住了没有发作，一屁股坐在了椅子上。

熊得聪挥挥手说道："都各就各位！"

众人散开，老赵拿起笔记本，愤然离去。过了一会儿，他又折了回来对胡忠庆说道："胡忠庆，今天的事我希望有人能通过正常渠道如实向上级反映。如果我老赵有问题，愿意接受组织上的任何处罚，绝无二话！"

这次会议不欢而散后，雷钧整整一天都没缓过劲来。整个事件，已经超出了他的心理承受能力。从小到大，从部队大院到军校，再从师部到侦察连，他都生活在自己的小圈子里，根本接触不到这些乱象丛生的角力，甚至对这些事没有任何概念，更不可能会深陷其中。

我从未放下这面旗帜
不管走到哪里
它都在我的心中猎猎作响

第二枪 绝望中永生

而这一次,他离得这么近。整件事情,在他看来纷乱复杂,无法判断孰对孰错。他不相信身为中层干部,受党教育几十年的胡忠庆,会干出令人不齿的事情。但从胡忠庆恼羞成怒、声厉内荏的表现来看,他又不得不去面对一个现实,这个新任场长离他心目中的形象标准相差甚远。他清楚,在这个暗流涌动的环境中,自己再也无法独善其身。也许,从此以后,再无宁日!

老赵将自己关在了屋子里,除了吃饭,哪儿也不去。而胡忠庆却一刻也没消停,开始一个一个地找参加会议的人面谈。雷钧是最后一个,也是谈得时间最长的一个。如果说雷钧对胡忠庆被公开冒犯与指责多少还有点鸣不平的话,那么,这次两人面对面地谈话,让雷钧彻底灰了心。

胡忠庆的房间遍布烟蒂与烟灰,以至于雷钧感觉无法落足。胡忠庆的眼眶是黑的,眼里布满了血丝,面色灰黄,显然昨天晚上对他来说是一个不眠夜。胡忠庆一反常态,脸上挂着笑。雷钧发现,这家伙笑起来很好看,虽然这笑容有些牵强。

"小雷,来这儿一个多月还习惯吧?太忙了,也没来得及关心你!"胡忠庆扔过来一根烟,言辞恳切地说道。

雷钧摆摆手,从地上捡起烟,说道:"我早戒了。还好吧,挺习惯。天天吃了睡,睡了吃,没啥不满足的!"

胡忠庆大笑道:"习惯就好,习惯就好!早就想找你聊聊了。老金受伤以后,这事情全压过来了,千头万绪的也顾不上。"

雷钧心里那个别扭,要赶上半年前那脾气,早就对这假惺惺的样子不耐烦了。雷钧不说话,胡忠庆仍旧若无其事的样子:"到了咱们这里,就要耐得住寂寞。能安心地在这儿待几年,很不容易。老场长一待就是十八年,我也快到十个年头了。十年啊,人生有多少个十年?最美好的时光全搭在这了!"

"是啊!要不是我,老金至少还要待上三五年才会离开这里!"雷钧幽幽地应道。

胡忠庆点点头:"这事你也不要再往心里去,这都是命。那天我还在劝他,我说还是让我去吧,别什么事都往前冲,毕竟年龄摆在那儿。他不听,他就是这脾气,凡事都要亲力亲为,唉⋯⋯"

"场长,今天您找我应该有什么事儿吧?"雷钧打断了胡忠庆的话。

胡忠庆愣了一下,眼中闪过一丝不悦,弹了弹烟灰,一副不经意的样子:"你对昨天的事怎么看?"

"啊？"雷钧有点装傻充愣，"什么事？"

"小雷，你不会对我也有看法吧？昨天的事我是有点过激了，造成了不好的影响，但我也是为了工作，对事不对人。老赵资格老，小孙脾气耿直，平常干事都钉是钉铆是铆，认真负责，这我都知道，也不会往心里去的。"胡忠庆一边把玩着手上的半截烟，一边说道。

雷钧点点头："我希望如此。他俩我接触的也不多，但老赵气得够呛，您要是有时间还是多找他聊聊。"

"是的，是的。"胡忠庆说道，"他喜欢较真，业务素质呱呱叫，就是这个脾气改不了，谁都不放在眼里，在师里都挂上号的！"

雷钧笑笑，他已经猜出来胡忠庆后面要讲什么，所以选择了沉默。胡忠庆掐掉手上的烟头，起身打开了窗户，一阵寒风袭来，两人都不由自主地缩了下脑袋。他转身又点上了一支烟，用力吐出一口说道："我刚跟熊得聪和其他几个干部也说了，咱们这干部队伍首先要团结，团结才能办好事嘛。"

雷钧点头称是。

"关于昨天的事情嘛，我也听了几个干部的建议，大家的意见都很明确，该处理的要处理、该检讨的要检讨！我的意思是，事情就到此为止了，而且也是因我而起。让他们写个检讨，我再找个时间和他们聊聊，这个事情就让它过去吧！这也不是什么体面的事，能保密就保密，别给人留下个纪律涣散、班子不团结的印象。"胡忠庆说这番话的时候，一脸凛然之色。

"场长，想听听我的意见吗？"雷钧问道。

胡忠庆有点紧张起来："说吧，找你来，就是想听听你的建议。"

雷钧说道："我同意这个事情不要往上报，而且我也明白您的意思，该劝的我也会劝。但此风不可长，如果我们处理不当，隔阂势必会越来越深，影响整个农场的安定团结。所以，我的想法是，您自己这边也检讨一下。我和老熊还有其他干部，都轮流去做做他俩的工作。"

"很好，你有这种大局观非常难得！但是，你想过没有？下级顶撞上级本来就是违反纪律，我再站出来公开检讨，那不是更助长了这种风气吗？以后大家都这样，无组织无纪律，这个农场还怎么管理？"胡忠庆提高了音调，大声说道。

雷钧摇摇头："我觉着这个事不必上纲上线，官兵平等、民主决议也是我军的传统。再者，以老赵的资历，好像是全师唯——个五级，业务上的尖子，咱们不能把他当普通士兵看待。"

我从未放下这面旗帜
不管走到哪里
它都在我的心中猎猎作响

第二枪　绝望中永生

胡忠庆面露不悦，先摇头后点头："你说的也有道理。这个事我再想想吧。你自己这边的工作呢？昨天不是说要找我谈吗？"

"有些想法，我都写下来了，没带在身上。我看，等这件事处理完了，我再单独找时间详细向您汇报。"雷钧对胡忠庆岔开话题，心里很不痛快，根本没兴趣再提自己花了心思弄的那些计划。

胡忠庆的不开心已经全写在了脸上："好吧，反正有些事情得从长计议。要解决的事情太多了，等到开春，连放屁的时间都没有了！"

"那我先回去了？"雷钧起身告辞。

"嗯！"胡忠庆点点头，提醒道，"老赵那边多观察观察，有什么事情通个气！"

雷钧真的是哭笑不得，带上门，突然烦躁得一脚踹在墙上。

雷钧还没来得及去兑现自己对胡忠庆的承诺，闷在屋里两天的老赵，突然请了三天假。回来的时候，关于老赵要调动的传言就已经在整个农场传开了。大圣还是写了份检讨交给了熊得聪，后来雷钧也没有听到胡忠庆再提那场冲突。

四　雄兵漫道

D师农场管理员雷钧，浑浑噩噩地度过了漫长的冬季。这个冬天，在他的日记中被形容成"三饱两倒、深度颓废、不知所谓"。

偌大个农场，兵不多，但分工细致、泾渭分明。牲畜由专人养护，其他人则在冬天里无所事事。雷钧更是变成了一个可有可无、彻头彻尾的闲人。幸好还有书读，还有一段激情的岁月值得他反复不停地追忆。

胡忠庆形单影只，除了每日不离左右的通信员外，所有人都被他有意无意地疏远。性情直爽的雷钧，学会了冷眼旁观，虽然这让他有点儿无所适从。但那团激情的热火被无情地泼了一盆冷水后，他就没有再去找胡忠庆要工作，而这个新场长也几乎将他遗忘。

整个冬天，雷钧与他接触，仅限于形式大于实际意义的每周两次政治教育课和一次干部会议。而这样的例会，如果没有熊得聪，基本上都成了胡忠庆的独角戏。整场下来，没有人再去反驳新场长的任何言论，同志们都挺直了胸膛，听完教诲，等待着命令。胡忠庆也像突然变了一个人似的，绝口不提前任，非要追古溯今时，一律小心翼翼地用"以前我们……"来概之。

逃过处分的大圣，在老赵走后，真的像夹起了尾巴，没有再来敲雷钧的门借酒消愁，和雷钧仅有的几次交流，也不再将老金和胡忠庆挂在嘴上。最让人捉摸不透的是熊得聪，除了在正式场合坚定地站在场长一边外，其他时间都和农场的一条德国牧羊犬形影相随。甚至吃饭的时候，都不见他和胡忠庆有更多的交流。

整个农场，看起来一团和气。只有深悉胡忠庆秉性的老农场熊得聪，深知这只是个假象。所有沉睡的纷扰都会随着春天的到来而苏醒。

气象学家们根据气温的回升情况，并参照物候变化，将五天的平均气温升到10℃认为是冬尽春始。按照这一标准，内蒙古的春季自西向东北大致从四月上、中旬开始，到乌兰浩特、扎兰屯、海拉尔一带从四月下旬、五月上旬始，而根河地区五月中旬开始进入春季。

整个额济纳河平原下游的春季往年都在四月中下旬来临。今年的春季比往年来得更晚一些，冰雪早已消融，气温忽高忽低，一早一晚，仍旧北风劲吹，春天的脚步欲迎还休。

冬天过去，喻示着雷钧与新场长胡忠庆的冷战告一段落。五一将至，忧郁很久的胡忠庆突然兴致勃发，在节前的骨干会议上，宣布农场的军事训练进入正轨。每天出早操，每周不少于五小时的队列训练，而且要全员参与，甚至还信誓旦旦地称，要组织全场官兵打靶。沉闷了一个冬天的骨干们，一片哗然。

胡忠庆没打算跟任何人讨论，用不容置疑的语气说道："我知道各位不舒服，也想不通，冬天农闲时为何不训练？到了春耕的时候才想起了这茬。我告诉各位，这也不是我一个人拍脑门子就决定的事，是师里的决定，而且师里还将组织考核验收！至于打靶嘛，是我跟师里特别申请的。有些同志，当了十多年兵，连胸环靶长什么样都不知道。咱们军械库里的那几把破枪也不是用来当烧火棍的，除了吓唬吓唬人，咱们也应该拿出来操练操练。"

胡忠庆说罢环视会场，在确认无人反对后，继续慷慨陈词："金德胜同志……以前我们对军事训练不重视，想起来就捣鼓两下，没有章法更没有系统。现在不行了，咱们要把这个当做头等大事来抓！我要让你们知道，咱们除了养猪种菜，本质还是个军人！更要证明给兄弟部队的战友们看，咱农场的兵下得了田也拿得了枪！"

熊得聪带头鼓掌，但其他人的掌声稀稀落落。

"下面各位发表一下感想吧！都表个态！"胡忠庆志得意满地拿起桌子上的茶杯吹了吹，说道。

仍然是熊得聪率先发言："对师里和场党委的决定，我举双手赞成！"

中尉周永鑫说道："我同意，但有两个问题。一是，我们的主业是农场，不要顾此失彼；二是，这个训练谁来主抓？我们几个都是从农场提干的，当个班长没问题，真要制订系统的训练计划，可能有点勉为其难！"

"你放心，这个活儿不会交给你！"胡忠庆笑道。

熊得聪说道："我推荐雷钧同志，他来报到的时候，老场长就安排过。另外，他在侦察连干过副指导员，又是在陆军学院上的学。"

"你老熊就喜欢撂挑子！你小子当过排长，带过新兵，这事当仁不让的应该由你负责！"胡忠庆一脸不悦地说道。

熊得聪撇撇嘴："这都是些陈芝麻烂谷子的事了，你瞧我现在这肚子，自个儿能把道走稳了已经不错了。小雷一定没问题，就是别把侦察连的那套训练办法全搬到这儿来，同志们可吃不消！"

众人大笑。心情郁闷的雷钧也跟着笑了起来。

"好吧，你也别当甩手掌柜，训练的事你和小雷俩负责。小雷嘛，主要训练刚分来的这十多个新兵，以后考核他们是主力。"胡忠庆说完，突然想起了什么，转而对低头坐在那里的雷钧说道："雷钧同志，我记得你曾经跟我说过，制订了一个什么训练计划。这个计划你先拿出来跟老熊讨论一下吧？至于你其他的工作，我和老熊再研究研究，开春你先跟着农垦队，熟悉一下流程，帮忙采购种子，协调一下民工！"

"是！"雷钧有点如释重负，虽然和自己想象的工作有点出入，但至少自己有活干了。

雷钧决定利用五一假期去看看应浩，这个念头已经纠结了很久。到农场半年了，自己未来的方向一直不明。现在一颗心终于落到了实处，是时候为未来做一个长远的规划了。老金的嘱托压得他喘不过气来，而那个重返侦察连的梦想一直缠绕着自己，时间愈久就愈强烈，日思夜想，几乎到了病态的地步。

他需要有一个人倾诉，不需要反馈的倾诉。能听他倾诉的只有师傅和应浩，也许还有张义和老金。如今，师傅和老金已经转业，张义是他很想也最怕见到的人。唯有应浩，他可以不带感情色彩地，静静地听自己讲话。不用看他的脸色,更不用在乎他爱不爱听、想不想听。

与农场相比,五月的烈士陵园,早已春意盎然。这里群山环绕,西望塞外江南宁夏,东临一望无垠的大草原,古时便是将相贵族纵歌作文、狩猎避暑的胜地。小家碧玉的羊羔山,在粗犷的群山间,显得袅袅娉娉、神态自若。行至山脚,便可看见半山处,烈士墓群在郁郁葱葱中若隐若现。这里长眠着半个多世纪来,从战争到和平年代数以千计以身殉职的烈士们。

陵园的历史最早可以追溯到20世纪30年代。当年几个宣扬抗日、反对内战的爱国人士被国民党反动派杀害,当地一进步商贾偷偷将他们安葬于此。此后不久,该商人病故,其后人继承其遗志,出资兴建陵园。经历抗倭、内战数十年,陵园渐成规模。解放后,这块风水宝地被人民政府正式纳入规划。

中午十一点,雷钧带着淡淡的忧伤和几分期待,缓步走入陵园。今天,他刻意穿上了应浩留下的那双崭新的皮鞋。

一辆挂着军牌的普桑,迎面从雷钧的身边缓缓驶过,一个熟悉的脸庞稍纵即逝。雷钧心头一颤,扭头去看。那车驶出二十多米后,停了下来。雷钧在愣了一下后,下意识地向前迈出一步。坐在副驾驶位置上的余玉田,看了一眼后视镜,轻叹一声,仰起头对司机说道:“走吧!”

车子重又启动,接着加速向前驶去,右转,彻底从雷钧的视线中消失。雷钧摇摇头,自言自语:“怎么可能? 他为何不见我? ”

应浩的墓前,放着一束鲜艳的月季,还有半瓶马奶子酒,显然是刚刚有人来过。雷钧盯着那束花,脑中闪过余玉田的影子,心一横,将花扔向了一旁。然后犹豫了一下,又捡起,吹了吹那上面沾染的灰尘,重新放在了墓前,轻声道:“兄弟,我看到他来了。他是不屑见我还是不敢面对我? 他一定在后悔了,可是我无法说服自己去原谅他! ”

“兄弟,我不知道我这么坚守有没有意义? 我变得越来越谨小慎微。有时候,我感觉自己活在一个完全和自己不相干的世界里;而更多的时候,当我回到现实中,又觉得自己被丢进了一片沼泽,一不小心就身陷一个又一个泥泞,无边无际、前途渺茫,看不到希望,更看不到未来……”

不远处传来鞭炮的声音,一个枯瘦的老妇人伏在碑上泣不成声,身后站着两对面色凝重的年轻夫妇。两个四五岁大的孩子,像小兽一样,围着炸成一片的爆竹,欢呼雀跃。此情此景,让雷钧黯然神伤。

转回头坐在墓前,突然千头万绪,不知从何说起。下午的阳光,温暖袭人,

我从未放下这面旗帜 不管走到哪里 它都在我的心中猎猎作响

第二枪 绝望中永生

偶有风过,仍能感觉到丝丝凉意。沉默良久的雷钧动了动麻木的双腿,抬起头盯着墓碑自言自语地说:"我很想放弃,真的,很想放弃!我相信,只要我举起双手,放弃这棵树,便能拥有整片丛林。但我不甘心啊,真的不甘心!可是,我要怎样说服自己不再这样消沉下去……"

空山幽谷、虫鸟欢鸣,老妇人已经在后人的搀扶下离去。偌大的陵园,只留下雷钧枯坐的身影……

从羊羔山回来后,雷钧翻出了应浩遇难前,自己在宿舍里写下的那面血书。"黄沙百战穿金甲,不破楼兰终不还!"

再次展开,半年前的那一幕恍若隔世。激情的鲜红已经变成了暗紫,那种豪迈仍然让人热血沸腾。他将这面床单裁下,贴在了床头,然后久久地凝视着。

"无论如何,有生之年一定要像一个男人一样离开这里!"雷钧挥舞着拳头。

"寒雪梅中尽,春风柳上归",一场小雨过后,春天的农场,终于彻底展现出它原本风光旖旎的面目,长堤绿柳、千顷披翠,美不胜收,令人不得不感叹大自然翻云覆雨和鬼斧神工的力量。

第一次全员到齐的早操,在胡忠庆宣布正式训练的整整半个月后。这个任职才不到三个月的新场长,在最初的十天时间里,冷眼旁观,表现出一种超乎寻常的耐心。每天都有三分之一的人请假,从军官到入伍不足两年的新兵蛋子们,他们每次都能找到各种各样的理由不参加训练。

主管训练的少校熊得聪,好脾气,甭管别人什么理由,那个理由值不值得推敲,一律点头同意,并且脸上还表现出极尽关怀之色。如果哪天出早操的人数超过了三分之二,他还主动提醒有没有人身体不舒服,千万不要硬扛着。

按照胡忠庆的设想,每天的早操至少要轻装跑三公里,每个周六来一次五公里。可是,从第一天开始,除了雷钧不折不扣地跑完外,没有一个人能挺过三公里,包括带队的熊得聪。三天后,兵们更是有恃无恐,出了大院门就开始闲庭信步,三五成群地溜达。常常是早上六点钟出门,上午快九点才结束。

胡忠庆偶尔也加入到跑步的队伍中来,有他压阵,兵们自然会有所收敛。但这个新场长毕竟年过四旬,坚持到一半就会打报告退出,他一停下,兵们就跟着放羊。

这一天,胡忠庆终于发了狠,兵们都说他头天晚上吃了狗肉、打了鸡血。他一个人闷声不吭气地紧紧跟着雷钧，坚持跑完了全程，然后站在院子中央，等着那些散兵游勇全部回来。

榜样的力量是无穷的，兵们没敢再嘻嘻哈哈。胡忠庆那张脸，阴得让人不寒而栗，连熊得聪也被吓得不敢正视他。唯有雷钧镇定自若，这一天他已经料到。

"我胡忠庆首先要谢谢你们这些大爷，如果不是你们激励了我，我这辈子可能再也没有能力跑完几千米了！"胡忠庆显然是有所克制，并没有像兵们想象的那样发起暴风骤雨。说完后久久地盯着队伍，脸上的表情也渐渐温和。没有人知道这几分钟，这个脾气火暴的男人，心里经历了怎样的纠结。

胡忠庆终于开始和颜悦色："天天这样放风很舒坦吧？我就是要让你们看看，一个四十多岁的老兵都能硬得起来，你们凭什么这么尿？有什么理由逃避和消极对抗？就是因为你们不幸生在农场，就有理由当大爷？我在很多场合都讲过，农场的兵也是兵，穿着军装就是军人，军人就要参加军事训练，军人就要服从命令、严明纪律！人的脸是靠自己赚来的，你们不要抱怨一线部队的人看不起你们，首先是你们自己就没把自己当回事儿！"

胡忠庆义正词严，没有恼羞成怒，讲的道理更是碰触到了农场兵的某根神经，兵们都低下了头。

熊得聪大声说道："这个事情，首先我要检讨……"

胡忠庆有点不耐烦地一挥手，打断了熊得聪的发言："从明天开始，所有训练都由雷钧同志指挥。所有干部、战士，除了炊事班和值班、站岗的外，全员参加训练。个别年纪大需要特别照顾的，还有特殊原因需要请假的，必须得经过我同意！今后凡入党、立功和晋升的，训练成绩均列为考评主要依据，绝无例外！"

这天晚上，胡忠庆让通信员来找雷钧，加上熊得聪，三个人第一次就雷钧当初制订的训练计划，进行了深入的讨论。

没有上过军校，在一线部队更是没有待过几天的胡忠庆，对训练有着独到的见解，并且矢志不渝地要推动训练正规化这一目标。雷钧还从他的口中得知，这个家伙并非仅仅是因为得到上面的命令才想起了军事训练，而是酝酿已久。他甚至还发现，胡忠庆和自己一样，也有一种传统军人的情结。至于他为什么在担任副场长期间没有力促此事，除了和老金不和外，肯定还有更重要的原因。

雷钧觉得，自己应该重新审视和胡忠庆之间的关系。至少，他们有了共同的语言，这个是良好沟通与和谐共处的根本，也是突破口。而且，很多现实的东

我从未放下这面旗帜
不管走到哪里
它都在我的心中猎猎作响

第二枪 绝望中永生

西无法回避，想要在农场成功突围，实现自己的终极梦想，就必须学会低头。他已经不止一次这样告诫自己了。

周六一早，胡忠庆身着崭新的迷彩服，亲自打开了农场尘封已久的军械库。像兰博一样，双肩挎着两把81式全自动步枪，手头抓着一把几乎已经在正规军队销声匿迹的56式半自动步枪，腰里还别着一把54式手枪。雄赳赳、气昂昂地走在前面，身后跟着四个身上同样挂满步枪的士官。

看到枪，兵们一阵欢呼，这是军人的本能，更是男人的本能！不管他们对待训练是如何的逆反，看到枪的这一刹那，他们都抑制不住地激动了。要知道，这中间的很多人，自从离开新兵连后，就再也没摸过枪。农场配发的二十支81式步枪，有些老兵甚至看都没看过。全农场只有军械员偶尔会把这些家伙倒腾出来保养一下。

所有的长短枪都发给了干部和士官，其他人只能干瞪眼。为了让兵们负重够十公斤，更让兵们找到背枪的感觉，胡忠庆竟然别开生面地要求其他人全部背上农场的铁锹。那铁锹比56式半自动短点，比81式全自动长点，两头系上绳子然后斜挂在肩上。那情形，有些兵恐怕一辈子也忘不了。有人相视大笑，有人摇头苦笑，而更多的人都心怀一种莫名的忧伤和淡淡的悲凉。

胡忠庆显露出他童真的一面，单手执枪架在肩头，那气势像极了美国大兵。他显然是处心积虑地想稀释这场史无前例的武装越野训练的紧张气氛。他没有再发表激情洋溢的演说，在简单的动员后，雷钧一声令下，这群装备诡异的大兵迎着清晨第一缕曙光冲向了无边无际的原野。

这是一场堪称壮观的士兵突击。一群全副武装的士兵，沿途被数以千计的山羊、骆驼和蒙古马，还有一群牧民围观。

队伍在艰难推进了不到三公里后，战线已经拉成足有千米长。闻讯赶来围观的老百姓，从未见过如此盛况，像过节一样，兴奋得手舞足蹈。有些大胆的后生，在年长者的怂恿下，扔下正在放牧的羊群，也加入了这条长龙，甚至还有跃身马背，策马追逐的。于是乎，一场正规的训练课演变成了景象奇特的军民同乐会。

刚开始，胡忠庆和雷钧都想赶走这些年轻人，老百姓们虽然兴致勃勃，但这毕竟不是游戏。后来他们发现，有了这些人的参与，再加上沿途姑娘们的尖叫，那些正在放弃或者企图放弃的兵们，被激起了血性，个个发力狂奔。一时之间，人欢马叫、你追我逐，整个原野都沸腾了起来。

三十五分钟内,所有人都奔到了终点。这是一个很了不起的成绩,虽然对全训部队来说,他们闭着眼半个小时都能跑完。但对这群农场兵来说,完全是突破了个人的极限,这在今天之前,他们是想都不敢想的!

第一个到达终点的雷钧,看到很多兵都热泪盈眶,他也被感动了。胡忠庆一直捏着一把汗,他很想提醒雷钧注意枪支的安全,可惜雷钧像一阵风一样绝尘而去。但他冲过终点回头去看时,身后只有三四个兵和一群渐渐散去的老百姓。这个男人的眼睛也红了,他冲着雷钧和所有的兵伸出了大拇指……

半年不见儿子的刘雅琪女士,终于还是憋不住,要来农场。雷钧接到电话的时候,开始着实有些兴奋,但很快就警觉起来,对母亲说:"妈,还是别来了,等有时间我回去看您。"

雷夫人在电话那头沉默了足有一分钟,然后便听到她抽泣的声音。雷钧也红着眼睛,跟着母亲黯然神伤:"妈,我好不容易才平静下来,您让我先好好调整一段时间。"

雷夫人呜呜地哽咽着:"妈知道你受了委屈,可是你也不至于连家也不要啊?你小子还要不要我这个妈了?"

"妈,不就半年没回去吗?我这儿有很多战友三五年都不回一次家的!"雷钧安慰道。

"我知道你嫌你妈老了!你要是有良心就赶紧回来看我,那个疯子去北京学习了,你想见也见不着!"雷夫人说道。

雷钧狠狠心说道:"现在农场正在春耕,连周末都没得休息。我刚来,请假对我不好!"

"那我去农场,一会儿就出发。我就不相信你们那里连我一个老太婆也容不下!"雷夫人已经铁了心。

雷钧哭笑不得,也不忍再拒绝,只好说道:"您来没关系,但我们必须得约法三章。第一,不要带随从;第二,不要坐军车;第三,无论和谁都不要提我爸。您就把自己当做一个普通的老太太就行,千万别把自己当雷夫人。我这里暂时还没人知道,我也不想让他们知道。您要真走漏了风声,这辈子就甭想我给你娶儿媳妇了!"

"小兔崽子!"雷夫人破涕为笑,"知道了,保证不给雷钧同志脸上抹黑!"

这雷夫人为了见儿子,可谓煞费苦心。不仅按儿子的意思,找了辆地方牌照的破车,把她送到了离农场大院几百米处;还不惜牺牲自己温婉高贵的形象,刻意翻出了十多年前雷副司令当军长时,平生第一次也是唯一一次亲自给她挑选的一件深蓝色的上衣。这衣服雷夫人只穿过一次,因为儿子说土得掉渣。

望眼欲穿的雷钧,远远地看见母亲下车走来,心里头一阵感动。待到雷夫人走近了,雷钧瞧出母亲浑身不自在的样子,忍俊不禁,哈哈大笑起来。雷夫人优雅地微微抬脚,低头瞅瞅自己这身装束和脚上的黑布鞋,再看看儿子那一脸促狭的表情,红着脸、撇撇嘴说:"小兔崽子!刘姥姥来了,这下得意了吧?"

雷钧笑得上气不接下气:"妈,您这要是一手提把枪,活脱脱就是一双枪老太婆!"

雷夫人一掌盖过儿子的后脑勺:"臭小子,你就作践你妈吧,我知道你嫌你妈老了!"

雷钧一脸委屈说:"您又来了!我叫您别弄那么大动静,没让您化装成这样啊?"

一阵嬉闹过后,雷夫人盯着儿子消瘦的脸庞,红着眼吸吸鼻子,气呼呼地往前赶。

"妈,您怎么了?"雷钧忙不迭地紧跟几步问道。

雷夫人头也不回:"我要问问你们那场长,我儿子白白胖胖,才进来半年,怎么给折腾成这样了!"

"妈!"雷钧哭笑不得,"我啥时候白白胖胖过了?您跑去找他不是白化装了吗?"

胡忠庆站在二楼,抱着双臂和熊得聪在交谈着什么,见到这母子俩进院子,两个人从楼上迎了下来。

"雷妈妈好!"没等雷钧开口介绍,胡忠庆就已满面春风地问候道。

"这是我们胡场长,这个是我直接领导熊少校。"雷钧介绍道。

"你们好!"雷夫人点点头,冷冷地招呼了一声。

胡忠庆有点尴尬地对雷钧说道:"小雷,宿舍都安排好了吧?有什么需求,让通信员去办。让你妈妈多住几天,带她到处走走。咱这条件虽然艰苦点,但风景还是不错的。"

雷钧点点头:"谢谢场长!给您添麻烦了。"

看着母子俩进屋,胡忠庆对熊得聪说道:"我看这老太太不简单,不怒自威。"

熊得聪笑而不语，一脸诡秘。

胡忠庆是个人精，盯着熊得聪看。熊得聪赶紧说道："我听老金讲过，他母亲好像是个退休的大学老师。"

"怪不得！"胡忠庆若有所思。

雷夫人走进儿子的宿舍，一眼就看到床头那面血书。雷钧搂着哭得稀里哗啦的母亲，肠子都悔青了，光顾着兴奋，忘了收起这个细节。

"儿子，你跟妈讲实话，你到底是怎么想的？这个地方你真能待得住？"雷夫人揩干泪水，问道。

雷钧闭着眼："待不住又能怎样呢？"

"那个疯子自己也后悔了，你们父子俩都是一个德行。儿子，你听妈说，回去向你爸认个错，然后我叫他给你重新调个单位。他要是敢不从，我让这个疯子退休后打光棍！"雷夫人有点激动，全然没了平日里那和风细雨的样子。

雷钧摇摇头："您觉得有用吗？越那样越被他瞧不起，到头来不过是自取其辱。"

雷夫人鼻子一酸，差点又掉出泪来："妈真不希望你记恨一辈子！"

"不会的，我现在一点也不怪他！我只是想证明给他看，他儿子没他想象的那么窝囊！"雷钧说道。

"你爸一辈子都忘不了他是个农民，带兵打仗、种田养猪就是他的梦想！还要把这些强加给你！实在不行，你就转业吧？咱不能在一棵树上吊死，也用不着受这个委屈。离开部队，我相信你一样有作为。就是找不到工作，妈也能养活你！"雷夫人恢复了平静，幽幽地说道。

雷钧用力地搂了搂母亲的肩："妈，这个事儿您就别操心了，我有自己的想法。走吧，我带您出去转转，保证您对这里也会流连忘返。我们可说好了，您最多只能住一天，别想赖在我这里不走！"

雷夫人在农场待了整整一天，走的时候眼睛还是红肿的。没人比她更了解自己儿子的秉性，可儿子完全变了，变得让她觉得陌生。儿子是真长大了，她不知道是该高兴还是难过。

雷啸天提前从北京赶回，直接到了军区司令部，秘书向他报告了夫人的行程。雷啸天愣了半天，对秘书说道："去安排辆车，我也去农场看看，顺便接你嫂子回来！"

等到秘书报告车子已经安排好，雷啸天又挥了挥手说："算了，她自己会回来的！还有，任何人不得向D师农场打招呼，这是纪律！"

雷啸天对夫人去农场闭口不谈，刘雅琪回到家后也当做什么也没发生，老两口各怀心事。他们怎么也没想到，此后好几年，儿子都拒绝回家，直到那个生死离别的时刻来临……

五　绝地突击

夏季来临，胡忠庆接到了去军区参加集训的通知。农场又传言四起，因为此次集训对象是军师两级后勤部门首长与各直属后勤单位正团职以上主官。D师农场是副团级单位，按道理，场长没有资格参加这样的培训。于是便有好事者，猜测农场要变成团级单位，这也就意味着胡忠庆将很快提升为正团。还有另外一个版本的传言，说的是胡忠庆要调到集团军后勤基地，当然，结论仍然是胡忠庆要高升。

关于这些传言，雷钧并不十分在意。从小在部队大院耳濡目染，又在师机关混了一段日子，他十分清楚，中层干部的选拔任用，部队是慎之又慎的。他曾经听过父亲在讨论一个师参谋长的人选问题，那段时间父亲嘴里一直在提一个人的名字，显然这个大军区副职非常看好此人。有一天父亲再次向母亲提起这个人的时候，却在摇头惋惜。父亲看好的那个人，最终还是没有提起来，在团长的位置上转业了。那时候雷钧还郁闷，这种事凭父亲的位置，那还不是一句话的事？用得着这么纠结吗？

纵使他胡忠庆背靠大山，一年之内从正营到正团也不太合理。何况他正营七八年后，才调到副团，如果不是老金受伤，胡忠庆马上就要面临转业的问题。

有一点雷钧很不解，因为这些传言似乎都是从农场干部口中传出来的，而且说得最欢的就是那个看上去又红又专，在个人问题上与世无争，平日里对谁都是一脸和气的熊得聪。大圣曾经有意无意地提醒过雷钧，说熊得聪这个人虽然对士兵们不错，也没什么坏心思，但此人城府很深。

虽然这个传言和半年多前的那次，有本质上的区别，但一样是有违部队纪律的行为。如果真的是空穴来风、无中生有，同样会影响到胡忠庆乃至整个农场管理班子的安定团结。道理很简单,谁都以为你要升了,转了一圈回来什么都没改变,岂不是被人看笑话?如果脾气火暴的胡忠庆再恼羞成怒,好不容易才安静下来的农场,又会变得鸡飞狗跳。

胡忠庆临走前开完会,把雷钧叫到了办公室,这是半年多来,他第二次主动找雷钧谈工作。他显然也听到了传言,并且十分反感和无奈。

“小雷,我相信你的判断力,有些居心叵测的传言,你要学会过滤。”胡忠庆直言不讳。

雷钧有点茫然失措,他是真不想卷入这种纷争,他犹豫了一下说道:“您放心,我对这些事没什么兴趣,只管自己分内的事。”

“哦?好!有你这句话我就放心了!”雷钧的反应让胡忠庆有点愕然,他不相信这个年轻人会如此淡定。

雷钧沉默不语。胡忠庆有点尴尬,点了一根烟,转而说道:“我这一去就是小半年,夏收秋收全赶不上了,又是个好年景,丰收年,真有点舍不得啊。”

雷钧笑笑:“是啊。”

“我走了后,你们一定要支持熊得聪的工作。这个伙计有点散漫,没脾气,啥事都不紧不慢,我真担心他吃不住那些老兵。训练是你在具体抓,训练上的纪律会反映到日常生活与工作中来,所以,一刻都不要放松。”胡忠庆一脸沉重。

雷钧说道:“我会全力协助他。”

胡忠庆点点头:“今天找你来,最主要还是想跟你谈别的事。本来早想找你,考虑到你又要抓训练,怕你分不开身,没那么大精力。”

这话说得冠冕堂皇,雷钧听着却有点反感。自己整天除了加起来不到两个小时的军事训练,偶尔再跟着周永鑫到地头转转外,啥正经的事都没有,闲得蛋痛。是个人都看得出来,哪来的精力不足?胡忠庆无视雷钧的不满,接着说道:“老金转业前跟我提了两件事,一是他捣鼓了好久的温室马铃薯;二是希望弄个扫盲班……”

没等胡忠庆说完,雷钧有点兴奋地把椅子往前挪了挪,说道:“这事儿老金也跟我提过。”

胡忠庆脸上的表情很复杂,像是早就预料到了什么,他有点勉强地笑笑,说道:“那你对这两件事怎么看?”

雷钧还在兴奋中,压根儿就没觉出哪里不对劲儿,忙不迭地说道:“我觉得这两件事情很有意义!对我们来说是个挑战,也给农场的发展提出了一个全新的思路。"

"听我说小雷,"胡忠庆盯着雷钧,眉头挑了几下,说道,"你说得没错,可这事咱们要作长远考虑。"

雷钧有点诧异,不解地看着胡忠庆,不知道这家伙葫芦里卖的是什么药。胡忠庆一副深谋远虑的样子:"其实吧,老金在位的时候我们讨论过不下十次,每次都不欢而散。他有点理想化了,什么事说干就想干,根本不考虑可能造成的后果!"

雷钧双眉深锁,既紧张又冒火,问道:"那么,您觉得会有什么后果?"

胡忠庆笑而不语,起身打开窗户指着一望无垠的农场,说道:"咱们农场年年都丰收,年年都向上面打报告请求扩大规模。可是上面一直不同意增加编制,也不同意再扩大面积。因为,投入太大,咱们不是建设兵团,部队的主业不是这个,农场也不是以赢利为目的的!"

"我不明白,这跟那两件事有什么关联吗?"雷钧问道。

胡忠庆一脸不悦,干咳数声道:"温室马铃薯项目只存在理论上的可能,需要投入巨大的人力、财力和物力,到头来还不一定能成功。并且,我们现在的条件不够,这是其一。其二,咱们农场不是研发机构,现有人员无论从素质还是从专业能力上讲,对这项技术的开发与应用都很难把控!"

"我觉得,您这些理由有些牵强!"雷钧说道,"我看过老金的研究资料,据我所知,他也做过试验,技术上似乎不存在那么大的难题。咱们不要去想着一蹴而就,先小面积投入试产,成功了以后再大批量培育。以后就可以向兄弟单位甚至整个北方地区推广,既解决了冬季部队蔬菜供给困难的问题,又为农场赢得了赞誉。另外,这是冬天的活儿,咱们农场冬天刚好比较清闲,根本不用担心人不够用!"

胡忠庆似乎陷入了沉思,半晌才说道:"我既然提出来了,就是想上这个项目。老金说很多资料在你这里,你先拿给我,这次集训我正好跟其他兄弟单位讨论讨论。顺便再找师里和集团军解决点资金甚至人员编制的问题,如果上头认可,咱们今年冬天就来试试看。"

雷钧很郁闷,这家伙兜了半天原来只是想要资料啊,直接说不就行了吗?雷钧还是很单纯,换上其他干部胡忠庆也不会这么费力绕这么一大圈。

雷钧说道:"好啊。这个本来就是属于农场的东西,我一直在研究,您今天要不提这事,我也准备找时间专门向您汇报!"

胡忠庆嘴角掠过一丝不易察觉的笑意,他把雷钧想得太复杂了。

"那就这样吧,这个事情如果上头同意的话,到时你也少不了要参与进来!这次集训完全脱产,可能节假日也不一定有时间回来。有什么问题,到时候我们电话联系!"胡忠庆再次起身,准备结束谈话。

雷钧点头称是,突然又说道:"还有件事呢,您不是说了扫盲班的事吗?"

胡忠庆怔了一下,一拍脑门儿:"看我这脑子! 这个事啊,没有马铃薯那么复杂,但却涉及军民关系,我们一样要慎重!"

雷钧不依不饶:"这是增进军民感情的好事啊! 我听说咱们农场之前也开展过,应该不是什么难事吧?"

胡忠庆竭力掩藏着心里的不快说:"好事也可以变成坏事! 为什么我们之前搞过,没搞下去? 就是牵扯了我们太多的精力,还没收到什么效果。咱农场真正够资格教文化课的人,一只手就能掐过来。懂蒙古语的更是少之又少,不懂蒙古语我们怎么和那些老百姓交流? 还有个更重要的考虑……"

胡忠庆故意欲言又止。雷钧心头的火气又被燃着了,气呼呼地没接话,这都是些啥理由啊?

胡忠庆接着说道:"老金一定没告诉你,我们之前没办下去的真正原因吧? 那年有个士官,是个大学生,这小子就快提干了,结果在扫盲班认识了一个蒙古族的姑娘。不到半年,那姑娘肚子就大了,这小子不想娶她,结果那姑娘寻死觅活,一家子几十口闹到了农场……"

这事雷钧之前听老兵讲起过,压根儿就没兴趣再听,抢着说道:"我们可以辅导那些孩子,孩子们不会出问题,也不用担心无法交流!"

"小雷,你想得太简单了!"胡忠庆终于不耐烦了,挥挥手说道,"这个事我再好好考虑考虑,等我回来再商议。我倒不怎么担心你,你毕竟是个干部。我担心的是那些儿马蛋子,有了这个事情,他们又有理由往老百姓家乱窜了。再出个那样倒霉倒灶的事,咱农场谁的日子都不好过!"

胡忠庆今天说的这两件事,几乎实现起来已遥遥无期。这让雷钧感觉,自己被生生泼了两盆冷水,好不容易才燃起的生活希望,再一次被无情地浇灭。

回到宿舍,雷钧又仔细回味了一下胡忠庆的话。事实摆在面前,他不得不承认这个大他十多岁的上司,的确工于心计。

第二天一早,接送胡忠庆的车子到了农场,熊得聪和几个干部都赶出来送行,唯有雷钧没出现。昨天晚上,他已经铁下心来,无论如何都要把老金交代的

不管走到哪里
它都在我的心中猎猎作响

第二枪 绝望中永生

这两件事情落到实处，哪怕只实现了一件。如果胡忠庆再这样毫无原则地阻挠，自己就只能往上反映了，找师长徐清宇，甚至找雷副司令员！

胡忠庆刚走不到半个月，D师就下达了《关于全师后勤单位基础军事科目考核的通知》。所谓基础科目，看上去更像是为民兵预备役部队制定的。不过只有三项内容，队列、射击与五公里跑，就连最简单的战术科目都省了。

熊得聪拿着这份通知，愁眉苦脸地来找雷钧。这伙计自从胡忠庆走后，人一下子就变得活跃了起来，终日红光满面。前几天气温高，他还心血来潮，亲自下厨给兵们煮了几锅绿豆汤，自个儿蹬着三轮，后面跟着屁颠屁颠的大圣和那条德国牧羊犬，嘿咻嘿咻地往地里送。

老兵们一边喝汤一边拿他开玩笑："还是咱熊场长体恤部下，说不定明天给咱们熬几锅人参骨头汤，后天就是苁蓉老鸡汤！"

过了几天开心的日子，这会儿看到师里动了真格，熊得聪的脑袋都大了。离考核的时间还有不到一个月，只有五公里，多数兵的成绩还凑合，混个及格没问题；一天一小时的队列训练，比民兵都强不到哪儿去，勉强糊弄下老百姓还行，根本就摆不上场面；至于射击，压根儿就没开始训练。

熊得聪急得抓耳挠腮，雷钧却泰然自若，看完通知后，兴奋得一拍桌子："给我二十天就够了，保证个个过关！"

熊得聪像盯着外星人说："你小子没发烧吧？"

雷钧笑道："咱们多花点心思，我就不信这事儿还能难得着咱！"

"你小子哪来的信心？说白了，这帮爷要是能被训好，能被发配到农场吗？有些人天生就反应慢，没看到昨天训练还有人顺拐吗？"熊得聪还是没信心。

"听我说。"雷钧咽下一口口水说道，"咱侦察连有句名言，叫做'只有捋不直的胡须，没有训不好的兵'。放心好了，我一个侦察连的副指导员，带不好几个兵，哪还有脸在这儿混饭吃？"

熊得聪夸张地耸耸肩，说道："这气势，不愧是将门虎子！"

雷钧闻言色变，瞪大眼看着熊得聪。

熊得聪极不自然地笑了笑，转而说道："行！思想工作我来做，咱们利用一切可以利用的时间，加班加点，争取挺过这一关。"

"我需要您的支持，包括有些事情为我保密。"雷钧说道。

熊得聪双臂抬起来，做了几个扩胸动作，接着又扭扭脑袋，说道："看来这回,咱真得从头当回兵了!兄弟,咱还是那句话,你悠着点儿,因材施教,别把我们这些老骨头给拆啰!"

雷钧听出来熊得聪在有意回避某个话题,他也就没再提。他知道,这伙计绝对聪明过人,估计早就听说或者打听过自己的背景了。他要是那种瞎咧咧的人,胡忠庆和农场的其他干部战士早就应该知道了。

熊得聪召集开了军人大会,激情昂扬地作了动员,并且给这次强化训练,取了个代号,叫"猎狼行动"!这农场的兵们,最近荷尔蒙过盛,慢慢找到了兵的感觉,被熊得聪这么一鼓噪,个个是摩拳擦掌,跃跃欲试!

夕阳西沉,微风拂面。一千多米长的人工河堤岸南端,六十八名官兵穿着迷彩服,肃然而立、鸦雀无声。

今天是 D 师农场史上第一次实弹射击,亦是整个农场官兵最集中的一次。除了场长胡忠庆和哨兵,所有农场的编制人员悉数到场。这中间还有一个长年在师医院压床板的老病号,听说要实弹射击,身上的毛病竟不治而愈,胃也不痛了,腰也不酸了,死活要回来打几枪。

雷钧整队报告完,跑步回到队列的排头。熊得聪迈出几步,站在队列前,静静地,目光一遍一遍地掠过兵们的脸庞。

"同志们,我的心情比任何人都要激动。十年了,整整十年我没有听过枪声!刚来农场的时候,我还常常梦见自己在枪炮声中冲锋陷阵,梦见自己挎着枪站在吉普车上呼啸着穿街过市。可是,一觉醒来,所有的硝烟都变成了猪粪的味道……"熊得聪说到这里,突然哽咽了起来,抬起头看看天空,良久,才接着说道,"我以为,这辈子再也看不到子弹呼啸,这辈子只能穿着军装当农民了。今天,我才相信自己还是个兵,还是个肩负着保家卫国重任的军人……记住今天,都记住今天这个日子。"

熊得聪的讲话被兵们经久不息的掌声打断,很多兵热泪盈眶。要知道,他们从穿上军装的那一刻起,谁都没想过要来农场当兵。绝大部分人是被一线部队淘汰后,哭着来到这里的。

"过去的半个月,同志们的付出我们都看在眼里,我知道你们不服输。有些人端枪胳膊都端肿了,白天还坚持下地干活。因为什么?因为我们不能让人瞧扁了!实弹练习我们会打五轮,为了这次训练,我向师里申请了一万发子弹!从今天开始,把本该属于我们的,全都找回来!你们可劲儿打,打完了我再去申请!但是有一点……"熊得聪卖了个关子,停了一下,说道,"谁他妈的都不准瞎突

我从未放下这面旗帜 不管它走到哪里 都在我的心中猎猎作响

第二枪 绝望中永生

突，一枪一个眼，打飞一枪的，扣五发子弹！要是五发子弹打下去，都找不到一个眼的，你还是老老实实地回去喂猪，别再跟着我们一起瞎激动！"

兵们哄堂大笑，雷钧也忍俊不禁。刚刚他还被熊得聪感染，红着眼睛黯然神伤，转而就被这伙计逗得乐不可支。

"我要讲的就这么多了。"熊得聪说道，"最后，大家都用掌声来感谢一下我们雷教官的付出，他可是向我夸下海口，保证每个人都能在考核中过关的！"

兵们的掌声响成一片。站在队尾的大圣和几个老兵一对眼，呼啦一下冲上来，七手八脚地把雷钧抬了起来，就要往空中抛。雷钧挣扎着大声告饶："放我下来，放我下来，等到考核完以后，再抛也不迟！"

等到雷钧抚着屁股，咧着嘴从地上翻身站起来，熊得聪又说道："同志们都安静一下，还不是你们庆祝的时候！不过，为了给大家助兴，我提议雷教官给同志们露几手！"

"好！"兵们大声喊道。

雷钧被兵们的热情感染，兴致勃勃地转身从地上拿起一把步枪，说道："谁去帮我找几只玻璃瓶，我给大家玩玩飞碟！"

"我去我去！"通信员放下手中捧着的几个弹夹，飞也似地奔向营房。

几分钟后，雷钧向熊得聪交代了几句，提着步枪走向了河堤边的一个缓坡，然后深呼一口气，缓缓地双手举枪，右颚紧抵枪托，枪口微抬，极目浩渺长空。那神情与气势，犹如霸王弯弓。

熊得聪和周永鑫各拿四个农药瓶子，一左一右站在前方三十米处。雷钧一声令下，两只瓶子一高一低相隔足有二十米飞向了空中。

"嘭！嘭！"两声干净利落的枪声响过后，蓝色玻璃碎片在空中像绽放的礼花，发出炫目的光芒！枪音未了，又有四只瓶子几乎同时抛向空中，这一次，枪声连成一片。

兵们一阵惊呼，接着就听到有人大喊："再来几个，再来几个！"

雷钧笑着垂下枪，然后放开左手，右手持枪，远远地冲着熊得聪点点头。两只瓶子再次抛向了空中，这一次枪声过后，所有人都目瞪口呆，无比惊骇！视线下意识地聚集在空中目标的兵们，甚至没有看清雷钧是何时举枪又是何时击发的。但有一点可以肯定，他是一只手举枪，整个过程，他的左手一直背在身后！

农场的兵们，虽然多数没有经过系统的射击训练，也没什么机会看到牛人们的表演。但他们都知道，这不是手枪，这是一杆重达 3.75 公斤的 81 式全自动步枪,有着极强的后坐力！他们中间,甚至找不到一个一只手能把这枪端平了不晃悠的人。对他们来说,只手持步枪精准打击飞快移动的目标,简直就是天方夜谭！

一场惊世骇俗的表演过后,就连在一群人中最见多识广的熊得聪也呆若木鸡。等到回过神来,他夸张地托了托自己的下巴,像个孩子似地冲上前来一把锁住雷钧的脖子,将他掀翻在地……

雷钧找回了一种久违的感觉,他想起了自己在侦察连单臂大回环时,兵们惊愕的表情。和那次一样,今天的表现也是超水平发挥。

小时候,他见过父亲的警卫员单手持一把56式冲锋枪,接连打出三个点射,命中五十米开外的三只酒瓶。纯粹为了模仿,到了军校后,他玩过几次,他清晰地记得,只有一次连续命中了两只瓶子。这次再玩,完全是一时冲动,一种抑制不住的冲动！

他成了英雄,至少,在农场的兵们心目中,他就是个不折不扣的英雄！他让兵们热血沸腾,更让他们感觉扬眉吐气。至少,很多人很多年后,他们在和人谈起自己参军经历的时候,会想起这个足以让他们眉飞色舞的神奇人物。

有了榜样的作用,加上半个月打下的底子,兵们的表现果然没有让人失望,基本上五发子弹都打出了三十五环以上的合格成绩。唯有一个三年老兵,脱了两次靶。关于这个老兵,还有几个流传甚广,已经难以考证的段子。

此人在新兵连的时候就"声名显赫",被人尊称为大侠。他不仅喜欢不分昼夜的打瞌睡,而且还有一个毛病,两只眼睛只能一起睁,一起闭,根本干不了睁一眼闭一眼的活儿。

他第一次扬名的时候,是在进入部队的第二天。那天团领导去新兵连开动员会,结果散会的时候,有一个新兵站在那里一动不动,团长以为他要反映情况,就亲切地上前准备慰问。结果发现,这小子竟然站在那里睡着了……

还有一个段子,是关于他打靶的。一组四个新兵上去,一人五发子弹,结果有三个新兵都打了五十多环,还有个新兵更牛,竟然打出了六十多环。后来一查靶纸,原来这小子五发子弹全招呼到别人的靶子上了,自己的竟然一个没射中！此事传到团长那里,团长长叹一声说还是送这位大侠回家吧！这小子还死活不肯,说你送我去农场吧,哪怕养一辈子猪,俺也要穿这身军装！

从射击训练的第一天开始,雷钧就发现了他的毛病,当时这小子嘴硬,说他两只眼睛睁着照样可以指哪打哪。雷教官见过的神人不少,就信了这小子,开

141

我从未放下这面旗帜
不管走到哪里
它都在我的心中猎猎作响

第二枪　绝望中永生

始的时候，让他一只眼贴上狗皮膏药练瞄准。这小子贴了几天，左眼过敏红肿，就揭了。

熊得聪本来是不同意让他实弹射击的，他担心这小子拿着枪找不到方向。雷钧说他马上就要退伍了，让他过过瘾头。没想到这小子还真是有点儿神奇，瞪着两只大眼，愣是射中了三枪，其中还有一发挨着中心的白点，差点儿打了个满环。

收枪回营，一路高歌。熊得聪一激动，宣布第二天早点儿收工，趁着天黑前一人打五个练习。以后到正式考核前，每天都要打。兵们兴奋得差点没把整个营房给掀了。

考核前的几天，最后一次越野训练差点酿成人员伤亡的重大训练事故，此事再一次将雷钧推上了风口浪尖。

兵们高涨的士气，助长了熊得聪和雷钧急功近利的思想。他们已经将此次考核的目标由当初的人人过关，调整成整体成绩良好，力争拿下全师后勤单位第一名。为此，熊得聪开出了一系列诱人的激励措施：单个科目单兵成绩进入前三名的，场部嘉奖十天探亲假；单兵总成绩进入前三名的，报请三等功加二十天探亲假；集体成绩全师第一的，所有官兵探亲假延长五天。

熊得聪还代表农场拟了个"责任状"，所有官兵们都在"责任状"上签了名，宣誓绝不拖后腿。开始雷钧觉得这事儿有点不妥，考核成绩的好坏并不能完全彰显平常的训练水平，跟心理素质、身体状态都有很大的关系，压力太大肯定会影响兵们的临场发挥。熊得聪不以为然，他的道理很简单，简单得让人无法反驳：是个兵就要承受得起这样的压力。

两个人那几天几乎天天讨论到深夜，熊得聪对这次考核抱的期望太高了，这同样给了主持训练的雷钧以空前的压力。按照雷钧的想法，所有官兵必须全员参加考核，而熊得聪笃定地认为，那些表现不稳定的人坚决不能参加，因为这样的考核，各部队都有个潜在的规则，只要有九成的人参加就可以了。其他人可以有种种理由，比如安排上哨，甚至安排病休。

为了这事，两人争论了好几天。最后终于达成共识，五公里和射击训练在正式考核前农场再摸一次底，只要成绩全部达到良好，就全员参加。当然，如果有人发挥不佳，等待他的就只能是上哨、压床板。

是个男人都不想被人笑话。熊得聪一动员，训练了这么多天的兵们当然没有一个人愿意认输，个个摩拳擦掌，誓言战斗到最后一刻。

首先进行的是实弹射击,好的枪手都是子弹喂出来的,士兵们在一人消耗了数百发子弹后,个个都信心满满。果然是波澜不惊,雷钧还增加了不在此次考核之列的跪势与立势两个练习,兵们悉数过关。就连睁着两只眼打枪的那个大侠,也超常发挥,不仅没有脱靶,甚至还在第二个练习,卧姿无依托上打出了三个满环,共47环的优秀成绩。

问题出现在轻装五公里越野上。一个到农场才满半年的新兵,刚跑过一公里的时候,就呼吸困难,嘴唇发乌。那时因为是整队前进,这新兵又在队伍的最后,所有人都没有发现异常,包括雷钧在内。

待到整体跑过三公里,雷钧宣布自由冲刺的时候,这个新兵就渐渐地落了下来。为了不让一个人掉队,雷钧在发现有人掉队后,停了下来等待。那新兵一直低着头,抚着胸口,坚难而倔犟地往前赶,跑过雷钧的身边时,对他的询问充耳不闻,依旧没有加快速度。心急如焚的雷钧顿时火起,冲上来照准他的屁股就是一脚,没想到,这新兵一个趔趄,一头栽倒在地,不省人事……

突然的变故,让所有人措手不及,几个当官的全傻了。简单的急救,并没有唤醒昏迷的新兵,农场的两个卫生兵也慌了神。雷钧急火攻心,抱着他朝着县城的方向,一路狂奔。半个小时后,熊得聪开着农场的吉普才追上了他。

到了县医院,挂号、急诊,等到新兵终于醒来,高度紧张加深度疲倦的雷钧,终于体力不支,瘫倒在急诊室外的长椅上。

事情到这里并没有结束,胡忠庆的电话像长了眼睛似的,待到雷钧和熊得聪半夜归来,刚刚跨进会议室准备商量下一步的工作时,值班室里就铃声大作。通信员被胡忠庆吓着了,连他的声音都没听出来,神色慌张地跑来说是师司令部的电话。

熊得聪一拿起电话,胡忠庆就在那头劈头盖脸大骂道:"老熊你搞的什么鬼?我才离开几天,你们就整出这么大的事!出了事还不向我汇报,非得弄出人命你们才肯罢休是吧?"

熊得聪也来火了,一反常态地连讽带讥道:"能出什么大事?一切都在我们的掌控中,屁大点儿事用得着惊动你吗?再说了,你在外面学习,告诉你又能怎样?你既然授权给我了,出了事,责任就由我来担!"

胡忠庆被熊得聪的气势压倒了,停了停,语气缓和了一点说:"你老熊也是个十几年党龄的人了,讲话能不能这么夹枪带棒的吗?我要是想当甩手掌柜,你们怎么折腾我都不管。出了安全事故,那就是一票否决,受影响的不是你我

第二枪 绝望中永生

的前途,而是整个农场都会被抹黑,你能担得起这个责任?"

熊得聪冷笑一声,说:"这个事情我向你检讨,如果你不放心的话,这个代理场长的担子让别人去挑!"

"老熊,你不能说这样的话,咱们是就事论事。咱俩共事这么多年,我胡忠庆是个什么性子你比谁都清楚,我从来就没有怀疑过你的能力!"胡忠庆言极诚恳。

熊得聪这次是真被气着了:"老胡,你要是昨天说这些话我还信你。我就问你,你如果那么信任我,为什么要在我身边安个卧底?谁这么快就向你报告了?我刚在路上还跟小雷商量,准备明天白天向你汇报来着!"

胡忠庆打了个哈哈:"听说是小雷一脚踹倒人家的?我不管那个兵是不是他踹昏的,至少这种做法不应该。总部已经三令五申要以情带兵,他怎么还用这种粗暴的方式?"

熊得聪气得双手发抖,扭头看了一眼站在门口的雷钧,强压着腾腾往外直冒的怒火:"场长,请你不要转移话题!我问你,那个卧底到底是谁?他是主动向你汇报的,还是你之前就交代过?"

"熊得聪!"胡忠庆在那头低沉地怒吼一声,"我胡忠庆有那么卑鄙?你以为所有人都像你一样吗?只要我的组织关系一天不离开农场,我就还是场长,所有的官兵都有向我反映问题、汇报工作的权利与义务!"

熊得聪"啪"一声撂了电话,转身气呼呼地挤开雷钧往外走。

雷钧愣在当场,不知所措。他虽然没听到胡忠庆在说什么,但从熊得聪的话和反应来看,这一正一副两个搭档,看上去亲密无间的盟友,显然是为这事翻脸了。

雷钧问同样站在身边,惶恐不安的通信员:"场长在集训队的电话你有吗?"

通信员撇撇嘴说:"没有,他没告诉过我。"

熊得聪转身回来问通信员:"今天都谁来过值班室?谁往外打电话了?"

通信员有点蒙了,怔了好久才想起来,说道:"我白天跟你们在医院,回来的时候都已经天黑了,没注意谁在值班室。"

"查查,这事你给我好好查查,今天下午都谁往外打电话了!"熊得聪说道。

雷钧冲着通信员摇摇头,说道:"咱农场又不止这一部电话,还是算了吧!"

熊得聪愣了一下,没再坚持。

会议室里。雷钧小心翼翼地对熊得聪说道,"老熊,明天我给场长打个电话,把事情给他说明了,这事到底还是我的责任。"

"行了!"熊得聪极不耐烦地说道,"打什么打?越打他越来劲!屁大点的事儿,哪个单位训练不出点儿事?我就不信,为这事还会有人兴师问罪!有事,那也是我担着,你别跟着瞎掺和!"

雷钧感激地看着熊得聪,还想说点什么,熊得聪手一挥:"别扯这个了,咱们还是商量点正事,你去叫一下其他几个干部一起来参加!"

凌晨一点,通信员又神神秘秘地进了会议室,想凑到熊得聪身边来说事。熊得聪眼一横说:"说吧,刚我听到又有电话来,场长大人还有什么指示?"

通信员嘟囔了半天,才怯怯地说道:"场长说,这事要保密,别往师里说。"

"知道了,知道了。"熊得聪余怒未消,转而对几个干部说道,"不管谁打的电话,我相信他的出发点都是为农场好。我想说的是,既然暂时由我来主持工作,向场长汇报也应该由我来。场长的指示大家都听到了?这事可大可小,我不说大家也明白!"

事情最终还是传到了师部,第三天下午,师政治部的电话打到了农场。接电话的熊得聪把整个事件从头到尾如实汇报,只是有意无意地隐去了雷钧飞踹的那一幕。师里似乎也知道,打电话的是政治部主任,最后反复强调要做好雷钧的思想工作,要让他放下包袱,轻装上阵,争取在这次考核中取得好成绩。

在主任的反复追问下,熊得聪才说出有人反映那新兵是被雷钧踹昏的。好在都是当兵的,用脚丫子都能想到问题没这么简单,况且医院里也给出了诊断证明。这新兵可能是压力过大,睡眠不足再加上对高原气候还没完全适应,身体状况一直不好,这次昏迷纯属偶然事件,调养几日就没问题了。

一场风波就此平息,但那个电话却让熊得聪、雷钧如鲠在喉。雷钧倒不十分在意别人怎么对待自己,尤其是这种事。他想不通,为什么这些倒霉的事总让自己赶上了?他十分后怕,如果这事情最终真要追究责任的话,他肯定脱不了干系。再受处分的话,他不知道自己还能不能挺下去。还有,雷副司令知道这事后,会作何感想?他还没有勇气去面对恨铁不成钢的父亲。

让人始料未及的是,这件事虽然闹得沸沸扬扬,让几个干部着实紧张了几天,却反而激发了兵们的士气。考核前夜,亢奋的士兵们把在外面聊天的熊得聪和雷钧团团围住,争先恐后地表起了决心,发誓要为农场正名。这让雷钧和熊得聪都很感动,两个人兴奋得聊到了半夜,全然没有大战前的紧张气氛。

我从未放下这面旗帜 不管它走到哪里 它都在我的心中猎猎作响

第二枪 绝望中永生

带队考核的是师里的一个副参谋长和后勤部副部长,两个人对原师政治部干事、军区副司令员之子雷钧都不陌生。临行前,师长徐清宇刻意交代二人,千万不要提这层关系。

简单动员过后,拉开了考核的序幕。首先进行的是单兵队列考核,熊得聪如影随形地跟着两个勉强可以算是师首长的领导。别看这位代场长喜欢装傻充愣,其实脑子比谁都转得快,大事不糊涂,关键时刻很有自己的一套。他对兵们的表现没十足的把握,所以尽找些不着边的话东拉西扯,试图转移二人的注意力。副部长初始还兴致勃勃地跟他聊几句,副参谋长却是一脸严谨,无论熊得聪扯什么都不理,一言不发地专心致致盯着场上看。

沉闷的队列考核进行了一上午,雷钧整完队,副参谋长就干净利落的两个字:带回!

一直不停在指挥的雷钧,嗓子已经嘶哑。熊得聪也好不到哪儿去,跟前跟后的,折腾了一身臭汗,也没落下个好脸色。要说这考核结果,雷钧本来还信心满满,虽然有几个兵有点小紧张,冒了泡,但整体看上去并不比平常训练差。这会儿,两个带队的首长一句点评没有,脸上也看不出什么表情。两个人面面相觑、心里惴惴不安,琢磨不透这两个大首长到底在想什么。

收队午饭,熊得聪差人搬来了一箱啤酒放在考核组的桌子上。这个副参谋长像被欠了什么,拿起几个馒头一阵海塞,又咕噜咕噜喝了两碗西红柿蛋汤,拉起负责考核的作训副科长就往外走。

没趣了一上午的熊得聪,赶紧放下手中的半个馒头,跟在后面往外走。副参谋长走到门口,扭头瞪了一眼熊得聪,那意思再明白不过了。熊得聪讨了个没趣,很是郁闷。他总想听到点什么,可师里这几个鸟人,一脸公事公办的模样,压根儿就没把他放在眼里。这让他既惶恐又恼火。

熊得聪是离开一线部队太久了,当了快二十年兵,压根儿就没见过这阵势。他平素见到的师首长们,都是和颜悦色的,看到树上吊着的葫芦就像见个宝,就是批评工作,那也是极尽委婉,该称赞的还是要称赞。哪像这几个,好似把全农场的官兵都当做了阶级敌人。

下午首先进行的实弹射击考核,终于惹毛了雷钧。先是作训副科长,抱怨兵们卧倒时摔胯,出枪的动作不规范。雷钧在一旁小声解释道:"时间太赶了,战术动作我们没怎么练。"

少校副科长眼一横,语气极傲慢:"这也是射击考核的一部分,你不会不知道吧？"

雷钧讨了个没趣,窝了一肚子火。

接着,火眼金睛的副参谋长,竟然站在趴在地上的兵们身后,发现了睁着两眼打枪的大侠。他揪住熊得聪问道:"你们射击训练组织多久了？"

熊得聪不明就里:"半个来月吧,都是利用休息的时间练习。"

副参谋长道:"新兵连射击训练也就这么长时间！"

熊得聪以为首长在夸赞他们组织出色,一脸谦虚地说道:"其实我们每天的训练加起来还不到三个小时,小雷抓得严,同志们的士气高涨。农场的正常工作一点也没耽误！"

副参谋长眉头一皱,冲着不远处的大侠努努嘴:"那个兵,怎么回事？瞄准都没学会,打什么靶？"

熊得聪这才明白副参谋长的意思,恨不得一脚踩出个地洞,再一头扎进去。

一旁的雷钧赶紧解释:"这个兵是先天性面部神经错乱,他克服了常人无法想象的困难,坚持要参加训练和考核！"

熊得聪回过神来,跟着附和道:"首长,等会您看下他的成绩,这个兵很不简单！"

副参谋长冷声道:"你们看过谁两眼瞪着打靶的？玩行为艺术吗？有毛病为什么不去治？实弹射击是儿戏吗？"

雷钧想不通这是什么逻辑,谁又规定了睁着双眼就不能打枪了？这不是无理取闹吗？想到这里,这伙计心头的火气腾一下蹿了上来:"要不是这次训练,谁也觉察不出来。按您说的,当初在新兵连就应该治好了再来农场！"

雷钧话一出口,熊得聪惊得倒抽一口冷气,正要开口转移话题。副参谋长面色微变,瞪着雷钧,说道:"好嘛,我倒要看看他能打出什么好成绩！"

收枪报靶。这大侠也不争气,关键的时候掉链子,打了个三十环,其中一发子弹还跑靶了。

熊得聪和雷钧低着头一声不吭,后勤部副部长看不过去,笑呵呵地打起了圆场:"这毛病不难治,咱们师有过先例。"

"首长,我觉得咱们农场的训练要的是个精气神,成绩是其次,给我们这点儿时间,很难达到战勤部队的水准。"雷钧说道。

副参谋长说道:"我们有按那个标准要求你们吗？这跟我们讨论的根本就

我从未放下这面旗帜　不管走到哪里　它都在我的心中猎猎作响

是两码事,你别偷换概念!"

"首长,我恳求您再给他一次机会,我保证这次没问题,至少能及格。"雷钧还不甘心,这大侠按理是找到了规律,表现失常应该跟紧张有关系。

副参谋长没有再说话,转身就走。雷钧看了一眼副部长,副部长微微地点点头,算是默许了。

谁曾想,人算不如天算。这大侠在几个人虎视眈眈下,彻底慌了手脚,慌乱中将快慢机转换柄调到了"2",直接变成了连发模式。一旁的雷钧也没在意他会犯这种错误。这小子一扣扳机,"突!突!突!"一家伙把五发子弹全招呼了。结果可想而知,咬牙切齿的雷钧恨不得把这小子拎起来,拧巴儿下再一脚抽射。

两个项目下来,考官们面无表情,兵们也感受到了气氛的压抑。他们在愤愤不平的同时,越发斗志昂扬。憋了一肚子火的雷钧,五公里的时候,一马当先,差点儿就破了师里记录在案的五千米纪录。兵们在他的带领下,像上足了发条,不知疲倦地一口气全部冲进了二十分钟大关。

这样的成绩,不仅把那位爱较真的少校副科长惊得半天没缓过劲来,就连爱挑刺的副参谋长也为之动容。这位部门首长弃车步行,默默地跟在兵们身后,走回了营区,一路上不停地和几个考官交流着什么。

走在队列后面的熊得聪,一直竖着耳朵,奈何什么也听不见。快到营区的时候,副科长跑步上前,轻声地问熊得聪:"你确定这个距离都丈量好了,没问题?"

熊得聪胸脯拍得砰砰响:"我量过两次,到那个转弯的地方四千八百六十五米!你们真要较真,何不再来量一次?"

副科长讪笑道:"你别误会,副参谋长只是要我确认下。你知道这个成绩意味着什么吗?"

熊得聪长舒一口气,轻松道:"我也当了这么多年兵,猪肉没少吃,也没少见猪跑!十七年前,我在新兵连的时候,五千米轻装成绩十七分钟,全连排在第三。那还是在公路上,那地方比这里海拔整整低了一千米!"

副科长像有点失望,却又毫不讳言地坦承:"恭喜你啊,这个成绩至少在我看来,在全师后勤单位肯定排在第一,就是跟普通连队比,也照样不落下风!"

"过奖,过奖!这些都是同志们努力的结果,更是你们这些师里的大领导组织有方!"熊得聪晃着脑袋像背书一样。

副科长撇着嘴,这会儿才知道,这伙计心里有多不爽。

六　峰回路转

师副参谋长在考核后的总结会上，虽然话不多，也并未表露出太多的赞许。但雷钧知道，兵们的表现肯定大大超出了他们的预期。这一点，熊得聪和农场的几个干部都看得明白。

"小雷，你不该待在这里，你应该有更大的空间！"那个看上去又臭又硬的副参谋长，在临行前刻意找雷钧聊了几句。就是这句看上去很随意却又意味深长的话，让雷钧心潮澎湃、寝食难安。

考核的结果在一周后终于公布。这个有点姗姗来迟的结果并不出人意料，农场甚至已经在熊得聪的组织下，考核后的第二天就开了庆功宴。那天，誓言少喝甚至不喝酒的雷钧，架不住人多，还是喝了很多酒，只是他并没有醉。那天晚上，他在月色撩人、晚风拂面的人工河长堤上坐了整整一夜。

在等待考核结果的那几天，雷钧的眼皮子时不时地就要跳几下，他在热切而又惶恐地期待着更多的消息。人精熊得聪也像是觉察到了什么，对他除了客气还是客气，还总在不经意间给他投来一个意味深长的微笑，这让他更是食不知味。

公布结果的那天下午，胡忠庆风尘仆仆地回到了农场，刚进院子就让通信员通知所有骨干开会。他在考核后，百般打听，终于在公布前一天得知了结果，接着就迫不及待地请了假。

一脸疲态的胡忠庆掩饰不住内心的喜悦，在会上大夸特夸熊得聪和雷钧组织得力，夸同志们众志成城给他挣足了面子，并且谈了自己这次在外的见识和感受，闭口不问农场的其他工作。熊得聪在耐心地熬了半个小时后，还是忍不住打断胡忠庆的话："场长，你之前跟我交代过，这次考核咱们要奖优罚劣。遵照你的指示，我给同志们承诺过了……"

胡忠庆马上表态："立功受奖的事，我回去就到师里去争取，场里能给的荣誉，马上全部兑现！"

胡忠庆前后在农场逗留了不到两个小时，晚饭也没来得及吃，就匆匆地往

我从未放下这面旗帜
不管走到哪里
它都在我的心中猎猎作响

第二枪　绝望中永生

回赶。送出大门的熊得聪，转身就冲着雷钧和另两个干部摇头，众人皆苦笑不语。

一场热闹就此结束。雷钧郁郁寡欢，他郁闷的不是胡忠庆，而是结果出来后，并没有他期待的其他消息。

事实上，副参谋长回到师里的第二天，就在党委扩大会议上，将雷钧和农场兵们的表现如实作了汇报，并且提出了将雷钧调回一线部队甚至师部的想法。D师的两个主官并没有表态，其他人也未附议。这些师首长们都知道，正常情况下，关于一个副连职干部的任职问题不该在这个会议上讨论。而作为特例的雷钧，即使他们定论了，也决定不了结果。

师长徐清宇在会后留下了副参谋长，又仔细询问了细节。当天晚上，当远在数百公里之外的雷钧坐在人工河边憧憬未来的时候，徐清宇将电话打到了雷副司令员的家中。

雷啸天拿起电话，听到徐清宇的声音，有点迫不及待地问道："农场考核的结果怎样？"

"出乎我们的意料！"徐清宇兴奋地说道，"其他几个后勤单位的考核还没完，但有一点可以肯定，他们的整体成绩肯定在全师十多个后勤单位排前三名！小雷这次可是花了不少精力，农场的训练一直都是老大难问题，他愣是把这帮熊兵训得有模有样！"

雷啸天沉默了一下，问道："这小子情绪还稳定吧？"

徐清宇笑了笑道："我们师的副参谋长老钟，就是原来三团的副团长，一直跟他黑着脸，听说他给小雷挑了不少刺。小雷估计有点急了，五公里差点就破了我们师的纪录！"

"乱弹琴！"雷啸天的口头禅透着喜气，"我交代你了，你就不要再往下瞎交代了。"

徐清宇在电话那头笑吟吟地说道："首长，我们有个想法……"

"好了！"雷啸天显然是知道他想说什么，及时打断，"哪地方都不准调！他现在还没冷静下来，也还没够格！"

徐清宇讨了个没趣，放下电话直摇头。

金秋十月，整个额济纳河平原和阿拉善地区已经开始进入冬季。再有一个月，雷钧就将迎来在D师农场一周年的日子。心灰意懒的雷钧，已经对调离农场不抱任何希望了。他已经从母亲口中得知,郭副参谋长那几句话,并非讨他欢心,雷副司令员再一次扮演了那个半道上杀出的程咬金的角色。

为了儿子的事,雷夫人与自己的丈夫再度交恶,并且因此回到了阔别十多年的安徽老家,在两个年迈的姐姐那里待了整整两个月。

如果不能改变自己的处境,不如活在当下,好好干几件有意义的事。老金的嘱托和那个侦察连主官的梦想同样压得他喘不过气来,尘埃落定,该沉下心来给自己的未来好好规划一番了。

半个月前,雷钧在农场买了一头羊,搭乘农场的给养车去了一趟城里。他要去找师傅老范,自从来到农场后,他几乎和师傅断了联系。老范终究没有"下海",也没有步入官场,而是在地区的一个全国性的行业杂志里谋了个副主编的职务。也算是专业对口,继续过着文人与世无争的生活。

雷钧再次见到老范的时候,怯怯地,鼻子发酸。

一年不见,老范有点发福了,声音还是那么爽朗:"我以为你小子去了火星了!"

雷钧抱着羊,一时语塞。

"怎么了?瞧你那可怜劲儿!是找羊啊,还是找人啊?"老范没心没肺地,乐呵呵地调侃着。

雷钧尴尬地笑了笑:"你看我这落魄的样子,就别逗我了。"

师徒二人彻夜长聊,像一下子回到了两年前。脱了军装的老范,身上的兵味还在,除了仍旧乐观豁达,还多了几分玩世不恭。

在老范看来,雷钧遇到的这些个事都是个屁,根本不值一提。雷钧知道,这并非师傅的本意,他是在处心积虑地换一种方式教导自己。无论如何,这让沉郁很久的雷钧,又找到了生活的信心和乐趣。也许,正如老范所言,天将降大任于斯人也……

老范处心积虑,明显是对雷钧的处境和所思所想了如指掌,更是料到这小子迟早要来寻他。他早就费尽心思,通过自己的渠道,给雷钧找到了几十本外国军队关于侦察兵的教材和学术专著。还承诺,想办法将他引荐给西北农业大学的几位教授,通过他们,解决马铃薯项目的技术问题。

此行不虚,雷钧欣喜若狂,顿觉如释重负。那一堆教材,更是让他如获至宝。千恩万谢后与老范道别,背着个袋子,一路上身轻如燕,乐不可支。

回来后,他连续两天不眠不休,几乎一口气啃完了几本美军20世纪80年

第二枪 绝望中永生

我从未放下这面旗帜
不管走到哪里
它都在我的心中猎猎作响

代的侦察兵教材。书里的很多观点、理念和练兵的方式让这个毕业于军事院校的才子闻所未闻。单一个野外生存训练，就涉及了十多门科学，提纲挈领，洋洋洒洒近十万字。而且，大多数教材都是图文并茂，涉及很多令人神往的新武器和装备。这些对他、对所有的中国军人来说，都是非常陌生的。

接下来的一段时间，他几乎陷入痴狂，每翻完一本书，心情便久久不能平静。他想起了张义曾经的感叹：我们很多训练都是摸着石头过河，我们的侦察兵能跟别人抗衡的只是超强的意志力和单兵的身体素质，装备和战术比人家落后了几十年……

在侦察连的时候，他接触过侦察兵的训练大纲。那是一套很多年来一直换汤不换药的东西，如何训练更多的是取决于各部队带兵人的发挥。他一直在找相关的资料，但我军关于侦察兵的一些专业论著寥寥无几。即使有很专业的，多半都可能被束之高阁，并不是谁都能看到。

铁打的营盘，流水的兵。还有半个多月，又一批老兵就将脱下军装，踏上人生的另一段旅程。每到这个时候，部队的气氛都不可遏止地压抑和伤感。

集训了三个多月的胡忠庆平静地回到了农场。关于他要调动或者升职的传言，也随着他的回归，被这个季节肆虐的北风刮得无影无踪。没有人再提起，也没有人再去关心。

胡忠庆回到农场后，开始深居简出，基本不直接过问事务，农场的工作看起来仍旧是熊得聪在主持。老农场们都知道，场长是在刻意回避矛盾，因为又是一年老兵退役时，想挑他胡忠庆刺的人多了去。

即将复员的大圣，也不再掌勺。将炊事班移交给了一个确定要延期服役，转为士官的四年老兵。因为那场公开的冲突，半年多来，大圣一直对那天态度模糊的雷钧心存芥蒂，没有再走得更近。直到退役前的几天，他再次敲开了雷钧的房间，并且这一次还带来了五个将要退役的老兵。

雷钧拿出了两瓶"剑南春"摆在桌子上，对老兵们说道："这是我给大圣准备的，既然你们来了，咱就借花献佛，一起喝了他！"

大圣鼻子一酸，泪眼婆娑地笑道："我就知道你是重情义的人！啥也不说了，不管走到哪里，我都会记住你这个好兄弟！"

"这顿酒，我们应该叫上两个场长。无论如何，他们才是你们真正要感谢的人！"雷钧说道。

兵们沉默不语，良久，大圣才说道："是的，我们应该感谢他们，但他们从来没把我们当做兄弟！"

"不是这样的！"雷钧显得有点激动，"我们都习惯用自己的眼光去看这个世界，用自己的标准去判断人和事，这都不是理智的行为。我承认我们所处的环境并不单纯，但你们即将要面对的社会比这里复杂百倍、千倍！那里甚嚣尘上，形形色色的人、千奇百怪的事，不会再有那么多人在乎你们的感受，更不会迎合你们的喜好！成功总是伴随着不断的挫折与屈辱，这些都是你们将要面对的！要退役了，你们作好心理准备了吗？你们还想把那点儿不快带出军营，带进坟墓吗？"

雷钧的一番听似有点语无伦次的话，却让老兵们羞得无地自容。本来他们都憋着，想来好好发一通牢骚的。在他们看来，只有这个在他们眼里单纯的，和他们一般年纪的管理员才能和他们产生共鸣。

熊得聪来了，半个小时后，胡忠庆也来了。胡忠庆的话很少，看得出来，他有点小心翼翼，更有点诚惶诚恐。兵们没有为难他，大圣说："场长，我们这些老兵再来的时候，你会欢迎我们吗？"

胡忠庆很诚恳地点点头说："会的，你们都是我的好兄弟！"

老兵走前的最后一顿饭，农场的所有十部亲自卜厨，一个人做了一道拿手的菜。胡忠庆红着眼，亲自开着给养车将二十多个老兵送到了师部。

大圣复员后不久，开了家饭馆，给雷钧寄了三次烟，每次都有胡忠庆和熊得聪的一份。

马铃薯项目被师后勤部立项了，在送走老兵后的第二个星期。集团军和D师分别划拨了十万元专项资金。

事情办得如此之顺利，是雷钧想都没想到的。而这一切都要归功于两个人，一是场长胡忠庆，他兑现了自己的承诺，将雷钧整理出的可行性报告上报给了师党委。二是老范，老范拜会了西北农大的一位教授级专家，这个专家看到报告后激动不已，一个电话打到了农大的共建单位——集团军后勤部。

接下来，军师两级后勤部门派出了一个联合小组，协同农大的多名教授进行了实地调研分析。结果，几乎全盘肯定了老金的研究成果。只是，谁也没想到，这个项目定下来后，几乎没有雷钧任何事。总负责人是胡忠庆，熊得聪分管温室的基建工作，技术顾问是农大的教授，负责协调的是师后勤部的一个处长。

153

我从未放下这面旗帜
不管走到哪里
它都在我的心中猎猎作响

第二枪 绝望中永生

开完分工会后，雷钧虽然心里很不是滋味，但他终究还是长舒了一口气。事情到了这个地步，终于是了结了老金的一个心愿，自己算是不辱使命了。

熊得聪有点儿多事，不知道是为了安慰雷钧还是为了消除他的怀疑，当天吃完饭，在食堂外拉住了雷钧。两个人行到外面，熊得聪说道："小雷，这事我知道你心里不痛快！"

雷钧笑着摇摇头："你想太多了。"

"我跟场长提过，这个项目虽然是老场长提出来的，但你在中间做了不少工作，应该要参与进来……"熊得聪把话故意只说了一半，那意思再明白不过了。

"真没事的！其实我除了会写报告外，对实际操作层面一窍不通。师里这样的安排完全合理！"雷钧说这席话的时候很诚恳。他其实已经想通了，自己郁闷的不是要不要参与后面的具体的工作，而是这个事情从头到尾都没有人公开肯定自己的努力。

从师里的反应来看，很显然，那个落款为农场党委的可行性报告，胡忠庆从头到尾都没有提到是他雷钧所为。他还在反思自己是不是太敏感了，或者是不是把自己变得有点功利，有点世俗。

胡忠庆终究还是为自己的急功近利付出了代价。为了赶在这个冬天第一场大雪来临之前，完成温室大棚的建设，农场几乎抽调了所有可以利用的资源。官兵们被分成两班，日夜不停地赶进度。十天时间，八个占地二十多亩的大棚就已基本建成。

按照农大教授的意见，先建一个小温室，而不是塑料大棚。四面砖石结构，顶层钢架或者木制，确保牢固。这个冬天以实验为主，待到技术成熟来年再全面推广。

胡忠庆不以为然，义正词严地说道："咱们当兵的就讲究个雷厉风行！既然这技术大家都有把握，早晚都得扩大规模，不如就一步到位！也好让全师的官兵，在明年春天就能吃到新鲜的马铃薯。"

专家再次提醒道："我很欣赏军人的作风，一步到位我没有意见。可现在是霜冻期，地基难打。暴风雪随时都可能来临，如果坚持全面建设，极有可能半途而废！"

胡忠庆胸脯拍得当当响："这些都不是问题，我们可以抢建简易棚，那个地方背风，只要维护好了，再大的暴风雪我们也不怕。退一万步讲，即便大棚被压塌了，损失也不大！"

专家摇摇头苦笑说："防微杜渐，才能从容面对。损失是小事，打击士气才是致命的！"

专家的意义在于，他们总是能预见到将要发生的事情。好事未必应验，但坏事却是出奇的准。胡忠庆还来不及庆幸自己的果断，一场天气预报预料会绕开阿拉善地区的暴风雪，铺天盖地地席卷了整个D师农场。

一夜风雪过后，望着那令人不忍卒视的一片狼藉，胡忠庆欲哭无泪。八个大棚被吹翻了六个，其中三个甚至无影无踪。仅存的两个，被压在雪下，已经完全扭曲，无法修缮。十多万元的投入，转眼间灰飞烟灭。

凌晨四点多，风停雪止。熊得聪和雷钧带着睡眼蒙眬的兵们赶来的时候，双手被铁丝刺得鲜血淋漓的胡忠庆，疯了似的正在雪堆里往外扒着骨架。

胡忠庆病倒了，一夜之间头发白了一半，嘴角全是血泡。专家负气离去，直到一周后，才在负责协调的师后勤部张处长的陪同下，重返农场。

专家揽下了一部分责任，从师里到农场，都没有再给胡忠庆处分。这位四十多岁的中校，经此一役后，在农场的军人大会上，破天荒地主动作了严厉的自我批评，从此跟在专家后面唯命是从。

腊月二十三，北方传统的小年，农场里旌旗飘飘。今天是实验室落成的日子，雷钧被安排在大院门口值勤。上午十一点，十多辆车组成的车队，浩浩荡荡地向农场驶来。远远地看见打头的黑色奥迪车，雷钧心里咯噔了一下，莫不是雷副司令大驾光临？

车队直接驶向与场部相隔数百米的实验室，原本站在院门口准备迎接的胡忠庆，领着几个干部，呼啸着冲出院门，然后又折回来冲着雷钧使劲地挥着手喊："快！"

雷钧愣了一下，远远地跟着几个干部不紧不慢地跑向实验室。奥迪车上走下了一个将军和一位白发苍苍，别着校徽的老者。雷钧对这个将军并不陌生，此人正是集团军副军长，雷钧小的时候，他可是家里的常客。而那个老者，一看就知道是农大的校长或者书记。往下便是师里的头头脑脑和地方的父母官们，要是全涌进去，四百多平方米的温室里肯定得水泄不通。

熊得聪早就整好队伍站在室外迎接，师长徐清宇下了车就转头横了他一眼。熊得聪心里明白，自作聪明的老胡这次又弄巧成拙了，把个兵们丢在寒风中哆哆嗦嗦站了一个多小时。估摸着这伙计，一会儿免不了要被徐师长训一顿。

胡忠庆被众星拱月般围在中间，这伙计全然忘了自己事前安排的事项。越俎代庖,直接跳过专家的介绍,慷慨激扬地开始指点江山。按照他的规划,不出两年,农场的马铃薯,不仅可以供应全集团军,还至少每年能给农场带来数以百万计的收益。

那分管后勤的少将副军长,算是半道出家,今年刚刚从军区作战部空降到集团军,典型的务实派。他起先站在最里面,胡忠庆的话让他越听越不自在。见其他人听得津津有味,又不好出言阻止,就慢慢把身体往外挪。靠近徐清宇后,索性拉着他钻出人群走到了门口。

"这个胡什么庆?满嘴跑火车!"少将很不高兴地说道。

徐清宇也觉得胡忠庆有点忘乎所以,无奈地摇摇头说:"后勤干部都这样,没几个务实的!他叫胡忠庆,今年才刚刚扶正。"

"你别一棒子打倒一片!这个干部你还是要多提醒提醒。我听说之前建塑料大棚的事就是他要坚持的,怎么就不见他吸取教训?一口吃不了一个胖子,还是脚踏实地点儿好!"少将说道。

徐清宇点点头,转而说道:"他还是有不少想法的,抓工作也有成效。上任半年,军事训练在全师后勤单位拿了第一。对了,负责训练的正是雷副司令的公子……"

"哦?"少将愣了下,道,"我听说是被雷副司令丢到后勤单位了,没想到人在这里。这小子人呢?"

徐清宇转头寻了一圈,指着屋外正在和一个士官交流着什么的雷钧,说道:"那,在那里!"

少将点点头说:"我认识他,有些年没见了。小时候特别淘,谁也不怕。第一次去他家,正赶上副司令在收拾他!怎么样?现在还那么捣蛋?"

"怎么说呢?"徐清宇笑道,"这小子是属驴的,犟!得顺着来。军事素质呱呱叫,敢想敢干也敢发牢骚,丢在农场是可惜了……"

"年轻人嘛,发发牢骚也不为过。既然觉得可惜,为什么不另作安排?"少将问道。

徐清宇苦笑着摇摇头:"雷副司令的脾气,您应该比我清楚。"

"说得是啊。"少将有点无奈地说道,"有点矫枉过正了。'对自己严苛,对部属严格,绝对不允许身边的人和子女有任何特权',这是他的信条,亦是他反复教导我们的。"

"您看是不是找小雷聊聊?"徐清宇试探性地问道。

少将说道："聊什么呢？他自己是什么态度？在这里待得住吗？"

"这个，我也不好说。雷副司令交代过，我估计这农场的干部们不一定知道他的背景，所以也没刻意地去了解。前几天，他往师里打电话，指名道姓地要找我，我寻思着，他肯定有什么事要反映，光为了发牢骚也说不定。考虑再三，电话我没接，准备这次下来专门找他谈谈的。"徐清宇说道。

少将一脸不悦地说："有这么难处理吗？你就当他是个普通的干部，别顾忌那么多。我想，副司令员的初衷也是如此。我不找他谈了，没什么特别的理由，搞不好他自己和这里的干部都要产生误会！"

副军长讲得不无道理，徐清宇点点头，没再坚持。

午餐时，胡忠庆仍旧处在亢奋中，不停地和坐在一旁的地方领导说着什么。徐清宇想跟他说点什么，这伙计却浑然不觉。徐清宇皱起眉头，起身在另一桌直接找到了雷钧，说道："小雷，下午我走晚点，两点钟在你们会议室，我找你谈谈。"

送走了参观团，志得意满的胡忠庆，以为师长留下来要向他指示什么，兴冲冲地凑过来正要开口。徐清宇抬手说道："没什么事，你忙自己的。我想找几个干部聊聊。"

胡忠庆好不郁闷。转念一想，师长就这喜怒不形于色的脾气，虽然没夸奖自己，却也没有特别的指示，自己今天的表现至少在他眼里是合格的。

雷钧进了会议室看见徐清宇孤身一人，颇感意外。前几天他在纠结了好久以后，终于鼓起勇气，兴冲冲地打电话给这个大师长，准备就对"扫盲班"一事，寻求他的支持。没承想，首长压根儿就不想理他。加上这一年来和胡忠庆相处淡漠，让他越发觉着自己人微言轻，也彻底打消了这种越级请示、曲线救国的念头。

"坐吧。怎么觉着你越来越忧郁了？"徐清宇坐在那里欠欠身，笑眯眯地盯着雷钧说道。

师长这玩笑有点亲昵，雷钧脸和脖子瞬间变得通红。

"哈哈！"徐清宇开心得开怀大笑，"没想到你也会这么拘谨，看来我要重新审视一下雷钧同志了！"

雷钧有点儿无地自容，这是他第一次与当了师长后的徐清宇如此近距离接触。作为一个低阶军官，不管你出生在什么样的家庭、成长在什么样的环境，在面对高官时都很难做到坦然自若。何况，这两年的基层经历，部队教会了他很多,包括鲜明的等级观念。

面对雷钧的拘束,徐清宇的心情有点儿复杂。他本性并不是一个喜欢开玩笑的人,在部属面前,大多时候都是不怒自威,极少喜形于色。今天换上一副面孔,就是为了拉近与这个背景特殊的年轻人之间的距离,没想到弄巧成拙,反而让这个年轻人变得无所适从。

徐清宇决定切入主题,他直接说道:"前几天的电话我没接,心里有想法了吧? 今天就是专门听你反映问题的。"

雷钧微舒一口气,说道:"金场长转业前嘱托了我两件事,其中一个马铃薯项目,胡场长已经落实了。还有件事,我跟他意见有点不同,沟通了几次,没办法达成一致。思来想去,我觉着这事很有意义,所以想听取您的意见。"

"是想让我出面摆平? 其实老金这两个心愿我是知道的, 胡忠庆也跟我提过!"徐清宇一脸平静地说道。

徐清宇的回答,让雷钧始料未及。一时间竟不知如何搭话。

"你是铁了心地想办扫盲班? 还是仅仅因为和胡忠庆意见不合, 想在我这儿讨个说法?"徐清宇问道。

雷钧没听明白这话是什么逻辑,未及细想,便肯定地回答道:"我是想得到您的支持!"

"怎么支持?"徐清宇反问。

雷钧愣了一下,说道:"我认为这个事情非常有意义,老百姓们有这个需求,我们也有这样的资源。"

徐清宇微微点头,说道:"胡忠庆一定告诉过你,金场长在位的时候曾经组织过这样的活动,当时我还是副参谋长。军师两级首长都十分重视,军区的报纸还作了报道。为何这么有意义的事,我们没有坚持下来?"

"我听说了。"雷钧有点激动地说道,"我们怕出事! 安全第一、稳字当头! 训练怕出事故、战斗怕出伤亡、和老百姓接触又怕出军民纠纷! 所以,我们所谓的军民共建就是组织官兵扫扫大街,给学生上几堂国防教育课,逢年过节扛几袋大米、菜油慰问慰问困难户! 大家都知道,这只是个形式,我们还要去宣扬这是血浓于水的军民鱼水情,那意义不亚于我们的神舟飞船上天!"

"好了,今天不是来听你发牢骚的!"徐清宇的脸上有点挂不住了,但他还是非常耐心地听完。这小子果然什么都敢说,牛脾气一点没改。

雷钧也意识到自己又失态了,深呼一口气,接着说道:"我记得,读书时院长教导过我们,战时我们是百姓的守护神,和平年代我们就是国家建设的后援团。只要是老百姓需要的,我们的部队就应该不遗余力!"

"院长还教导过你们以后如何教导师长吗?"徐清宇笑着问道。

雷钧低下头,没敢再往下说。

徐清宇看着雷钧若有所思,冷不丁地说道:"我终于能理解副司令的良苦用心了!这样吧,这件事情你只要能说服你们场长,我就没有意见!"

雷钧闭上眼,极痛苦地微微摇头道:"如果我能说服得了他,也就不会冒死犯上了!"

"小雷,如果我下了这道命令下去,你考虑过后果吗?"徐清宇和颜悦色道。

"啊?"雷钧大吃一惊,不解地看着徐清宇。

徐清宇也盯着雷钧,半天没见他回应,才微叹一声说道:"有时候,学会做事,首先得学会做人。农场干部加起来不到十个,时间久了,谁放个屁都能闻得出来,就这几个人,关系都处不好,谈何更多的担当?谈何更大的抱负?"

雷钧微蹙眉头,一脸不忿地说:"我一直坦坦荡荡,所以才会到哪里都如此不堪,不受人待见吧?"

"你别误读我的意思。"徐清宇有点懊恼地说道,"人与人相处是需要技巧的,沟通更是如此。位置不同,立场也各不相同,设身处地,换位思考。胡忠庆既然能主动跟我提这个事,就表示他根本没有排斥。我觉得你要好好检讨一下,多在自己身上找找原因。还有,我刚刚想说的是,如果我下了命令,这个事情还得是你们场长具体去安排,你能不能参与进来也是他说了算。"

徐清宇可谓用心良苦。他思维发散,喜欢敲边鼓,讲话的方式有点跳跃,又习惯留有余地。苦的是一根肠子通到屁眼的雷钧,他能听明白道理,却很难理清逻辑。

"凡事都有个过程,你要学会适应环境,而不能一味强求别人去迎合你。我知道,以你的性子,有点难为你了!这就是部队,要把钝刀磨成利刃,也要把刺头磨平磨圆。锋芒毕露的地方应该是战场,棱角对的应该是敌人而不是自己的同志!有一天当你能坦然面对挫折,学会冷静思考时,你才会前途无量。"徐清宇语重心长地继续说道。

"谢谢。"雷钧挺直胸膛,声若蚊蝇。

徐清宇抬腕看了看表,说道:"好了,今天就到此为止。这件事情,我希望你能自己处理好。只要你认定是有意义的事,就尝试去干,一定要相信同志、相信战友。想办成一件事,方法有千百种,就看你的能力了! 还有一个劝告,有则改之、无则加勉,不管什么样的结果,都不要怨天尤人! ”

送走师长,雷钧独自坐在会议室里陷入了沉思。无论是师长的一席话,还是他即将要面对的眼前的这件事,对他来说都是个难题,需要慢慢去消化。

师长和雷钧关上门一谈就是近两个小时,这让胡忠庆有点惶然。这段时间,他一直枯坐在值班室里,静候师长召唤。他想不通,师长为何谁都不找,独独找他聊? 难道有什么特别的含义在? 这个桀骜不驯的年轻人会向师长反映什么问题呢?

听到会议室的门响,胡忠庆赶紧从值班室里冲了出来,紧跟在徐清宇的身后,试探性地问道:“师长,其他几个干部我都通知了⋯⋯”

徐清宇匆匆下楼,头也不回地举手过头,冷冰冰地说道:“我晚上还有个会,等到你们马铃薯长芽了我再来看看! ”

“晚饭都准备好了,您看是不是吃了再走?”胡忠庆仍不甘心。

徐清宇已走出营房,停下脚步,想说点什么,想想又抬脚往前走。胡忠庆顿觉无趣,紧赶几步,上前拉开车门。

徐清宇关上车门,摇开窗户对站在外面的胡忠庆说道:“工作要一步一步来,心急吃不了热豆腐,光靠嘴巴吹是不行的! 开弓没有回头箭,我等着看你这个项目的成绩单! ”

大年三十一早,胡忠庆喜气洋洋地领着老婆孩子进了农场。这个春节,他早就放言要留守农场,带着家属和官兵一起过年。和他一起留守的干部还有熊得聪、周永鑫和雷钧。

胡忠庆那七八岁的儿子,肉嘟嘟的,车子还没停稳,小孩子就呼啸着蹿了下来,像只小兽一样,一边惊呼,一边满地飞奔。

胡忠庆的老婆身材高挑,看起来一点儿不像步入中年的妇人。一头精致的波浪长发,下摆过膝的水红色呢子大衣再配一双黑色的深筒皮靴,走起路来袅袅娜娜、风情万种。夫妻俩站一起,一红一绿,相得益彰,让人如沐春风,好不羡慕。

熊得聪看上去比胡忠庆还要兴奋,他对胡夫人并不陌生,整个农场只有他和少数几个当年参加了胡忠庆婚礼的人见过她。而他算是胡家的常客了,每年都会去蹭上几顿饭。见到两人,熊得聪忙不迭地迎上前去,盯着胡夫人笑逐颜开,打趣道:"哎哟! 这是谁啊? 天下掉下来的吧? 呀呀呀! 看我这眼神,原来是嫂子! 我还以为老胡在路上捡了个新媳妇! "

胡夫人粉脸飞红,俏目含嗔。

"嫂子这是从哪里来? "熊得聪不依不饶。

胡忠庆故意板起脸,答道:"熊得聪,你小子当我不存在是吧? 有你这么明目张胆搭讪的吗? "

"得! "熊得聪笑道,"嫂子你看见了吧? 这就是你男人,对老婆温柔体贴,对同志毫不留情! "

胡夫人捂着嘴笑,一旁的雷钧和周永鑫也忍俊不禁,开怀大笑起来。

都说一个男人的品位如何,看看他选择的女人就知道了。一嫂的到来,让农场的兵们对心目中形象并不伟岸的胡忠庆,瞬间多了几分好感。雷钧亦是如此,看着这一家子温馨的场面,心里暖暖的,早将这几日来的烦闷丢在了脑后。

胡忠庆兴致大好,一家人和兵们吃过年夜饭,又把留守的三个干部请到了自己的房间。几个人的话题一下子引到雷钧身上,周永鑫说:"小雷真是个怪人,两个春节都不回家,这一年多累积了几十天的假期,你小子打算什么时候休啊? "

雷钧一脸尴尬,瞄了一眼熊得聪,这伙计正悠然自得地剥着花生。

胡忠庆答道:"小雷同志舍小家为大家。年轻人都是这样,没什么家的概念,等到结婚生子了,才会恋家。父母身体还好吧? 多给家里打打电话,等到开春了,回家走一趟,路也不远嘛! "

"他们身体都很好。"雷钧有点紧张,很想马上转移话题。其实他不知道,胡忠庆早就对他的身世心存怀疑,前几天师长只找他谈话,更加深了他的怀疑。

这伙计还刻意翻出了雷钧带到农场的一份个人档案。可惜他有点失望,家庭成员一栏里,留的是雷啸天一个鲜为人知的名字"雷小田",这是他的原名,参军后才改名为雷啸天。而刘雅琪的名字,估计整个 D 师除了徐清宇外,都无人知晓。

胡忠庆见雷钧兴致不高,转而说道:"小雷啊,你上次讲的扫盲班的事情,我考虑了很久,并且征求了师领导的意见。"

雷钧没想到他会主动提这个问题,心头一颤,忙不迭地问道:"那师里的意思是? "

胡忠庆反问:"徐师长那天找你谈话的时候,难道没提这件事吗? "

第二枪 绝望中永生

"提了，他让我再征求您的意见。只要您同意了，师里就没意见！"雷钧明知场长又在套他的话，还是非常爽快地回答了。

"哦。"胡忠庆若有所思，抬眼看看熊得聪和周永鑫，对雷钧说道，"小雷，师长的意思应该是要我们农场党委研究决定吧！怎么能只听我一个人的意见呢？"

雷钧点点头。胡忠庆这手太极的功夫已臻完美，话说得滴水不漏，这让他不得不服。

"这样吧，反正今天晚上党委成员过了半数，咱们就讨论下这个事。我知道，这个事一天不明确，小雷就无法兑现自己对金德胜同志的承诺。"胡忠庆笑吟吟地说道。

沉默好久的熊得聪终于开口说道："我觉着吧，首先这是个好事，但这事情没有想象的那么容易。得要花很大的精力，老百姓还不一定买账。而且，同志们对几年前的事还心有余悸。我们应该要慎之又慎！"

周永鑫也附和道："是啊，老熊说得实在，这个事情要从长计议。目前来看，温室刚刚建成，会牵扯不少精力。我个人的意见是，等到开春再说，天气回暖，马铃薯项目也差不多得有个定论了。"

胡忠庆点头说道："我也是这么考虑的！事情要一个一个解决，工作也要一步一步去做。目前，我们的工作重点在马铃薯上，一点都马虎不得！我的牛皮已经吹出去了，咱农场组建这么多年来，我感觉这一次最让人扬眉吐气！要是一个不小心吹破了牛皮，在座的各位往后的日子都不会好过。老徐的脾气你们应该都知道，事情还在顺利进展，我就开始挨他训了……"

雷钧一直在默默地倾听，现在他已经释然不少了。众人讲完，他才小心翼翼地问道："我们是不是应该表决一下？"

"哈哈！"几个人都乐了。

熊得聪抢先笑道："小雷你还真爱较真。同志们的意见都很明确啦，就是个什么时候执行的问题。不用再表决了吧？"

胡忠庆面露不悦，熊得聪有点自作聪明，他其实是真的没想好这个事要如何办。今天主动提这个事，他是知道躲不过的，雷钧迟早还得找他磨叽。另外，正如雷钧所想，他就是想知道师长那天跟他到底交流了些什么。没想到让熊得聪这个搅屎棍，有意无意地将了他一军。

"既然大家的意见都明确了，这个事就先搁一下。小雷，你先作个详细的调研，去走访走访，收集一下老乡们的建议。最终还是要拿一个详细点的可行性方案出来,最后还得报到师里审批。"胡忠庆算是给此事暂时下了个明确的指示。

这天晚上,雷钧同志兴奋得一夜没睡。事到如今,他已经不再害怕会出什么幺蛾子了。从那天师长的话和今天胡忠庆的反应来看,这伙计虽然行事有点诡异,但脑子并不糊涂,更不至于完全公私不分。

他有他的一套做人和做事的方式,虽然多数时候会让人心里不舒服也不可避免地把他往坏处揣摩,但他的确还是愿意做些实事的。

接下来,如何做,就要看自己的了!

阿拉善东面的戈壁滩边,有一个毫不起眼的小村庄——蓝河子,那是一个甚至在 20 世纪 80 年代出版的内蒙古地图上都找不到的地方。与游牧民族居无定所不同,这里世代居住着几十户以放牧和采掘肉苁蓉为生的百姓。

蓝河子正如她的名称一样,是一个美丽的地方。除了风景迷人,还因为这里流传着一个美丽的传说。七百年前,铁木真手下的一支精兵穿越巴丹吉林沙漠,一路征战,来到距离这里数十里外的一个地方时,已经兵困马疲、粮尽水绝。饥饿对蒙古汉子来说并不是最致命的问题,最可怕的是没有水喝。穷途末路的兵们杀马饮血,没想到非但没能止渴,许多兵还染上了一种怪病,身上的皮肤开始一片一片地溃烂。数万精疲力竭的大军被困在了方圆不足五公里的地方,寸步难行。

指挥这支部队的将军,下令属下出去找水。有一个十六岁的小兵,在找水的途中救了一只被狼追赶的麋鹿,小兵也因此被狼咬伤,奄奄一息。醒来时,他发现自己躺在一个河谷边,那只报恩的麋鹿已经绝尘而去。这里的河水就像一块巨大的蓝色宝石嵌镶在戈壁上,小兵艰难地掬起一捧河水放入嘴里,沁入心脾的河水让他精神大振,身上的伤瞬间不治而愈。

大军被救,蓝河子也因此得名。成吉思汗为了感谢小兵,三年后赐给他一百个奴隶和无数珍宝,让他留守在此。没想到,得了恩施的小兵再来这里的时候,蓝河子已经不复存在,只留下了干涸的河谷。小兵顿时醒悟,那或许是条并不存在的神河,是长生天救了他们。于是他尽散珍宝,遣散了九十八个奴隶,只留下两个奴婢,在这里繁衍生息……

这里距离 D 师农场只有不足四公里,因为人口相对集中,便成了雷钧调研的首站。据农场十年前掌握的资料,这里的村民应该接近两百人。十年前,这里

163

我从未放下这面旗帜
不管走到哪里
它都在我的心中猎猎作响

第二枪　绝望中永生

的孩子几乎没有正常上学的，村里唯一一个懂点文化的是一个六十多岁的老兵。

老兵祖籍甘肃，因为战乱和天灾，十多岁便成了孤儿，追随路过的解放军，当了一名勤务兵。20 世纪 50 年代末，他从部队受伤后复转，在回家的途中路过美丽的蓝河子，于是选择了在这里定居。

老兵一辈子未成家，因为村里有个习俗，不和外人通婚。他用在部队里学来的那点文化知识教授村里的孩子们，几十年来从未间断。三年前，年过七旬的老人与世长辞，孩子们从此失去了学习文化的机会。

当地政府也曾经作过努力，试图让孩子们到十几里之外的镇里上学。最后终因路途遥远，多数村民放弃了孩子求学的机会。陪同雷钧一起到蓝河子的是旗教委的一个年轻干部，关于这里的一切都是从他口中得知的。一路上雷钧面色凝重，压抑得喘不过气来。

好在，年轻的干部向他透露了一个好消息，地区政府和教育部门已经将蓝河子这样情况的村庄纳入了整体规划。打算在未来两年里，兴建二十所中小学或者办学点，并号召本地高校的大学生们充当志愿者，走村入户，为不能上学的孩子们传授知识。

在蓝河子，雷钧走访了所有三十多户人家。热情而质朴的牧民们，眼神中流露出太多的无奈。村里只有三户牧民的孩子还坚持在镇里上学，但更多拥有几个孩子的家庭，因为负担不起学费和担心孩子的安全，选择了休学。很多孩子，甚至连学校都没有去过。这让雷钧震惊之余心痛不已，特别是看到孩子们天真无邪的笑脸，更是让他无法释怀。

临行前，会汉语的村长告诉雷钧，村里来了两男一女三个内蒙古师范大学的志愿者。他们就住在村西老兵留下的那座石头房里。雷钧决定去拜访他们，没想到大门紧闭。透过门缝，可以看到空旷的客厅里摆着几张桌椅，还有一个悬挂在墙上的小小黑板，那上面一行娟秀的粉笔字清晰入目："我爱你中国，亲爱的母亲"。

出乎雷钧的意料，这次他伏案整整两天两夜完成的调研报告，在胡忠庆那里以最快的速度上报给了师党委。胡忠庆没有召开党委会研究，甚至连一个字都没有修改，只在报告的最后加上了一句"恳请师党委予以重视为盼"。

事实上，雷钧陈述的事实，胡忠庆早已了然于胸。而他充满悲悯情怀的表述方式，也感动了这个四十多岁的男人。

师党委迅速作出了响应，第三天就派出了以政治部主任为首的考察小组。最让人始料未及的是D师干休所的老干部们，他们不仅捐出了五万多元现金和部分图书，还通过D师和集团军联名上书给自治区政府。

这件事情，胡忠庆可谓不遗余力，游说老干部捐款的正是他的同学，D师干部科的科长。几天后，就在师政治部主任率领考察小组在雷钧的引领下走村串户的时候，雷钧的那份调研报告，直接辗转到了军区副司令雷啸天的手中。

此时的雷啸天，正躺在军区直属医院的特护病房里。一切迹象表明，雷啸天这次遇上了一个重大的麻烦。他的肝硬化已经到了中晚期并且伴有腹水，最可怕的是已经有了癌变迹象。

院长是闻名全军的肝病专家，看到这样的结果也不住地摇头叹息。两年前，他就向雷啸天发出过警告。可这位铁骨铮铮的将军不以为然，反倒怨他小题大做。

雷钧对父亲的处境并不知情，而在入院这件事上，刘雅琪和雷啸天惊人的默契，两人都绝口不谈让儿子回来。除了军区和各集团军少数领导以及雷啸天身边的人，谁都不知道雷副司令员病休。因为他在住院前，就和军区领导达成条件，一是对外保密，二是要正常履行除出行和会议之外的日常公务，否则坚决不住院。

雷钧的报告是徐清宇抄送给雷啸天的。他笃定地认为，副司令拿到这个东西后，一定会有所感触，或许会对其子的看法有一个质的改变。如他所料，躺在病床上的雷啸天，将这个近两万字的报告来来回回看了数遍。整个下午，将军都沉默不语。儿子灿烂的笑容和忧郁的眼神在他的脑中交替呈现，忽而看到他伏案灯前奋笔疾书，忽而看到他在烈日下挥汗如雨，忽而看到他在冰天雪地中缓慢前行……

"雅琪。"雷啸天一脸凝重地对来探访的夫人说道，"我想跟你商量件事儿。"

雷夫人有点吃惊地放下手中盛满鸡汤的瓦罐，看着明显消瘦的丈夫。

雷啸天从床上拿起那份报告递给夫人："你先看下这个！"

雷夫人接过报告，扫了一眼标题，心里咯噔了一下，说道："这是小钧写的？"

雷啸天微微地点点头。

半个小时后，雷夫人拭了拭眼角，柔声说道："说吧！我知道你和我一样，被雷钧同志感动了。"

"这份报告，让我重新认识了他！"雷啸天沉默良久后，说道。

"是吗？太难得了！"雷夫人面露喜色道，"那你跟我分享一下你的感受吧？"

雷啸天长叹一声："我对孩子是不是太不讲情理了？"

"你说呢？"雷夫人冷声反问。

雷啸天动了动身子，让自己靠得更舒服些，然后说道："我知道这孩子受了委屈，我更知道他有理想有抱负。可是，我总感觉他身上有种浮躁之气，做人浮、做事浮。今天，他让我有点震撼。"

"他才多大？你要反思的是，从小到大你的教育方式！"雷夫人红着眼睛，说道。

雷啸天有点不悦，沉声道："我二十五岁的时候，已经是营长了！这跟年纪有什么关系？"

"你看你，一点就爆。"雷夫人很不满地说道，"我记得有人跟我说过，他当了营长后，还在跟师长顶牛，就是因为师长的秃头他看着不舒服。关了三天后，还叫嚣着要转业！对了，他还跟我说，唉，我那时候太年轻啊……"

"哈哈！"雷啸天被夫人逗乐了，大笑道，"刘雅琪，这话我讲了至少有二十多年了吧？你怎么又给我倒腾箱底啊？你这个同志……"

"怎么了？"雷夫人两眼一瞪，"我说错了吗？凡是犯了错误，你都说自己年轻。你说，有没有这回事？"

雷啸天哭笑不得，告饶道："得得得！一批评我，你就劲头十足！"

雷夫人忍着笑，板着面孔问道："兜了一圈，你到底要跟我商量什么事儿？"

"我想收回我曾经说过的话，再给他三年时间，让他有个奋斗的目标。如果他能挺过三年，把这个助学活动做到有始有终，往后，按照他的能力，哪个单位想调他，我都没意见！"雷啸天说道。

"三年？"雷夫人一声惊呼，"你想让他在农场待五年？你当初就真的想让他在农场一辈子不得翻身？你真是个疯子！"

雷啸天说道："军中无戏言！"

"见你的鬼！你身体就是好好的，最多也只能在这个位置上干三年了。在位的时候，你把儿子当做实验品，任人鱼肉；你退了，谁再来拉他一把？"雷夫人火了，有点口不择言。

雷啸天脸色微变："刘雅琪同志，你也有二十多年党龄了，能不能少讲一些浑话？谁鱼肉他了？你希望谁拉他一把？我告诉你，我就是要让他忘记他有个当副司令员的老子！"

"好好好，我没有你这个政治觉悟。二十五年前我就告诉过雷团长，刘雅琪只是个小女人，除了爱国、爱党、爱人民，她思想落后、晕血怕枪！"雷夫人已经出离愤怒了，讲完这些话后，便起身拂袖而去。

过了大约五六分钟，护士长敲门而入，看着雷啸天铁青的脸，端起瓦罐，怯怯地说道："副司令员，阿姨说这鸡汤要您趁热喝了。"

"她走了？"雷啸天问道。

护士长道："阿姨在我们值班室里，好像是生气了。"

"你去告诉她，做事别半途而废，她不来，我就不喝！"雷啸天正色道。

"是！"护士长转身捂着嘴，悄无声息地退出了房间……

阿拉善高原的春季铺天盖地的时候，D师援建的第一所牧民小学，在蓝河子挂牌了。那是阿拉善一年中最美的一天，牧民们舞动着彩袖，翩翩起舞、引吭高歌；官员们热情洋溢轮番演讲；孩子们穿着新衣衫，在人群中穿梭、跳跃……

终于可以给老金一个交代了！雷钧远远地站在人群的后面，内心深处交织着欣喜与不安。一切恍然如梦。这场活动因为一群老干部的参与，地区政府将解决学龄儿童上学问题当做了头等大事，提出了绝不让一个孩子失学的承诺，提前启动了规划，并且为此招募了大批教师。这也就意味着，一波三折的助学活动被政府全面接管了。也许，过不了多久，人们就会忘记曾经有一个年轻人为此付出的努力。

好多天后，胡忠庆在农场的军人大会上，亲手为雷钧戴上了三等功勋章。这个年轻的中尉，百感交集。那天晚上，他摘下墙上的那面血书裹住勋章，一起锁进了衣柜……

七　生离死别

时光飞逝，如白驹过隙。雷钧在农场的第五个年头，西北局部地区遭遇了一场百年不遇的干旱。就在这一年的初夏，旱情最严重的时候，和病魔顽抗了多年的雷啸天，终因力不从心，被确诊为肝癌晚期后，从副司令员的位置上黯然病退。此时的雷钧，远在数百公里之外，正带着手下的兵们夜以继日地抗击旱灾。

　　一年前的秋天，雷夫人五十岁寿诞的时候，一边和父亲较劲，立志"不破楼兰终不还"，一边时刻在思念着母亲的雷钧，终于找到了一个再好不过的理由，兴奋地请假准备探家。谁曾想，就在回家的头天晚上，几个还有不到半个月就要退役的老兵失踪了，等到在几十公里之外的县城里找到人的时候，已经是三天之后了。胡忠庆没有开口，但雷钧还是主动取消了休假，一直陪着受了处分的几个老兵，度过了他们军旅生涯的最后几天。

　　儿子没回家，向来性格温顺体贴的雷夫人，认定了儿子是在找理由，气得三天粒米未进，大骂雷啸天养了个白眼狼，并在此后的半年多拒接儿子的电话。因为此事，雷钧苦恼了很久，甚至萌生了退役的念头。他在迷惘，自古忠孝不能两全，而自己这样非忠非孝，只为了赌一口气，看似毫无希望的坚守到底还有没有意义？他曾经写好了转业报告，却在与师傅老范的再一次会面后，毅然决然地将报告撕得粉碎。

　　在雷钧看来，老范几乎一夜之间成了先富起来的那部分人，变身范总。两年前，杂志社改制，由财政拨款的事业单位变成了自负盈亏的企业。副总编老范，谢绝了当地文联、日报社和民办大学的邀请，变卖房产，使出浑身解数，将杂志社变成了自己名下的文化公司。接着招兵买马，用了不到两年时间，便成为西北地区最大的图书、报刊与音像制品发行商之一。

　　老范来农场的那天，开的是奥迪车，比当年少将副军长来视察时还有派头。车门一开，司机迅速从车头绕到右侧，举手弯腰打开车门。老范下车后，紧了紧身上黑色的风衣，远远地向十米开外的雷钧伸出了温暖的大手。那一刻，手足无措的雷钧感觉恍若隔世。范总在农场逗留了两个小时，其间还分别和闻讯赶来的农场领导胡忠庆和熊得聪进行了亲切而友好的交谈。那天，他不知道自己和师傅到底聊了些什么，只清晰地记得师傅临走时，拍着他的肩膀说："渠道总监和行政副总随你挑，只要你愿意，可以待在北京的家中足不出户……"

　　人总是会变的，师傅走后好久，雷钧才想通了这个问题。那一刻，他是那么的孤单与无助。撕了转业报告后，他知道自己再也没有退路了。

　　走下领导岗位的雷啸天，病情急速恶化，经历数次化疗后，已变得形销骨立。这个一辈子不服输、坚强得像山一样的铁血老兵，忍着剧痛，在生命进入倒计时的最后一段日子里，仍旧谈笑风生。他在众人面前从不显露自己的病痛，甚至不准身边的工作人员谈论。他执拗地认为，和他在战争岁月经历过的无数

我从未放下这面旗帜
不管走到哪里
它都在我的心中猎猎作响

次险情与伤痛一样，这一次，自己仍然能安然无恙。

日渐憔悴的雷夫人，强装笑颜，片刻不离左右，没有人能够感受得到她内心经历的痛苦与纠结。医生给出的最大期限是三个月，而自己这个一辈子的亲密爱人和革命战友仿佛一直蒙在鼓里，在残酷的现实面前像一个没有长大的孩子。而对待另外一个男人，那个冤家对头，雷啸天又表现出异乎寻常的警惕，坚决不准任何人向他透露自己的病情，包括刘雅琪同志。雷夫人不敢坚持，只得摇头叹息、埋头抹泪。一边在不停地祈祷奇迹发生，一边又殷切地盼望着儿子能有所感应，不期而归。

当将军再一次从深度昏迷中缓缓醒来时，看着他枯槁的面容，刘雅琪终于忍不住潸然泪下，跪在地上紧紧地抓住雷啸天的手哽咽道："老雷，让小钧回来吧！让我们一起陪着你！"

将军闭目摇头，睁开双眼，精光四射："你是说让他回来给老子送终吗？你认定了雷啸天就要完蛋了是吗？"

刘雅琪几乎失声痛哭，埋首床前，良久，才抬起头来说道："老雷，昨天晚上你一直在叫小钧的名字，不要再违背自己的意愿了好吗？"

雷啸天轻轻地抽出自己的左手，轻叹一声道："雅琪你起来。你不用瞒我，我比你们任何人都清楚自己的状况。医生是不是告诉你们我只有几个月的时间了？你告诉他们，老子没那么容易死，一个小癌症还能比战争更可怕？你让雷钧回来，不是他向老子低头，老子就得向他低头，这比死更可怕！你放心，真到了那一天，老子会留时间给他的，老子还憋了一肚子话没跟他说！"

接到父亲病危消息的那天，上尉雷钧正带着几个新兵，在离农场十多公里外的一片沼泽地里割草喂羊。老将军兑现了自己的诺言，两个月后，医生下达病危通知的第二天，两个男人终于泪眼相望……

一辆福特越野车如离弦之箭，向着京城的方向疾驶。时值深秋，风沙肆虐的季节，蒙古大地上广袤的戈壁与草原，满目苍凉，肃杀一片。车里一老一少两位军官正襟危坐、沉默不语。沙尘恣意地扑打着车窗，高速运转的马达的沉闷的轰鸣声清晰可闻。

"小雷，你母亲的身体还好吧？"副驾驶座上的徐清宇，通过后视镜盯着雷钧，平静如水地问道。

雷钧抬起头来，眼里噙满了泪水，吸吸鼻子轻轻地摇头说："我也不知道，已经好久没有和家里联系了。"

徐清宇轻叹一声，换了个舒服的坐姿，木然地看着窗外。车内，又陷入了沉寂。雷钧回想着："咯咯咯，爸爸，快放我下来！"年幼的雷钧坐在父亲的肩头，紧紧地搂着他的脑袋告饶。

"臭小子，就这点儿胆子长大了还想跟着老子去打仗？"满院子飞奔的雷啸天，气喘吁吁地仰头看着儿子晃悠的小脑袋笑骂。

……

"哈哈！好小子，瞧你这精气神，还后悔没去北大吗？"某陆军学院门口，雷啸天拍着儿子的肩臂仰头大笑。

雷钧回头看着庄严肃穆的军校教学楼，依依不舍。

"军校毕业，就意味着真正的军旅生涯才刚刚开始！把对这里的感情，留给你的兵们去吧！"

"走啊，还愣着干什么？副司令亲自来接你，还委屈你了？"

……

"我这么大个官，喝酒还得赶时候。第一，儿子回家；第二，太阳打西边出山！"雷啸天迫不及待地拿过儿子的酒杯满上，然后端起自己的酒杯说道，"来，托你的福，老子敬儿子一杯酒！"

"肝都快成石头了还要喝！"刘雅琪板起脸来嗔骂。

雷啸天哈哈大笑："别听你妈的，自个儿喝不了见不得别人喝！"

……

"冲啊！"雷啸天须发贲张，回头鄙夷地看了一眼趴在地上的儿子，挥起枪独自向前冲锋。

到处都是震耳欲聋的爆炸声，父亲的身影在弥漫的硝烟中越行越远。呼啸的炮弹、子弹在空中交织出一道道炫目的线条，时而在他的身边和脚下跳跃。

当父亲的身影彻底消失，伏身地面的雷钧，如梦初醒，不顾一切地跃身而起，向着父亲前行的方向追去。

满目狼烟，父亲已不知所踪。

"爸爸，爸爸，你在哪里？等等我……"雷钧声嘶力竭地呼喊着。

硝烟散尽，四周一片空旷，没有敌人、没有战友，死一般的沉静。

一辆白色的救护车，迎面驶来，耳边响起刺耳的鸣笛声。

"爸爸!"雷钧惊恐地一头撞向了前座的后背。他抬起头来,甩甩脑袋,茫然地看着前排的徐清宇,又扭头看向窗外。一辆救护车从右边超越,风驰电掣地向前驶去。

"醒啦,小雷?"徐清宇抬头看着后视镜,柔声说道。

"这是到哪里了?"雷钧问道。

"进北京城了,再有半个小时就能到!"司机答道。

"师长,您说我父亲能挺过这一关吗?"雷钧红着眼睛,惶然问道。

徐清宇轻叹一声:"我应该早告诉你的……"

雷钧闭上眼睛,泪水夺眶而出。

"这次一定要好好陪陪他,兴许能有奇迹。你们父子俩,本来不应该这样的……"徐清宇欲言又止。

隐藏的伤口突然之间崩裂,透彻骨髓的抽痛如浪潮般汹涌地袭来,上尉的嘴角不停地抽搐着,浑身颤抖,不能自已。

越野车缓缓地驶入解放军某医院。幽静的高干病房楼被一片火一样的枫树林包裹着,通往那里的小道铺满了未及清扫的落叶。一位高大的中校,面色凝重地冲着走下车的徐清宇行礼。

"首长,我父亲……"雷钧未语哽咽。

中校轻轻地拍了拍雷钧的肩:"刚刚又昏迷过去了,一个小时前,还在念叨你的名字。"

雷钧长舒一口气,甩开二人,疾步向大楼走去。

"听我说,小雷。"中校紧追几步,抓住雷钧的手臂说道,"阿姨现在情绪不稳,千万不要问太多。等会儿主治医生会告诉你注意事项,一定要冷静!"

雷钧狠命地点头。

三号病房外,十多个军官和医务人员神情肃穆地站成两列。看到雷钧过来,众人一阵轻微的骚动,然后都向他投来坚定的眼神。两鬓斑白的主治医生,拉住雷钧低声叮嘱:"你母亲一个人在里面。将军现在的情况很不稳定,耐心地等他醒来,千万不要打扰到他。"

偌大的病房,冷得彻骨。眼前的场景,让雷钧心如刀绞。一袭黑装的母亲,瘦小的身躯背对着房门,埋首床前。她在喃喃地低语着,又像是在低声吟唱。冰冷的器械上闪烁着怪异的光芒,巨大的氧气瓶像一只狰狞的怪兽横亘、突兀在病房里。

看不到父亲的脸庞，他应该在安静地听着母亲的絮叨，或者，已经在歌声中甜甜地睡着了。他就这样痴痴地站在那里，一动不动，他没有勇气再向前移动一步，任凭汹涌的泪水从脸上无声地滑落。

母亲一直没有回头，除了父亲，这个世界仿佛一切都与她不相干。哪怕是多年未见的儿子近在咫尺，也像是浑然不觉。

好久好久，像过了整整一个世纪，他鼓起勇气向前迈出了一步。终于看见了父亲。那张曾经饱满坚毅、不怒自威的面孔，如今颊骨隆起，像刀削般苍白安详，看不到一丝血色、一丝生气。

"妈妈。"雷钧俯身搂住母亲的肩膀，怯怯地叫道。

刘雅琪肩头颤动，紧紧地抓住又拨开儿子的手，慢慢地站起身来，她的脸上看不到悲伤。望着泪眼婆娑的儿子，她举起了右手，用力地向他脸上挥去。

"出去！"刘雅琪低微的声音不容置疑。

雷钧低头闭目，双膝跪地。刘雅琪再次挥起了右手，又轻轻地放下。那一刻，胸口犹如突遭重击，痛得她无法喘息。这个心力交瘁的妇人，终于彻底崩溃。眼前一片模糊，手扶床沿，她轻轻地瘫倒在地……

夜已经深了，病房外和临时开辟的休息室里挤满了人。几个小时前，医院正式通知了军区。脉搏、心电图和所有先进的医疗监测设备都显示，将军这一次可能永远也醒不来了。将军身边所有的工作人员、军区首长，悉数来到了医院。等待告别的时刻，让所有人备受煎熬，他们都在默默地祈祷着、期盼着奇迹的发生。

雷啸天最后一次醒来时，已是第二天凌晨一点钟。他至亲至爱的亲人和战友们，已经在床边默默地守候了整整七个小时。

"爸爸！"雷钧兴奋地抓住父亲的双手叫道。

雷啸天睁开双眼，愣愣地看着天花板。

刘雅琪温柔地抚着将军的脸，忍着泪水，笑道："老雷，看啊，儿子回来了，小钧回来了！"

雷啸天张开嘴，点头微笑，眼角泛起一颗晶莹的泪珠。

"爸爸，我是小钧，您听见了吗？"

将军吃力地抬起手来，雷钧轻轻地抓起父亲的手紧紧地贴在自己的脸上。他嗅到了父亲熟悉的气息，虽然那只手是那么的冰冷和干瘦。

刘雅琪哽咽着："老雷，你不是说有很多很多话要跟儿子说吗？他回来了，你为什么还在躺着？"

将军闭上双目，手指在儿子的脸上轻轻地划动。他的嘴角微微地嚅动，想要说些什么。雷钧双膝跪地，他知道，父亲一定是在勉励他，最后的时刻到了。

"起……来，不准哭。"将军的声音突然响起。所有人都为之一振。

"孩子，"将军紧紧地盯着儿子，眼里仍旧是熟悉的威严，"记住了，你是个军人，不准哭，不准跪着！"

雷钧咬着唇角狠命地点点头。

"好嘛，你终于肯回来见我了。好样的，是我雷啸天的儿子！还恨爸爸吗？"

雷钧竭力地忍住想要澎湃而出的泪水，摇着头："不会的，爸。"

雷啸天开心地笑了，微微地闭上双目，嘴里喃喃地说道："孩子，坚持住，照顾好妈妈……不等五十年，不准她来找我……我有点累了，我要……休息了……"

雷钧慢慢放下父亲的手，轻轻地为他掖好被子，抬起手来，以军人的方式向父亲深深地告别。

遵照将军的遗嘱，治丧委员会仅向他生前的战友和亲朋好友发布了信息，新华社配发了一条简单的讣告。半个月后，雷钧捧着父亲的骨灰，撒向了将军一直魂牵梦萦着的，曾经战斗过的高原与戈壁……

一夜之间苍老了十岁的雷夫人，在儿子返回农场时，递给了他当年写的那份关于助学的调研报告，那上面有雷啸天密密麻麻的红笔批注。

回来的途中，雷钧将调研报告从头到尾细细地看了多遍。这是父亲生前第一次，也是唯一一次对他的文字作出点评。父亲挑了很多遣词造句上的毛病，提出了很多疑问和想法，但更多的是肯定，对每一个段落、每一组数据都写上了自己的感受。父亲的认真与细腻、赞赏与欣慰，让雷钧再一次陷入了痛苦与自责中。过往的一切误会和责备，在这一刻已彻底烟消云散。

两个月后，冬天即将来临前，D师农场经历了一场人事大变动。四十三岁的场长胡忠庆，奉调集团军干休所任职；本应顺势上位的副场长熊得聪，意外地被要求转业。

就在农场里议论纷纷，盛传已公开身份的前副司令员之子雷钧将由正连飙升数级，接任场长的时候，师后勤部部长带来了一位中校，同道而来的还有当年因胡忠庆而离开农场的士官老赵，二人旋即被宣布担任农场正副场长。而这场人事变革，仍然和雷钧毫无干系，后勤部部长甚至没来得及和他说上一句话，就匆匆而去。

兵们百思不得其解，多半都为这个在他们心目中神一样存在的管理员惋惜。胡忠庆临行前更是颇有意味地搂着他的肩臂为他鸣不平。雷钧对这一切泰然自若、一笑而过，没有不忿更没有失落。这样的结果，反而让他如释重负，至少说明，还没有人打算让他一辈子待在这里。父亲走了，潜伏在他内心深处的那一丝他不愿承认的幻想，已宣告彻底破灭。五年来，他无时无刻不想着有朝一日能昂首挺胸地离开这里，至于在这里加官晋职，他从来就没有考虑过。

新任农场领导，开始了大张旗鼓的改革，将整个农场分成了三个中队。结果出人意料，雷钧彻底被边缘化，除了仍旧负责全农场官兵的军事训练外，就连担负了两年多的农场后勤管理工作也交给了别人。

这事让他有点如鲠在喉，憋了几天后跑去找老赵。当年性烈如火、爽直痛快的老士官，竟然也学会打起太极了，他笑呵呵地说道："我这个副场长，在你面前还是个兵，咱只管技术，管不了人事。"

老赵说完看着雷钧不置可否的样子，又笑呵呵地话锋一转道："这事你也别乱想，我觉着场长这么安排，一定有他这么安排的道理。你千万别把我当什么领导看，我只比你多当几年兵。老哥当年就看出来了，你是闲不住的人，这里也困不住你！好钢得用在刀刃上，你别把自己给锈了。听我的，好好休息，养精蓄锐。"

老赵很谨慎，表面上，话说得滴水不漏，雷钧也听出了弦外之音。他突然感觉，一定是有人在上面打了招呼，而这个人，十有八九是自己的母亲。这让他的心情非常复杂，也无形中增加了他的心理负担。另一方面，在他的内心深处，那个几近熄灭的梦想的火种，再一次被点燃。

果不其然，半个月后，趁着节前全军安全大检查的机会，刚刚调任集团军参谋长的徐清宇，再一次来到了D师农场。他毫不避讳地在会议结束前，当着众人的面，通知雷钧留下来面谈。

"小雷，我准备要把你调离这里。"徐清宇开门见山。

雷钧心里咯噔了一下，长长地呼出一口气。一时间，千言万语不知从何说起。

徐清宇笑道："看上去兴致不高嘛？"

"没有！"雷钧摇摇头，"我只想哭。您知道，这一天，我等了好久了！"

"哈哈！"徐清宇仰头开心地大笑，"不错啊，不错！五年了，你的确变了！"

雷钧苦笑："我想知道，你们仅仅是为了同情我吗？还是我母亲在上面打了招呼？更或者是看在家父的份儿上？"

"你小子，还是那么咄咄逼人！"徐清宇正色道，"你说得没错，同情你的肯定大有人在！你母亲不止一次地找过我。而且，这一次调动，肯定跟您父亲也有关系！"

"我就知道。"雷钧幽幽地说道。

"怎么，又要闹情绪？我话还没讲完呐。"徐清宇说道，"雷副司令当年贬你到农场的时候，就告诉过我，以你的性子，至少要在农场锻炼五年。这些年来，曾经有很多人找我要过你，包括集团军宣传处、师政治部，还有你们二团。就在一个月前，二团的副参谋长张义，还在打电话向我要人。我相信他们不全是在同情你，你这五年的表现，很多人都看在眼里。有这么多人关注你，难道都是看在你父亲的分儿上吗？犯得着吗？至于你母亲，她为你作出的任何努力，你都应该理解。这一次的调动，与她无关，也不可能有关系，她希望我来说服你转业，你愿意吗？"

"对不起！"雷钧已经泪流满面。

"今天的一切，都是你自己争取来的！好了，不说这些了。现在的情况是，集团军和 D 师都有意让你重回宣传岗位；二团那边，张义的意思是想让你去司令部当参谋；还有，军区创作室也要人，那个主任也向我表达了想法；对了，二团政治处副主任郑少波也在打听你。好嘛，你小子，在农场里待了五年，饭没少吃、地没少种，把自己也蒸成了个香饽饽！"徐清宇说完，再次开心得大笑起来。

雷钧搓着手，脑子里乱成一团，不知该如何表达自己的想法。

徐清宇眉毛上挑："说吧，想去哪里？"

雷钧不敢再犹豫："如果真要我选择的话，我还是回二团吧，当参谋！"

"哦？"徐清宇有点惊讶，"听你这语气，好像都有点儿不情不愿？"

"参谋长，我一直有个梦想……"雷钧欲言又止。

徐清宇接过话："想回侦察连是吧？想回去当连长是吧？你觉得可能吗？先不说侦察连的干部都配置齐全，没办法插进去，就说你这五年，原来打下的那点儿底子恐怕早就落伍了吧？我觉得你还是回到宣传岗位上，回军区。第一，那是你的专业，你有特长；第二，你母亲需要照顾。"

"如果真是这样的话，我坚守了这么多年，就没有任何意义了。"雷钧的语

我从未放下这面旗帜　不管走到哪里　它都在我的心中猎猎作响

气有点沮丧。

徐清宇挥手说道:"我不强求,也不应该强求。你马上快三十岁了,现实就摆在面前!每个人,都会有很多梦想,不是每个梦想都值得去奋不顾身!你应该慎重地好好考虑一下。"

"谢谢您参谋长,如果可以的话,您让我去二团吧!去当参谋。在那里,至少可以无限接近我的梦想。而且,我和张义知根知底,从他身上,我可以学到很多东西。"雷钧不敢再提侦察连,却打定主意要坚持回二团。

"先别急着回答我,我可以再给你一个月的时间考虑。等春节,你回去和你母亲好好商量一下。二团那边,我会找他们主官沟通一下。你这个学中文的,又在后勤单位待了这么多年,我总得让他们心悦诚服才行!"徐清宇一脸不悦,却又无可奈何,眼前这个年轻人,让他有点儿无所适从。

雷钧没敢再坚持,也许,自己冷静下来,真的会有个长远的打算。毕竟,机会来之不易,太多世俗的问题还需要自己去解决。

刘雅琪对儿子的想法,出人意料地保持了沉默。她十分清楚,这父子俩的个性一脉相承,骨子里都是宁直不弯。如果自己再坚持的话,也许孩子会妥协,但只能将他从这个五年的疼痛拉入又一个五年、十年⋯⋯这背离了他父亲的初衷,也是她不愿意看到的。丈夫离开的这段日子里,她常常一个人在发呆,追忆过往的点点滴滴。看着儿子的转变,也更加理解了丈夫的良苦用心。

等待一件悬而未决的事落到实地,是最折磨人的。春节过后,再次回到农场的雷钧,度日如年,一边抓紧整理手头已经悄悄进行了三年多的一份文稿,一边焦急地等待着调令。他的心已经完全飞到了二团,飞到了那个让他无数次魂牵梦萦的靶场。好多次,他都冲动着想给徐清宇,想给离开侦察连后就再未联系的张义打电话,但每次兴冲冲地拿起电话后,又悄无声息地放下。

沉住气,一定要沉住气!或许那个调令就快下达了。

第三枪　雄兵重抖擞

一 浴火重生

在烦躁与不安中,第六个春天悄然降临。徐清宇像是跟他开了个天大的玩笑,雷钧没有等到调令,甚至农场关于他要调走的传言也日渐声微。令上尉措手不及的是,五月份的一个周末,二团副参谋长张义,意外地来到了农场。他带着三百多个已经下连的新兵,来农场参加义务劳动,开垦一块近百亩的荒地。

十多辆军车浩浩荡荡,车未停稳,坐在第一辆卡车上的张义就跳了下来,冲着来迎接的雷钧大叫:"雷钧!你小子还活着啊?"

两个五年未曾谋面的曾经的冤家对头,紧紧地拥抱在一起。

"这么长时间,为什么不来看我?"雷钧举起拳头,猛地砸向张义的胸口。

张义捂着胸口笑道:"这不是来了吗?还带着这么多兄弟来看你!怎么样?够意思吧?"

"你不够意思,真不够意思!"雷钧红着眼睛,摇头说道。

张义再一次搂住雷钧的肩臂,轻声道:"好兄弟,是我不对!等会儿安排好了,咱们好好聊聊!"

午后的阳光,温暖宜人。人工河的堤岸上,雷钧看着远处热火朝天的劳动场面,不无忌妒地对一旁席地而坐的张义说道:"五年前,你是正连,我也是正连;五年后,你成了一个可以向几千人发号施令的团首长,而我,还是一个正连职!没有枪,没有兵,只有一腔热血、满腔悲愤。"

"怎么还是那股穷酸劲儿?知道我为什么不来看你吗?就像你为什么不愿意去二团看我们一样,相见不如怀念!我要是来看你,以你小子当年的脾气,肯定会以为我得瑟,以为我闲得无聊来看你的笑话,我才不把自己这张老脸来贴你的冷屁股呢!"张义半调侃半认真地说道。

雷钧笑道:"找借口吧就!这次来,你就不怕我给你脸色看?我可是不管你当了多大的官儿!"

"嘿嘿!"张义手指那群新兵说,"你想欺负我,先问问咱那些兄弟答不答应!"

我从未放下这面旗帜
不管走到哪里
它都在我的心中猎猎作响

雷钧撇着嘴，默不做声。

"有心事？"张义关切地问道。

雷钧摇头轻叹："这些年……同志们都过得还好吧？"

张义道："铁打的营盘流水的兵，走了一拨又一拨，该升的升，该换的换，早已物是人非。对了，告诉你一件事，还记得咱们老团长吧？他又回来了，大概这几天就会履新。"

"啊？"雷钧吃惊不小，连忙问道："还回二团当团长？"

"师长！接老徐的位置。和那个代了半年师长的李副师长对换。传说是老徐力荐，军区首长亲自发话的！他现在是全集团军最年轻的师长。"张义说这番话的时候，一直盯着雷钧。

出乎意料，雷钧表现得很平静："凭什么呢？"

张义轻舒一口气："他先在陆军学院当了两年战术教员，然后又调任军事科学院战略部研究员，对新时期军队现代化建设和战略战术有独到的见解，很多大首长都听过他讲课。去年集团军搞了一次小规模的对抗演习，军长将他要回来担任红方副总指挥，结果他发动闪电战，不到十个小时就将蓝军围得水泄不通。最可怕的是，红军的特战小分队半夜端了蓝军的指挥部，活捉了统领蓝军的集团军副军长和他手下的所有高参！"

雷钧一脸惊愕，接着轻声说道："这都是用血的代价换来的经验！看来，我真到了万劫不复的地步了。"

"你小子，还记着那事呢？都过去这么多年了……"张义显然是早已料到，故作轻松又欲言又止。

雷钧圆睁双目，说道："一将功成万骨枯！他能忘记，你能忘记，可是我忘记不了！"

"有些事情，总有一天你会明白的。我不会忘记，我相信余玉田也不可能忘记！那是我们的兄弟啊，一条鲜活的生命……如果他还在，现在一定是一个优秀的指挥员了……"张义红着眼睛，声音有点哽咽，转而强装欢颜，"好了，不说这些了，以后，你们肯定还要相处！"

雷钧仰起头，一字一顿地说道："他就是当上司令员，我也要讨个说法！"

张义愣愣地盯着雷钧的脸，张嘴欲言，又摇摇头闭上了嘴巴。两个人都沉默不语，各怀心事，定定地看着兵们劳动。

"我以为你这次来，会给我带来什么消息。"过了好久，雷钧打破了沉默。

张义也回过神来："哦。我这次来正想跟你说这个事,你先沉住气。我能理解你的心情,还记得五年前我送你离开侦察连时说的话吗? 你要选择了妥协,你就不是我眼里的雷钧了!"

"不用跟我打太极,有什么话你就直说吧。"

"这件事并非你想象的那么容易,至于为什么,我想上次徐参谋长肯定也提起过。如果直接下调令,对你以后肯定不利。"

"你的意思是,团首长们不答应?"

"不是这样的。顾虑当然有,而且邱团长也跟我讨论过几次。其他几位首长的意思也差不多,我估计还得有个考察期。你的情况毕竟特殊。"

"怎么考察? 除了邱江和王福庆,二团的首长我几乎都不认识,他们也不可能认识我。就是他们俩,那也是五年多没见了。"

"我这不是来考察了吗? 虽然我算不得团首长。现在全团都在准备大比武,我估计最多到月底,邱团长和王政委就有可能会找你谈话。"

"好吧。"雷钧如释重负,"准备把我安排到哪里?"

"作训股吧! 这段时间你好好准备一下,按照老邱的脾气,他肯定要看你看家的本事有没有落下。"

"好!"雷钧身体一仰,顺势躺下,接着翻身开始一边做俯卧撑,一边说道,"我李云龙终于等到这一天了!"

张义纵声大笑:"今天中午,一定得好好招待老子,否则,往后有你小鞋穿的!"

D 师新任师长余玉田,履新后不到一个星期,就开始深入全师各基层单位调研。这位集团军最年轻的师长,两个月前刚刚过完四十八周岁生日,但他看上去,饱经沧桑,比实际年龄至少要大五六岁。

五年前,在他无法承受内心的煎熬,几乎要崩溃的时候,曾经义无反顾地想要脱下军装。当年,他是全集团军唯一一个拥有硕士学位的团级主官。最后在师长徐清宇和当时集团军政委的竭力挽留和举荐下,雷啸天爱才心切,亲自过问,他才选择了去军校任职。

应浩的牺牲,一直整整困扰了他三年。那些年,只要闭上眼睛,满脑子出现的都是应浩那张血肉模糊的脸。每年的清明和八一,他都会千里迢迢,一个人来到羊羔山,每一次都像经历了一场劫难,陷入无边无际的自责与痛苦中,久久不能自拔。五年里,他将自己全部的精力都投入到教学和学术研究中,除了偶尔深入部队考察外,几乎与世隔绝。在学员和大多数同事的眼里,他是个怪人,不苟言笑,除了教学活动,终日沉默不语。

他以为自己已经心如止水,这一生只能与书本和沙盘为伍,再也不可能铁马冰河、驰骋疆场、攻城略地了。一年前的那场演习,曾经燃起了他的激情,他想过打报告回到一线部队,纠结了好久,终究还是没能鼓起勇气。这次突然奉调重回D师,是他做梦也没有想到的。和军区组织部谈完话后,这个年近半百的汉子,抑制不住内心的激动,将自己关在办公室里号啕大哭。

这次回来,他肩负重任。军区和集团军领导都对其寄予了厚望,希望他能大刀阔斧,将自己研究的成果,由纸上谈兵、沙盘推演转换成真正的战斗力。全军区两个师试点改革,D师便是其中之一,而他便是为了D师的改革而归。

师直属农场是余玉田第一轮调研的最后一个团级单位。来这里之前,他跟谁也没有打招呼,直接带着后勤部部长和两个参谋从三团驱车赶来。

余玉田中午赶到的时候,院子里坐满了人,农场正在组织全体官兵学习集团军下发的文件。场长看到师长神兵天降,忙不迭地一声令下,跑步报告。

坐在前排背对院门的雷钧,听到场长下口令,心里咯噔一下,站在那里纹丝不动。

余玉田回完礼,绕过队伍准备进屋,走到门口,下意识地回过头来,一眼便看见坐在那里的雷钧。二人几乎四目相对,余玉田脸色微变,倒吸一口凉气。他万万没有想到,这个当年公然和他交恶的副司令员之子竟然还窝在农场里。

进了屋里,余玉田迫不及待地问尾随身后的场长:"那个上尉叫什么名字?"

"他叫雷钧,农场管理员。原军区副……"场长话没说完,余玉田举手打断道:"好,我知道了!"

余玉田盯着后勤部长:"老骆,这件事,我来了半个多月,为什么没人跟我讲?"

五十多岁的骆部长一头雾水,想了半天才似有所悟:"你是说雷钧?这事我还真没想起来要向你汇报。"

余玉田自觉有点失态,这个骆部长压根儿就不可能知道他们之前的故事,赶紧解释道:"这小子,原来是我的兵,因为一些事,雷副司令把他给贬到了农场。没想到,这小子还在这里,他还真能待得住!"

骆部长笑道："这家伙的确不简单，有韧劲儿，放在农场可惜了！雷副司令生前一直不让调动，他好像也没什么怨言。这几年全师后勤单位军事考核，农场都是第一名，训练是他抓的！对了，老徐年前找过他，准备调他的。听说他不想去机关，跟老徐说想回二团侦察连。"

"啊？"余玉田一声惊呼，心头一沉。

"前几天在二团，邱团长还跟我提了这事，准备让他回二团作训股当参谋。事情还没定下来，所以调令也还没下。"骆部长说道。

余玉田愣了好久，才问道："你不是说他不愿意待机关吗？"

骆部长道："听说是妥协了。总之，他是想在军事训练这块有所作为。"

余玉田点点头，转而对场长说道："等会儿你陪着我们转转。下午找个时间帮我约下雷钧，我要单独跟他聊聊。"

余玉田突然而至，让雷钧彻底乱了阵脚。这个男人看上去比五年前老了十岁，虽然仍旧龙行虎步，气宇轩昂。他曾经想过无数次和他再次交锋时的场景，包括有一天，自己带着侦察连将余玉田统领的部队杀得落花流水。甚至自己单枪匹马将他活捉，然后告诉他，应浩本不该死的，一切都是因为他的优柔寡断、指挥不力甚至好大喜功才造成了这样的结果……雷钧没想到在这样一个地方，他们会不期而遇。

他承认自己已经不再那么恨余玉田了，尤其是听到张义的一番表述，他还不由自主地生出了几丝敬仰。刚刚他们四目相对，他也看到余玉田在电光石火的刹那间，眼里流露出的复杂神色。他能理解这个眼神代表的含义，但他无论如何也没办法彻底原谅这个男人。可现实是，一个是高高在上、春风得意的师长；一个是人微言轻、落魄沉沦的农场管理员，他们还有机会交锋吗？

余玉田整个下午都有点郁郁不欢，越是深入农场的每个角落，他的心情越是沉重。对这里，他并不陌生，当营长、当团长的时候，他都带过兵来这里参加过义务劳动。农场发生了翻天覆地的变化，风景宜人、瓜果飘香。按道理，他这个师长应该高兴才对。可是，心情就是没办法舒畅起来，他知道，一切都是因为那个年轻人。

这些年，他几乎已经将他遗忘。在他看来，当年这个年轻人敢直面质疑自己，除了年轻气盛，还有他生在将门与生俱来的骄横之气。即使他犯了错，并为之付出了代价，但他仍然是个宠儿，仍然会比千万普通百姓子弟感觉优越。今

第三枪 雄兵重抖擞

天,他看到的结果,完全出乎他的意料,这让他无法做到淡定、从容。

余玉田刻意将与雷钧面谈的地方安排在了农场营房外的一个小山坡上,那里和风尽吹,可以将整个农场一览无余。雷钧接到场长通知后,刻意换上了一套崭新的军装,穿上了应浩的那双鞋。

"D师农场管理员雷钧,向师长报到!"雷钧远远地站在余玉田的一侧,举手及眉,中气十足地说道。

余玉田缓缓地扭过头,目光柔柔地滑过雷钧的脸庞,又看向远处:"小伙子,我们终于又见面了!"

"没有想到我还在这里吧?"雷钧缓步靠近,竭力压抑着内心的激动。

余玉田转过身子,看着雷钧,微微地舒展眉头说道:"是的,没想到。"

"那么,今天是审判还是和谈?"雷钧昂头直视余玉田,毫不畏惧。

余玉田的脸上闪过一丝不易察觉的痛楚,沉声道:"今天不必拘谨,也无须客套。"

"谢谢!"雷钧长舒一口气,说道,"这五年我想通了很多问题,还有很多问题没有想通。谢谢您给我这次机会。"

余玉田紧锁双眉:"过往不必再提,有些事,终有一天你会明白。我不会逃避,但现在不是争辩的时候!"

"那么,您想听什么?猪羊满圈、草肥土沃、歌舞升平……这一切似乎跟我都没什么关系,您应该去找这里的场长向您汇报。"雷钧步步紧逼。

余玉田不为所动:"我听说了关于你对未来的选择,我想听听你的理由。"

"谢谢您关心!"雷钧沉默好久,才缓缓说道,"从被贬离开侦察连,确切地说,从应浩牺牲的那天起,我就告诉自己,此生终有一天要重回侦察连。因为那里留下了我所有激情的和不堪的回忆。在那里,我浴火重生,第一次理解了什么叫做真正的军人;第一次感受到作为一个军人的荣耀与使命。那里也是我英雄梦想开始的地方。在这的每一天里,我都在回忆着、憧憬着,时间越久,就越是强烈。我曾经求过我父亲,请他法外开恩,让我留在侦察连哪怕当一名小兵,可是……"

因为激动,雷钧的声音有点颤抖,以致突然语塞。良久,才又闭目轻轻地摇摇头说:"这些年吃的苦头,我从来没有怜悯过自己,因为那是冲动应该要付出的代价。我不希望有人同情我,也不奢望有人能感同身受。我想证明给所有人看,可是我又常常迷茫,这样坚守到底有没有意义?"

余玉田默默地看着、听着，眼里渐渐蒙眬。他本来作好了心理准备，准备忍受这个年轻人所有的不满和指责。但这个年轻人真的变了，变得让他束手无策。那种发自肺腑，由男人心底自然迸发出的伤感，任谁置身其中，都无法释怀。

余玉田轻叹一声，说道："雷钧，你的痛苦来自于你纯洁的内心。你想证明的并非仅仅是自己不应该被遗弃，而是一个男人的本能和尊严。五年前，我没有藐视过你，今天仍然不会。一个为了梦想和尊严忍辱负重的人，理应得到所有人的尊重！"

雷钧别过头去，他不想让余玉田看到自己眼里的泪水。

余玉田接着说道："我余玉田，应该是你最想证明给他看的那个人。他在你的眼里冷漠、自私、无情，他让你失去了最好的战友和兄弟，他在你最需要慰藉的时候，选择了逃避。这些都不是问题，虽然这个机会来得晚了一些，但终究还是来了，他一定会耐心十足地等着你去证明！告诉我，为了这一天，你都准备了什么？"

雷钧用力地抹一把眼睛，昂起头，然后又慢慢地抬起自己的右足说："您知道这双鞋的来历吗？我整整穿了五年，穿着它训练，穿着它研究中外侦察兵战术，穿着它完成了几十万字的读书心得！"

余玉田看着那双鞋，心里抽搐了一下，痛楚稍纵即逝，他不想再陷入痛苦的回忆，这也不是他今天找雷钧的目的。

"你是说，你一直在研究侦察兵战术？"余玉田问道。

雷钧昂首挺胸地答道："是的！一直没有停止过！"

"你基于什么去作这样的研究？又凭什么去著书立说？你的立论从何而来？难道仅凭几本教材和你那一年的侦察连生涯？这可是一项庞大而系统的工程！"余玉田吃惊不小，脱口而出道。

雷钧定定神，不紧不慢地说道："纠正一下，这并不是著书立说，那些仅仅只是心得。但我坚信，很多观点和想法都是我独立思考的结果。我不否认很多东西可能只是纸上谈兵，这一切都需要实践去检验和证明。我也不奢望它能面面俱到，只要有一点借鉴意义，我的付出就是值得的！"

余玉田点点头，笑道："好，谦逊是最难得的品质！你的东西，可以拿出来和我分享吗？"

"当然！"雷钧信心满满，"我早就作好了准备，这是我重回侦察连的资本！它一定可以打动掌握着我命运的那些人们！"

第三枪 雄兵重抖擞

余玉田苦笑着摇摇头说："我希望你的心智和行为都一样,能真正地成熟起来。说实话,这些还不足以打动我。"

"一将功成万骨枯! 有人也许早已遗忘了那段历史,忘记了今天的荣耀是用战友的鲜血与生命换来的。可是我忘不了,忘不了应浩英气爽朗的笑容,忘不了眼睁睁地看着他在我面前倒下的那一刻。那是一条鲜活的生命,他应该永远和我们在一起并肩战斗。不想再看到历史重演,这是我的理想,也是任何一个中国军人的职责所在! "

余玉田的脑子嗡嗡作响,他的眼里噙满了泪水,悲伤与愤怒如潮水般袭来,想呵止这个不知天高地厚的年轻人,却又无力开口。这些年内心经历的煎熬与痛楚一直让他无法释怀, 在这个年轻人面前他已经无处遁形。他转过身子,默默地往前走。

"我们不怕牺牲,在祖国需要的时候,可以义无反顾地慷慨赴死。但我们不应该无谓地流血,我不想当一个平庸的指挥员,更不愿再看到悲剧重演⋯⋯"那个倔犟的声音,在背后回荡着。余玉田抬起头来,已是满脸泪水。

仓库背面的操场, 那是兵们自己平整出来用于日常军训的地方。天已黑,七八个军官垂手而立。除了余玉田和后勤部长,其他人都面色凝重,不知道师长这葫芦里卖的是什么药。

几分钟后,雷钧和老赵抬来一个大纸箱,放在众人面前。余玉田上前打开纸箱,仔细地翻看里面的每一本书,最后拿出一沓厚厚的稿纸抬头对站在身边的雷钧说道:"这就是我想要的东西? "

雷钧点点头。

余玉田快速地翻了几页,说道:"还有吗? "

雷钧转身对一头雾水的场长说道:"请您批准给我一支枪,长短都行,子弹五发。"

场长下意识地看向余玉田,余玉田点点头。老赵转身向场部飞奔而去。众人终于明白了几分,后勤部长兴致盎然地指着不远处的单杠,对雷钧说道:"雷钧,我听说你的器械玩得不错,不如趁这个机会展示一下吧? "

雷钧单手上杠,两手互换一口气拉了十多个引体向上,然后突然双手抓杠,脚尖轻点翻身杠顶,接着长呼一口气,腹部贴着单杠飞了出去,顺势连续来了三个大回环,最后飘然落地。整个过程一气呵成,姿态如教科书般的标准。

众人禁不住鼓掌叫好。一个随同师长一道来的参谋，站在余玉田身边兴奋地说道："这个动作，在咱们 D 师应该无人能出其右！"

唯有余玉田处之泰然，默默地盯着迎面垂立的雷钧。

老赵拿来了一把 54 式手枪。雷钧见到枪，眼中放出光芒，仅存的那一点紧张，瞬间跑得无影无踪。拿过枪，弹出弹夹，他抬头看了一眼左前方一棵挂满葫芦的树，手上熟练地往弹夹里压着子弹，然后枪弹分离，一手抓弹夹，一手抓枪，走到离杏树大约二十米左右的地方，转身背对目标。

众人不由自主地低呼一声，余玉田则紧锁眉头，屏气凝神，不为所动。雷钧的花活果然玩得风生水起。只见他一个转身，接着三声枪响，三颗刚刚长成形的小葫芦应声落地。众人还没来得及反应，他接着平地腾起，整个身子横飞出去，甩手又是两枪，两颗落地的葫芦被打得破浆而飞。落地后的雷钧，几个翻滚后，纵身而立。

又是一阵欢呼。懂行的都知道，这是特训科目，只有特种兵才会去玩这种动作。特训大纲要求，从掏枪、上弹到击中目标，必须在五秒内完成。雷钧显然是处心积虑地想要表现，自创了这一套令人眼花缭乱的武侠动作，并且运用得极其娴熟。这让几个军官，包括见多识广的师首长和两个参谋，都不得不在惊叹之余，对他刮目相看。

余玉田隐了自己的真性情，仍旧是喜怒不形于色。这个年轻人用这种近乎偏执的方式努力向他证明着自己的不屈与卓越，他所经受的震撼比这里的任何一个人都要强烈，但他的头脑是清醒的，内心更是隐隐感到不安。这个年轻人太可怕了，不是他的胆大艺高，而是他的执著和为此付出的努力。他十分清楚，今天他所看到的，哪怕一个优秀的老侦察兵都很难做到如此沉稳和无懈可击！更何况一个远离特训单位如此之久的人？没有人施加压力，没有专业指导，全靠一个人自觉。这需要一种怎样的精神和毅力才能达到？他扪心自问，换上自己，不可能做到如此坚韧。他现在一定是满怀希望，一定将所有的赌注都押在了自己的身上，他需要一个承诺，需要一个他认为可以自由驰骋的空间……

余玉田看着众人围着雷钧兴奋地比画着，陷入了沉思。

这天晚上，独处一室的余玉田，彻夜难眠。他看了雷钧的手稿，并且半夜和徐清宇通了电话，心里有了打算。凌晨三点多，他又披衣起床，再次翻阅雷钧的手稿。

我从未放下这面旗帜
不管走到哪里
它都在我的心中猎猎作响

第三枪 雄兵重抖擞

这一年的七月，注定将在 D 师的历史上留下浓墨重彩的一笔。新任师长开始大刀阔斧推进改革，整个 D 师暗流涌动，兵们群情激昂。

改革之初，余玉田亲自撰写的那份洋洋洒洒长达十万字的方案曾经在集团军乃至整个军区高层中，掀起了一阵飓风，反对者与赞成者几乎势均力敌。几轮论证下来，军区史无前例地将决定权交给了集团军。这份引起巨大争议的改革方案，除了避开政治，几乎深入到部队管理的每一个板块，包括全面信息化建设、常规装备改良、建制整合优化、训练升级创新和后勤系统整改。集团军最终评审的结果是"深入重点、循序推进"，通过了建制整合与训练创新方案；提出分阶段、有条件实施全面信息化建设和常规装备改良；关于后勤系统整改部分，由集团军成立专案小组，重新作全面系统的评审。

会议结束后，坚定地支持余玉田改革的集团军参谋长徐清宇，在自己的办公室里紧紧地搂住了老部下，欷歔良久，不无感慨地说道："我这个前师长是不合格的，在位六年，一事无成。今天，你让我扬眉吐气了！"

余玉田红着眼睛："谢谢您参谋长，是您让我浴火重生，是您交给了我一支让我底气十足的钢铁之师！今天是万里长征第一步，一切尚待实践去检验。但我坚信，有您和集团军领导的支持和 D 师全体指战员的努力，玉田一定会交出一份满意的答卷！"

"凡是改革，必遇阻难！雄关漫道、暗流涌动，我希望你能坚定信念、勇往直前！"徐清宇双手用力地握紧余玉田的手说道。

余玉田举手敬礼："军心如铁，玉田定不辱使命！"

徐清宇平息了一下激动的心情，一边沏茶一边说道："尝尝我的极品大红袍，捂了半年了，就等着今天跟你分享！"

余玉田笑颜顿开："来而不往非礼也，我也给您捎来了一瓶藏了十年的飞天茅台！"

徐清宇手指余玉田调侃道："你这个同志啊，不见兔子不撒鹰，从来不干赔本的买卖。"

两个人仰天大笑。

"雷钧近况如何？还沉得住气吧？"徐清宇捧上茶杯，问道。

余玉田正色道："沉不住气也得沉。我给了他几个命题，够他喝一壶的了。对了，他的那个长篇高论，您看了吗？"

"一个人沉下来做学问是很可怕的！他的东西我看了两遍了，说是心得，明显是想指引我们怎么去改革。这小子很会唬人，什么都能煽情，什么都讲得有理有据。我要是啥也不懂，肯定得被他给绕进去！"

余玉田会心一笑："的确，用二团政委王福庆的话说就是，意识流加乌托邦。"

"他懂个鸟，就会看热闹！"徐清宇面露不悦。

"其实，这个东西还是很有价值，至少提供给了我们很多思路。我的改革方案中，关于组建师直属侦察营和特训的部分，引用了他很多的观点。"

"是，我看出来了。还有另外一个意义，这小子应该是开创了基层军官系统研究特种训练和作战的先河，这一点，非常值得提倡。可惜啊，我们的基层指挥员大老粗太多了，只会在画好的圈圈里折腾。要是多一些像雷钧这样勤于思考、居安思危的指挥员，咱们的军队该少走多少弯路啊！"

"是的！"余玉田深有感触地说道，"这个问题值得我们深思，我们需要激发、鼓励和创造新的环境与土壤。体制决定效率，思想决定成败。解放思想不能只停留在口头上，也不是一蹴而就、一朝一夕就能见成效的。我们不怕所谓的奇谈怪论，最怕的是积重难返，很多问题被随随便便、毫无原则地扣上敏感的大帽子……"

"老余，关于这些，咱们慢慢再探讨。"徐清宇略略沉思，挥挥手说道，"你上次跟我讲雷钧的安排问题，我没有意见了。我想，他一定会欣然接受并且有所作为，这也是雷副司令生前最想看到的。"

余玉田笑逐颜开："我代小雷谢谢军党委，谢谢您这个大首长！"

一纸调令，在等待中沉寂了六年的雷钧，终于离开了 D 师农场。余玉田的改革方案中，撤编了 D 师下属三个团的一个营级单位和四个连级后勤单位，其中就包括二团九连，一个远离团部数百公里，驻守在荒漠中担负重要军事设施看守任务的团直属准后勤连队。

这个连队撤防后，仍然保留二团九连的番号。原有连队干部和部分素质不错的新兵，被分流到二团其他单位。留下的三十多个人，几乎全是当年就面临着退役的老兵，其中还有多名五年以上的士官。

在这次改革中，原二团副参谋长张义和政治处副主任郑少波，同时被调任新组建的师直属侦察营担任主官。雷钧的新职务是九连代理连长。

调令正式下达之前，余玉田曾经将雷钧召到二团司令部，对他说道："我给

第三枪 雄兵重抖擞

你的时间只有四个月,你的表现将决定自己乃至整个九连的命运。如果这批兵在年底前的最后一次考核中,总成绩排到二团的前五名,那么,我就考虑留下薪火,重建九连!你就可以去张义那里报道,当连长甚至侦察营副营长!反之,老老实实地干回自己的老本行,去当宣传干事!"

"报告师长,我想在侦察连至少当两年连长后,再去当副营长!"雷钧挺着胸脯,声若洪钟。

"你小子就是一根筋!拧巴!"团长邱江没好气地骂道。

余玉田和在场的二团政委王福庆忍不住纵声大笑。

雷钧红着脸,在众人笑完后,提了最后一个要求:"请尽量为我的身份保密,我不想因此带来任何不必要的纷扰。"

"好!"王福庆看看余玉田和邱江,说,"我们有这个义务!"

尘埃落定,这样的结果是雷钧做梦也没有想到的,也彻底激发了他的斗志。他明白,军中无戏言,这将是他实现梦想的最后一次机会。

二　积重难返

和雷钧搭档的,竟然是当年那个由士官直接提升为副指导员的七连司务长,胡海潮。仅有一面之缘,雷钧甚至没来得及问他的名字。

事隔多年,早已物是人非,两个人再次见面都欷歔不已。这个曾经令雷钧感慨万千的朴实的安徽汉子,整整在九连当了五年指导员。经年累月生活在环境恶劣的荒漠中,让他看上去至少也有四十岁!如果不是穿了身军装,他更像一个地道的农民大叔。

"转眼六年了,你看上去还是那么年轻。"胡海潮憨憨地笑着,语气有点伤感。

雷钧苦笑道:"三十了都!"

"还是年轻,我已经三十五了!这日子过得……"胡海潮说道。

雷钧问:"你原来不是在七连吗?怎么来了九连?"

"一言难尽!"胡海潮似有难言之隐,犹豫了一会儿,说道,"那个地方,谁都不愿去,连长和指导员换得比换袜子还勤快。去的干部,有门路的待上一年就调走了，留下的不过三年铁定转业。我提了副指的第二年，老政委找我谈话，给了两个选择，一是九连，二是咱团营房股。组织能看得起我，其实调哪儿我都没意见。那时我正好谈了个女朋友，一个小学教师，她舅舅是咱师的老干部。听说我可能要调到个鸟不拉屎的地方，就暗地里找她舅舅来说情。这事把政委给恼火了，我也急眼了……这么着，我就去了，低职高配，一直干到今天！"

雷钧："那里的环境，肯定很恶劣吧？"

"一年到头下不到两场雨，几乎寸草不生。除了风沙、烈日，就是漫天飞雪。特别是冬天，那风刮到人骨头里，躲都躲不了。环境恶劣点儿还好，主要是那里与世隔绝，白天兵看兵，晚上数星星。还不能轻易进出，有些兵一去就待到退伍。电视没有信号，收音机偶尔还能收到境外的电台，后来也被禁掉了。兵们最大的爱好就是拼命地写家信。团里的给养车一个月去一次，每次兵们都能收到几十封信，然后找个地方躲起来，边看边抹眼泪……"

胡海潮娓娓道来，脸上平静如水。雷钧怔怔地看着这个朴实憨厚的男人，心里有一股说不出的感动。

"对了，那嫂子呢？结婚了吧你们？"雷钧问道。

"嫂什么子啊？人家早就是孩子他妈了！我走的那年春节，她就嫁给了三团的一个连长。"胡海潮燃起一根烟，说这些的时候，手指明显在微微地哆嗦着。

"唉……"雷钧长叹一声，"那你到现在还单身？"

胡海潮笑道："找谁结婚去啊？蚊子还是蟑螂？那地方一年四季看不到个女人！"

"团里应该早调你回来的。"雷钧愤愤道。

胡海潮摇摇头："第三年，老政委转业前就准备调我回来的，我自己拒绝了！"

"啊？"雷钧惊道，"这又是为什么呢？"

"舍不得那里，真的，我一点都没犹豫。"胡海潮说道。

人总会有些情结，话不用明说，雷钧也能感同身受。沉默了一会儿，雷钧又问道："按说你当了五年指导员，这次又整体撤防，组织上应该要考虑一下你个人的问题了。"

"是的，给我调了副营，本来是要去后勤处报到的。团长和政委都跟我说了，九连现在的情况，兵们都有思想包袱。让我留下来辅佐你一段时间，正好，我也舍不得。"

第三枪　雄兵重抖擞

"谢谢你！"雷钧情不自禁地说道，"有你坐镇，我就可以甩开膀子大干一场了！"

胡海潮一张饱经沧桑的脸笑得花团锦簇。

"咱们得合计一下，后面的工作怎么开展，兵们现在情绪还稳定吧？"雷钧说道。

胡海潮一脸凝重："昨天晚上，两个士官半夜溜了出去，被一号哨的哨兵发现了。要他们回来，这两小子拔腿就跑。半夜回来的时候，又被那哨兵给堵住了，死活不让他们走。我去的时候，这两小子还梗着脖子，大骂那哨兵是个新兵蛋子。"

"现在人呢？"雷钧迫不及待地问道。

胡海潮道："在关禁闭！"

"走，去看看！"雷钧说完就要拉着胡海潮出门。

"听我说。"胡海潮拉住雷钧，"不要着急，先关他们两天再说！这些兵，平常训练少，基本上就是站岗巡查，有点稀拉。加上马上要退伍了，团里又抽走了那么多人，这些人都觉着被遗弃了，心里都憋着难受。昨天晚上他俩跟我说，哪儿也没去，在驻地外面转悠了几圈，然后被一个工地上看建材的大爷拉住喝了点酒，完了就回来了。"

"哦。"雷钧重又坐了下来。

胡海潮继续说道："他们的性子我都知道，吃软不吃硬。这两天回来，都没安排训练，一是让他们好好休息调整，二是等着你到职。你一定要搂住火，等他们情绪稳定下来。咱先把后面的工作计划拟一拟，考虑周全点。"

"好吧，我其实只想找他们俩聊聊，没有别的意思。"雷钧解释道。

胡海潮点点头："我知道，现在还不是时候。这两小子还在气头上，一肚子牢骚，根本没想通。我怕你们一言不合闹僵了，往后你这工作就不好做了。"

雷钧抓着脑袋："这以后，你要多提醒我。"

这天晚上开饭前集合，雷钧在九连兵们面前正式亮相。胡海潮介绍了他是新来的连长，兵们的掌声稀稀落落、有气无力。雷钧什么也没说，期望和现实落差这么大，让他心里很不是滋味，也让他第一次感觉到肩上的担子是如此的沉重。

晚上团长邱江到了九连，三个人在会议室里闭门长谈，讨论着后面的工作如何展开。雷钧的情绪明显有点低落，老是走神。邱江见他魂不守舍，就有点不高兴了:"九连长,怎么蔫头耷脑的? 这才第一天,就蔫了? "

雷钧看了一眼胡海潮,说道:"团长,我有个想法,不知道当讲不当讲! "

邱江眉毛上扬:"说! 不让你说你也憋不住会说的,不如痛快点! "

雷钧说道:"我下午一直在想,如果可以的话,我想和指导员带着这帮兵出去走一走。这个想法,我还没和指导员商量。"

"哦? "邱江不解地问道,"为什么有这想法? 你就不怕他们出去整出什么幺蛾子? 这帮小子可都憋了一肚子邪劲没地儿撒野哦! "

胡海潮倒是显得很兴奋,感激地看着雷钧:"雷连长这提议太好了,我怎么就没想到。团长,这群兵回来都蠢蠢欲动,在荒漠里太久了,不如我们自己组织他们出去看看。您放心,出了事您拿我是问! "

邱江若有所思,良久,才微微点头说:"好! 我同意。这样吧,为确保安全,再给你们派两个干部,再让汽车连想办法给你们找部客车。其他费用,你们先在连队开支。咱们约法三章,第一不能喝酒,第二不要扰民。最好在附近找几个旅游景点,早上去,下午回。晚上你们好好合计一下,千万记住了,你们出去代表的是咱二团,一定要注意形象! "

"是! "雷钧和胡海潮异口同声地答道。

兵们得知要旅游,群情鼎沸,差点掀了房顶。胡海潮双手狠命往下压:"同志们,听我说,不是每个连队都有这样的机会。是咱们新来的连长,为大家争取来的。"

兵们拼命鼓掌。雷钧也被这气氛感染,大声说道:"同志们辛苦了! 团首长非常关心同志们,除了给大家创造好了条件,还嘱咐我和指导员一定要让同志们玩好了。今天晚上都把个人卫生整理一下,该洗澡的要洗澡,拾掇得干净点儿,别再灰头土脸的。明天多照点儿照片,寄回去给媳妇儿,倍儿有面子! "

兵们哄堂大笑。

"还是那句老话,服从命令、听从指挥。外出注意形象,老百姓都看着呢,不准稀稀拉拉! "胡海潮满面笑容地补充完,又黑起脸指着前排的一个老兵骂道:"什么毛病这是? 流氓才吹口哨! 不想去,跟家里喂猪! "

第二天吃过早饭,一辆崭新的旅游客车停在了九连门口。那司机从车上跳下来就咋咋呼呼:"怎么搞的,爷退伍才两年不到,二团就发大财了? "

胡海潮迎上去笑呵呵地说道:"啊呀! 原来是李班长,失敬失敬。"

那司机大大咧咧地说:"咱在汽车连当了十六年兵,哪里有过这么好的待遇? 这也太幸福了,不行不行,老子还得回来当兵!"

临上车前,雷钧突然想起了什么,小声问胡海潮:"那两个士官呢? 还在关着呢吧?"

胡海潮点点头:"至少得关三天!"

"让他们一起跟着吧? 这算什么事儿?"雷钧急了。

胡海潮道:"不好吧? 团里这处分还没下来。"

"先让他们跟着去,回头我去找团长。要不是因为他们这事儿,我还真想不出来这个点子。"雷钧说道。

胡海潮犹豫片刻说道:"行! 我去叫他们。"

几分钟后,两个士官红着眼睛跟着指导员上了车,雷钧站在车门伸出手:"来,认识一下两位英雄。我叫雷钧,以后就是你们连长。"

两个士官红着眼睛,愣愣地看着雷钧,然后都举起了手……

车子驶出大院,司机张开鼻孔,又咋呼道:"我说,你们这是出门玩儿呢还是去找媳妇儿? 怎么还有人抹了花露水啊?"

雷钧笑道:"还真有这个打算,就怕回来你这车子塞不下!"

兵们笑得东倒西歪。司机摇摇头:"这个连长当得牛气! 就冲你这句话,今天不仅免了车费,中午我还得请兄弟们吃饭!"

"好!"兵们大叫。车子跟着抖了两下,司机脚踏油门,开心地大叫:"兄弟们,唱歌提提神儿啊,给点儿力啊!"

雷钧跳出来,抬起双手道:"好,咱们就来点给力的。太阳出来我爬山坡,爬上了山坡我想唱歌。预备,唱!"

太阳出来我爬山坡
爬到了山坡我想唱歌
歌声唱给那妹妹听呀
听到了歌声她笑呵呵
……
抱一抱啊,抱一抱
抱着我那妹妹上花轿
……

兵们的激情，瞬间被点燃，歇斯底里而又忘乎所以地唱着、笑着。

九连的兵，退役后很多年还记得这一天。他们跟着一个阳光帅气的连长，还有一个搅屎棍一样的退役老兵，在广袤的阿拉善高原和贺兰山下，忘情地领略着旖旎的大自然风光和城市喧闹的气息。

雷钧层出不穷、出人意料的大胆举动，不仅引来了兵们的首肯，同样也感动了做事一板一眼的胡海潮。回来后，团长曾私下找过他了解情况，胡海潮赞不绝口，毫不讳言地说，跟着这个搭档，不仅能学到东西，人也变得年轻了。

雷钧的转变和这么快进入角色，是邱江始料未及的。这小子的确灵光，胆子大、放得开。但他还是不放心，以他对雷钧的了解，这小子宁直不弯，驴脾气一上来，谁也按不住。那些老兵个个都是一身脾气，随着工作的深入，特别是后面高强度训练的展开，他要面对的困难和阻力是完全可以预料的。以胡海潮逆来顺受的老好人脾气，并不是他最佳的搭档。

邱江的担忧并非全无道理，事实很快便证明了他的推断。履新刚刚五天的雷钧，因为训练计划，差点儿就跟胡海潮红了脸。

按照他制订的训练计划，二团其他全训连队都望尘莫及，其强度不亚于侦察兵训练。胡海潮看完这份计划，小心翼翼地说道："你这是想再造一个侦察连吗？"

"什么意思？"雷钧眉毛上扬，"你是说这份计划脱离实际？"

胡海潮说道："对！你要知道，这是一群老兵，他们一年的训练量还不及战斗连队的三分之一。你这样，有点操之过急，欲速则不达啊！"

"老兵怎么了？老兵的素质不应该更高一点才对吗？就是因为原来训练少、底子薄，我们才应该强化训练的！还有，你别忘记了，留给我们的时间只有四个月，一天都不能懈怠。"雷钧据理力争。

胡海潮不以为然："团长那只是期许，不管如何，九连都将面临着重建。至于你我的问题，也不能置现实于不顾。事在人为，而不是刻意为之。当下，一切以稳定为主，顺顺利利地送他们高高兴兴地退役，你我就已经不辱使命了！"

雷钧像看一个陌生人一样，盯着胡海潮："你是指导员，有些话不该说吧？我觉着你这思想有点儿消极。一味追求稳定，不如就让他们睡大觉好了，咱俩当哨兵多省事？再说，这稳定和训练也不矛盾啊，不是一码事嘛！"

第三枪 雄兵重抖擞

我从未放下这面旗帜
不管走到哪里
它都在我的心中猎猎作响

"我保留意见,请你慎重!"胡海潮说不过雷钧,但他清楚自己并非消极,更坚信自己对团里的要求理解得很充分。正因为如此,他才有了坚持立场的底气。

信心满满地被人突然兜头浇盆冷水,谁心里都不好受,何况这个一直被他高看的指导员?心里不痛快,嘴上自然不会软,雷钧没好气地说:"你就把心放回肚子里吧!出了事,我是军事主官,会负起这个责任!"

胡海潮看到雷钧面露不快,马上缓和了下语气说:"该做的思想工作,我一刻不会松懈,也不会让你一个人担责任。只希望你能听得进我的意见,对这些兵,没人比我更了解他们。"

雷钧沉默不语,胡海潮等了半天,只好轻叹一声,摇摇头走了出去。两个人第一次正经讨论工作,就不在一个频率上,闹了个不欢而散。

只有和胡海潮朝夕相处的九连老兵们才知道,这个老指导员并非团长和连长想象的那么老实巴交。老九连的兵们,都见识过他发脾气。兵们印象最深的是两年前,团里派来个新司务长,据说是集团军某师级领导的公子哥,这伙计刚刚军校毕业,还挂着个红牌。政治处主任亲自把他送到了九连,还当着九连所有官兵的面,夸奖他识时务、顾大局,是自个儿拍着胸脯主动要求来九连的。

结果来了不到半个月,就耐不住寂寞,开始挑三拣四发牢骚。

胡海潮起初天天跟在他后面赔着笑脸,还把自己搂了半年多,一直舍不得抽的一条外烟悄悄地塞给他。没想到这伙计脾气越来越大,看什么都不顺眼,嘴巴又碎,啥事儿都要管。这九连的兵们个顶个的耿直,时间久了,就都烦他,免不了顶个嘴,翻个白眼的。和兵们的关系越来越紧张,他自己也感觉出来了,没几天就动了撒丫子撤退的念头。私下里来找连长指导员,编了好几个理由。那连长正眼都不想瞧他,二话没说,摔门而去。胡海潮好说歹说,他终于软了点,临走的时候,竟然给指导员下了最后通牒,说什么如果兵们再对他不敬,就写信告他们的主官纵容下属。

胡海潮本来心里就很憋屈,为了整个连队的和谐稳定,私下里没少被连长数落,受了一肚子冤枉气,还没人理解。没想到这个新司务长,没安静两天,就在食堂跟炊事班长干起来了。起初他让炊事班的战士给他烧一锅热水洗澡,那战士当耳边风,压根儿就不理他,自顾自地揉面做馒头。过了一会儿,这伙计提了个桶来盛热水,发现灶台还是冷的,就窝了一肚子火。

到了晚上开饭前,他又溜达到厨房,手伸到蒸笼里抓了一个馒头就啃。那馒头还不到火候,压根儿就没蒸透,这伙计就把几个兵归拢在一起训话。一训就是半小时,兵们一言不发,站得东倒西歪。这伙计终于搂不住火了,大骂他们是土匪,干嘛嘛不行。炊事班长不干了,牛眼一瞪,说你站着说话不腰痛,屁事不干,整天闲得无聊,有本事你来蒸一笼馒头看看。这伙计急眼了,一把将手里的那个馒头砸向炊事班长。

这一幕正好被来吃饭的胡海潮撞个正着,他捡起馒头递向那司务长说道:"把这馒头给我吃下去!"

那司务长脖子一梗:"要吃,你来吃!"

胡海潮上前几步,把馒头递到他嘴边,再次说道:"把这馒头给我吃下去!"

外面列队唱歌的兵们,听到厨房里指导员在发飙,就都竖起耳朵、伸长脖子看热闹。几个连干部和胆大的士官全围了上来。胡海潮眼睛都红了,那司务长哪见过人发这么大火的? 当时就蔫了,又见这么多人看他笑话,脸上挂不住,嘴上又不敢再反击,就僵在当场。

胡海潮额头上的青筋暴起,大喝一声:"到底吃不吃? 不吃马上给老子卷起背包滚蛋!"

司务长嘴巴嗫动了半天,才挺着胸脯,磕磕巴巴地说道:"你……你别骂人,你凭……凭什么要我滚?"

"我就骂你怎么了? 你不是早就想滚了吗?"胡海潮手指门口,头一扬,"马上滚蛋!"

连长看不过去了,过来拽了把胡海潮小声提醒道:"老胡,你冷静点儿。有事等吃完饭再说。"

胡海潮一甩胳膊:"你能吃得下去你去吃! 我今天要让他知道,当兵不是来度蜜月的。脸是要靠自己赚来的,既然你不要脸,我就没必要对你客气! 谁他妈愿意到这里来受苦? 谁他妈不是娘生爹养的? 你穿了身军装还想跟谁讲条件? 这里哪个不比你待的时间长? 吃的苦不多? 你跟谁甩脾气呢?"

小司务长彻底崩溃了,眼泪刷刷往下掉。胡海潮愤怒到了极点:"我告诉你姜小军,你是我当了十五年兵,见到最尿的一个。丢了咱当兵的脸,要是让老子选择,这辈子都不想再看到你!"

司务长最终满怀屈辱地吃了馒头,并且在支部会议上声泪俱下地作了深刻检讨。要说事情到了这地步,换谁都会给人留点面子,不看僧面看佛面,人家老子在那儿摆着呢。可是这个胡海潮,铁了心豁出去了。事情发生的第四天,他跟着给养车去了团里。两天后,团里作出了决定,胡海潮平生第一次被记了警告处分，刚任职两个月的司务长被调离九连。后来，传说那个司务长的父亲，集团军的一个副部长，亲自打电话向胡海潮道歉。

经此一役，九连的兵们私下里给胡海潮送了好几个绰号，多数时候叫他"牛指"、"刀叔"，遇到他板起面孔的时候就叫他"二马哥"、"三炮台"。

兵们都对这个指导员有种说不出的感情。他无私无欲，爱兵如子；又一板一眼，小心翼翼。除了收拾那个司务长外，兵们几乎没见过他干过什么出格的事儿。最让兵们受不了的是，他很无趣，平生最大的爱好就是站在哨塔上发呆。扑克、象棋一律不玩，看都没兴趣看。唯一会玩的围棋，落颗子要花一根烟的工夫，没人愿意跟他下，也没人下得过他。因为再牛逼的高手都耗不过他的持久战，不到中盘就得主动弃子认输。

就是这样一个人，看上去毫无城府，干净得像一根钢化玻璃管的人，却给信心满满、天不怕地不怕的九连新连长，来了个下马威。

雷钧整夜兴奋得睡不着觉。按照他的想法，这训练是一天都不能耽误，他恨不得马上把这帮屁淡筋松的家伙拉出去溜溜。胡海潮的表现虽然让他挠心，但他笃定地认为，自己已经明确了态度，即使他心里再不舒服，也不可能横加阻挠。

凌晨四点多，辗转了一夜的雷钧，终于熬不住起了床。斜对面的胡海潮房间，此时也亮着灯，这是雷钧没有想到的。经过他房间的时候，雷钧举起手准备敲门，愣了下还是摇摇头放下了手。

此时的胡海潮，还伏首案前，精神奕奕地撰写着自己的计划。案头上摆着雷钧略显潦草的训练方案，整个晚上，他都在思考如何将自己的想法融入到雷钧的计划中，让它们尽可能地和谐统一。政委将雷钧的一切都告诉了他，对自己的这个搭档，他是满怀尊敬的。虽然他们的出身天差地别，但他们的骨子里都有着相似的东西。这两天的相处，让他感受颇深，他一边被雷钧的激情感动，一边又忧心忡忡，也更加领悟到团里安排他们搭档的良苦用心。第一次，他必须得坚守自己的原则，既然已经很难沟通，哪怕采取极端的方式也要让他冷静下来。

雷钧悄无声息地去各班巡了一圈，兵们睡得很香，鼾声此起彼伏，还有人牙齿磨得咯吱响的。他有点迷醉地望着他们沉睡的身影，一股暖流缓缓地涌上心头。这都是他的兵，实实在在的兵。今后的日子，他的梦想和荣耀都将和他们紧密地联系在一起。为了这一天,之前受过的所有屈辱都不值一提。再过几个小时,他就将以一个真正的指挥员的身份,带着他们狼奔虎突,带着他们一往无前、冲锋陷阵……

一楼门口的哨兵,正靠在墙上神游太虚,猛然看到里面飘出来个黑影,下意识地跳出来,冷不丁大吼一声:"谁? 口令!"

"天山!"雷钧吓了一跳,没好气地说道,"咋咋呼呼干什么? 眼睛盯着门外看!"

哨兵看清是连长,抓了抓脑袋说:"我警惕性高。连长,你这样会吓死人的!"

这兵一口油腔,雷钧眉头微皱,又不便发作,轻哼一声,走出门外。那哨兵觉察出连长的不满,讨好地说道:"我说连长,怎么这么晚才起来查夜?"

"你当了几年兵?"雷钧答非所问。他本不想理这哨兵,翻腕看表,离起床的时间还有一个多小时,索性走回来跟他聊几句。

哨兵笑呵呵地回答:"四年了,本来还想着续几年,学个驾驶什么的。人算不如天算,撤回来就变成多余的了!"

雷钧心头一颤:"谁告诉你,你们是多余的?"

"事实摆在这里嘛! 有门路的和部队想留下的,全被挑走了。留下咱们这些老弱病残,混吃等死!"说完这些,他又笑道,"连长你别介意啊,我说话就是有点儿直。可同志们也都是这想法。"

"没关系。"雷钧犹豫了一下,轻声说道,"发发牢骚可以,但我觉得你想得还是有点简单。如果部队嫌弃你们了,可以让你们提前退役,大可不必这么兴师动众。"

哨兵摇摇头说:"连长,你别安慰我们了。我听说全师都在改革,上面明确了不准士兵提前退出现役。应该是为了稳定吧? 反正,我们都是老兵了,心里虽然不舒服,但也不会一味抱怨部队。有本事还照样可以留下,都怪咱自己不争气,你说是吧?"

"铁打的营盘、流水的兵,退役也是很正常的,不是以个人的意志为转移的。"雷钧说道。

哨兵低下头说:"不是说我们死气白赖地不想走,是这么走了有点窝囊!"

"对!"雷钧道,"听我说,只要九连的番号还在,你们就要挺直腰杆。哪怕明天就要退役,今天还是要站好最后一班哨!"

哨兵挺了挺胸:"咱还穿着这身军装,就不会让人看扁了!"

第三枪 雄兵重抖擞

"希望还在,我们一起努力!"雷钧本想把师长对他说的那些话,都和盘托出。但话到了嘴边还是咽了下去,他觉得,还不是说这些的时候。

哨兵受了鼓舞,整了整着装,默默地站回到哨位上。

"接下来,你们可能要承受一些前所未有的压力。"雷钧想了想,缓缓地开口说道。他想试探下兵们的真实想法。

哨兵不假思索地问道:"你是说训练?"

"是的!训练强度比其他连队还要大,这是我们最后的机会。"雷钧说道。

哨兵沉默了好久,说道:"连长想听我真实的想法吗?"

"当然!"雷钧点头道。

"我们在那么艰苦的环境中,待了这么多年,我想,再苦再累也吓不倒我们。而且当兵训练,本是天经地义的事。但是,打个不恰当的比喻,在部队,我们就是风烛残年的老人了,已知天命。如果还是把我们当做新兵,甚至比新兵还要新兵去操练……"

雷钧面色凝重地插了句:"接着往下说。"

哨兵笑了笑:"同志们私下里也议论过,大家都有个想法,就是希望在最后的几个月里,部队能让我们学一门手艺。至于训练,能过得去就行了。"

雷钧点点头,微叹一声。他突然间不知道该如何回答这个问题,兵们的想法他非常能理解,可是很多东西并不现实。毕竟,部队没有这个义务。

心情沉重的九连连长,在营房外转了一圈后,打定主意,出完早操后找胡海潮商量一下。他现在才感到,思想工作要先行,得兵心者得胜利,必须把兵们心底的那个结给解开。

团里的起床号骤然响起,雷钧下意识地掏出口哨含在嘴里,跑进营房。

"集合,早操!"雷钧站在楼梯口,吹完哨,扯起喉咙叫道。

三分钟后,兵们才三三两两,着装不一地走出大门。整完队,一报数,还有五六个人不知所踪。雷钧压着火冲着一群人问道:"怎么回事?还有人呢?"

兵们多数耸肩摇头。一个明显带有情绪的声音从队列后面响起:"还在睡觉吧。指导员昨天还跟我们讲,要同志们继续休整,谁想到出尔反尔,说出操就出操?"

雷钧盯着那个说话的士官看了半天,转头对站在门口的哨兵说道:"去把指导员找下来!"

话音未落,胡海潮出现了。"今天先听我的。"胡海潮走到雷钧的身边,轻声说道。未等雷钧反应，胡海潮冲着队伍扯直喉咙："先回去整理卫生，早饭的时候再布置今天的工作！"

兵们闻言，一哄而散。雷钧头皮发炸，强忍着心底的不满，拉住欲转身离去的胡海潮："指导员，你这是什么意思？"

胡海潮一脸无辜："我还要问你是什么意思，出早操怎么都不跟我通个气？"

雷钧脸红耳热："我昨天不是跟你讨论过训练计划了吗？那上面写得清清楚楚，从今天开始训练。"

胡海潮不紧不慢地说道："我同意了吗？没有吧？"

"就算你没有同意，可你昨天告诉他们再休整几天，也应该跟我通个气啊！"雷钧气呼呼地说道。

胡海潮道："昨天我想告诉你的，可你那脸板着，根本不给我机会啊！"

雷钧这才明白，这个指导员十有八九是故意跟自己来这么一出，理全在他一边。

这顿早饭，九连长全没了胃口。行到餐厅，围着餐桌转了一圈又走了出去。胡海潮呼哧呼哧地埋头喝着稀饭，直到雷钧走出去，才扭头看了一眼他的背影，抬起手叫来炊事班班长。

"肚子气饱了，饭也不用吃了？"胡海潮手里抓着几个馒头，站在宿舍门口笑呵呵地说道。

雷钧翻眼看着胡海潮，一言不发。胡海潮若无其事地走进来，顺手关上门，放下馒头说道："你看你，又板着脸。"

雷钧仰起头，闭着眼，笑得浑身乱颤。胡海潮忍俊不禁，也跟着大笑。两个人笑完，突然间都觉得尴尬了起来。雷钧抓起馒头一气啃下去两个，抹了抹嘴："我知道你想说什么。这事咱们也就别争论了，花三天工夫，好好做做兵们的思想工作。这工作怎么做，我听你的。但有一条，不管做得通做不通，过了这三天，后面的训练得照着我的计划走！"

胡海潮怔了一下，说道："计划我稍稍作了修改，政治教育贯穿其中。这样做，也是为了同志们能端正思想，更好地投入训练。当然，最重要的还是为了稳定。"

雷钧点点头。早上哨兵的一番话，让他感触良多，指导员的确用心良苦。

三　暗流涌动

出乎雷钧的意料，兵们的思想果然没那么容易做通。头一天做工作，两个人轮着挨个找老兵们谈心。这一对一的，个别兵虽然免不了会发几句牢骚，但大部分看上去都是一副通情达理的样子。晚上两个人闲聊，雷钧还志得意满地揶揄自己的搭档长别人士气、灭自家威风。没承想，第二天把兵们归拢在一起开会总结，兵们爆发了。

本来胡海潮语重心长的时候，气氛还挺和谐。轮到雷钧，他翻开笔记本就开始宣读自己的训练计划。整个过程兵们屏气凝神、面色沉重。宣布完计划，雷钧信心满满地叫兵们谈想法、表决心。

第一个跳出来说话的是一个五年士官，他脸憋得通红地说："连长，既然要让我们谈想法，我就来说说。我们都不清楚连队到底想干什么，是让我们重新当兵还是想让我们上战场？就是训新兵蛋子也得有个过程不是吗？"

"你说对了，就是要让你们重新当兵！"雷钧说道。

另一个胖乎乎的下士说道："到底是为了什么呢？还有几个月就要退役了，是嫌我们给咱部队丢脸吗？还是拿我们这些老胳膊老腿的残兵败将当试验品？"

雷钧脸上白一阵红一阵，正要解释，胡海潮一拍桌子："我和连长跟着你们一样训练，你们有谁比我们俩还老？"

那士官鼻子里轻哼一声："练好了，你们可以加官晋爵，我们练给谁看？眼看着就要退役了，还嫌我们这一身毛病没落够吗？"

这话刺痛了九连长的某根神经，他站起来想要发作，又强压着怒火缓缓坐下。坐在一旁的胡海潮，眼见自己的搭档情绪失常，赶紧轻轻地按了一下雷钧的手，轻咳一声，缓缓说道："你们讲话别太过分了！如果要捞政治资本，我和你们的连长不可能守着你们这帮不思进取的家伙，跟着你们混吃等死！"

"吃不了苦，可以趁早打报告，卫生队有的是床铺，都是给尿人留的！"年轻的九连长终究没有搂住火，一推桌沿大声说道。

这番话要搁在平常，根本算不得什么。可这是一帮当兵生涯进入倒计时的老兵,本来心里就委屈,在这支部队最艰苦的环境中当了这么多年兵,到头来说整编就整编,非但没人同情,还没鼻子没脸地被奚落。他们对指导员知根知底,话说重了也不太当回事,可这新来的连长凭什么这么盛气凌人?那士官一屁股重重地坐在椅子上,其他人也跟着上火,交头接耳,愤愤不平。

雷钧已经昏了头,声音又高了几分:"你们有意见也好,没意见也好,无论如何,这个训练只会更严格,不会打半点折扣!"

那士官腾一下又站了起来,脸红得像关公:"我们尊重你是我们的连长,但也请你尊重我们!既然没得商量,你为什么又拿腔拿调地要听我们的想法?"

"就是!"兵们响应着。

雷钧看了一眼身旁的胡海潮,摇摇头,合上自己的笔记本。他很想起身拂袖而去,可脑子里有无数个声音在提醒着他要沉住气。

眼看一场冲突不可避免,胡海潮眉毛一挑,神情黯然地说道:"我当了你们五年指导员,一直觉得你们是我胡海潮最大的骄傲。因为你们的忠诚,因为你们作出的牺牲,因为你们不畏艰难、百折不挠的精神!可今天,我才发现那是自己的一相情愿。"

兵们都低着头,不敢再言语。胡海潮越说越激动,再次拍起了桌子:"你们都看看自己现在是什么样子,看看你身上穿的这衣服、头上顶的这帽子!那么艰苦的环境我们都挺过来了,没有人埋怨,更没有人轻言逃避。因为什么?因为我们是比枪子还硬的军人,是随时可以一柱擎天的爷们儿!这么多年的苦头都吃下来了,到了最后一哆嗦,就反了。因为什么?因为你们的魂掉了,因为你们自己打败了自己!是的,要退伍了,义务快要尽完了,觉得部队亏待你们就要讲条件了。可我问你们,别人为什么看不上你们?你们都找过自己身上的原因吗?别逼我把话讲得太重,伤了我们这么多年好不容易建立起来的感情。每个人都回去好好想想,脸是靠自己赚来的,无论走还是留,都要对得起这些年的付出,都要让你的家人和朋友感觉到你这兵没有白当!"

有人开始欷歔,雷钧的眼睛也红了。良久,胡海潮长叹一声,说道:"你们非要知道为什么,那我就告诉你们为什么要这样。因为部队并没有放弃你们,只有你们自己主动放弃。有些话我不能明说,因为除了为你们争取,我们什么也承诺不了。但我想说的是,你们这样对待连长是不公平的,他坚守了这么多年……"

"算了。"雷钧胳膊碰了一下胡海潮,"别说这些了。"

"今天的事,我向同志们检讨。我们大家都需要时间好好冷静一下,谢谢!"雷钧说完这些,起身默默地走出了会议室。

胡海潮闭上眼,猛击了一下桌面,起身道:"计划不变,散会!"

胡海潮推开雷钧的房门,屋里烟雾弥漫,地上到处散落着烟蒂。雷钧双臂环抱,仰头站在窗前。

胡海潮轻咳一声,见雷钧不为所动,便随手打开电风扇:"这屋里跟锅炉房似的,你也不怕被闷死?"

雷钧冷言以对:"心静自然凉。欢迎胡指导来指导工作。"

"哈哈!"胡海潮大笑,"难得啊,难得!泰山压顶,面不改色。"

雷钧回过头,拿起桌上的烟盒掏了半天,又捏成一团随手扔在桌子上。胡海潮笑道:"还抽着呢?我那么大瘾都戒了,就是怕你这训练强度,肺活量跟不上。"

"同志们情绪稳定了吗?"雷钧拖过椅子,坐下来问道。

胡海潮点点头又摇摇头:"给他们点时间吧。"

"咱们应该把团里的意思明确地传达给他们的。"雷钧说道。

胡海潮摇头:"不能说,我已经讲得够多了。希望越大,失望就越大。而且,这本来跟团里下一步怎么打算没什么关系,一码归一码。"

雷钧道:"你不是来兴师问罪的吗?怎么好像是要来安慰我?"

"你还真提醒我了!"胡海潮说道,"那个计划我还有很大意见,你应该跟我通个气。其实没必要讲那么清楚,你看哪个连队把训练计划公之于众的?跟我专政,这时候倒讲起民主来了。"

雷钧道:"对不起,这事有点草率了。我是看见同志们的士气不错,我就想着趁热打铁……"

"你还是不了解他们,或者说连队管理经验不足。"胡海潮直言不讳。

"是的!"雷钧点头道,"谢谢你,这次要不是你,我估计得被这帮小子给抵墙上去。"

胡海潮笑道:"还在生气?这才刚开始哦。"

"你太小看我了。我在愁着捧了这么大个烫手的山芋,到底该如何下口。"雷钧正色道。

胡海潮沉声道:"长痛不如短痛,你这么干,也许并不是坏事。"

"这么说，你对训练计划完全认可了？"雷钧笑道。

胡海潮轻叹一声："事已至此，箭在弦上，不得不发！我来找你，主要还是来给你打气的，这时候团结比什么都重要。"

"谢谢！"雷钧心头一热，喜上眉梢，"谁让你摊上我这么个半瓶子醋的搭档呢？"

胡海潮道："嗯！你负责放火，我负责救火。当指导员的，就是这个命。"

二人笑声未了，便听到外面炸雷般地响起报告声。雷钧心头一颤，抬眼去看胡海潮。

"进来！"胡海潮脸色微变，大声应道。

打报告的正是刚刚和雷钧较劲的士官刘良，他推开门看见胡海潮，愣了一下说道："指导员也在啊？"

胡海潮点点头，望向刘良身后："都进来吧！"

后面三人低眉顺眼地跟进了屋里，三个士官加一个胖子下士，四人一溜烟站成了一排。雷钧心里暗惊，这几个小子还没完没了了。胡海潮看着这几个老兵，倒是泰然自若："怎么，想揭竿？"

刘良尴尬一笑，挺起胸膛道："报告指导员，我们是来向连长认错的！"

胡海潮心里乐开了花，脸上却仍旧板得严肃："看起来好像有点儿不情愿？"

雷钧赶紧道："来，都坐下吧。"

三个人不为所动。胖子下士扬起头："对不起连长，我们错怪你了！"

刘良接着说："咱四个算是九连最老的兵了，也都是党员，刚才同志们都来找过我们。我们来，除了向连长和指导员道歉，还要代表同志们表个态。请你们放心，这最后一班岗我们肯定会站好！"

"大家虽然憋了一肚子委屈，但心里都清楚，无论如何，不能丢咱老九连的脸！"说话的是上午刚刚从禁闭室被放出来的士官陈小毛。

胡海潮心底抽搐了一下，眼睛潮红，看着和自己朝夕相处了多年的几个老兵，突然间不知如何回应。雷钧的感触比指导员还深，一边点头，一边微笑。

一场风波彻底平息。送走四个老兵，两位主官各怀心事。对兵们的反应，心情复杂的雷钧，最能感同身受了。兵们犹如惊弓之鸟，虽然选择了妥协，但他们并不甘心，谁愿意就这样不明不白地离开部队呢？回想自己这六年来的经历，苦苦坚守的除了梦想外，不就是为了尊严吗？

胡海潮的心情比自己的搭档还要沉重，可以说是忧心忡忡。这些兵都是他一手带出来的，朝夕相处，每个人的秉性他都了然于胸。越是了解，就越是难以释怀。兵们也是人，是人就有情绪，就有追求和争取权益的本能。这个时候，期望他们所有人都无欲无求是不现实的，也是不公平的。事实上，师团首长们的承诺犹如镜中花、水中月，他无意去揣测首长们的真正意图，但四个月的时间，拿一个抽掉了大部分主力的准后勤连队去跟全训连队抗衡，这本身就是个不可能完成的任务。即便其他连队打盹，真的得偿所愿进了前五名，谁敢保证这个九连就一定能留存下来？他知道，较起连长，兵们更愿意将所有的期望都寄托在自己的身上，而自己一个小小的基层连队主官，又如何能掌握得了兵们的命运？

一波未平，一波又起。"屋漏偏逢连夜雨"，兵们思想刚刚有所转变，一不留神，兵们又被伤了一次。而这一次，差点酿成大祸，结结实实地把两个主官惊出了一身冷汗。

这两天雷钧和胡海潮都小心翼翼地带着兵们站军姿，练些兵们都不陌生的常规队列动作，根本不敢贸然上高强度的体能训练。兵们也慢慢地进入了状态，虽然个别人免不了还在背后发发小牢骚，但表面看上去和风尽吹、一派祥和。等到周六，上午出完操，两个主官一合计，决定好好犒劳下兄弟们，除了中午加餐，下午任兵们在营区内自由活动。胡海潮一宣布，兵们士气一振，嗷嗷大叫。

午饭后，雷钧拉着胡海潮在俱乐部里和几个兵斗地主，一群围观的正在数落指导员抓了一手好牌不会出。俱乐部的门"嘭"一声被撞开，胖子下士李朝晖灰头土脸、跌跌撞撞地闯了进来。

"连长，指导员，快，刘班长跟人干起来了！"李朝晖上气不接下气地叫道。

"怎么回事？慢慢说。"雷钧还没反应过来，胡海潮丢了手里的牌紧张地问道。

"三连有个排长欺负人，带人去打球，非得轰我们走。刘班就跟他们干起来了！"李朝晖话音未落，屋里的十多个兵全怒了，没等两个主官反应过来，就呼啸着争先恐后地夺门而出。二人大骇，心知要坏事，可是无论他们怎么呵止，都没人理会。

惹祸的正是那个和雷钧较劲儿的士官刘良。吃过午饭他捧着篮球，领着两个兵晃晃悠悠地直奔一营而去，那里有块新建的灯光篮球场，据说是两个退役后创业暴发的老兵全资援建的。那场地建成还不到三个月,完全按照标准的比赛球场建设,配套设施一应俱全。因为坐落在一营营区,所以,平常除了机关后勤的干部外,基本上都被一营三个连队的官兵们霸占着。

刘良是个篮球迷,打球的技术不咋地,但花活玩得好。老九连的环境恶劣,根本不可能建正规的篮球场,他没事干的时候,就喜欢抱着个篮球满世界找人切磋球艺,每个月的那点儿津贴,多半都买了窗户玻璃。那时候兵们文娱生活单调,除了打牌就是下棋,有这么大个乐子,连队干部都睁一眼闭一眼,任凭他瞎折腾。

九连撤回到二团大本营,每个连队都建有篮球场。开始他心情也不好,可老实了没几天就按捺不住,一有时间就拉人去打球。一营这块场地他垂涎已久,可惜每次来上面都人满为患,根本就插不上脚。来的次数多了,他发现个规律,其他连队因为是全训单位,兵们都养成了午休的习惯;机关干部们也只是晚上才来打球,所以中午一般都会空个把小时。

这几天因为要训练,中午哨兵不让出门,他早就憋了一身劲没地儿使,好不容易挨到个周末,想着中午早点过来把场地给霸了,好好过把瘾,没想到身体还没跑热,三连一个少尉排长带着八九个人前呼后拥地赶了过来,大老远就咋咋呼呼地轰他们。刘良一见这架势,还挺高兴,人多可以打全场啊,就不急不恼,笑嘻嘻地冲着排长和一群兵们打招呼。

那排长长着个娃娃脸,可派头不小,压根儿就不把这老气横秋的士官放在眼里:"哥们儿,我们要打比赛,劳驾你让让。"

刘良见小排长真要轰自己,眉头一扬:"我们这有三人,凑一起玩呗。实在不行,我再回去找两个来,咱们来个对抗。"

小排长手一挥:"赶紧地,一边玩儿去,这场地我们征用了!"

胖子李朝晖不服气,双手叉着大腿,佝着身子上气不接下气地叫嚷:"凭什么啊?我们早来这儿了,要玩一起玩,或者那半边归你们!"

小排长歪着脑袋眯着眼,把这三人上上下下打量一番,说道:"你们哪个连队的?怎么看着这么眼生?回你们自己连队玩儿去!"

小排长这语气牛哄哄的,摇头晃脑的样子惹得刘良心里火直冒,他梗起脖子说道:"九连的,怎么着?这地儿是你们家开的?"

"九连?"那排长笑道,"你们就是传说中的九连?对了,你们连不是解散了吗?怎么还有这么多老兵油子死气白赖地跟这儿待着?"

刘良终于火起，破口大骂："你不就是个小排长吗？你牛什么？九连招你惹你啦？老子当兵的时候，你还穿开裆裤呢！"

小排长临危不惧："你个老兵痞子，嘴巴给我放干净点儿！"

刘良说："我就说你了，怎么着吧？"

小排长嘴巴都气歪了，伸手挡住后面几个蠢蠢欲动的三连老兵，仰起的鼻孔像黑洞洞的双管猎枪，指着刘良的脑袋，赤目圆睁，像两颗烧红的弹头，随时就要洞穿他的面目，那样子看上去就像随时要扑上去咬断他的喉咙。刘良毫无怯意，站在那儿直面小排长，手里托着篮球还滴溜溜儿地转着圈，明显是有挑衅之意。

小排长终于气不过，抄起篮球照准刘良的脑袋就砸了过去。眼看冲突升级，对方人多势众，李朝晖见势不妙，撒丫子就往回跑，去搬救兵。

雷钧和胡海潮赶到篮球场的时候，先他们而来的九连十多个兵已经拉开架式，三个老兵围着那个排长推推搡搡。

雷钧一声暴吼："住手！"

兵们这才稍稍安静一些。和刘良一起来打球的中士肖康平，看见连长和指导员，从闹哄哄的人群中蹿了出来，指着那排长说："是这个排长，先动手打人的！"

小排长衣衫不整地跳起来骂道："放屁！"

站在那排长身边的九连的几个兵，闻言一拥而上，有人趁乱飞起一脚踹在了他的后背上。这边一动手，兵力上处于绝对劣势的三连的兵立马炸开了锅，大呼小叫、摩拳擦掌。一时间剑拔弩张，眼看着马上就是一场混战。胡海潮急眼了，一边呵止，一边冲上去一把拉开自己的两个兵，又顺势一脚将九连另外一个兵踢到了一旁。

雷钧也没闲着，冲过去挡在兵们中间，没想到混乱中铁肘一挥，将三连的一个上等兵拐翻在地。那兵倒地后，又被人无意间狠狠地踩了一脚，一声惨叫过后，现场安静了下来。

两个九连的主官气还没喘匀，正要找刘良来对质。雷钧抬头一看，只见三连连长一马当先，领着一群兵呼啸而至，瞬间便将场上的人团团围住。

"怎么回事啊这是？是想灭了我们三连还是想造反啊？"平地一串雷声，振聋发聩。壮得像头水牛的三连连长，须发贲张地一边抵近胡海潮，一边诘问。

雷钧和三连长不熟，仅有过一面之缘，只知道他是三连连长。胡海潮对三连连长并不陌生,虽然没怎么真正交往,但同朝为官,他知道这家伙在团里是出了名的火暴脾气,鬼见了他都得让三分。再加上事情没闹明白,理不直气不壮,所以就和颜悦色地说道:"秦连长,你先别急眼,咱们先把事情了解清楚。"

"了解什么?"三连连长牛眼圆瞪,"我说老胡,你们刚从山上下来的吗?领着一帮残兵败将想当土匪还是咋地?"

胡海潮仍旧赔着笑脸:"秦连长你消消火,先把兵撤回去再说,再闹事情就大了!"

"胡海潮你牛,欺负到我三连的头上了。你说,这兵是谁先带来的?兴你们放火就不兴我们点灯?"三连连长理直气壮,声音依旧像炸雷。

"好好好!是我不对。"遇到这样的火暴脾气,胡海潮哭笑不得,知道现在没法解释,赶紧望着雷钧说道:"连长,你先把兵带回去。"

"一个都不准走!"三连连长低吼一声,然后看向还坐在地上揉着腿的那个上等兵,说道:"二排长,谁打我们虎子了?"

没等小排长开口,那个叫虎子的上等兵指着雷钧说道:"是他们连长!"

雷钧百口莫辩,索性大声道:"拉架的时候碰倒他的!我真要存心打他,他还能坐那儿说话吗?"

三连连长瞪着雷钧,脸上青一阵白一阵,似要发作,然后看向小排长。小排长关键的时候倒没瞎起哄,虽然没看到实况,还是很坚定地微微点点头,算是默认了。

雷钧轻舒一口气,正想出言缓和气氛。那边胡海潮反而不依不饶了,说道:"据我了解,先动手的是你们三连的这个排长。"

没等那个排长辩解,一个三连的兵跳出来义愤填膺地说道:"他们那个士官开口就骂娘,连长你要是在,肯定也得收拾他!"

另一个接口说道:"是啊,是啊!牛气哄哄,充老子,把咱排长根本不放在眼里。"

三连连长虎躯一震,甩头越过胡海潮的头顶,问雷钧:"可以啊,雷连长。"

雷钧知道这家伙没好话,也不接招,拿眼瞪着他。三连连长其实心里有数,自个儿的兵都不是什么好惹的人,在自己的调教之下,平常就霸道惯了。他也知道雷钧的底细,见这家伙正义凛然的模样,便想见好就收。但他从来就不是个吃亏的主,坏就坏在那张嘴巴上:"二排长,带回吧,咱别再跟这帮散兵游勇计较啦!"

雷钧终于火了:"秦连长这是要威风呢?"

我从未放下这面旗帜
不管走到哪里
它都在我的心中猎猎作响

已经打算离去的三连连长，怔在那里，缓缓地转过身来，昂着头问："那么，你还是想打啰？"

胡海潮也冒火了："秦连长，事情没闹明白，你就打算这样走了？"

"我告诉你们两个，别讨了便宜还卖乖！你们想算账是吧？好，你们说怎么算？"三连长的话没落音，站在胡海潮身后的李朝晖，冷不丁地说道："打架就打架，怕你们不成？"

三连长看了一眼胖子，没理会这个冒冒失失的兵，反而笑了起来。

胡海潮伸直脖子看了看身后，叫道："刘良，刘良！"

没人应声，众人这才四顾寻找，都摇头说一来就好像没见到他。三连连长这时也冷静了下来，小声问身边的二排长："你们真把人打了吗？人呢？"

小排长低着头，憋了半天也没说出话来。这边，雷钧领了几个人去找刘良。三连连长叫手下的一个班长把后来带到的兵全撤了回去，自己和小排长还有几个当时在场的兵留了下来。

十多分钟后，两个兵在一营二连的厕所里找到了刘良。这小子刚才在和三连的兵推搡中，挨了一个兵一记老拳，鼻子被打出了血，脑子也被打清醒了。远远看到援兵们奔来，赶紧捂着鼻子溜了，兵们找到他的时候，他已经把鼻子洗得干干净净的了。他知道自己闯了祸，要是同志们再看到自己挂了彩，搞不好就得群殴。事情一闹大，这事根本就讲不清了，索性躲在厕所里不出来。

有句俗话叫做"秀才遇到兵，有理讲不清"，这话并不都是贬义，当兵的不是不明白事理，而是不屑唠叨，不屑凡事都去分个青红皂白。军营之所以在普通人眼里那么神秘、那么令人向往，正是因为它有着自己独特的生存法则。在这里，宣扬的是以服从命令为天职，没那么多人跟你讲道理。但是你犯了错就得挨罚，就像军人不准打架，打了要罚，打不赢就得罪加三等。

部队所谓的集体荣誉，必是先齐心协力一致对外，凡有争议，无理搅三分，先争个士气，再来考虑是否合情合理。尤其是这种上升到集体与集体之间的纷争，多多少少涉及一个集体的尊严。带兵的都有护犊子的本能，不仅为了组织的利益，还要维护自己的威信和面子。当然，他们更懂得适可而止，争执归争执，也不能有失体统，毕竟部队有铁的纪律。

所以，当冷静下来后，几个当事人站到一起，反而都不好意思起来，不约而同地想着这事能蒙就蒙过去。两个连队的主官也心知肚明，虽然都憋了气，可心里都清楚，事情闹大了对谁都不利。于是开始哼哼哈哈，准备各做姿态、就坡下驴。没想到人算不如天算，刚才闹哄哄地弄了那么大动静，早就惊动了其他连队，有好事者，一个电话摇到了司令部。

闻讯赶来的，正是二团政委王福庆。作为一个团主官，这种事本来叫个参谋干事，最多派个部门首长来处理就好了。但他一听说起冲突的是三连和九连，立马跳了起来，他太清楚这两个连队的主官了，都不是省油的灯，逼急了都是敢抄刀弄枪、推弹上膛的主。政工干部，对这种事最为敏感，而且九连又处在这个尴尬的时期，谁也不敢保证兵们不干出格的事，万一搂不住火，就得出大娄子！

幸好三连长不糊涂，事先把兵们都撤了回去。王政委带着政治处副主任赶到现场，见兵们都老实地各站一边，几个干部也都是和颜悦色的样子，才长舒了一口气，心下不免怨起那个打电话多事的人。胡海潮见到政委来，着实吓了一跳，赶紧走上来行完礼，小声地问道："政委，您怎么过来了？"

王福庆没理会他，拿眼看着三连长和雷钧。这两人倒是一点也不紧张，行完礼站在那儿若无其事。

"你们这是演的哪一出？"王福庆不说话，副主任抢先问道。

胡海潮硬着头皮说道："几个兵打球发生了点小摩擦，已经没事了。"

"没事了？"王福庆开口明显带着怒气，"小摩擦，围这么多人干什么？看热闹还是要打群架？"

三连长抓抓脑袋，瓮声瓮气地说："没有打架，只是闹了一点儿小误会，已经处理好了。"

王福庆眉头一皱，冷不丁说了一声："秦大炮，你刚是不是把兵全都拉来了？"

三连长脸色微变，低着头不敢说话。一旁的雷钧赶紧朝兵们挥挥手，其他兵都悄无声息地溜得干干净净，只有刘良站在那里走也不是，留也不是。

"唯恐天下不乱！"王福庆骂完正要说点什么，无意间看到站在雷钧身后，躲躲闪闪的刘良，手指着他说："那个兵，刘……是不是你打架了？"

刘良吓得赶紧从连长背后跳出来，说道："报告政委，我叫刘良。"

"你过来！"王福庆低吼道。

刘良跑步上前，几个人都不明就里，看看政委又看看刘良。胡海潮感觉不对劲，一眼看到了刘良右臂上有块不很明显的血迹，吓得腿都软了。王福庆抓住刘良的右臂，扯起他的衬衫对着三个人说道："怎么回事这是？还要跟我狡辩吗？"

三个人脸色大变。雷钧知道这事逃不过,索性站出来准备把事情抖落清楚。没想到王福庆抬手一挥:"打架的兵,受伤的马上去检查,其他的全都给我关起来。你们三个,十分钟后,跑步到我办公室报到!"

副主任跟着政委转身而去,走出两步,又转身摇摇头,略显无奈地用手点点愣在那里的三个人:"还不快去!"

四　军心如铁

二团政治处会议室,副主任把三个上尉让进会议室后,一言不发地掩门而去。三人面面相觑,半小时前还脸红脖子粗地水火不容,这会儿像三只斗败的公鸡,神情沮丧,各怀心思。

正襟危坐了足有十分钟,也没人过来理会他们,三连长秦达陶终于憋不住敲了下桌子,扭头去看另外两位。胡海潮直勾勾地盯着墙上的条例,雷钧似在闭目沉思,两人都不为所动。

秦达陶一脸无奈,轻咳一声说:"喂,我说你哥俩至于吓成这样吗?"

胡海潮侧目白了他一眼,嘴角挂着一丝不屑,说道:"你不是人多势众吗?把兵调司令部来啊。"

"喂!"秦连长瞪着牛眼,"没看出来你这家伙,原来一肚子坏水,坑人吗这不是?"

胡海潮扑哧一下,忍住笑不再答理他。

秦达陶讨了个没趣,转而去逗雷钧道:"那谁,九连长,老胡原来整天蔫蔫的,怎么跟你一搭班就长脾气了?"

这两人还真有默契,胡海潮对秦达陶爱理不理,雷钧索性眼皮都不抬一下。秦达陶本就是个性情中人,平素得罪的人多了去,从来都没当回事。这会儿纯属憋得慌,才跟他俩打趣,受了这番冷落,脸上有点儿挂不住了:"多大点的事儿?脸拉得那么长,给谁看呢?"

两人仍旧沉默不语,秦连长这心里猫爪子挠了似的,一张黑脸涨成了隔夜的猪肝色。团长邱江推门而入,一眼便看见三连长气呼呼的样子,三人下意识地起立站得笔挺。

邱江盯着秦达陶：“欢迎秦大炮同志来做客啊！”

秦达陶撇撇嘴，没敢吱声。邱江又扭过头来打量雷钧和胡海潮，两个人被盯得心里发毛。邱江背着手，绕到会议桌另一端，转一圈又绕了回来站在三人面前，冷不丁地说道：“你们仨加起来有一百岁了吧？”

胡海潮又恢复了老实劲儿，胸脯一挺：“报告团长，我今年三十五！”

邱江哭笑不得，拿眼横了下一旁忍俊不禁的秦达陶，说道：“秦大炮你说说，干了五年连长，你到这儿来了几次？”

秦达陶黑脸一热，装起糊涂地答道：“政治处这地儿，教导员和指导员来得多，指导员不在，我才有资格来。”

“我从当你连长开始，你说你让我省过几次心？”邱江对三连长这吊儿郎当的样子，早已司空见惯，训起来也是不瘟不火。

从当新兵开始，秦达陶认识邱江十六年，对团长知根知底，早就把他的秉性摸得透熟。他知道团长说这话的时候没真生气，脑袋晃了晃说：“我就是倒霉催的，什么事都能让我赶上。”

邱江懒得跟他计较，提高嗓门说道：“政委那么好脾气，都能被你们气着。能被他请到这儿来，你们本事可不小！”

秦达陶伸了脖子往门外瞧，三个人都在纳闷，明明是被政委叫来的，怎么就换上了团长来处理？邱江看穿了他们心思，说道：“怎么着，还非得把政委请来？”

“报告！”一营教导员张建国探头探脑地站在门外叫道。

邱江皱起眉头，挥挥手：“你这个教导员早干吗去了？先回去吧，怎么处理，政治处会给意见！”

张建国应了一声，神情落寞地看了一眼团长身后的秦达陶，转身欲走。

“回去好好把情况了解清楚，到底都谁动手了。有点作为，别只知道抱怨团长不把你们营长教导员当回事！”邱江的语气冷冷的，对这个教导员的态度远比不上面前的三个连队主官。

团长话里夹枪带棒，一营教导员张建国是哑巴吃黄连，有苦说不出。只好点点头，铁青着脸郁闷地匆匆离去。

邱江为什么这么不待见一个营教导员？这中间的故事千回百转，就连三连连长秦达陶也只知其然，不知其所以然。邱江当一营营长不到一年，老教导员被调到师干部科当科长。张建国在一团是组织股股长，能说会道、才华横溢，师里将他调到二团一营来跟邱江搭班。当时正式调令还未下达，人就过来报到了，等到调令下来,给他任命的却是代教导员,还是个副营职。张建国心里郁闷,提着瓶酒来找营长倒苦水,结果喝多了,信誓旦旦地说是师政治部副主任从中作梗,故意在整他。

邱江刚当兵的时候,这个政治部副主任就是他的指导员,当排长的时候他是教导员,当连长的时候,他是副政委。邱江跟了他十多年,深知这个副主任的秉性。所以听到张建国讲这些的时候,一言不发,心里很不痛快。张建国一直在一团,哪里知道他们有这层关系?就觉着这个和自己一年入伍的营长有点老气横秋,一点都不爽气。两个搭档第一次碰面,就不欢而散。

这事过后没几天,张建国又跑来找邱江借一副少校肩章,说是军校同学聚会,大家都知道他当了教导员了,自己还挂着个上尉军衔,面子上过不去。邱江很不能理解,甚至厌恶这种行为,又怕得罪了这个搭档,有点左右为难。张建国见他犹豫,当场脸上挂不住,甩头就走。张建国不死心,还是弄到了一副少校军衔,第二天晚上聚完会回来,正巧被半夜起来查哨的团长余玉田撞个正着……

团里没有处分张建国,但余玉田批评得有点严厉,一点儿面子不给,政委也打了电话训他。这事让张建国笃定地认为,一定是邱江在捣鬼,否则,不可能有这么巧的事。他开始有意无意地疏远邱江,即使为了工作不得不坐在一起协商,也是冷着脸。邱江知道这事有误会,可按他的性子,又不屑去解释。

事实上,张建国除了有点虚荣心再加上自尊心太强外,并没有什么特别的毛病。而且在二团几个教导员中间,他的业务能力并不逊色,敢想敢干,工作抓得是有声有色。两个人搭档也是波澜不惊,没什么特别默契,也不会公开交恶。

就这样冷冷淡淡搭了快一年班,按道理,张建国的职务也应该有个说法了。谁知人算不如天算,张建国的老婆在老家经营一个规模不小的酒店,一直不愿随军,张建国也不愿意转业,两个人的感情早到了名存实亡的地步,这事儿还谁都不知道。就在这个关键的时候,老婆闹着要跟他离婚。副营到正营,在部队是一道不小的坎,容不得半点闪失。张建国思虑再三,为保万无一失,就来找邱江当说客。意思是要离可以,等到正营职的任命落实了再离。邱江一口应承了下来,这事儿他根本没经验,想了几天不得要领,就跑去找政委帮忙。

结果可想而知,政委又把张建国一顿痛斥。邱江当时也在场,为张建国据理力争,也跟着被臭骂一顿。张建国最终离了婚,代价是正营的任命被拖了三个月。按道理,这事用脚丫子都能想得通,早点捅出来也是有好处的,如果那女人真闹到了部队,这后面的事还真不好说。张建国一开始也没有迁怒于邱江,甚至还感谢了他。眼看着两个人的关系开始缓和，谁曾想，师政治部副主任到二团一营来调研，当着张建国的面讲起了好多邱江那些年在他手底下当兵时的糗事。一直蒙在鼓里的张建国，这才如梦初醒，知道了营长和副主任关系非同寻常，开始揣摩着邱江肯定告过自己的状，否则不至于代教导员代了一年多。两个人的关系又回到了冰点。

又过了半年多，团里的干部大调整，二团开始风传张建国要调任政治处主任，邱江当参谋长。张建国开始死活都不信，因为自己正营刚过一年，团里光四年以上的正营级政工干部就有三四个，怎么也轮不到自己。可是消息越传越像真的，他终于按捺不住向师组织科科长打听这事。那科长是他军校同学，就透露了点消息，话讲半句留半句，但至少可以肯定的是，他张建国是备选人之一。张建国就把这事当了真，一心盼着奇迹发生。

邱江顺利地调任团参谋长，半道上杀出个黑马，从师里空降来了一个政治处主任。张建国好不郁闷，脑子一热，写了份材料直接交到了师党委，并且在报告中将矛头直指邱江和已经转业的师政治部副主任。时任师政委得知情况后，暴跳如雷，将余玉田和二团政委拎到师部好一顿训斥。邱江直到担任团长的时候，才偶然听到有好事者说起张建国告状的事，只能摇头苦笑。

邱江从参谋长到团长，六年过去了，当年的搭档张建国还待在教导员的位置上纹丝不动。这事不能不说跟邱江一点关系没有，但跟他却没有直接的关系。张建国因为当年调职的事，在师团两级首长那里早就落下了坏印象，他自己也反省过，也调整好了状态，但上面就是把他按在那里一动不让他动。按干部调整的规律，正营四年后，就得考虑挪挪位置，干了五六年还不动，也就基本宣告政治生涯结束了。两年前，张建国就打了转业报告，团里的分歧很大，邱江是坚决不同意，最后师里也没批。去年他又打了转业报告，人家早到了年限，这次二团党委没理由不同意了，却又卡在了师里。

张建国没有再坚持，但这一年来性情大变，抱定了升职无望，工作上不求无功但求无过，并且牢骚满腹、怪话连篇。他毫不避讳地跟一些干部说，之前自己可能对团长有些误会，但团长不让他转业，就是为了报复他，想要从精神意志上彻底地击垮他。这话传到邱江耳朵里，他也很无奈，在内心深处，他其实是很同情张建国的，设身处地去想，谁碰到这事都不可能不发牢骚。

后来为了少给张建国添堵，一营的工作，他开始下意识地有意无意地直接去找连队。越是如此，越是让张建国感到不舒服，还有任职不到两年的一营长，

我从未放下这面旗帜
不管走到哪里
它都在我的心中猎猎作响

第三枪 雄兵重抖擞

也觉得委屈。时间久了，两个人都觉得被架空了，发发牢骚也是在所难免。邱江也曾经试图找过徐清宇和师里的其他首长，希望能给张建国调动一下，哪怕平调到其他后勤单位，但师首长们吃了秤砣铁了心。可是同情归同情，见到张建国那张脸，他就不由自主地从心底腾腾往外冒火，和他讲话怎么也和气不来。

邱江的秉性，在二团乃至整个 D 师高层中尽人皆知。人缘好又低调务实，很少公开与人交恶，私下里也从不说别人坏话。虽然在人际关系上，他未必能做到八面玲珑，但却是军事主官中少见的好脾气，忍耐力超强，不惹毛了是从不发火的。不过，他一旦急眼，那就是碰到天王老子也敢上去咬一口。这些年他自己也很郁闷，和张建国的恩恩怨怨，是他感觉自己做人最失败的地方，无论怎么做，都无法挽回他对自己的偏见。

言归正传。邱江支走了张建国，心里隐隐感到一丝不安。这个张建国今年转业已成定局，在部队的日子也是屈指可数了，自己还这般没鼻子没脸地上纲上线，的确有点太小家子气了。正思忖间，秦达陶咋呼起来："团长，您要是想骂我几句解解气，我就受着。可您要是想处分我，那我可就冤到家了！"

邱江随口应道："你的处分还背少了吗？哪次不是自找的？"

秦达陶来了劲儿，斜眼盯着一旁若无其事的雷钧说道："九连太欺负人了，这雷连长和老胡穿着一条裤子，两个人知道我们指导员不在家，合着来欺负我老秦一个人！"

"秦大炮你闭嘴！谁敢欺负你啊？你说，谁敢欺负你？谁不知道你秦大炮霸道，躲你还来不及呢！"邱江这会儿真有点冒火了。

秦大炮还真不是浪得虚名，脾气一上来，压根儿就不看人脸色，矛头直指雷钧："雷连长估计是在农场里憋坏了，回来就拿我三连开练。怂恿自己的兵挑事不说，看看我那小排长，被他吓成什么样子……"

邱江没等他说完，一拍桌子："秦大炮你别太放肆！没你这么护犊子的，还满嘴跑火车！你那个娃娃脸排长，跟你一样不是个省油的灯！他跟着你不挑事才怪，还会被人吓着？"

"胡搅蛮缠！"雷钧在沉默了很久后，终于忍不住开口表达自己的不满。

邱江没理会雷钧，盯着胡海潮道："你来说说，是个什么情况？"

胡海潮便如此这般地把他了解到的情况，一五一十地说了出来，却有意无意地隐去了刘良可能被打伤的细节。邱江听他说完，问道："就这些？"

胡海潮点点头，那边的秦达陶好似也没有什么异议，跟着微微点头。雷钧却冷不丁说道："前面的细节我们还没了解清楚，但我们那个士官肯定被他的兵打了，并且身上还有血迹！"

邱江脸上挂不住了，转而问三连连长："秦大炮，你刚跟我说什么来着？是谁在欺负谁？你们三连是老虎屁股摸不得吗？"

事情的来龙去脉，秦达陶其实并没有弄清楚，这会儿听两个人讲得合情合理，心里没了底，可嘴上却不服软："即使他们的兵挨了打，那也是学艺不精。为什么挂彩的不是我们三连的人呢？"

"秦连长你真敢讲，一个兵对一群兵，真掐起来了，你说说谁吃亏？"胡海潮鼻子都气歪了。

秦达陶学乖了，见团长没有反应，才回击道："老胡你别这么说，就我三连兵们的素质，随便拉一个班就能把你们九连这帮残兵败将给全灭了！"

邱江额头上一根青筋暴起，指着秦达陶的鼻子："牛皮太厚也不怕挨枪子！"

秦达陶满不在乎，脖子一扬说道："是骡子是马，拉出去遛遛嘛。"

胡海潮接口道："你三连是全训单位，咱们连一直在执勤和休整。"

秦达陶牛眼一瞪："怎么？尿了？"

胡海潮咬咬牙："你给我们三个月的时间！"

一直在告诫自己沉住气的雷钧，被这个蛮不讲理的三连连长彻底惹毛了，一拳擂在墙上："老胡你别跟他啰唆，比就比，我们怕你不成？"

这一声吼，把个邱江和胡海潮全震住了。胡海潮看着自己的搭档，像在看一个怪物一样，一脸惊恐。秦达陶也被吓了一跳，但他是个吃软不吃硬的人，哪里能容得了一个新连长把自己的气势压下来？团长在场，又不便一再挑衅，于是他换了张脸笑嘻嘻地说："哥们儿，我们要是赢了怎么说？"

冷眼旁观的邱江，这时候反而乐了："赢了，老子给你放一个月假！"

秦达陶一脸促狭："不要，让雷连长去三连给我当半个月通信员！"

雷钧鼻孔冒烟："你要是输了呢？"

秦达陶耸耸肩："你觉得有这可能吗？就靠你手下的那几个老弱残兵？"

"先说清楚了比什么？"一旁的胡海潮没等雷钧开口，赶紧说道。胡海潮这语气，明显是底气不足。邱江微皱眉头，说道："给你们都留点儿面子，就比战术、射击和四百米障碍跑。九连训练少，三连找二十个新兵。下周这个时候，在后靶场集合。别光顾着要嘴皮子，我倒要看看你们谁比谁更牛！"

我从未放下这面旗帜　不管走到哪里　它都在我的心中猎猎作响

雷钧还想说点儿什么,被胡海潮一胳膊肘给碰了回去。秦达陶乐呵呵地一边点头,一边说:"就这么定了!雷连长,回去好好练练洗碗刷盘子,这个通信员你小子当定了!"

本来这场不大不小的冲突,让邱江和王福庆都很头痛,正纠结着不知如何才能摆平。王福庆突然接到师里电话去开会,临行前匆匆忙忙地和邱江碰了个头,这会儿在赶往师部的途中,脑子里还在想着这事。没想到这个搅屎棍一样的三连连长,突然来了这么一出。这样一来,反而把事情搞简单了,不仅成功地化解了矛盾,还将一场风波转变成契机。

身为一团之长的邱江,对这种事很支持,他做梦也没想过,用这种方式去激励深陷泥潭的九连。他坚信,以雷钧的脾气,肯定不甘落后;而九连的那些兵们,断然不是三连新兵的对手。要知道,这个三连在二团,乃至整个 D 师都是数得着的训练先进单位。张义在半个月前,一口气从三连调走了八个兵充斥到侦察营,要不是秦大炮藏着掖着,张义声称可以直接端走他半个连。只要是个兵,都把荣誉顶在脑门上,"生死事小,失节事大"。九连的那些老兵们,一旦输给了新兵蛋子们,不用再鼓噪,肯定得知耻而后勇。

当然,一码归一码,三个人这次的处分是挨定了。邱江心里有了主意,挥手便赶三人回去。秦达陶显然是不愿再惹九连这两个不要命的家伙,低头匆匆离去。雷钧和胡海潮一前一后下了楼,两人各怀心事,默不做声。快走到九连营区的时候,胡海潮紧赶几步追了上来,小心翼翼地说道:"小雷,我觉得这事咱们还得谨慎一点。"

雷钧站住,扭头问道:"什么事要谨慎?"

"和三连对抗啊,你不觉得咱们毫无胜算吗?"胡海潮一脸凝重。

雷钧的声音冷冷的:"你不会是真怕了吧?士可杀不可辱!胜负并不重要,重要的是这口气我咽不下!"

胡海潮脸上火辣辣的,接着说道:"你不觉得这个秦大炮给咱们下了个套吗?"

"秦大炮没这个心眼,要下套也是团长在下。再说了,就是他们下套,咱也得往里钻,没得选择!"雷钧说完,独自离去。

胡海潮郁闷地愣在那里,看着雷钧的背影,怅然若失、懊悔不已。他知道雷钧为什么不高兴,肯定是因为刚才自己在秦达陶面前示弱。

胡海潮跑到二营的菜地转了一圈后,心事重重地回到连队。营房里静悄悄的,明显感觉有点不正常,他转回来问站在门口的哨兵:"人都上哪儿去了?"

哨兵回答:"报告指导员,同志们都在会议室。"

"干什么?"胡海潮心头一沉,厉声问道。

哨兵仰头看着门楣,沉默不语,那表情似有很大委屈。

胡海潮盯了哨兵片刻,扭头便往楼上走,刚到楼梯口,便听到楼上"砰"的一声巨响。他吓得三步并作两步,冲上了二楼。

楼道深处,几个兵从会议室里探出脑袋窃窃私语,见到指导员的身影,赶紧又缩了回去。胡海潮看了一眼楼道另一头雷钧的宿舍,那里房门紧闭,刚才那一声巨响就是从那个方向传来的。他站在楼道中间,犹豫了一会儿直接走向了会议室。

兵们正襟危坐,个个神情肃然。胡海潮进了会议室,一眼便看见已经换了身衣服,低头坐在角落里的刘良。他径直走了过去,刘良下意识地站了起来。

"伤哪儿了?"胡海潮问道。

刘良怯怯地答道:"没事了,指导员。"

"我问你伤哪儿了?"胡海潮提高嗓门问道。

刘良吸了下鼻子:"鼻子被他们打了一拳。"

"去卫生队了吗?"

刘良摇摇头。

胡海潮掉头吼道:"还有两位大爷呢?"

李朝晖和中士肖康平腾地站了起来。

"陈小毛,范得贵!给我把这三位爷送到禁闭室去,把鞋脱了,腰带解下来。"

两个被叫的士官,站在那里不置可否。

李朝晖说道:"指导员,是他们先动手打人的。我一句话没讲就回来向您报告了,凭什么要关我禁闭?"

肖康平接口道:"我也不服气,我们仨都没动手!你就是要关我们,也要先听我们解释清楚。"

"解释个蛋解释!我和你们连长受处分,跟谁解释去?你们仨是没动手,但人家为什么要打你们?"

"三连欺负人!"李朝晖和肖康平几乎异口同声。

胡海潮正要开口,兵们呼啦啦全站了起来,看向门口。雷钧面无表情地走了进来,顺手拖过陈小毛身后的凳子坐了上去。

胡海潮看了雷钧一眼,回头说道:"都坐下吧。开完会,你们三个都给我去禁闭室,我不想再听你们解释!"

胡海潮坐到雷钧身边,两个人都不说话。会议室里安静得可怕,兵们坐在那里,大气都不敢出,不时地有人拿眼来偷看两个主官。

"李朝晖!"沉默了好久,雷钧突然说道,"在篮球场你跟三连连长说什么来着?"

"没,没啊。"李朝晖的声音怯怯的,起身左顾右盼,满头雾水。

雷钧说道:"你不是跟三连连长说,要打就打吗?"

李朝晖这才反应过来,低下头,嘟囔了半天,谁也没听清他在说啥。

"怎么,怕啦?"雷钧问道。

李朝晖抬起头来:"连长,三连连长太欺负人了,咱九连的人又不是被吓大的……"

"行了!"雷钧抬手一挥,"我就问你,现在我带你去跟三连打架,你敢不敢去?"

兵们都一脸诧异地看着雷钧,不知道连长说这话是啥意思。李朝晖也是如此,脑子里飞快地在揣测连长到底想听什么。只有胡海潮一脸舒展,他清楚自己这个搭档葫芦里卖的是啥药。

雷钧不等李朝晖反应,一脸不屑的样子,转而说道:"李朝晖不敢,你们呢?谁敢跟我去?"

"我去!"刘良的声音,炸雷般地响起。

雷钧笑道:"没被打怕呢?你还敢去?你是以为我在开玩笑吧?"

刘良挺胸仰头:"就怕连长你不敢去!你要真敢带我们去,咱九连的人都不是孙子!"

"是吗?"雷钧问大家。

"是!"兵们呼啦全站了起来,大声回应。

雷钧的脸上灿烂得光芒四射:"好!都有种,都是爷们儿!"

胡海潮在一边说道:"你们难道都不怕犯错误?"

没人回答。他又补充道:"这次咱们要再打吃亏了怎么办?"

这次李朝晖来劲了:"吃亏了也要打,咱九连没有孬种!"

雷钧翻眼看着他:"你刚才怎么蔫了?"

兵们大笑。李朝晖不以为然："我刚才以为连长在跟我们开玩笑！"

雷钧也差点被他逗乐了，忍着笑，板起脸说道："我是不会带你们犯错误的，我就是想，指导员也不会答应。这架要打，但要打得光明正大，打得他们心服口服！知道三连为什么敢这么嚣张吗？"

众人屏气凝神、洗耳恭听。

"三连连老侦察连都不怕，号称一个人顶一个班，一个排顶一个连。他们牛气是有底气的，陆军常规训练科目，在二团首屈一指，在整个 D 师里也是数得着的先进单位！光今年，就有三个人进了军区和集团军的特种部队，刚刚师侦察营挑走了八个！"雷钧说完顿了顿，环视三十多个沉默不语的部属，接着说道，"咱们所有人加起来，充其量只能算个加强排。你们说说，咱拿什么去跟人打？"

全场鸦雀无声。

胡海潮清了清嗓子："落后就得挨打！在他们的眼里，我们就是群残兵败将，一无是处。所以，他们才敢如此肆无忌惮！"

雷钧接着环顾道："还敢打吗？"

连长和指导员一唱一和，再笨的兵，用脚丫子也能揣摩出这哥俩唱的是哪一出。说话的还是下士李朝晖："连长，指导员，你们也不用激将了。鸟为一口食，人争一口气！"

陈小毛拍案而起："士可杀，不可辱！"

雷钧说道："沉舟侧畔千帆过，病树前头万木春！人贵在有自知之明，更贵在知耻而后勇。"

胡海潮接着说："你们应该看出连长受了多大的委屈，三连连长当着团长的面挑衅，我们必须得接招，这也是为咱九连正名的最好时机。"

"箭在弦上，不得不发！我相信，在座的任何一位同志，都不可能对这种挑衅熟视无睹，当然，我们也是基于对各位的信心，才会这么有底气答应和他们对抗。我和指导员只是做了一个男人都应该做的，接下来，就看你们的了！"雷钧说完这些，又接着说道，"差距是明显的，所以任何所谓的平等对抗的规则，对我们来说都是不公平的。我希望各位作好心理准备，他们会拉出二十个一年度的新兵，我们也要出二十个兵，常规科目，单兵对抗，整体评核！"

激情过后，兵们都冷静了下来，没有人搭腔。他们都清楚，这样的对抗意味着什么。甭管有多么的愤愤不平，终究还是要真枪实弹地去比拼。

胡海潮站起来一声暴喝："同志们有没有信心？"

我从未放下这面旗帜
不管走到哪里
它都在我的心中猎猎作响

"有!"三十个人同声喊道。

"留给我们只有六天时间,是骡子是马,就看各位的了!"雷钧的眼睛缓缓地扫过每个兵的脸庞,一字一句,掷地有声。

兵们散去,两个人都在会议室里愣愣地站着。过了好久,雷钧长舒一口气,轻声说道:"老胡,谢谢你!"

胡海潮故作轻松道:"怎么样?我这个指导员配合得还算默契吧?"

雷钧仰头无声地大笑道:"还是那句话,团长大人英明!要是尿不到一个壶里,他是不可能把咱俩凑一块儿的。"

胡海潮笑容有点勉强,转而问道:"人还关吗?"

雷钧抬手道:"你是支部书记,这事儿你说了算!"

胡海潮像在自言自语:"戴罪立功吧,对抗的时候要是掉链子,再补回来。"

雷钧说:"老胡,你是不是觉得我有点冲动了?"

"没有!"胡海潮很坚决地摇头说,"是我想得太多。"

雷钧爽朗地笑着说:"这几天,咱们伙食好好改善改善,等事情完了再找团长给咱们加给养。"

"嗯!"胡海潮笑道,"顺便让团长给你买只不锈钢的保温杯,那玩意儿摔不烂!"

雷钧脸色微红:"看来还是秦大炮比我了解你,他说得没错,你胡海潮就是一肚子坏水!"

胡海潮大笑:"有仇不报非君子!"

五　雷霆万钧

成功地调动起兵们的士气后,雷钧长舒了一口气。但冷静下来后,他还是有点儿后怕。在兵们甚至胡海潮面前,作为一连之长,连队的主心骨,雷钧不敢流露出半点底气不足的样子。他十分清楚,单挑全团的训练标兵单位,差距摆在那里,甭管同志们有多么不服气,最后还是要靠实力说话。

决定对抗的过程虽然看上去有点草率甚至自不量力,但终究是木已成舟,如今已置身风口浪尖,没法也容不得他去反悔。这件事对他、对胡海潮和对整个九连来说,都意义非凡,容不得一点儿闪失。这是他重新杀回二团后的处子秀,如果演砸了,不仅对自己的信心是个考验,更会影响兵们的士气。他并不怕输,因为结果早就注定了,但无论如何也不能丢人,这是他雷钧也是整个九连的底线。

如何演好这场戏? 在这个重要关口,苦苦思索的雷钧,想到了张义。

奉命组建侦察营后,张义和他的老搭档郑少波,整天东奔西走,忙得四脚朝天,他们根本无暇顾及这个曾经和未来的搭档。心细如发的郑少波倒是往九连打过一次电话,雷钧跟他还没聊上两分钟,便听到电话那头有人炸雷般地打报告,郑少波甚至没来得及和他说再见,就匆匆撂了电话。

回到二团的这段时间,雷钧很想去找张义和郑少波取点儿经,哪怕听几句宽慰和鼓励的话,可是犹豫了几次,还是不敢打搅他们。他知道,虽然侦察营集万千宠爱于一身,从上到下众星捧月,跟娘不亲、爹不爱的九连比,那是一个天上一个地下,但越是这样,主官的压力越大,这哥俩肯定不比自己轻松。但这一次,事关荣辱,他管不了那么多了,他需要张义给自己出点儿主意。

张义对雷钧的电话丝毫不觉得意外,他的声音显得很疲惫,这让雷钧有点儿于心不忍,吞吞吐吐,心不在焉。张义倒是挺敏感,觉出雷钧的情绪有点低落,在电话那头说道:"怎么了这是? 你小子这连长当得是不是憋屈了?"

雷钧苦笑道:"没有,挺好的。"

"得了吧! 挺好的你会给我打电话?"张义说道。

这话让雷钧听着,鼻子有点儿发酸,一时间千言万语不知从何说起。张义更坚定了自己的判断,没等雷钧开口,便直言不讳地说道:"你也别骗我了,你现在的处境我清楚得很,听说你还和秦达陶铆上了?"

雷钧头皮发麻地问:"这事你怎么知道的? 才多大会儿工夫!"

张义笑得没心没肺:"你也不想想我张义是吃哪碗饭的? 你那儿有点儿风吹草动还想躲得过我这火眼金睛?"

"你这侦察营营长真不是盖的。"雷钧没兴致开玩笑,反问道,"你是不是感觉我雷钧是堂吉诃德?"

"谁?"张义问道。

雷钧撇撇嘴说:"我是不是有点儿自不量力?"

张义道:"你做得没错,换上我,也会这么干的!"

"谢谢!"雷钧心里暖暖的。

我从未放下这面旗帜 不管走到哪里 它都在我的心中猎猎作响

第三枪 雄兵重抖擞

张义道："我知道你在纠结什么,事已至此,想太多也没有用。你比我还明事理,肯定清楚这事对你的意义非比寻常。时间这么短,你就是让我现在在侦察营挑几个兵跟他们斗常规课目,我也没有必胜的把握。所以,你不必太在意结果,我想邱团长也不会对你们有过分的要求。"

雷钧点头称是："我怕的是输人,影响士气,耽误大事。"

"耽误什么大事?我告诉你,不管九连的番号会不会取消,你都不可能在九连当一辈子连长!"张义说完,突然提高嗓门说道,"你小子不会又把胸脯拍得咣咣响,跟老兵们承诺了什么吧?"

雷钧道："我当然没那么傻。但说实话,如果他们自己不愿退役的话,我倒是希望他们都有机会留下来。毕竟,我自己是经历过的……"

张义赶紧道："理解,理解!我的意思是,不管是这次跟三连对抗,还是关乎九连的命运,你要做的是尽人事,听天命!"

雷钧道："你说得轻巧,我跟师长和团长都承诺过,如果不能兑现,我也不可能再赖着不走了。"

"那会怎么样?"张义显然是有点儿紧张。

雷钧笑笑说："坚守了这么多年,到头来发现自己根本不是这块料,换上是你,你要怎么做?"

"你想太多了!"张义没敢再继续这个话题,知道现在不是讨论这个的时候,便话锋一转,"秦达陶这个人不坏,只是有点儿蛮不讲理,而且自我感觉太好。骄兵必败,打蛇打七寸,你只要抓住他的弱点,并非一点机会都没有。"

"哦?"雷钧来了兴致,"你给我当会高参,支支招。只要不是旁门左道就行。"

张义哈哈大笑道："秦达陶在侦察连当过两年排长,后来提副连才调到三连的。他当排长的时候,我是副连长,配合还算默契。可这小子心里一直对我不服气,调他到三连前,我已经提了侦察连的连长,他就逢人便说一山难容二虎,是我在排挤他。余师长当年还是团长,为了这事冒了火,拍着桌子说秦大炮你要是有本事把张义给比下去,老子就直接让你去当侦察连连长!秦大炮来了劲头,说团长你讲话要算数,我要是输了,以后只要碰见张义,就给他行礼、鞠躬、让道。"

张义说到这儿就停了,雷钧听得津津有味："然后呢?"

"然后他就输了啊。"张义笑道,"输得很惨。以他的个人素质,本来不至于这么难看。我那会儿还真有点儿发憷,担心赢不了他丢了人又丢了这个连长的位置。没想到这伙计脑子一根筋，我知道他的底细，就有意去挑他不太擅长的科目和他比，他这人不能激将，一激将就老子天下第一。那次他输得心服口服，后来碰见我，就远远地绕着走。没想到，这伙计又长本事了，把我当年对付他的这招活学活用，拿来对付你们了。"

雷钧笑道："这个似乎有点儿不厚道。再说了，这个例子能说明什么呢？我再激将他，可还是要兵们去比啊！就现在这种状态，九连的兵们比什么都占不了上风。"

张义气得哇哇叫："小雷，你小子也有犯傻的时候啊？还非得我把话挑明了说吗？"

雷钧皱起眉头，愣了半晌还是不知所云，便催促道："痛快点儿，我这脑子现在不好使了。"

"好吧，我给你出主意，你小子别把我卖了就成。回头你去找秦达陶，给他戴几顶高帽子，完了就说九连跟他们比是不公平的，真要比也行，你得先跟他比。兵们比的结果算一局，你跟他比的结果也算一局……"

没等张义说完，雷钧抢着道："他会上当吗？再说团长那边，会认同吗？"

张义反问："你跟他比有信心吗？"

"当然有！别说跟他比，跟你比我也不怕！"雷钧话说得铿锵有力。

张义道："那我告诉你，秦达陶肯定会同意，他这人天王老子都不怕！团长才不管你们怎么折腾，只要秦大炮答应了，团长肯定乐意。"

雷钧还是有点儿犹豫："这事儿万一要是砸了呢？而且，咱们这好像是在算计人家。"

张义有点儿不耐烦了："这叫什么算计？充其量只能算是个阳谋！什么叫做兵不厌诈？你不会这个，还怎么带兵打仗？再说了，是他秦大炮诈你在先！"

雷钧赶紧检讨："我保证下次再也不跟你满嘴仁义道德了！"

"我是不爱跟你这秀才一般计较。"张义继续说道，"秦达陶并不傻，你这么干，他肯定也想得明白是什么目的。以他的秉性，不见黄河心不死，压根儿不会拿你当对手，因为他根本不了解你，只会觉得你是自取其辱。我倒是担心你这个秀才顶不住，以他的素质，没有了侦察连，在二团无人能出其右！再者，你想过没有？如果你打响头炮，你九连的那些兵再比的时候，士气肯定不一样，即使输了，也不会觉得丢人。最好的结果是一比一，兵们不仅意识到了差距，更意识到跟了一个牛气冲天的连长。往后的事，不用我说了吧？"

"好！就这么定了，等着我的好消息！"雷钧彻底打消了顾虑，他被张义撩拨得热血沸腾，恨不得马上就去跟秦达陶拳拳到肉地拼个你死我活。

张义道："不用等，你告诉我哪天比，就是下刀子我也要到现场来为你摇旗呐喊！"

雷钧撂了电话，心潮起伏，感慨万千。吃完晚饭，他把这事跟胡海潮一说，胡海潮开心得一拳捣在双杠上，然后一边甩手一边龇牙咧嘴地说道："你跟秦大炮比，我再拿下三连指导员，咱们说不定就是个二比一。让这孙子以后还敢嚣张！"

雷钧大笑："行啦，给人留点儿面子，你就别掺和了！"

正如张义所料，秦达陶答应得嘎巴儿脆响。这伙计损人的功夫也是十分了得，生怕雷钧觉得自己是个软蛋，说那天原来就是打算两个连长私下比画比画的，怕团长说他恃强凌弱，怕他一个堂堂的九连连长输了以后想不开，才退而求其次让兵们来比。言下之意，他是为了顾及雷连长的面子才放弃的，既然你雷连长不怕丢人，那我秦大炮就成全你。秦大炮说这些话的时候，面不改色、心不跳，还堆着一脸坏笑。这要是换在平日，雷钧再好脾气再能忍，也得当场跟他翻脸。可这会儿，雷钧心里早乐开了花，别提有多开心了。两个人也都心照不宣地不提比什么，谁提谁气短。

这事情太有戏剧性了，雷钧回来和胡海潮一说，两人乐得几天都合不拢嘴。胡海潮并不担心雷钧把戏演砸了，他虽然没亲眼见过，但早就听说了雷钧的素质。而且雷钧比秦大炮小四五岁，体能上有先天的优势。

兵们也被两位主官的情绪感染，他们看得出来，连长和指导员一脸轻松不像是装出来的。既然连长和指导员一副胸有成竹的模样，兵们的包袱自然也就轻了很多。那十多天的训练，也没有明显加量，仍旧是循序渐进、有条不紊。

整个九连看上去，丝毫感觉不到大赛前的紧张气氛。倒是三连那个新兵排，头几天像示威一样，出操收操都刻意绕到九连门口，把个口号喊得震天响。九连的兵恨得是牙痒痒，可连长早就发了话，不准跟他们一般计较。折腾了三四天，见九连没啥反应，秦达陶才开始觉着这样闹腾没趣了。

两个主官像约好了似的，在兵们面前绝口不提对抗的事，也没有说挑谁去参加。十天一过，兵们甚至开始怀疑对抗是不是取消了。

比赛的头天晚上，雷钧破天荒地把九连全拉去了三连门口的那块篮球场打篮球。那天可热闹了，打篮球本来是一边五个人，场上加裁判也不过十一个。可雷钧把三十个兵分成三队，一队十个人，打车轮仗，一边只要丢了一球就下场换另一队。二十个人在一起挤满了场地，毫无章法地乱打一气。那球根本就传不出来，打到最后，兵们手脚并用，整个就变成了一场橄榄球赛。雷钧和胡海潮抱着双臂，在一旁气定神闲地看着他们撒欢，偶尔也冲上去凑个热闹。

三连的兵本来在楼下"嘿咻嘿咻"地训练体能，看到九连在打篮球，秦达陶示意兵们解散，然后一头雾水又饶有兴致地跑到二楼打开窗户，探出脑袋看着闹哄哄的篮球场。一开始，三连有几个胆子大点儿的老兵远远地站着看，后来兵们就情不自禁地慢慢全围了上来。九连的兵见到三连来围观，就越发地撒野，场上人仰马翻、笑语喧天；场下围观的笑得捶胸顿足、不能自已。

就这样闹腾了足足两个小时，雷钧吹哨列队、班师回营。秦达陶不知道啥时冒了出来，一把抓住跟在队伍后面的雷钧说："我说，你小子这是玩的哪一出啊？跟我玩心理战是不是？"

雷钧笑容可掬地说道："秦连长，你也太高看我们九连了。兄弟们这段时间辛苦了，就是带他们来放松放松而已。"

秦达陶眉毛一扬说："你们明天不打算比了？这么闹腾还有气儿吗？别到时输了找理由！"

"秦连长，你也太把这当回事儿了吧？不就是个对抗吗？又不是出去打仗，犯得着这么紧张吗？"雷钧说完，也不等秦达陶回应，提起双拳，迈步去追队伍。

"小子你有种！跟我秦大炮玩儿邪的，明天别哭！"秦达陶挠挠脑袋，冲着雷钧的背影骂完，转头招手唤来站在不远处的那个娃娃脸排长："你去九连那儿给老子侦察下，看看他们到底在搞什么鬼，是不是在跳大神。记住了，别给我暴露了目标！"

过了不到半小时，小排长来报："九连在门口挑人参加对抗。"

秦达陶面露疑惑地说："他们现在才挑人？你小子是不是忽悠我？"

小排长头摇得像拨浪鼓："还有更让人无法理解的事呢，他们挑人用抽签的方式，谁抽中了谁上。没抽到的，九连长让他们明天全部带上脸盆和勺子……"

秦达陶黑着脸，用手指着小排长的鼻子点了半天才说道："你小子，肯定暴露目标了！"

小排长撇着嘴申辩："冤枉啊连长，我趴在七连的楼顶上，谁都看不到！"

"行了，滚蛋吧！"秦达陶挥手道。

小排长转身离去，秦达陶又在身后喊道："通知班、排长，五分钟后到会议室开会！"

本来只是基层连队之间较劲，一场小小的对抗赛而已，根本犯不着兴师动众。可这事儿可大可小，一鼓噪，那就不一样了。关系荣誉，对军人来说，那是比生命还重要的东西。对抗约定的时间是上午九点，八点刚过，二团的靶场一角，就黑压压地站了三四百人。那时候，九连还在自己的营房下不紧不慢地清点着人数，准备作个简短的动员。

这三百多号人，清一色的都是一营的官兵，带队的正是一营教导员张建国。这伙计今天全身上下焕然一新，背着手，气定神闲地在队伍前晃来晃去，不熟悉的人，还以为他是个团首长。这也不怪他，虽然只是个营主管，却扛着个中校的军衔，全师独一无二的中校教导员！这会儿肩章不是借来的，当过兵的都知道，这爷儿们刚调了半级，准备转业了。

张建国把整个营拉来助阵，都是秦大炮的主意，年轻的雷连长已经彻底把秦大炮给激怒了。他无法理解九连长的行为，又不愿意如法炮制，所以才想到了个冠冕堂皇的理由，跑去找张建国："九连既然敢敲锣打鼓，咱们就得发扬人海战术，把几个连队全拉来呐喊助威，从气势上彻底地压倒九连！"

八点半，邱江、王福庆和团参谋长带着几个参谋干事也赶到了现场。一行人立足未稳，张义骑着辆摩托车飞驰而来。众人寒暄几句，都伸长了脖子等着九连。

雷钧这会儿玩得有点过火了，领着手下的三十多号人，浩浩荡荡地踏歌而来。一开始，听到兵们在唱《团结就是力量》，等到离靶场几十米的时候，雷钧大手一挥，领着兵们扯直了喉咙吼起了《笑傲江湖》。

王福庆气得脸都绿了，拿眼去看自己的搭档，邱江一副泰然自若的样子，好像嘴里还在小声地哼着。

"简直就是胡闹！"王福庆低声骂道。

邱江听得真真切切，瞄了一眼政委，自言自语地说道："等会儿我看这小子还能不能笑得出来。"

雷钧还没玩够，把兵们带到三连一侧，然后原地踏步，"一二三四，一二三四"一声高过一声地喊着口号。这劲头谁都看出来了，赤裸裸地在挑衅，秦大炮只有干瞪眼的份儿。

好不容易消停了下来，参谋长赶紧整队宣布规则，完了请求团长指示。邱江走上前去，面向两队参赛的战士说道："古时打仗，一般都是两边的将帅先交手，这叫鼓舞士气。虎将无犬兵，咱们今天不打仗，比的是士气和训练成果。所以，两边的主帅得打先锋！"

　　兵们轰然叫好。

　　邱江话不多，继续说道："我补充下参谋长宣布的规则，增加一局，三连长和九连长先比。三个回合，先比器械，然后四百米障碍，最后一项是步枪精度射击。"雷钧心头一热，刚才还在担心没机会说出口，没想到团长直接就宣布了。他知道，肯定是张义后来找了团长。而且这三个科目，都是他最擅长的，也是张义最清楚的。

　　和志在必得的九连长相比，三连连长秦达陶，却是一脸凝重，有苦说不出。器械是他的短项，这个科目对干部们也没有特别要求，因为很多动作是技巧性的，讲究身体柔韧性，也就是越年轻越有优势。秦大炮自从当了干部，特别是当了连长后，除了偶尔在单双杠上玩玩引体向上和杠端臂曲伸外，至少有三五年没有正经八百地练习过了。他终于后悔当初自己太过自信，应该早点儿去找团长商量商量。现在已经宣布了，只能横下一条心，硬着头皮上。

　　别看秦大炮蛮不讲理，粗人一个，到了真较劲的时候，还是懂得讲究策略的。汽车连器械场上，秦大炮不动声色地让雷钧先上，其实他心里没底，料定了这一局凶多吉少，这叫谋定而后动。雷钧没想太多，自信满满地活动了下筋骨，看了眼笑容满面的张义，然后上杠轻点几下，便将身体荡开，再一使力连续来了三个双臂大回环，身体抡得像风车一样，吓得一些胆小的兵闭着眼不敢往上看。整个过程不过一分钟，雷钧一气呵成后便飘然下杠，神态自若。

　　九连连长的这套动作，当过兵的都知道，那是绝对的惊世骇俗。因为这是专业运动员的训练项目，已经远远超越了部队训练大纲的要求。这套动作不仅难度高，而且非常危险，有些部队甚至严令禁止兵们去玩。整个二团会玩和敢玩这个动作的只有寥寥数人，并且早已是陈年往事，这几个人全都出在老侦察连，也就是当年的张义和他的部下。在场的干部倒是有不少人有幸见过，但那几百个来助威的士兵，都无一例外地第一次亲眼目睹，所以，骚动不言而喻。如果不是王福庆早就让胡海潮交代下去，不准兵们起哄，九连的兵们能把脸盆敲成马蜂窝。

秦大炮张嘴瞪眼,愣在那里不知如何是好。张义见他这副模样,心里乐开了花,故意大声地对一旁的三个团首长说道:"小雷太保守了,六年前,我可是亲眼见他玩过单臂大回环的!"

邱江乐呵呵地点头回应:"嗯,我也听说过。今天就别玩了,别给咱三连连长太大压力。"

秦达陶脸上红一块黑一块,从来没人让他这么难堪过,他恨不得一脚跺出个地洞,然后跳下去再把自己给埋起来。

"怎么了?重在参与嘛!"邱江看着似乎有点畏难不前的秦达陶,面露不悦,半提醒半安慰地说道。

兵们齐刷刷地都拿眼看着他,眼里充满了期待。秦达陶知道此劫难逃,他深呼一口气,脑子里嗡嗡作响。他无比悲壮地走上前去,索性横下心来玩起了力气活,"吭哧吭哧"一口气做了一百个引体向上。这要是换上平素,三连长的表现也够吓人的,但这一次,兵们的眼睛都是雪亮的。不用任何人评断,两个连长的第一回合,高低立分!

憋了一肚子气的秦大炮,使出了浑身解数,终于在四百米障碍上扳回一局,挽回了一点颜面。但他胜得并不轻松,也没有赢得喝彩声。一分三十九秒,这样的成绩,随便拉出个连队都能找到几个人。当然,作为一个三十多岁的老兵,还是难能可贵的。雷钧比秦达陶慢了不到两秒钟,如果不是脚下打滑,一个趔趄差点儿摔倒,这结果还真不好说。

到了第三回合,秦大炮终于服了。他不知道,六年前在同样一块场地,他的对手为了卖弄射术,证明自己的卓越,曾经在一个中将的眼皮底下打出一个十字星。这会儿,雷钧故伎重演,又用最后的十发子弹打出个正十字。二十发子弹打了一百九十一环的秦大炮,心里五味杂陈,他很清楚自己和这位比他小了整整五岁的上尉之间的差距,不仅是技不如人,那种舍我其谁的胆识和他骨子里流露出的霸气更让他自惭形秽,碰到这么一个神一样的对手,生猛的秦大炮只能空叹"既生瑜,何生亮"!

所有人都在忘情地为神乎其技的九连长叫好,而此时的雷钧,却默默地走到一旁,背对着兵们,黯然神伤。父亲蹒跚的背影和执拗的眼神,呼啸的子弹和满地的狼烟……那一幕往事,像黑白胶片,在他脑中更迭闪现,他的嘴里轻轻地呼唤着父亲,眼里泛起了泪花。

细心的张义发现了肩头微耸的雷钧,他悄然地走过去,轻轻地搂住他的肩膀,小声劝慰:"你父亲肯定会为你骄傲的!"

雷钧吸吸鼻子,音带哽咽道:"谢谢你。"

邱江远远地看着雷钧,内心也是百感交集,只有他和张义知道雷钧为什么伤感。整整六年,物是人非,当年那个桀骜不驯、目中无人的副司令员之子,如今肩负重任的九连连长,完成了他人生中最不可思议的逆转,绝地重生、凤凰涅槃!

第二场对抗毫无悬念地结束后,邱江站在九连的官兵们面前,沉默了很久。结果他早已预料到,只是没想到兵们会输得如此惨烈,他们和三连新兵的距离,就像两个连长在器械上的较量。这位年届不惑的上校,不知道该如何开口,这么多年来,第一次如此矛盾与纠结。

三个科目中,有两个科目九连的兵超过半数成绩不及格,更是没有一个人的单兵成绩可以达到优秀。但兵们又坚韧得让人心痛,即使崴了脚,磕得鲜血淋漓、摔得鼻青脸肿,仍然咬着牙、怒吼着不屈不挠。在对抗的过程中,他就想大骂胡海潮,骂他这些年把这群好兵全都耽误了,却又很快陷入了深深的自责中。如果不是师长对九连不离不弃,竭力地为他们维护军人最起码的尊严,当初按他的想法,这群兵肯定已经被全部丢到了后勤单位,养猪、种菜、退役了。

气氛很压抑,兵们全都红着眼睛,甚至有人开始抽泣。他们不敢抬头去看团长,去看站在团长身后和他们一样难受,低首垂立的连长和指导员。

"作为一个男人,今天你们可以打一百分,不,应该打一百二十分! 但是,作为一名军人,作为一个大功团、英雄团的成员,你们的表现让人失望、让人绝望! 我知道,今天的一切很多都是历史原因造成的,但这个不能作为理解和宽恕你们的理由。我的连长曾经跟我说过,真正的军人,永远也无法容忍别人比自己卓越。今天我要告诉你们,任何一个比你卓越的战友都比你付出了更多的努力,更多的血汗! 我不相信有战斗力的部队没有士气,但今天你们的表现让我看到了一支光有士气却没有战斗力的部队!"

"战斗力是什么? 战斗力是战术加士气加军事素质! 士气可以凭借对党和对人民的忠诚、凭借榜样的力量、凭借仇恨、凭借指挥员的临场鼓舞,一时一地就可以去激发。而军事素质,'冰冻三尺,非一日之寒',一定要靠日积月累、千锤百炼,没有任何捷径可走! 今天,你们一定在为你们连长的表现叫好,为有这样一个连长骄傲。我告诉你们,他在农场待了六年,他原本可以过得很安逸。作为一个后勤单位的干部,没有人要求他训练,也没有人会去考核他的军事素质,

我从未放下这面旗帜 不管走到哪里 它都在我的心中猎猎作响

他的素质是从哪里来的？我希望你们放下包袱，轻装上阵，命运掌握在你们自己的手中，无论哪天退役，无论今后要走向哪里，都要对得起自己这身曾经穿了多年的军装！"

邱江剑眉星目，不怒自威，他的目光缓缓划过每位士兵的脸庞，他柔声继续说道："不要哭，军人的词典里没有眼泪。都记住今天这个日子，是耻辱的一天，也是你们重生的开始。不要给自己的人生留下遗憾，好好地当兵，当一个好兵，当一个令人敬重的军人！"

看着团长离去的背影渐行渐远，雷钧和胡海潮默然相视。半个月的努力，换来的却是毁誉参半，他们能理解团长的心情，自己却无法释怀。

那天下午，九连的营房里静悄悄的，兵们在宿舍里休息，胡海潮伏首案前写工作总结。雷钧在会议室里呆呆地盯着墙上的训练计划，面前的烟灰缸里，满满的全是烟头。邱江陪着刚刚下车的余玉田走到九连门口，余玉田抬手示意哨兵不要声张。他们默默地站了一会儿，小声地交流了几句，然后又悄悄地离开。

二团驻地向西约五十公里，有个与蓝河子一样美丽的地方——胡杨谷。那里有一片近千亩的天然胡杨林，因而得名。这是一片极隐蔽的地方，说它隐蔽，是因为胡杨林三面环山，另一面紧挨着荒无人烟的腾格里沙漠。这里除了周边的百姓，大约只有那些无孔不入的驴友们才能找得到。这里的山，因为雨水的匮乏，终年以秃顶示人，几乎寸草不生。没有巍峨的雄姿，也没有嶙峋的身段，远远地看去，暮气沉沉。谁都想不到，在它们的怀抱里会别有一番洞天。

在额济纳河平原还有一片被世人所熟知的胡杨林景区，传说是地球上仅存的三大胡杨林之一，占地近四十万亩，离此地不足两百公里。较起那里，这片袖珍的胡杨林场看上去几乎不值一提。很多年前，雷钧和老范就去过额济纳旗境内的这片著名的胡杨林，他在里面穿梭了两天一夜。那是深秋的时节，整个胡杨林黄红相间，虽然胡杨树苍龙腾越、虬蟠狂舞，千姿百态的模样令人叹为观止。但雷钧并不喜欢这样乱乱的色调，不喜欢这里处处流露出的那种老气横秋的气息。他喜欢绿色，喜欢很单纯的、生机盎然的颜色。

雷钧和师傅老范曾经约定春天或者夏天再来这里。因为这两个季节，胡杨树是绿色的，犹如沙漠中的绿洲。传说胡杨树"生而不死一千年，死而不倒一千年，倒而不朽一千年"，在远古的传说中，它的生长总是和凤凰、鲜血紧密相连，象征浴火重生，喻示生命乐观而不屈。老范笑他忧郁，笑他太过文艺，雷钧自嘲自己对美的东西有一种偏执。后来散了,这个约定他们也就再未提起。

谁曾想,冥冥之中,命运早就作好了安排。几年后,一片苍翠的胡杨林突然横陈在眼前,虽然这里远不及他当年去过的那边著名的胡杨林,却让雷钧激动得浑然忘我。当年,他还有年少时的目空一切和矫情,如今,在经历了世间冷暖、悲欢离合后,看风景的心情已大不相同。几天前,胡海潮第一次和他找到这里的时候,天上正淅淅沥沥地下着小雨,居高鸟瞰,整个胡杨林笼罩在一片浩渺的薄雾中,时隐时现、绿波荡漾,美得令人心悸。

额济纳河平原的八月,是一年中最美的季节。天空是湛蓝的,清澈爽朗;戈壁之上,执拗地生长着一丛一丛蓬勃的旱生植物,成群结队的牛羊慵懒地游行其中。倘若有幸赶上一场难得的小雨,如果你愿意,从这里骑着老马绕山南行,不出千米便能看见整片墨绿的草地。如果你还有兴致,穿越草地,再往前行数十公里,便是奔流不息的黄河。这是片神奇的土地,方圆几公里内,沙漠、荒山、戈壁、草原,大自然的诡异与和谐并存。越靠近黄河,越生机勃勃。

散居在胡杨谷周边的百姓,远离都市的喧嚣与浮华,有着与生俱来的浪漫情怀。他们追求一切美好的东西,更懂得创造美好的家园。春天,他们遍地播撒各色种子,到了这个季节,门前屋后便是层层叠叠怒放的向日葵,还有大片的紫色薰衣草。谁路过这样一个美丽的地方,都会忍不住感叹和歆歆,世间所有的烦恼都会在瞬间烟消云散。

那天,雷钧且行且思,将胡海潮远远地抛在身后,时而像一尊雕塑般静静地站在那里,泪眼婆娑、不言不语;时而又驻足沉吟,手舞足蹈、神采飞扬,久久不愿离去。一旁的胡海潮,无法理解文人的这种情怀,偷眼盯着他,无所适从,连大气也不敢出。如果不是雷钧执意要把九连拉到郊外训练,他根本不知道在这片苍茫而辽阔的戈壁之上,会别有一番洞天。也许,就真得错过一辈子了。

决定去拉练前,雷钧和胡海潮再次起了争执。胡海潮最终妥协,是因为团长坚决站在了雷钧的一边。邱江当场唤来了后勤处长,给九连补配了野战帐篷,并且决定派出一名参谋和两名医务人员随行。

二团驻地周围,除了荒漠便是盐碱地,要不就是草木不生的荒山,去哪里是个问题。雷钧执意要找一个与众不同的地方,胡海潮便想起了当年给九连拉补给的一个司机说起的胡杨林。那是个新司机,第一次独自执行任务就迷了路,结果一头闯进了胡杨谷。

第三枪 雄兵重抖擞

我从未放下这面旗帜 不管走到哪里 它都在我的心中猎猎作响

从胡杨谷考察好地形回来,雷钧就迫不及待地打电话给师傅老范,他要践行七年前和师傅的那个约定,要与他一起分享喜悦。

接电话的是个女生,娇滴滴的声音传来:"您好,我是范总的秘书,请问您有预约吗?"

雷钧头皮发麻,好心情跌去了一半,他道:"没有预约,我是他战友!"

秘书说:"呀!范总说只要是他战友,不用预约的。请问您贵姓?我去通报范总。"

秘书放下电话去通报。雷钧等了好久,几乎已经失去了耐心,正要撂下电话,那头传来一个熟悉的声音:"雷钧?你小子在哪儿呢?要是再晚几天,可就找不到我了。"

"你好范总,我在二团。"雷钧的声音冷冷的。

老范愣了会儿,笑呵呵地说道:"好小子,终于得偿所愿!我得感谢你还记得我这个师傅,那年去看你,就感觉你和我生分了,我以为你再也不理我这个暴发户了。"

"哪儿能呢?"雷钧笑得勉强,"我刚调回来,就想起您了。"

老范回道:"别逗我了,你小子肯定又遇到什么事了才想起找我。对了,你父亲去世也不告诉我,过了好久我才知道。"

"谢谢您。"雷钧强打起精神说道,"想问问您最近有没有时间,还记得咱们当年有个约定吗?去看胡杨林。咱部队这附近就有片,刚发现的,虽然规模很小,景色却美不胜收。"

老范笑道:"胡杨谷?早去过啦!现在哪有心情看风景啊,我这几天忙着搬家呢,把公司搬到呼市去。等那边安排妥当了,再找个时间来二团看你。"

"那就算了吧。"雷钧满脸失望,"过段日子我还不知道在不在二团。"

"怎么着,还是要转业?来我这儿吧,行政副总和营运总监的位置都可以给你挪出来!"老范的话很诚恳。

雷钧突然有点伤感:"到了呼市,离这儿就远了,再见上一面不容易。"

老范哈哈大笑:"不会的,我来去自由,等安排好了那边的事就来看你!"

挂了电话,雷钧的心情跌到了谷底,后悔不该给范总打这个电话。相见不如怀念,有些人,应该永远活在记忆中。这么多年了,他早就应该明白这个道理。

六　兵者无上

清晨五点,碧空如洗。兵们还在睡梦中,空旷的靶场没了角铮狂鸣之气,冲天的白杨在晨霭中微微拂动,整个二团营区静寂而庄严。一辆敞开篷布的军用卡车悄然驶入九连营地,三十多名九连的士兵,已经整装待发。

九连长雷钧一身崭新的作训服,精神奕奕地一边招呼兵们卸下物资,一边小声地与胡海潮交流着什么,时而还能听到两人爽朗的笑声。为了这一天,他们作好了精心的准备,虽然有过争执,但他们从不缺乏默契。

因为事前没有透露,兵们只当是一场普通的拉练,所以看起来个个精神抖擞。点检和发放完装备,雷钧上前一步,朗声说道:"同志们,从今天起,我想带着大家去看看风景,做一次长途旅行,也许三天,也许五天,也许更长。我希望各位能和我一样,放下所有的束缚,尽情地去享受。你们可以尽兴,甚至可以撒野,但是,一定要做好心理准备,这一次,不管遇到多大的困难,没有人会帮助你,也没有人会同情你,一切都要靠自己!"

刚刚还一脸轻松的兵们,笑容在脸上瞬间凝固,变得紧张起来。雷钧笑容满面地看着他们,顿了顿,继续说道:"不要紧张,这就是一次拉练,也许你们早已经历过。我和指导员还有司令部的章参谋会全程陪伴你们,和你们一样,这对我们来说,也将是一次挑战。这几天到底要如何安排,取决于大家的表现,我们的计划不会提前公布,所以,你们不要去揣测。也许你们可能会经历很多意想不到的挫折。"

胡海潮在一旁补充道:"我们并不奢求通过几天的拉练,令同志们脱胎换骨。我们只希望让你们的军旅生涯少一些遗憾,多一点怀念。如果很多年后,你们仍然能清晰地记得这一段旅程,或者温馨或者不堪回首,甚至刻骨铭心,那么,我和连长所有的努力就没有白费!"

"几天前,同志们的表现告诉我们,你们从不缺乏一个军人应有的精神与担当,你们可以迸发出令人炫目的光芒,你们缺的只是那么一点面对困难与挫折的勇气!我坚信,大家都能挺过这一关,更希望各位几天后都能走着回来,都能

我从未放下这面旗帜
不管走到哪里
它都在我的心中猎猎作响

像此时此刻一样，笑靥如花！"雷钧举起拳头挥了挥，喊了句，"同志们有没有信心？"

"有！"兵们的声音振聋发聩。

雷钧一声低吼："上车！"

等到兵们全部上了车，车厢外的雷钧拉下了篷布，将车厢遮得严严实实。卡车缓缓地驶出二团，驶入了漫无边际的戈壁滩。兵们就像一群被赶上汽车的猪仔，乱哄哄地不知道被拉去哪里，更不知道接下来将要面临怎样的命运。短暂的兴奋过后，他们面面相觑，茫然地看着并肩靠在车厢尾部闭目养神的司令部参谋和指导员，不知所措。

卡车在颠簸了近两个小时后，毫无征兆地戛然而止。昏昏欲睡的兵们，下意识地全都站了起来，有人伸手要去撩开篷布，被胡海潮低声呵止。他们不敢再轻举妄动，车厢里陷入了死一般的沉寂。过了足有五分钟，急性子的李朝晖有点沉不住气了，壮起胆子小声地问胡海潮："指导员，车子是不是坏了？"

胡海潮轻咳一声，没有答理他。兵们惴惴不安，正襟危坐。过了好久，卡车终于再次启动，一反常态地突然调转方向，然后加速，以每小时六十码的速度在崎岖的盐碱地上向前狂飙。窝在车厢里的三十多号人反应不及，东倒西歪，各种撞击的声音不绝于耳。脾气火暴的刘良反手紧扣车厢板，在摇晃中忍不住破口大骂："连长这是要搞啥子鬼嘛？"

半小时后，兵们已经被摇得目眩神迷、七荤八素，车厢里开始骚动，有人不停地大声干呕着。卡车突然减速，驾驶室里的雷钧打开车门，探出大半个身子冲着后面的车厢，吼道："下车，集合！"

胡海潮反应神速，第一个撩开篷布，从低速行驶的车上纵身跳下，兵们接二连三地鱼跃而下。最后下车的李朝晖，落地不稳，一个趔趄栽倒在地。

"孬兵！"胡海潮骂道。

兵们头昏脑涨、神色慌张地列队完毕。雷钧抬起手腕看了一眼手表，又看看被折腾得疲惫不堪的兵们，手指右前方，说道："往西南方向约四十公里，有一个地方叫做胡杨谷，那里有一片胡杨林。现在是北京时间早晨八点整，八个小时后，也就是下午四点，我和指导员会准时在那里等候你们！没有早餐，中餐就是你们随身携带的干粮。晚餐要等着你们自己到达目的地后埋锅造饭，我们准备好了猪肉和粉条。提醒各位，如果有一个人不能按时到达，这条路我们还将重走一遍！"

兵们倒抽一口凉气。这时候他们才发现，自己已经置身一片人迹罕至、一望无垠的荒漠中，放眼望去，看不到一个地标。日月轮换、沧海桑田，经年累月的风吹日晒，让这块广袤的荒漠看上去显得是那样的苍茫与厚重。置身在这里，几十人的队伍显得是那么的渺小和微不足道，看不到目标，也看不到希望。好在，这是一群曾经在荒漠中生存和摸爬滚打了多年的老兵，他们曾经待过的地方，远比这里苍凉。

"强调一下纪律。"胡海潮说道，"跟紧大部队，沿途可能会经过牧区，不准扰民，不准借助任何工具。每个人带好自己的装备，一样都不准少，一个人都不准拉下！"

如果用简单的数字换算，这样的任务对他们来说，并非不可能完成。因为一个正常的连队，一个正常的士兵，全副武装负重十多公斤，跑完五公里最多也只需要不到半小时。八个小时四十公里，理论上，就是走也能走到。但这是西北地区一年最热的时候，日平均最高气温接近35℃，甚至出现过40℃的极端天气。即使在烈日下的荒漠中，一动不动，也会被烤得冒油。这是一支刚刚铩羽而归，被一群列兵收拾得毫无还手之力，被人称做散兵游勇、老弱病残的准后勤连队。他们从未经历过这样长距离的徒步拉练，从来没有想过在军旅生涯行将结束的时候，会遇到如此大的挑战。

无论他们对连长和指导员有多么的崇敬，无论他们曾经多少次发誓要好好当回兵，但对这样超越常规的训练方式，都觉得不可思议。谁都知道这将意味着什么。直到现在，他们才算明白，这一次没有经过任何预告的拉练，肯定是一段魔鬼之旅，等待他们的将是接踵而至，一场又一场的考验。而这四十公里的路程，充其量只能算是个小序曲。他们将所有的不满都写在了脸上，悲怆、愤慨，还有骚动与不安。

雷钧早已换上了一副严肃的表情，对兵们的畏难情绪视若无睹："提醒各位，如果有一个人不能按时到达，晚饭就有可能会吃不上。我不会听任何人的任何理由，是骡子是马，是英雄还是孬种，今天你们就自己遛一遛！听口令，向右转，跑步走！"

军令如山。连长处心积虑的一顿鼓噪，彻底地激起了这群老兵的狼性，他们有再多的不满和委屈，听到冲锋号响，就已没有任何选择的余地。兵们号叫着，发力向前狂奔。不管他们愿不愿意，他们中间的很多人，已经不可避免地将在三个月后褪下军装，永远地告别军营。谁都不甘落后，谁都不想在军旅生涯

我从未放下这面旗帜
不管走到哪里
它都在我的心中猎猎作响

行将结束的时候,被烙上孬种的印记!

因为没有要求要保持队形,三十人的集群在保持了不到三公里后,就开始渐渐拉开距离。三个干部不紧不慢地跟在队伍的最后,他们大声提醒着兵们屏住呼吸,注意节奏。可是,没有人把这些提醒当回事,兵们已经陷入亢奋的状态。

五公里刚过,队伍已经拉开了足有五百米的距离,有人开始步履蹒跚。如果不考虑分配体力,最多再跑五公里,所有人都得趴下吐血。雷钧挥动着手里的步枪,来回不停地奔跑,声嘶力竭地冲着那些掉队的兵们咆哮。眼看没有什么成效,他又发力冲到了队伍的最前列,意图控制步速。但兵们终于意识到自己不是兰博,整个队伍早已散得不成体统。雷钧一马当先,张开双臂阻止兵们超越;胡海潮和章参谋远在数公里之外,途中不时地拉拽那些手扶双膝、痛不欲生的兵们。

不过十点钟,气温已经骤升至30℃,兵们淋漓的汗水早已浸透了军装。呼哧呼哧,兵们急促而沉重的喘息声犹如破旧的风机,随时都可能戛然而止。被邱江派来"督军"的作训参谋,拽住胡海潮说:"胡指,快下命令吧,不能再跑了!"

胡海潮摇头道:"连长才是指挥员。士可鼓,不可泄,再坚持一会儿。"

章参谋又摘下对讲机呼叫:"九连长,我请求你下令部队休整。"

过了好久,对讲机里传来雷钧的声音:"章参谋,你坚持不住了?"

"我是说部队!你停下来看看后面,已经失控了。再跑,会出人命的!"章参谋大声道。

雷钧的声音不紧不慢:"我在前面压住,你们后面加速。我是指挥员,没我的命令,一个人都不准停下!"

"你这个疯子!"章参谋骂完,又气喘吁吁地扭过头冲着胡海潮吼道:"你们两个都是疯子!"

半程刚过,兵们的体力已经严重透支,到了濒临崩溃的临界点。已经没有人在跑了,兵们都无一例外地咬紧牙关,一步一步地在向前挪动。此时,已是正午时分,烈日当空,地面的温度至少在40℃上下。这里离胡杨谷,如果方向没有丝毫偏离的话,至少还有十五公里。而且环顾四周,根本找不到一块可以遮天蔽日的树林,哪怕只是几棵小树,兵们就像一群热锅上的蚂蚁,躲无可躲、藏无可藏。

这时候,雷钧才意识到事态有点严重了,因为连他自己也明显感到了身体不适。如果不停歇地继续走下去，最多再咬牙坚持三五公里，包括他在内，所有人都得瘫倒在荒漠中等着被烤成鱼干。事已至此，为了防止出现意外，雷钧只好下令兵们休整待发。

雷钧和胡海潮，甚至团长邱江都忽略了天气这个重要的因素。作为一团之长，一个经验丰富的军事主官，邱江没有意识到这个问题，显得很不正常。这跟盲目信任有关系，在他的眼里，经历过大起大落，军事素质卓绝的雷钧，几乎无所不能。他甚至都没有去过问这次拉练的细节，即使有意识地派了作训参谋和卫生兵随行，也仅仅只是为了表明自己全力支持的立场。他相信雷钧和胡海潮肯定有周密的规划，并且对潜在的安全风险，早有预案。他没有想过，这个九连长做事冒失和不计结果的一面，这么多年来并没有发生本质的改变。

一场玩命的突奔之后，兵们像经历了八年抗战，灰头土脸，形神俱散。有几个干脆一头扎在滚烫的地上，四仰八叉地躺着。胡海潮和章参谋手忙脚乱地一边怒吼，一边试图把他们从地上拽起来。雷钧对这一切置若罔闻，等到兵们全部到位后，轻声叫道："集合！"

有人无动于衷，胡海潮上前踢了几脚。那兵艰难地翻过身，身体拱起，又瘫了下去。

"三十秒集合完毕！"雷钧炸雷般地一声厉吼。

"原形毕露，都看看自己什么样子！"望着东倒西歪的兵们，雷钧脸上的汗水已经结晶，白蒙蒙的一片，显得是那么的凝重和不可抗拒，"我知道各位恨不得将我大卸八块，但我仍然要践行我的诺言，如果有一个人不能按时到达，明天，这条路我们还将重走一遍！我希望你们把对我的仇恨化做动力，现在离我们约定到达的时间只有三个多小时，还有至少十五公里路程。这是第一次休息，也是最后一次，给各位二十分钟时间补充能量。水和食物都在你们的身上，自己决定如何分配。"

"一鼓作气，再而衰，三而竭！"胡海潮的声音显得更加严厉，"哭丧着脸有用吗？指望谁来拯救你？这道坎就摆在眼前，没有退路，过也得过，不过也得过！"

兵们默不做声，他们甚至连翻眼皮和愤怒的力气都没有了。雷钧讲话的时候，章参谋就黑着脸，在队伍后面来回转悠，一副欲言又止的样子。雷钧很多年前就和他打过篮球，知道此人脾气耿直，六年前就已经任副连职好几年了，到现在还是个正连职参谋。怕他搂不住火，或者以"钦差"的身份指点几句不该讲的，

第三枪 雄兵重抖擞

影响了兵们的士气，便赶紧走过去搭讪。

这章参谋果然心里窝着火："你把这个当做侦察连了吧？你看我这把老骨头被你折腾得。"

雷钧赔着笑："团长为什么不派别人来？因为您是定海神针！换别的参谋，早就趴下了。"

章参谋仍旧没好气地说："得了吧！谁不知道你雷连长的脾气？就是团长他老人家亲自来，你照样还是我行我素。"

"刚才我有点急眼了，多有冒犯。"雷钧说道。

"你抬举我了，参谋不带长，放屁都不响。"章参谋气已消了大半，抬手说道，"我是作训参谋，对训练这事还是有点儿心得的，这么蛮干，迟早会出问题的！"

雷钧抓抓脑袋说："行，我接受组织的批评。回头，我自己去找团长作一个深刻的检讨。"

章参谋在机关待了近十年，什么样的人没见过？知道这个九连连长言不由衷，跟他打完太极，接下来该怎么样还是怎么样，便懒得再跟雷钧啰唆："省省吧你，你那水壶里的水要是喝不完，给我留点儿！"

兵们蹲在地上，鼓起腮帮子开始中餐。雷钧拆开牛肉干，往嘴里塞了两块，连袋子一起扔给了不远处的李朝晖。胡海潮一直拿眼盯着自己的搭档，他本想上去提醒他几句的，见他对自己敬而远之，又摇摇头蹲下。

看着兵们狼吞虎咽，雷钧的心里五味杂陈，移目远眺，目及处已经能隐约看见胡杨谷边的山脉。大漠烈日，无边苍茫，让人徒生一股豪迈之气，不由得感慨万千。恍惚中，他觉得这一切是那么的不真实。这些年来命运多舛，几乎已经习惯了逆来顺受，他本以为自己是最不幸的，一个人承受了所有的孤寂与挫折，梦想却始终如空中阁、水中月，看得见，抓不着。可今天，一切都改变了，这三十多个活生生的汉子，都是自己的兵。让他们前进，他们就不敢后退。

如果不是六年的坚守，这个时候，肯定还在徘徊中经历着痛苦的抉择，是脱下军装还是继续追寻自己的梦想？但现在，他已经没有了这种顾虑，命运将他推向了人生中的又一个起点，也使得当初设计的人生轨迹得以无限期地延续。

未来，谁也不知道，也许，明年、后年，总有一年到了这个时候，仍旧逃避不了面对现实。他不是没有想过，有时候，他甚至想得手脚冰凉。他不知道，自己真到了脱下军装的那一天，该怎么活下去？

一声令下，再次上路。兵们休养生息后，面色红润，步伐矫健，没有人再盲目地冲刺，他们都不约而同地站在队列中，紧紧相随。也许这样整齐划一的队形保持不了太久，也许会有人在中途倒下，但雷钧知道，结局几乎不会再有悬念了。

十五点二十五分，第一批七个人跟跑着比约定的时间提前了半个多小时赶到了指定地点。两位班长刘良和范得贵，在放下背囊稍作调整后，转身往回跑。作为老兵和骨干，这个时候，他们比任何一个兵都清楚自己的责任与义务。

先他们十多分钟到达目的地的雷钧，并没有阻止他们这种违规的行为，弟兄们这一路的表现已经让他很受感动，特别是这一群兵龄最长的士官与骨干们。虽然他看上去面无表情，没心没肺。

但胡海潮和范得贵半架半拖着最后一名士兵转过山丘，进入视线的时候，已经离最后的时间只有不到五分钟。两个早就被卡车送到目的地的卫生员严阵以待，所有兵都屏声静气地，紧张而又崇敬地看着这三个蹒跚的身影。没有人喊加油，更没有人欢呼，他们已经耗尽了体力，甚至虚脱得无法平稳地站立。雷钧喝退了几个体力恢复较快，准备上前帮忙的队员，他要让这一幕定格，让自己的所有部属永远铭刻在心。

三四百米的距离，平常他们只要不到一分钟就可以轻轻松松地跑完，但今天，这样的距离就像横亘在面前的贺兰山脉，近在眼前又遥不可及，难以逾越又不得不去征服。

胡海潮的身上挂着五杆枪，早就体力透支，身边的这个家伙在离终点还有五六公里的时候，就已经被打败了，几乎瘫在了他的怀中。那个时候，所有人都是泥菩萨过河自身难保。胡海潮情急之中，狠狠地抽了那小子几耳光，这家伙才悠悠然还了魂，开始挪一段瘫一段。否则，纵使他胡海潮有金刚之身再生个三头六臂，也没气力把一个一百五十多斤的汉子生生地扛回来。

一百五十米、一百米、八十米……有人开始情不自禁地欢呼，接着欢叫声一片。在离终点大约还有四五十米的时候，那个本已经处于半休克状态，气若游丝的战士，突然用力挣脱胡海潮和范得贵的手，大吼一声，摇摇晃晃地冲向人群……

兵们忘情地抱作一团，声嘶力竭地喝着、闹着，喜悦还有委屈的泪水夺眶而出。胡海潮眼睛红红的，轻轻地搂着低头抽泣的李朝晖的肩膀。雷钧别过脸去，兵们真情流露,对这一切他能感同身受。这一刻,他们需要宣泄,需要慢慢去品味这一生中难得一次的幸福。

雷钧走到了章参谋的身边,他正表情痛苦地捧着双脚查看血泡。奔跑的时候没有感觉到,这一坐下来,脚底开始传来钻心的疼痛。脚板起泡的不止他一个,坐在他一旁的刘良,右脚前掌血泡早就破了皮,肉粘在了袜子上,脱袜子的时候,痛得他倒抽凉气。

"章参,还好吧?要不要让卫生员包扎一下?"雷钧笑问。

章参谋翻眼看看雷钧,甩了甩手里的袜子,说道:"你赢了!往后你怎么折腾,我都不管了,反正我也负伤了!"

雷钧哈哈大笑:"您可不能撂挑子,您要是不盯紧了,万一整出什么幺蛾子,您这可是失责哦!"

胡海潮凑了过来,一脸夸张地说道:"老章,你这是怎么了?咋能起这么大个儿的血泡?"

章参谋撇撇嘴说:"早听说你们俩穿一条裤子,沆瀣一气。今天看来果然如此,猪肉炖粉条我也不要了,求你们放过我行不?"

短暂的喧嚣过后,兵们就像扎了眼泄了气的皮球般,神态委靡,横七竖八地瘫软在地,还摆出各种撩人的姿态。二十多分钟后雷钧吹响了哨子。

"都休息好了?"雷钧笑嘻嘻地问道。

没人回应,这时候,连张张嘴都是一件吃力的事。

"现在距离天黑至少还有三小时,大好的时光不能浪费了。鉴于各位英勇的表现,我决定今天晚饭延后到九点钟,给各位再增加一个项目!"

多数人都没反应过来,机灵点的以为连长在开玩笑。只有参与制订计划的胡海潮和章参谋知道这个疯子是在玩真的。

见兵们面无表情,没有反应,雷钧说道:"好!看起来你们精神还不错,都已经作好了心理准备。都回头看看,看看这块世外桃园。我和指导员没有骗大家,带你们来就是看风景的!可惜啊,你们好像都无动于衷!"

兵们都习惯了这个连长神一出鬼一出,谁都不知道他下一秒钟想干什么,但他们都清楚,今天的事还没完。有的低头略有所思,揣摩着接下来连长到底要玩什么花样。有的干脆什么也不想,反正最艰难的时候已经挺过来了,再怎么折腾也得天黑,也得睡觉,索性静心养神。

"给各位半小时的时间,就地搭好帐篷,听哨声集合。今天还有最后一哆嗦,不比这四十公里轻松。希望各位有始有终，拿出你们舍我其谁的豪迈之气，像个真正的男人，迸发出你们最后的能量！同志们有没有信心？"

"有。"回应他的声音稀稀落落，有心无力。

雷钧怒吼："有没有信心？"

"有！"这次仍旧声小势微。

雷钧握紧拳头举起来，又轻轻地放下，沉声道："解散！"

目送连长怒气冲冲地拂袖而去，兵们愣在当场，不知所措。站在队伍一侧的胡海潮，铁青着脸扭头训斥道："一群尿兵！看看你们的样子，丢脸丢到姥姥家了！"然后又拍拍自己的胸脯歇斯底里地吼道："再苦再累，老子他妈的精气神还在！"

所有人都低着头羞愧难当。在烈日下奔跑了四十公里，一个都没有掉队，却在到达终点后，不小心踩了"老虎"的尾巴。没有人再去想猪肉炖粉条，他们后背发凉，懊悔不已。

胡海潮还没完，两只眼珠突起着说："腿软的，可以打报告退出！还想证明自己有蛋的，做好脱十层皮丢半条命的准备！我陪着你们玩！"

忍了一天的胡海潮，训完了兵们，又气势汹汹地跑去找自己的搭档。雷钧见他黑着脸，便知道这伙计来兴师问罪了。

胡海潮说："不是说好了今天只有四十公里这一项吗？你怎么又来这么一出？把我这个指导员当摆设呢？"

雷钧道："老胡你消消气，你也能看出来，这帮小子底子并不薄，根本没到极限。咱必须得趁热打铁。"

"咱九连不是侦察连，物极必反，咱要懂得适可而止！"胡海潮仍旧怒气冲冲。

雷钧笑道："老胡，你这就不对了。不是我不跟你通气，你前两天不是拍着胸脯跟我说，只要路线正确，如何安排都是我这个连长说了算吗？这才刚开始，你就要反悔了？"

"我不跟你扯淡！"胡海潮说道，"我是指导员，我得为战士们的安全着想。而且他们的情绪到了临界点，有几个战士已经蠢蠢欲动了。你非得弄得天怒人怨，万一起了冲突，这场子怎么来收？"

雷钧仰起头若有所思，良久才说道："你把心揣回肚子里，能出什么事？再说了，我既然敢这么干，就已经做好了心理准备。"

我从未放下这面旗帜
不管走到哪里
它都在我的心中猎猎作响

胡海潮说:"你的意思是叫我别管了？"

"我没这个意思！你要不想管,就去和章参谋领着两个卫生员去埋锅造饭！"雷钧急眼了,提高音调说道,"我跟章参谋也讲过,这事你们要是觉着不妥,回去我自己找团长检讨。但这几天,我是绝不会妥协的！"

"我真倒了八辈子的霉,遇到你这么个搭档！"胡海潮说完扭头便走。

雷钧苦笑着摇摇头。

半小时后,搭好帐篷的兵们,脱掉内衣裤,光着身子穿着作训服,在同样装束的雷钧的带领下,奔向胡杨林深处的一片开阔的沼泽地。这种蛮荒的盐碱地,能寻到一块数十亩的沼泽地委实不易。可见雷钧和胡海潮早就做足了功课,几乎把所有的训练环境都考虑了进去。

十人一组齐齐排开,在沼泽地里变换各种姿势匍匐,匀速前进,每组抓最后两名从头再来一次。这是一次有针对性的训练,也是野战军最常规、最重要的训练科目。十多天前,他们在战术对抗上,被三连的新兵们远远地甩在身后,没有一个人达标。

兵们早就饿得头晕眼花,两腿灌铅,但在盛压之下,又都无一例外地打起十二分精神。这种带有竞赛意味的训练,最能激起军人的斗志,都是男人,谁也不比谁身上少颗零部件！

天近黄昏,风起云涌,气温骤降,胡杨被风刮得呼呼作响。还真有种"浩浩乎！平沙无垠,夐不见人。河水萦带,群山纠纷。黯兮惨悴,风悲日曛。蓬断草枯,凛若霜晨。鸟飞不下,兽铤亡群"的意境。

沼泽地里热火朝天,兵们已经在泥水地里折腾了两个多小时,早已精疲力竭。他们全都拼红了眼,除了两只眼睛还依稀可辨外,一身泥水的兵们,趴在那里活脱脱就是一只要被扔进烤炉的半成品"叫化鸡"。

一声哨响,指导员胡海潮从泥地里抬起头来抹了把脸,晃晃悠悠地站了起来。他终究还是不放心兵们,每一轮训练都冲在最前面。

雷钧嘴里叼着口哨,掏出老二冲着泥地里撒尿。兵们都以为结束了,如法炮制,一块低洼区变成了一片汪洋。

雷钧指着尿坑说道:"什么时候滚干了,什么时候收队！"

兵们哄堂大笑,他们觉得这个玩笑太有意思了。

"一班长！"雷钧吼道。

"到！"刘良挺起胸膛,应声而出。

"怎么样？带个头吧？"雷钧冲着尿坑努努嘴说道。

一脸茫然的刘良，瞪大眼睛盯着眼前这个比他大不了几岁的上尉，想在他脸上读出玩笑的意味。

"噌"一声，一群人还没反应过来，胡海潮一个跃起前扑，带着浓烈臊味的尿液铺头盖脸地袭向一旁的队伍，兵们下意识地腾挪跳跃。离胡海潮最近的雷钧，侧身站在乱哄哄的队伍前，几滴尿液顺着他的脸颊悄无声息地滑落，而他，却像毫不知觉。甚至都没有去看一眼伏在尿坑里一动不动的这位身先士卒的搭档。

刘良已经抱头闪到了三米开外，强忍着一阵压过一阵的恶心，茫然无措地站在那里。

雷钧扭头向刘良投来一个鄙夷的目光，他强压住快要迸出胸腔的怒火，冷眼扫过已经缓过神来正在低着头自觉列队的兵们脸上，良久，才缓缓说道："还有人认为我在开玩笑吗？"

兵们沉默不语又不为所动。

"二班长！"

范得贵下意识地探出头，又很快缩了回去。

雷钧须发贲张，再次吼道："听我的口令，卧倒！"

"噼啪、噼啪！"两个兵应声倒地，其他人"轰"一下悉数闪开。

"一群屄包！"胡海潮骂道。

士官陈小毛扒开人群，走到队伍前列，直视雷钧："连长，我要跟你单挑！"

"陈小毛！"胡海潮一个箭步挡在雷钧面前吼道，"抽什么风？想造反吗你？"

"我不敢造反，但我受不了这个鸟气！"陈小毛仰头回应。

"你……"胡海潮想要上前，被雷钧拽向一边："没事，指导员。训练场上，士兵有向指挥员挑战的权利！"

"我接受你的挑战，但你要告诉我，为什么不听命令？"雷钧强压住胸腔里就快迸出的火焰，平声静气地问道。

陈小毛深呼一口气说道："不管你怎么折腾，我们都不怕，但你污辱了我们的人格！"

胡海潮在一旁喝道："陈小毛……"

"让他说！"雷钧冲着陈小毛喊道："说吧，我如何污辱你人格的？"

"从你到咱们九连的第一天起，我们就知道你是冲着什么来的。九连就是你的试验田，我们这群爹不疼娘不亲的老兵就是你的试验品！你比谁都清楚，无论我们如何表现，九连都将不复存在，我们也不可能有任何人留下！可是你不顾我们的感受，不择手段，无所不用其极，把我们当成垫脚石，从而达到自己重回侦察连的目的！"

"对！"人群中的范得贵沉声接道，"也许小毛讲得有点偏激，就在今天之前，我们还不相信你会如此处心积虑。因为我们很多次都被你的正义凛然、敢作敢为所感动，也从你的身上学到了很多。但今天，这样的事我们无法理解，我们不是特战队，也不可能成为你的侦察连。我们只是一群即将退役，对部队充满留恋，对自己的过去存有遗憾，对现在的处境还有那么一点不甘心的，普通的老兵！我们的追求很简单，就是你无数次教导我们的，好好当回兵，站好最后一班岗！我们是军人没错，但军人也有人格，没有任何一个条令告诉我们一定要承受这种胯下之辱！"

劈头盖脸的斥责，让雷钧措手不及，他怎么也不会想到兵们会有这样的想法。他额头上的青筋根根暴起，却又不得不默默地倾听。他相信这不是兵们全部的思想，最多只是一群被逼急了的人，口无遮拦，逞一时口舌之快。他们犀利的言辞并非全无道理，他绝对没有想过踩着兵们的肩膀去加官晋爵，但他又无法否认一个事实，那就是自己的所作所为就是为了证明，证明自己的卓越！

他告诉自己不能生气，也不要针锋相对地去反驳。解决问题最简单也是直接的方式就是接受他们的任何挑战。他轻轻地拍了一下站在身边的胡海潮，他在安慰自己的这个搭档，更是在安慰自己。他轻声而又斩钉截铁地说道："我不否认你们的指责，终有一天，你们会看到事实并非都是你们想象的那样。今天，我不会选择妥协，以后，也不会！我接受你们的挑战，但你们必须得承受抗命不遵的后果！"

陈小毛挺起胸脯朗声道："如果你今天胜了我，我愿意接受任何形式的处罚，包括马上脱下军装滚蛋！"

雷钧道："好！怎么比？"

"你把我摔进尿坑，或者，我把你摔进尿坑！"陈小毛的声音不容置疑。

雷钧打了个响指，面向人群说："我要改变我的主意，你们都有机会不受处罚。那就是，一个一个地来和我交手，直到有人把我摔倒在尿水里。否则，除了指导员和两个听从命令的同志外，所有人都从这个尿坑起步，爬回到帐篷里！"

那天傍晚，在额济纳河平原最美丽的胡杨谷里，上尉雷钧，在一声声号叫中，摔倒了十四个老兵。但他终因体力不支，被重重地扑倒在地后，从泥地里拱起来然后翻身朝天,仰头大笑,两行泪水在他坚毅的脸上和着泥水缓缓滚落……

胡杨谷的夜,死一般的沉寂,月色撩人。温婉的月光如缕如纱,柔柔地泼洒在胡杨林间,影影绰绰。偶有微风拂过,树枝便悄无声息地随风摇曳。步出胡杨林,雷钧登上高处,那里有两个人影,他们在小声嘀咕着。看到雷钧,章参谋远远地说道:"我还以为你小子偷偷钻到胡杨林里去会七仙女了!"

雷钧笑道:"真有这好事,兄弟肯定不会一个人独占,怎么着也得分你们两个。"

"得了吧,就章高参这副模样,还不得把人仙女吓跑?还不如待在天上,专心侍候着天篷大元帅!"胡海潮一本正经地说。

"那是嫦娥!"章参谋大笑,"我说老胡啊,你大小也是个指导员,政工干部,怎么这么没文化呢?"

胡海潮不急不恼:"不是有句话叫做此曲只应天上有,人间哪得几回闻吗?那意思是,天上的事乱着呢,咱们凡夫俗子哪能搞得清?"

章参谋痛苦地摇摇头:"唉,党把部队交给你这样的凡夫俗子,怎么能让人民放心啊!"

雷钧爆笑:"行啦,哥俩都别逗我开心啦!你们为啥到现在还不睡?"

"等你啊!"两个人不约而同地回答道。

雷钧怔了一下说:"谢谢。其实你们根本不用担心我,这点儿挫折算得了什么?"

"你想太多了吧?"章参谋说道,"是老胡拉我来的,他憋得不行了,非得让我们俩合计合计给丫找个媳妇儿。"

"呸!"胡海潮一脚飞踹过去。

章参谋闪到一边,变戏法似地抄起一瓶白酒道:"老胡你别不承认!你看,连酒都准备好了,不就是想贿赂我们吗?"

"这酒是我从刘良那儿搜来的。这小子胆子也忒大了!"胡海潮连忙解释。

"夜色如此美丽,雷大才子难道没有一点儿感慨吗?来首诗吧,顺便教教你这个搭档一点儿文化!"章参谋笑道。

"我早就是个武夫了,哪有这雅兴?给你们背首别人的吧。"雷钧夺过白酒,仰起脖子咕噜咕噜一气喝去五分之一,极目苍穹,缓缓地沉声吟道,"酒入豪肠,七分酿成了月光,余下的三分啸成剑气,绣口一吐就半个盛唐!"

我从未放下这面旗帜
不管走到哪里
它都在我的心中猎猎作响

尾　声

2003 年 10 月的最后一个周末，额济纳河平原已经进入一年中最漫长的冬季。一夜辗转难眠，雷钧痴痴地站在窗前守到天亮。今天是个特殊的日子，一个决定他乃至整个九连命运的日子。望着满眼的荒芜与苍凉，耳边响起嘹亮的军号声，新的一天开始了，他满含期待又莫名痛楚。

三天前全团考核尘埃落定，团长亲口告诉他，这个周末将宣布对九连建制保留与否的最终决定，他还说师长一定会兑现当初的诺言。这本是个令人振奋的消息，因为他也兑现了自己的承诺，将九连的整体考核成绩带到了全团的前五名，堪堪第五名。

再过十多天，就是他三十周岁生日，步入而立之年，人生也翻开了新的篇章。这六七年来他从来不敢给自己庆生，年年都在惶恐和纠结中度过，因为每年的这个日子都伴随着老兵们黯然离去的身影，每年的这个日子他都在担心自己的命运……今年，他终于不用担心自己的去留，可是，关于九连兵们的命运，他不敢也无法揣测。

上午八点四十分，雷钧和胡海潮一身崭新的冬季礼服，神情凝重地步出九连营房。兵们一定是意识到了什么，不约而同地站在窗户前默默地看着他们。

司令部会议室里，邱江和王福庆一脸肃然，抱臂而坐，一旁的参谋长埋头翻阅着一摞档案。见到雷钧和胡海潮，邱江点点头掐灭了手中的烟头。

王福庆起身道："兵们的思想还稳定吧？"

胡海潮下意识地回答："报告团长、政委，我们都作好了思想准备！"

邱江和王福庆相视一笑，邱江道："看起来，你们俩比兵们还紧张嘛。"

王福庆笑道："老邱，宣布吧。"

"本来师长要亲自来的，但集团军临时有重要会议，所以，就我来宣布吧。两件事，一件好事，一件不算很好的事。"邱江顿了顿，看着两个站得笔挺的上尉，说道，"按照师里的全盘构想，经团党委研究决定，保留九连建制。"

雷钧的泪水瞬间夺眶而出，千头万绪涌上心头，一时不知如何应对。

"这三十多个战士，最多只能留下五个军政素质最优秀的，再额外增加一个转士官的名额，算是九连的火种！给你们两天时间做工作，报参谋长，由他最终决定。"

邱江话音未落，胡海潮讷讷道："团长，能不能……"

邱江抬手道："不要再讨价还价了，执行命令！另外，九连的营房在老兵走后要挪出来给新兵连，九连留下的老兵能带新兵的带新兵，不能带新兵的，暂时在新兵连打杂。"

王福庆补充道："老兵办完退役手续后，胡海潮马上去后勤处报到。至于雷钧同志的去向，团里还在研究。最后还是要提醒你们，思想工作不能放松，政治教育还要跟上！"

2003 年冬至，大雪纷飞。最后一批新兵入驻九连，雷钧悄悄地搬出了九连，敲开了后勤处协理员胡海潮的宿舍。

"调令还没下吗？"胡海潮表情错愕地看着他。

雷钧无奈地撇撇嘴："昨天政委找我谈过话了，一是去师侦察营，二是按照我母亲的意思，去军区宣传部。"

"好小子！"胡海潮一掌拍来，"你看，能文能武，上哪儿都是香饽饽，还拉着个脸干什么？"

雷钧摇头苦笑："都不是我想要的！"

"那你要干什么？难道想转业？"胡海潮张开嘴，下巴都快抵到胸口了。

"我想出去走走。"雷钧不置可否，愣了半天拉开房门走了出去。

胡海潮跟出门来，大声地说道："别告诉我你还想留在九连当连长，那是疯子才干的事！"

那天正午，雷钧冒雪爬上了羊羔山。这个严寒的冬天，他再次想到了应浩。烈士音容宛在，而他对余玉田的仇恨却已经消失殆尽。他不知道该如何去面对这个在冰冷的地下躺了很多年，并将永远躺着的兄弟。这么多年来，是余玉田的过失给了他动力，是应浩的精神给了他坚持下去的勇气。

烈士陵园里静悄悄的，上山祭奠的人早已走完，陵园门口留下了一地凌乱的脚印。雷钧远远地看见了两个熟悉的背影如冬松般纹丝不动地站在应浩的墓前。他下意识地转过身子，然后又走向了他们。

我从未放下这面旗帜
不管走到哪里
它都在我的心中猎猎作响

尾声

余玉田转过头来，雷钧看到了师长那张饱经风霜的脸上分明挂着两行晶莹的泪水。他突然心底一阵抽痛，就在刚才，在他看见余玉田背影的时候，还厌恶地皱起眉头。

张义显然对雷钧的到来一点也不觉得意外，他轻轻地搂住雷钧的肩臂，递上手中的半瓶白酒，说道："倒上吧，我们都在等你。"

余玉田长舒一口气，最后看了一眼烈士陵墓，转身默默地离去。

"小雷，有个隐藏了很久的秘密，师长一直不让我说。"张义小心翼翼地柔声说道，"应浩的母亲是师长的姐姐，他们亲如父子。当年那场车祸发生的时候，师长还是副营长，带着兵们正在南方抗洪一线，直到半个月后才赶回去。为了给应浩更多的爱护，他宁愿离婚也不要孩子……"

雷钧的身体晃了晃，闭上眼，别过头去。

"你不应该恨他的，这些年他受的煎熬，是我们根本无法想象的。"

雷钧的脑中一片空白，良久，才吸吸鼻子说道："你应该早点告诉我的。"张义摇摇头："一切都过去了。逝者已矣，生者如斯！"

雷钧泪眼蒙眬地看着余玉田渐行渐远的背影，坚定地点点头，然后缓缓地举起右手……